目次

《第一部》　床屋の小僧　一五

《第二部》 長い道のり

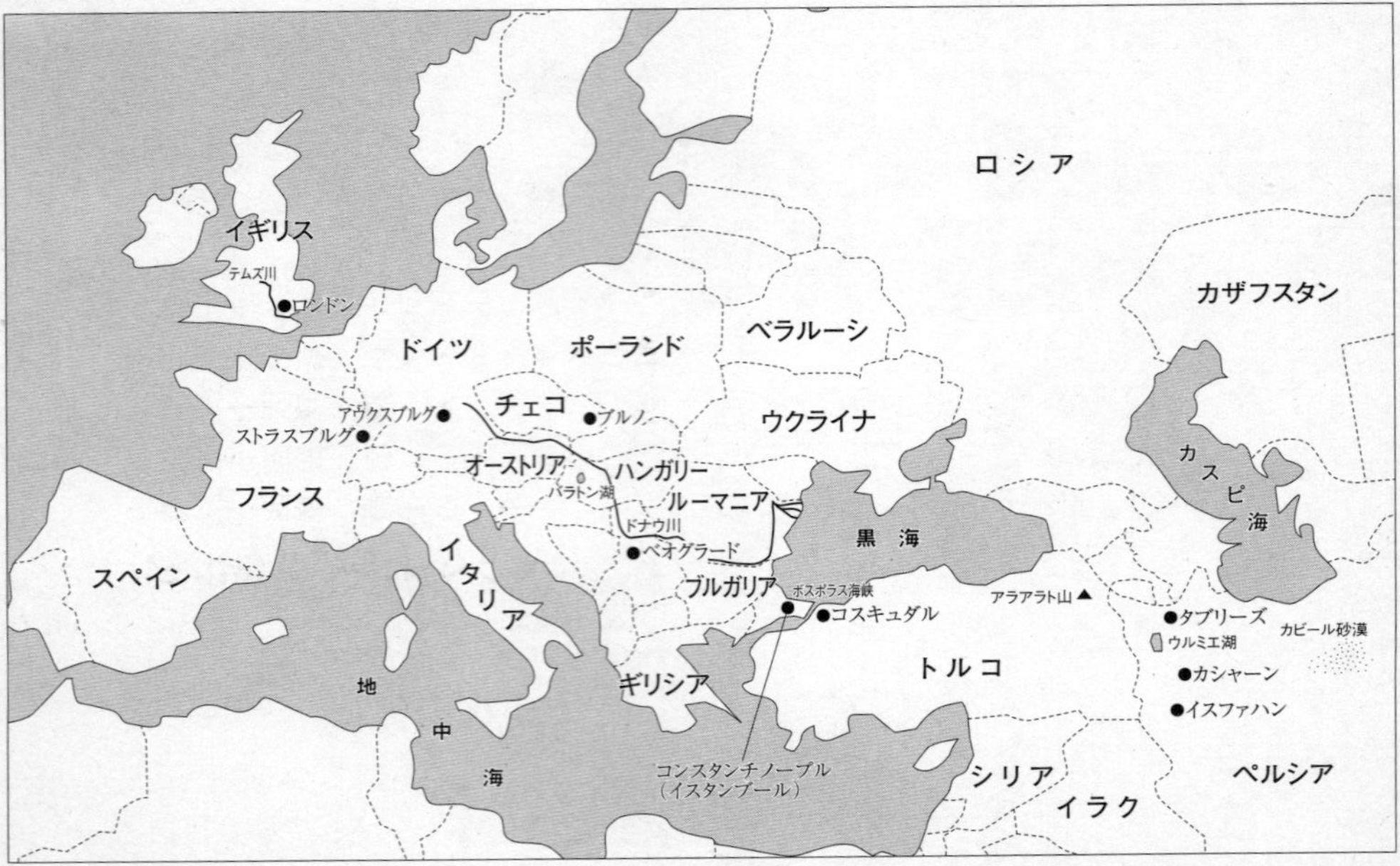

ロシア
イギリス
テムズ川
ロンドン
カザフスタン
ドイツ
ポーランド
ベラルーシ
チェコ
アウクスブルグ
ブルノ
ストラスブルグ
ウクライナ
オーストリア
ハンガリー
バラトン湖
フランス
ルーマニア
ドナウ川
カ
ス
ピ
海
黒海
ベオグラード
イタリア
スペイン
ブルガリア
ボスポラス海峡
アララト山
タブリーズ
コスキュダル
カビール砂漠
ウルミエ湖
トルコ
カシャーン
地
中
海
ギリシア
イスファハン
コンスタンチノープル
（イスタンブール）
シリア
ペルシア
イラク

イギリス

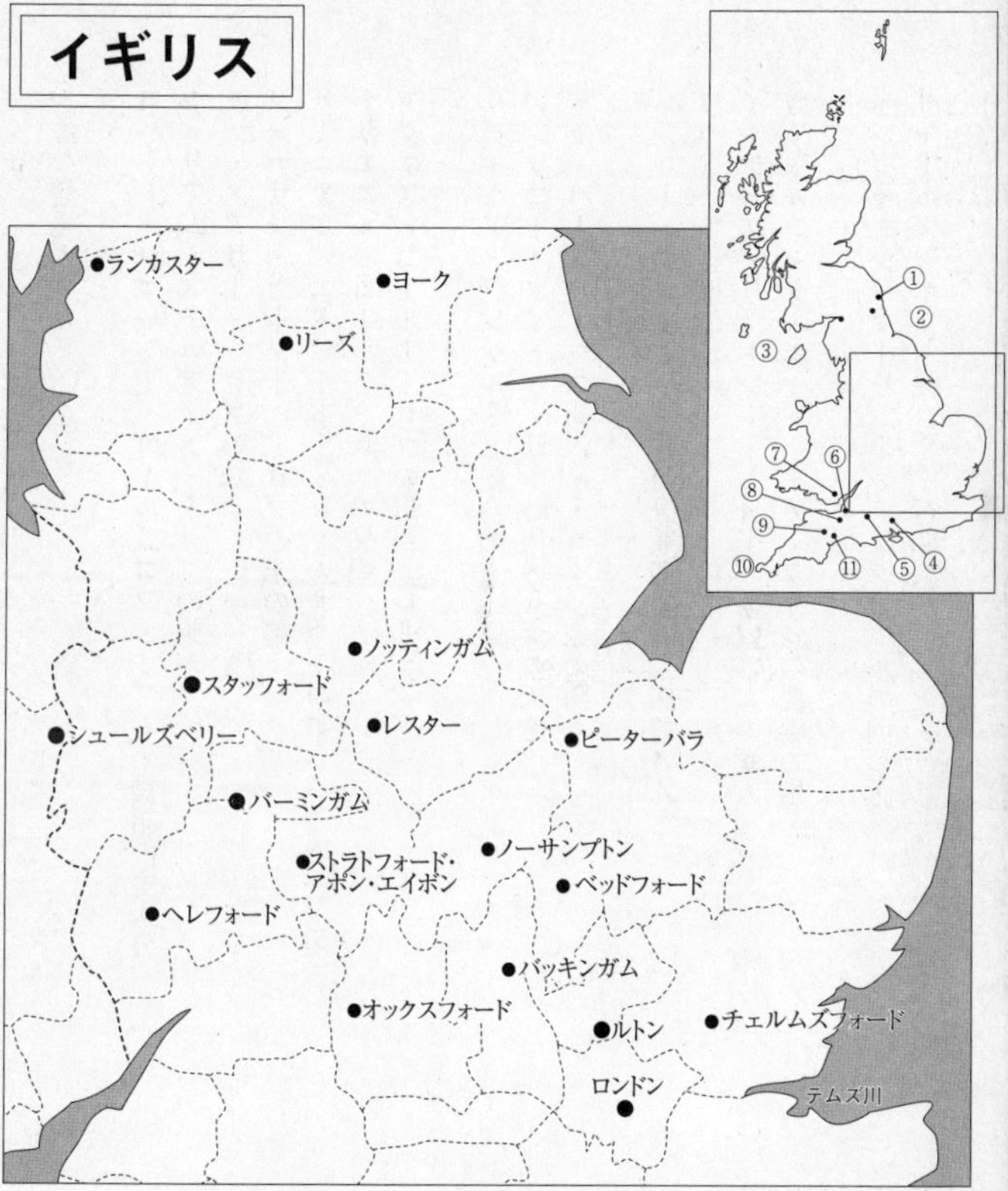

① ブライズ
② ノーサンバーランド
③ カーライル
④ ウィンチェスター
⑤ ソールズベリー
⑥ グラストンベリー
⑦ アバギャベニー
⑧ トーントン
⑨ エクセター
⑩ セントアイウズ
⑪ エックスマウス

主な登場人物

ロバート・ジェレミー・コール（ロブ・J）……物語の主人公
ウィリアム・スチュアート……ロブの弟
アン・メアリー……ロブの妹
ジョナサン・カーター……ロブの末の弟
サミュエル・エドワード……ロブのすぐ下の弟
ナサニエル・コール……ロブの父親
アグネス・コール……ロブの母親
リチャード・ブレケル……組合《ギルド》の大工頭
アンソニー・タイト……幼少時代のロブの天敵
デラ・ハーグリーヴズ夫人……コール家の隣人
ヘンリー・クロフト……外科医兼理髪師〝床屋さん〟
ワット……猛獣使い
イーディス・リプトン……お針子、床屋さんの愛人
ガーウィン・タルボット……カーライルの農場の娘
ベンジャミン・マーリン……テテンホールの内科医
チャールズ・ボストック……行商人

ダーマン・ムールトン……ブライズの鍛冶屋

イブン・シーナ……ペルシアの偉大な内科医

ルイ・シャルボノ……水夫、ロブの通訳兼道案内。

エティエンヌ・シャルボノ……シャルボノの弟

カール・フリタ……キャラバンの隊長

ジェイムズ・ギーキー・カレン……フリタのキャラバンの旅仲間、羊の仲買人

セレディ……カレンの召使い兼通訳

メイヤ・ベン・アセル……フリタのキャラバンの旅仲間

メアリー・マーガレット・カレン……ジェイムズ・カレンの娘

シモン・ベン・ハ＝レヴィ……フリタのキャラバンの旅仲間、ロブの通訳

ゼヴィ……キャラバンの元締め

ロンザノ・ベン・エズラ……ゼヴィと同胞のキャラバンのリーダー

ロエブ・ベン・コーエン……ロンザノのキャラバンの旅仲間

アリエ・アスカリ……ロンザノのキャラバンの旅仲間

アラー・アル・ドーラ……ペルシアの王（シャー）

ミルザ＝アブル・クァンドラセー……ペルシアのイマーム（尊師）

《第一部》床屋の小僧

第一章　ロンドンの悪魔

それはロブ・Jが安穏と無邪気に過ごせた最後のひと時だった。だがそうとも知らず、弟や妹たちと一緒に留守番をさせられ、家のそばをはなれられないことが、彼には疎ましかった。春まだ浅きその日、低く昇った太陽はかやぶき屋根の軒下に暖かく舐《な》めるような光を射し込み、彼は玄関前のざらざらした石の階段に足を投げ出してくつろいでいた。一人の女性が足元に注意しながら、あちこち舗装のはがれたカーペンター街をゆっくりと歩いていた。この道には補修が必要で、同じことは、金持ちで幸せな人たちのために頑丈な家を建てて暮らしている腕の良い職人たちが、自分たちのためにおざなりに急造したちっぽけな家々にも言えた。

ロブ・Jはバスケット一杯の走りのエンドウ豆の莢《さや》を取りながら、年下の兄弟たちから目を離さないようにしていた。それが、ママがいない時の彼の役目なのだ。六歳のウィリアム・スチュアートと四歳のアン・メアリーは家の横の泥を掘り返して、くすくす笑いながら何やらわからない遊びに興じていた。十八ヶ月のジョナサン・カーターは、お乳を飲んでゲップをしたあと、満足げにごぼごぼ言いながら子羊のなめし皮の上で寝ていた。サミュエル・エドワードは七歳で、ロブ・Jの目を盗んで逃げてしまった。どんなにロブがしゃかりきになって見張っていても、ずるがしこいサミュエルはいつだって、仕事を手伝わずにまんまと消えてしまうのだ。ロブはママと同じようにして、次から次へと緑の莢をはがして親指で蠟質《ろうしつ》のさくから豆をこそげ落とし、その女性がまっすぐ自分の方へやってくるのに気づいても、手を休めようとはしなかった。

汚れたコルセットで締めつけられた胸が持ち上がり、時おり動きにあわせて紅色の乳首がちらちらとのぞく。肉づきの良い顔には、けばけばしい化粧が施されていた。ロブ・Jはまだ九歳だったが、ロンドンの子供は売春婦くらい知っていた。

「ねえ、ちょっと。ここ、ナサニエル・コールん家《ち》？」

彼は怒ったような目つきで女をじっと見返した。商売女が父親を訪ねて家にやってきたのは、初めてではなかったからだ。「そんなこと聞いて、どうしようってのさ？」と彼は乱暴に言った。パパは仕事探しに出かけていたので彼女に捕まらずにすみ、ママは刺繡品《ししゅうひん》を届けに行っていて、ばつが悪い思いをせずにすんで良かった、と思いながら。

「奥さんが呼んでる。彼女に頼まれたんだよ」

「呼んでるって、どういうことさ？」有能な幼い手は豆の莢をむくのをやめた。

その口調と態度に自分を見下げた調子を感じ取った商売女は、冷淡に彼を見つめた。「あんたの母親かい？」

彼はうなずいた。

「お産がまずいことになっちゃってさ。パドル・ドック桟橋のすぐ近くのエグルスタンの馬小屋にいる。あんた、早いとこ父さんを見つけ出して教えるんだね」と言うと、女は立ち去った。

少年は死に物狂いであたりを見まわした。「サミュエル！」と叫んだが、例によって、いまいましいサミュエルの行方は知れず、ロブは遊んでいるウィリアムとアン・メアリーを呼び寄せた。「妹たちを見てるんだぞ、ウィリアム」そう言うと彼は、家をあとにして駆けだした。

＊

噂話《うわさばなし》にかまびすしい人々は、アグネス・コールが八度目に妊娠したその年、西暦一〇二一年は大魔王の年だと言っていた。人々に災いが降りかかり、自然の怪異が際立った年だった。前年の秋には河川を凍らせるほどの厳しい霜で、畑の収穫物が枯れてしまった。かつてないほど雨が多かったうえ、急激な雪解けが加わってテムズ川が増水し、橋や家を押し流した。風の強い冬空には、星々が吹き流されるように弱々しい光を放ち、彗星《すいせい》が流れた。二月にはまぎれもなく地面が揺れた。稲妻が十字架像の頭をうち落とし、人々はキリストとその聖徒たちが滅びたのだと、口々にささやいた。ある泉では三日続けて血が流れだしたと噂がたち、旅人たちは森や人目につかない場所に悪魔が出没していると伝えた。

アグネスは噂話に耳を貸さないように長男に言い聞かせた。だが、万が一ロブ・Jが何か尋常ではない物を見聞きしたら、十字の印を切るようにと心配そうにつけ加えておいた。

収穫の失敗が不景気を招き、人々はその年、手に負えない願いごとで神を苦しめ続けた。ナサニエルは四ヶ月以上も一銭も稼いでおらず、見事な刺繡を刺す妻の腕で食いぶちをつないでいた。

新婚当初は、彼女もナサニエルも愛に溺《おぼ》れ、二人の明るい将来に何の疑いも抱いていなかった。請負建築業者として裕福になるというのが彼のもくろみだった。しかし、大工組合《ギルド》の中での昇進は、王様に献上する建物でもあるかのように審査物件を吟味し、重箱の隅をつっこうとする審査委員たちのおかげで遅々として進まないのだ。彼は『見習い大工』として六年間、そして倍の年月を『熟練工』として過ごした。今ごろは、建築業者になるのに必須の職業上の格付け、『棟梁《とうりょう》』へ志願していてしかるべきだった。だが棟梁になるまでには、さらに多大なエネルギーと時間がかかり、彼にはもう挑む気力がなくなっていた。

彼らの暮らしは引き続き同業者ギルドを中心に回っていたが、このご時世では、その『ロンドン大工組合』ですら彼らを見捨てており、ナサニエルは仕事口がないのを確認するために毎朝ギルド集会所に顔をだすようなものだった。彼は、望みのない他の男たちと一緒になって、ピメントと呼ばれる醸造酒に逃げ場を求めた。一人が蜂蜜《はちみつ》を取りだすと、他の誰かが香料を少し持ちだしてきて、すぐにワインの酒盛りが始まるのが組合での常だった。

大工のおかみさん連中は、男たちの一人が外にでて女を連れて戻ってきては、失業中の夫たちが酔った勢いでかわるがわる女を回すのだと、アグネスに教えてくれた。

たびかさなる浮気にもかかわらず、彼女はナサニエルを遠ざけることができなかった。肉欲の歓《よろこ》びに負けたのだ。彼はアグネスの腹を大きくし続けた。腹が空くやいなや子種をそそぎ込んで膨れさせ、予定日が近づいてくると決まって家に寄りつかなくなった。二人の生活は、彼女が近所の納屋を建てにウォトフォードに来ていた若い大工と結婚する時に、彼女の父親が下した悲惨な予測通りとなった。彼女はすでにロブ・Jをみごもっており、教育は女に淫《みだ》らな考えを吹き込むだけだ、と父は娘に受けさせた学校教育を非難した。

彼女の父は小さな農場を所有していた。兵役の対価としてウェセックスのエセルレッド王から賜ったのだ。彼はケンプ家で小地主になった初めての人間だった。ウォルター・ケンプは、地主との結婚を願って娘に学校教育を受けさせた。読み書きと計算ができ、信頼のおける人物の便利さを知っている広大な地所の所有者たちが、娘を妻にしないわけはないと考えたのだ。だから、その娘が身分の卑しい自堕落な相手と結婚するのを知って憤激した。気の毒に、彼は娘を遺産相続人から廃除することさえできなかった。彼が死ぬと、ちっぽけな保有地は、未納税金のかたに国王に召し上げられてしまったからだ。

しかし、そんな彼の野望が彼女の人生を形作ったのだ。彼女の想《おも》い出《で》の中で最も幸福だったのは、女子修道院学校の生徒としての五年間だった。修道女たちは緋色《ひいろ》の靴を履いて、白とすみれ色のチュニックを着て、雲のように繊細なベールをまとっていた。修道女たちは、読み書きと、公共要理を理解できる程度の片言のラテン語、目に見えない縫い目まで縫って衣類を裁つこと、そして、あまりの優雅さにフランスでは『イギリス刺繡』として引く手あまたな刺繡品、オーフリーを刺すことを教えてくれた。

修道女たちから習ったその「取るに足らないもの」が、今、彼女の家族に食べ物をあてがい続けていた。

今朝、彼女はオーフリーを届けに行くべきかどうか思案した。お産が近づいていたのでお腹が張っておっくうだったが、食糧がほとんど底をついていた。ビリングズゲート市場へ小麦粉と粗挽《あらび》き粉を買いに行かなくてはならず、そのためにはテムズ川対岸のサザクに住む刺繡輸出商から支払われる金が必要だった。彼女は小さな包みを抱えて、ロンドン橋に向かってテムズ通りをゆっくりと歩いていった。

例によってテムズ通りは、洞穴のような倉庫とマストが林立する埠頭《ふとう》との間を、商品を運んで行き交う荷役動物や沖仲士で混みあっていた。喧噪《けんそう》が干魃《かんばつ》に降り注ぐ雨のように彼女に降りかかった。困窮生活にもかかわらず、彼女はウォトフォードと農場から自分を連れだしてくれたナサニエルに感謝していた。

彼女はこの都市が本当に好きなのだ！

「野郎！ 戻ってきて金をよこしな。とっとと金を払うんだよ」怒り狂った女性が、アグネスからは見えない誰かに向かって金切り声をたてた。

笑い声のかせが、外国語の言葉のリボンと絡まりあい、慈愛のこもった祝福を施すかのように、悪態が投げつけられていた。

彼女は、鉄の鋳塊を停泊した船の方へ引きずっている、ボロボロの奴隷たちの横を通り過ぎた。無茶な重さの積み荷の下でもがいている惨めな男たちに犬が吠《ほ》えたて、彼らの剃《そ》り上げた頭には汗の粒が光っていた。彼らの不潔な身体から立ち上るニンニクの臭いと鋳鉄の金属臭を吸い込んだあと、一台の荷車からもっとありがたい香りが漂ってきた。男が肉入りパイを売り歩いていた。よだれが出たが、ポケットの中には硬貨が一枚しかないうえに、家ではお腹をすかせた子供たちが待っていた。「罪なほど甘美なパイだよ」と男が大声で叫んだ。「熱々で美《う》味《ま》いよ！」

桟橋は日光で温められた松ヤニと、タールを塗ったロープの臭いを放っていた。彼女は歩きながらお腹を手で押さえて、身体の中の大洋に浮かんでいる赤ちゃんが動くのを感じた。道の隅では、帽子に花をさした水夫たちの群れが、三人の演奏家たちが奏でる横笛、太鼓、ハープにあわせて陽気に歌っていた。彼らの横を通り過ぎる時、十二宮の印がついた奇妙な風体の荷馬車に寄りかかっている一人の男に目が留まった。年の頃は四十くらいだろう。顎髭《あごひげ》と同じように濃い茶色の髪をしていたが、薄くなりかけていた。端正な顔立ちで、太ってさえいなければナサニエルよりずっとハンサムだったろう。赤ら顔をして、腹は彼女の腹をゆうに越すほど突き出ていた。だが、彼の肥満ぶりは嫌悪感を催させるどころか、その反対だった。それは敵《てき》愾心《がいしん》を解かせ、魅了し、人生を幸福にする物が好きでたまらない、友好的で陽気な人間であることを見る者に語りかけていた。その青い目はキラキラときらめき、唇に浮かんだ微笑《ほほえ》みと相まっていた。「美しい奥さん。かわいい恋人になってくれんかね？」と彼が言った。アグネスはびっくりして、誰に話しかけているのかとあたりを見渡したが、他には誰も見当たらなかった。

「おやまあ！」普通なら、冷淡に一瞥《いちべつ》のもとにあしらって気にも留めなかっただろうが、ユーモアのセンスを備えていた彼女は、同じくユーモアを解する男を喜んだ。この男、なかなか面白いじゃない。

「二人はお互いのために創られたんだ。奥様、あなたのためなら死んでもいいさ」と彼はアグネスの背後から熱烈な声をかけた。

「そんな必要ないわ。とっくにキリスト様が命を賭《か》けてくれたから、ね、旦那《だんな》」と彼女は言った。

彼女は頭を持ち上げて肩をいからせると、魅惑的な高揚で胸を高鳴らせ、赤ちゃんが入った信じられないくらい巨大なお腹に先導されるように歩き去りながら、男につられて笑った。

女として、冗談でさえも男にお世辞を言われなくなって久しかったので、この滑稽《こっけい》なやり取りはテムズ通りを進んで行く彼女の気持ちを引き立ててくれた。いまだ微笑みを浮かべながらパドル・ドックに近づいたその時、痛みが走った。

「慈悲深いマリア様」と彼女はささやいた。

痛みはふたたび襲いかかった。腹部から全身に広まってゆき、意識が朦朧《もうろう》として立っていられなくなった。公道の丸石に崩れ落ちると破水した。

「助けて！」と彼女は叫んだ。「誰か！」

ロンドンの群衆は、すぐに物見高く集まってきて、彼女は人々の脚に取り囲まれた。痛さでおぼろげな意識のなかで、輪になった人々の顔が自分を見下ろしているのがわかった。

アグネスはうめき声を上げた。

「おい、こら、貴様ら」と荷車引きがガミガミと怒鳴った。「どっかで休ませろ。こちとら毎日のおまんまが懸かってんだ。女を道からどけて荷馬車が通れるようにしろ」

彼らは、ひんやりと暗く、そのうえ猛烈に肥やし臭い場所へ彼女を運んだ。途中で、誰かが彼女のオーフリーの包みを持ち逃げした。薄暗がりのさらに奥の方で、たくさんの大きな影がふらふら揺れていた。蹄《ひづめ》が鋭い音をたてて間仕切り板を蹴《け》り、大きな嘶《いなな》きが聞こえた。

「何のつもりだ？　おい、ここへ連れてこられちゃ困る」と不平そうな声がした。太鼓腹で歯のすいた、こうるさそうな小男で、アグネスはその馬丁長靴と帽子を目にして、彼がジェフ・エグルスタンであり、自分が彼の厩舎《きゅうしゃ》にいることに気づいた。一年以上前、ナサニエルはここの馬房のいくつかを建て直していたのだ。彼女はその事実にすがりついた。「エグルスタン親方」と彼女は弱々しく言った。「私はアグネス・コール、あなたが良くご存知の、あの大工の妻です」

彼の顔に不本意ながら思い当たるような表情が浮かぶのを見て、わずかでも自分のことを知っている以上、追い出すことはできないだろうと彼女は考えた。

彼の背後には、好奇心で目を輝かせた人々が群がっていた。

アグネスは喘《あえ》いだ。「お願い、どなたか夫を呼んできてくれませんか？」と彼女は頼んだ。

「俺《おれ》は仕事を離れるわけにはいかん」とエグルスタンがぶつぶつ言った。「誰か他の奴《やつ》が行けよ」

みんな黙ったままじっとしている。

彼女はポケットに手を入れて硬貨を見つけた。「お願い」とふたたび言って、それをかざした。

「あたいがキリスト教徒の本分を務めるよ」と明らかに街娼《がいしょう》とおぼしき女が即座に言った。彼女の指がタカの爪《つめ》のように硬貨をつかんだ。

痛みは耐えがたく、これまで経験したことのないものだった。彼女は切迫した陣痛には慣れていた。最初の二回の妊娠のあと、やや難産になっていたが、いったん分娩《ぶんべん》が始まると早かった。アン・メアリーが生まれる前と後に流産したが、ジョナサンとアン・メアリーは二人とも破水してすぐに、まるで滑らかな小さな種が指と指の間からほとばしるように、するりと出てきた。五回の出産で、こんな事態は一度も経験したことがなかった。

優しい聖アグネス、と彼女は唇を震わせながら声に出さずに言った。子羊たちを救い賜いし優しい聖アグネスよ、私をお救い下さい。

出産中に自分が名前をいただいた聖アグネスに祈れば、いつだってちゃんと助けてくれた。だが、今、全世界は絶え間ない痛みで包まれ、赤ちゃんは大きな栓のように彼女の中に留《とど》まっていた。

ついに、耳を覆うような彼女の絶叫が、通りすがりの産婆の注意をひいた。かなり酔っぱらった、しわくちゃ婆さんだったが、彼女は悪態をつきながら見物人たちを厩舎から追い払った。戻ってくると、嫌悪感を漂わせてアグネスをじっと見た。「いまいましい男どもめ、糞《くそ》の上に降ろしやがって」と彼女はぶつぶつ言った。移動できるような、ましな場所はなかった。産婆はアグネスのスカートを腰までめくりあげて、下着を切った。それからポカンと口を開けている外陰部のすぐ前の地面から、わらの混じった厩肥を両手で払いのけ、不潔な前かけで拭《ふ》いた。

ポケットから、すでに他の女性たちの血と体液で薄黒くなったラードの入ったガラス瓶を取りだした。腐ったような悪臭のする獣脂をいくらかすくい取って、手を洗うようにして滑らかになるまで脂を両手にのばすと、今や獣のように泣きわめきながら力んでいる女の広がった穴に、そろそろと最初の二本、三本と指を入れ、手全体を入れた。

「二倍痛むよ、奥さん」ちょっとしてから産婆は、肘《ひじ》まで油を塗りながら言った。「やっこさん、すんでのところで自分のつま先を齧《かじ》りかかってるよ。お尻《しり》から先に出てきてるんだよ」

第二章　組合《ギルド》の家族

ロブ・Jはパドル・ドックに向かって走りだした。それから、父親を捜さなければと気づいて大工のギルドへと方向を変えた。組合員の子供ならみな、面倒が起こった時にそこへ行けば良いと知っていた。

『ロンドン大工組合』はカーペンター街の外れにあり、柱の間を藤づると小枝で編んで、その上に厚くモルタルを塗っただけの、数年ごとに塗り替えなければいけないような泥壁の古い建物だった。広々としたギルド集会所の中では、革の胴衣《ダブレット》を着て商売道具の工具ベルトを締めた大勢の男たちが、集会所委員会が作った粗雑な椅子《いす》とテーブルに陣取っていた。近所の人や父親と一緒の十人組《テン》のメンバーの顔はあったが、肝心のナサニエルは見当たらなかった。

ギルドは、ロンドンの大工職人たちにとってのすべてだった。仕事紹介所、医務室、互助会、社交場、失業期間中の救済組織、調停者。すなわち、職業斡旋所《あっせんじょ》であり、政治的勢力や道徳的影響力をも備えていたのである。そこは、四つの「ハンドレッド」と呼ばれる組から成る、きっちりと組織化された社会だった。各々のハンドレッドは、より親密な集まりである十組の「十人組」で構成されており、死んだり、病気が長引いたり、引っ越したりという理由で、十人組のメンバーの誰かが欠けない限り、「見習い大工」として新しいメンバーを迎え入れることはなかった。それも、通常はメンバーの息子たちの名前が登録された、欠員待ちの名簿から選ばれるのだった。その「大工頭」の言葉はどんな王族にも劣らず絶対的であり、いまロブが駆け寄ったのは、この偉い人物、リチャード・ブケレルであった。

ブケレルは、のしかかる責任の重さで曲がってしまったみたいに猫背だった。彼の身の回りは、すべて暗い雰囲気だった。髪は黒。目は生長しきったオーク樹皮の色合い。細身のズボンやチュニック、ダブレットは、クルミの皮で染めた粗い毛織り生地だった。そのうえ、肌は何千回にもおよぶ建築作業で日に焼けて、硬い革のような色をしていた。彼は慎重に行動し、考え、話す人物で、ロブの話にも一心に耳を傾けた。

「ナサニエルはここにはいないよ、坊や」

「どこに行けば見つかるかわかりませんか、ブケレル親方？」

ブケレルはためらった。「失礼、ちょっとお待ちなさい」とようやく言うと、近くに座っていた何人かの男たちの所へ歩いていった。

ロブには、途切れ途切れの単語やこそこそささやく声しか聞こえなかった。

「あの雌犬と一緒なのか？」とブケレルがブツブツつぶやいた。

大工頭はすぐに戻ってきた。「お父さんの居場所はわかったよ」と彼は言った。「君はお母さんの所へ急ぎなさい、坊や。ナサニエルを捕まえて、すぐ後を追わせるから」

ロブは大急ぎで感謝の言葉を口にすると、走り去った。

彼は息もつかずに走り続けた。貨物荷馬車の間をすり抜け、酔いどれたちを避け、人混みを縫って疾走し、パドル・ドックへと突進した。なかば先に、彼が今年に入ってから三回も激しい取っ組みあいをした天敵のアンソニー・タイトの姿が見えた。二人組の波止場ごろの友達と一緒に、アンソニーは荷役奴隷をからかっていた。

今は手間取らせるなよ、このガキ、とロブは冷静に考えた。かかってきてみろ、小便たれアンソニー、こてんぱんにのしてやるからな。

いつか、堕落しきった親父にしてやろうと思っているみたいにな。

波止場ごろの一人が、自分の方を指さしてアンソニーに教えているのが見えたが、すでに彼らを通り越していたロブは、首尾良く走り去った。

息を切らせながら、脇腹《わきばら》にかぎ傷を作ってエグルスタンの厩舎にたどり着くやいなや、見慣れない老女が新生児を産着でくるんでいる姿が目に飛び込んできた。

厩舎には、馬の糞と母親の流した血の臭いが充満していた。ママは地面に横たわっていた。目を閉じて、顔色は真っ青だった。彼は母親の小ささにびっくりした。

「ママ？」

「あんた、息子かい？」

彼は薄い胸板を波打たせながら、うなずいた。

老女は咳払《せきばら》いして地面に痰《たん》を吐き出した。「母さんを休ませておやり」と彼女は言った。

＊

親父はやってくると、ロブ・Jとはほとんど目をあわせなかった。彼らは、ブケレルが建築業者から借りてくれた、わらを敷きつめた荷馬車にママと、のちにロジャー・ケンプ・コールと命名される男の新生児を乗せて家に連れて帰った。

新しい赤ちゃんを産んだ後、ママはいつも焦《じ》らすようにして、自慢げにその子を他の子供たちに披露したものだった。今、彼女はただ横たわって、かやぶき屋根をじっと見つめていた。ついにナサニエルは、すぐ近くに住むハーグリーヴズ未亡人に助けを求めた。「赤ん坊に乳をやることすらできないんだ」と彼は未亡人に告げた。

「じきに良くなるわよ」とデラ・ハーグリーヴズは言った。彼女が心当たりのある乳母のところに赤ん坊を連れて行ってくれたので、ロブ・Jはほっと胸をなで下ろした。他の四人の子供たちの世話で精一杯だったのだ。ジョナサン・カーターはおまるの躾《しつけ》をしてあったのに、母親がかまってくれなくなったことで、何もかも忘れてしまったようだった。

パパはずっと家にいた。ロブ・Jがほとんど口をきかず、それとなく出かけづらくしたのだった。

ロブは、毎朝の日課だった勉強ができなくなって寂しかった。ママは愉快な遊びでもするように、楽しく工夫して教えてくれた。あんなにも思いやりと愛嬌《あいきょう》に満ちて、飲み込みが悪くても寛大に接してくれる先生は他にいやしない。

ロブは、ウィリアムとアン・メアリーを家の外で遊ばせるようサミュエルに命じた。その晩、アン・メアリーは子守歌を泣いてせがんだ。ロブは妹をそばに抱き寄せて、僕のお姫様アン・メアリーと呼びかけた。彼女がお気に入りの呼び方だ。ついには、アンソニー・タイトにこんな姿を目撃されなくて良かったと思いながらも、柔らかくてかわいらしいウサギや巣の中のふわふわな鳥たちの歌を、ルルルゥと口ずさんでやった。妹は母親よりもほっぺたが丸くて、ぽっちゃりとしていたが、眠っている時の口元のゆるみ具合と言い、アン・メアリーはケンプ家側の顔立ちや特色を受けついでいると、ママはいつも言っていた。

二日目になると、ママは少し元気そうに見えたが、頬《ほお》の色味は熱のせいだと父親は言った。震える彼女に、ロブたちはもう一枚蒲団《ふとん》をかけてあげた。

三日目の朝、ロブは水を一口含ませようとして母親の顔に触れて、その熱さに衝撃を受けた。彼女はロブの手を軽くたたいた。「私のロブ・J」と彼女はささやいた。「こんなに男らしくなって」彼女の息は悪臭を放ち、息づかいはあらかった。

ロブが手を取ると、母親の身体から彼の心へと何かが伝わってきた。それはある知覚だった。母親の身に何が起こるのか、動かしがたいほど、はっきりわかったのだ。彼は涙を流すことも、大声で叫ぶこともできなかった。背筋に鳥肌がたった。心底恐ろしさを感じた。大人になっていたとしても、対処しきれなかっただろう。いわんや、彼はほんの子供だった。戦慄《せんりつ》のあまり、彼はママの手を痛くなるほどぎゅっと握りしめた。父親が見とがめて、彼の頭をたたいた。

次の朝、起きると、母親は死んでいた。

＊

ナサニエル・コールは座ったまま泣き続け、ママが永久にいなくなってしまったという現実を理解していない子供たちを怯《おび》えさせた。父親が泣くのを一度も見たことがなかったので、みんな青白い顔をして警戒するように一ヵ所に集まっていた。

ギルドがすべて面倒を見てくれた。

奥さん連中がやってきた。アグネスと懇意にしていた者は一人もいなかった。学校教育を受けていた彼女は、はたからはうさん臭い人間に映っていたからだった。しかし、女たちは、生前の彼女の読み書きの能力の罪を許し、入棺の準備を施した。以来ずっと、ロブはローズマリーの臭いを嫌った。もっと景気がよい時機だったら、男たちは仕事を終える夕方に来ただろうが、大半は失業中だったので早くに顔を見せた。アンソニーの父親で、息子とそっくりなヒュー・タイトが、会員の葬式のためにお棺を作る常設委員会、『棺桶《かんおけ》たたき』の代表としてやってきた。

彼はナサニエルの肩をたたいた。「俺《おれ》んとこに、硬い松材がたんと貯め込んである。去年、『居酒屋バードウェル亭』の仕事で余しておいたのさ。あの上等な木材、あんたおぼえてるだろ？　カミさんには、ちゃんとしてやっからな」

ヒューは半熟練職人で、工具の扱い方もろくに知らん奴《やつ》だ、と父親が見下して言うのを耳にしたことがあったが、今のナサニエルはただ、ぼんやりとうなずいただけで、酒をあおった。

ギルドはたくさんの食べ物を用意した。というのも、葬式は酔っぱらっても、暴飲暴食をしても大目に見てもらえる唯一の機会だったからだ。林檎酒《りんごしゅ》と大麦エールの他にも、甘口ビールと、蜂蜜《はちみつ》と水を混ぜて六週間発酵させて造るスリップと呼ばれる混合酒が用意された。大工の友であり慰めでもあるピメント、それに、モラトと呼ばれるクワの実で香味づけしたワイン、メテグリンとして知られる蜂蜜酒《ミード》もあった。彼らは、炙《あぶ》ったたくさんのコリンウズラとヤマウズラに、野ウサギや鹿肉、燻製《くんせい》ニシン、捕れたての鱒《ます》やカレイを焼いたり揚げたりした料理、そして大麦パンを何斤も山積みにしてやってきた。

ギルドは、今は亡きアグネス・コールにかわり貧困者へ二ペンスの寄付をすると宣言し、教会まで行列を先導していく棺《ひつぎ》の担ぎ手と、墓掘り人を手配した。聖ボトルフ教会では、ケンプトンという名の司祭が上の空でミサを唱えてママをキリストの御胸にゆだね、ギルド組合員たちが冥福《めいふく》を祈って詩篇を二つ朗誦《ろうしょう》した。彼女は教会附属墓地の小さなイチイの木の前に埋葬された。

家に戻ってくると、葬式のご馳走《ちそう》が女たちによって温められて準備万端になっていた。人々は隣人の死のおかげで乏しい食事から解放され、何時間も飲み食いをした。ハーグリーヴズ未亡人は子供たちと一緒に座って、軽い食べ物を与えたりしながら、かいがいしく面倒を見ていた。彼女の分厚く芳しい胸に抱きしめられるのを、子供たちはもがきながら辛抱した。しかし、ウィリアムの気分が悪くなった時、家の裏に連れ出して、頭を支えて吐かせてやったのはロブだった。あとになってから、デラ・ハーグリーヴズはウィリアムの頭をなでて、お母さんを亡くしたショックのせいねと言った。だが原因は、彼女がウィリアムに自分の持ってきた料理をいっぱいつめ込みすぎたせいだとわかっていたので、ロブはそのあと、子供たちに彼女のすめる瓶詰めウナギには手をつけさせないようにした。

＊

ロブは死について理解していたが、それでも知らず知らずのうちに、ママが家に帰ってくるのを待っていた。市場で買った食糧かサザクの輸出商から得たお金をたずさえて、いつ彼女がドアを開けて入ってきたとしても全然不思議ではないと、心のどこかで感じていた。

〈歴史のお勉強よ、ロブ。

西暦四〇〇年代と五〇〇年代にかけて、ブリテンに来襲した三つのゲルマン種族はなあに？

アングル族、ジュート族、それにサクソン族だよママ。

彼らはどこからやってきたの、坊や？

ゲルマニアとデンマーク。彼らは東海岸沿いのブリトン人を征服して、ノーサンブリアとマーシア、イーストアングリアの王国をおこしたんだ。

私の息子がこんなに賢いのは誰のおかげかしら？

賢い母親のおかげじゃない？

まあ！　それじゃあ、賢い母親からごほうびのキスよ。それから、これはあなたの賢いお父さんの分よ、もう一回キスしてあげる。賢いお父さんがいることを決して忘れてはダメよ……〉

とても驚いたことに、父親はずっと家にいた。ナサニエルは子供たちと話したがっているふうだったが、話しかけられずにいた。彼は屋根の葺《ふ》き材を補修して、ほとんどの時間をつぶしていた。葬式の数週間後、非日常的な感覚麻痺《まひ》が徐々に消えつつあり、ロブが自分の人生がどれほど変わることになるかようやく理解し始めた頃、父親はついに働き口を見つけた。

ロンドンの川岸の土は茶色で底深いが、柔らかで粘りの強い泥なのでフナクイムシの住処《すみか》となる。この虫が数世紀にもわたって穴を掘り進んで、埠頭《ふとう》を穴だらけにし、材木を大破させてしまったので、いくつかを建て替えなければならなかった。その仕事は厳しく、立派な家を建てるのとはほど遠かったが、金に困っていたナサニエルは喜んで引き受けた。

ロブ・Jは一切の家事を引き受けたが、料理は下手だった。デラ・ハーグリーヴズがたびたび、食べ物を持ってきたり食事を作ってくれたりしたが、たいていはナサニエルが家にいる時だけで、女らしく気立てがよく、子供たちに心を砕いているのだと彼に印象づけようと骨を折っていた。彼女は恰幅《かっぷく》が良かったが魅力がないわけではなく、血色の良い顔色に、頬骨《ほおぼね》が高く、とがった顎《あご》をしていて、小さなぽっちゃりした手は、できるだけ仕事に使わないようにしていた。ロブはこれまでも弟や妹たちの世話をしていたが、今やたった一人の担い手になってしまい、面倒をみる方もみられる方も、お互いにその状態が気に入らなかった。ジョナサン・カーターとアン・メアリーは、年がら年中泣いていた。ウィリアム・スチュアートは食欲をなくし、顔がやつれてギョロ目になってきていたし、サミュエル・エドワードはますます生意気になって、ののしり言葉を家庭内に持ち込んで、ロブ・Jに嬉々《きき》として浴びせかけるので、年長の彼はたたく以外に解決策がなかった。

ロブは『彼女』がしただろうと思われることは、何でもしようとした。

毎朝、赤ちゃんにパン粥《がゆ》を与えて、残りのみんなが大麦パンと飲み物を摂《と》ったあと、丸い煙穴の下の炉床を掃除した。雨が降ると、煙穴を通じて雨粒がシューっと音を立てて炉火に落ちるのだ。灰を家の裏まで運んで捨ててから床を掃いた。三つの部屋すべての貧弱な家具の塵《ちり》も払った。ママがたった一度の外出でなんとか調達していた物を、彼は週に三回かけて、ビリングズゲート市場に買いに行った。露店商の多くは彼のことを知っていた。彼が最初にやってきた時は、お悔やみの言葉とともに林檎数個とか、チーズ数切れ、小さな塩漬け鱈《たら》の半身といった心ばかりの贈り物をコール家族にしてくれる者もいた。しかし、数週間もするとお互いに慣れて、ママがしていたよりももっと猛烈に露店商たちと渡りあった。子供だと思って舐《な》められたくはなかった。市場からの帰り道、彼はいつものろのろと歩いた。兄弟たちに対する監督責任を、またウィリアムから引き取らねばならないと思うと、気が重かったのだ。

ママはその年から、サミュエルを学校へやりたがっていた。彼女がナサニエルに刃向かって、聖ボトルフ教会の修道士たちのもとでロブに勉強を受けさせるように説得したおかげで、ロブは二年間、毎日教会学校に通えた。それも、ママが子供たちに邪魔されずに刺繍《ししゅう》の仕事に専念できるように、家で弟たちの面倒を見なければならなくなるまでのことだった。だが今や、どの子供たちも学校へなど行けそうになかった、読み書きができない父親からすれば、学校教育など無駄なのだ。彼は学校が懐かしかった。彼は安っぽい家々が密集した悪臭のする近所を歩いていても、かつてあれほど一大事だった、子供っぽいお遊びも強敵の小便たれアンソニー・タイトのことも、ほとんど忘却の彼方に消えていた。いまでは、アンソニーと一味は、ロブを追いかけてくるでもなく、ただ通り過ぎるのを見つめていた。彼が母親を失ったことが免罪符であるかのように。

ある夜、父親は彼に、上手く家事をこなしてるじゃないかと言った。「お前はいつだって、実際の年よりも大人びてたからな」とナサニエルは、ほとんど非難とも取れるような言い方をした。二人は他にはしゃべることも見当たらず、お互いに落ち着かずに見つめあった。ナサニエルが暇な時に売春婦たちと過ごしていようと、ロブ・Jの知ったことではなかった。ママがどんなに苦労して暮らしたかを考えると、いまだに父親を許せなかったが、妻が望んだふうになろうと彼が苦闘しているのもわかっていた。

すぐに弟と妹たちをあの未亡人に引き渡せるだろう、とロブはデラ・ハーグリーヴズが家に出入りするのを期待して見守った。近所の人たちの冗談やクスクス笑いから、彼女が自分の継《まま》母《はは》になる可能性大だと察したからだ。彼女には子供がいなかった。彼女の夫、ラニング・ハーグリーヴズは大工で、十五ヶ月前、落ちてきた梁《はり》に当たって死んでいた。小さな子供たちを残して女性が死ぬと、残された男やもめはすぐに再婚するのが通例で、ナサニエルがデラの家で二人きりで過ごし始めても何の不思議もなかった。しかし、そうしたアバンチュールにも限界があった。ナサニエルは、たいてい疲れすぎていたからだ。埠頭を建造するのに使われる大きな杭《くい》と防壁は、黒オークの丸太から四角く切り出してから、干潮の間に川底深く打ち込まなければならなかった。ナサニエルは濡《ぬ》れて冷たくなりながら働いた。他の仲間たちと同様、彼は短い空咳《からぜき》をするようになり、いつもくたびれ果てて帰ってきた。ヌルヌルしたテムズ川の泥の底深くから、彼らは歴史の破片をいくつも暴き出した。長いアンクル・ストラップのついたローマンサンダル、折れた槍《やり》、陶器の破片などだ。彼はロブ・Jのために石片を持って帰ってくれた。ナイフのように鋭いその矢尻《やじり》は、地下六メートルで見つかったのだ。

「ローマ人のかな？」とロブは熱心にたずねた。

父親は肩をすくめた。「サクソン人のかもな」

だが、数日後に見つかった硬貨の出所については疑問の余地がなかった。ロブが炉火の灰を湿らせて何度も何度もこすると、黒くなった円盤の片側に『Prima Cobors Britanniae Londonii』という文字が現れたのだ。教会仕込みのラテン語がかろうじて役に立った。「たぶん、最初の歩兵隊がロンドンにやってきたのを記念してるんだ」と彼は言った。反対側には、馬にまたがったローマ人とIOXという三文字が記されていた。

「IOXはどういう意味だい？」と父親がたずねた。

彼にはわからなかった。ママなら知っていただろうけれど、他にたずねる相手は誰もいなかった。彼は硬貨をしまった。

＊

みんなはナサニエルの咳に慣れてしまい、もはや気にも留めなくなっていた。だがある朝、ロブが炉を掃除していると、表でちょっとした騒ぎが聞こえた。ドアを開けると父親の同僚のハーモン・ホワイトロックの姿と、ナサニエルを家へ運ぶために港湾労働者の中からかり出された、二人の奴隷の姿が目に飛び込んできた。

奴隷たちはロブ・Jを震え上がらせた。人が自由を剥奪《はくだつ》されるには様々な経路がある。戦争捕虜は、自分の命を見逃してくれたのと引き換えに、相手の戦士の奴隷となる。自由市民でさえも重大な犯罪のために、例えば債務を負ったり、厳しい罰金や科料を払えないというだけで、奴隷の身分に処されることがある。そして、その男の妻と子供も一緒に奴隷の身に落とされ、子孫は代々奴隷となるのだ。

目の前の奴隷たちは、囚《とら》われの身の象徴であるツルツル頭をして、実に不快な悪臭を放つボロボロの服を着た、筋骨隆々とした大男たちだった。口をきかず、ただこちらを無表情で見つめているだけだったので、彼らが捕らえられた外国人なのかイギリス人なのか、ロブ・Jには見分けがつかなかった。決して小さいほうではないナサニエルを、奴隷たちはまるで重さがないみたいに運んだ。父親の血の気の失せた青白い顔や、下に降ろされた時のだらりとした頭の揺れ方よりも、何より奴隷たちの存在がロブ・Jを怯《おび》えさせた。

「何があったんです？」

ホワイトロックは肩をすぼめた。「体調を崩したのさ。俺《おれ》らの半分は、始終、咳込んで唾《つば》を吐いてやられちまってる。今日、奴《やつ》はひどく萎《な》えていて、重労働に入った途端に倒れちまった。数日も休めば埠頭に戻れるだろうよ」

次の朝、ナサニエルはベッドから起きあがれず、声はしゃがれていた。ハーグリーヴズ夫人が蜂蜜《はちみつ》をたらした熱い紅茶を持ってきて、ぶらぶらしていった。二人は低い親密な声色で話し、女は一、二度笑い声をたてた。だが次の朝、夫人がやってくると、ナサニエルは高熱を出していて、冗談を言ったりいちゃいちゃしたりする雰囲気ではなく、彼女はそそくさと引き上げた。舌と喉《のど》が真っ赤に腫《は》れて、彼はしきりに水を飲みたがった。

夜、彼は夢にうなされて、一度など、デーン人の下司《げす》野郎どもが船でテムズ川をさかのぼってくるぞ、と叫んだ。胸に繊維質の痰《たん》がからまって自力で切れず、呼吸がだんだん困難になった。朝がくると、ロブは急いで隣の家に未亡人を呼びに行ったが、デラ・ハーグリーヴズは来るのを拒んだ。「あれは口腔《こうこう》カンジダ症よ。カンジダ症はとっても感染しやすいんだから」そう言って扉を閉めてしまった。

他に頼れる場所もなく、ロブはふたたびギルドへ行った。リチャード・ブケレルは真面目に彼の話に耳を傾けると、家まで来てナサニエルのベッドの足元に長い間座り、彼の赤い顔をじっと見つめ、息をする時のガラガラいう音を聞いていた。

司祭を呼んで簡単にすませることもできたろう。聖職者はロウソクに火を点《つ》けて祈ってくれるだけで何の力にもならないが、それによってブケレルは面倒に巻き込まれずに責任を回避することができたはずだ。長い年月、彼は建造業者として成功を収めてきたが、ロンドン大工組合の指導者としては力およばず、組合の乏しい財源をなんとかやりくりしなければならない立場なのだ。

だが片親が生きのびなければ、この家族がどうなってしまうのか。それを承知していた彼は急いで立ち去ると、ギルド基金を使って内科医トーマス・フェラトンを雇った。

ブケレルの妻はその夜、手厳しく彼を糾弾した。「内科医ですって？　じゃあ、ナサニエル・コールは突然、上流階級や高貴な生まれにお成りあそばしたわけ？　ロンドンに住む他の人はみんな普通の外科医で十分間に合ってるっていうのに、何だって私たちの金を出してまでナサニエル・コールを内科医に診《み》せなきゃならないのよ、アンタ」

ブケレルは口ごもって言い訳するしかなかった。彼女の言い分は正しかったからだ。内科医の高価な治療を受けるのは、貴族と金持ちの商人だけだった。普通の連中は外科医を利用し、労働者は半ペニー銅貨を払って、外科医兼理髪師に瀉血《しゃけつ》や怪しげな治療をしてもらうこともある。ブケレルの知るかぎり、治療者はみな、いまいましい寄生虫のような人間で、治すどころか悪化させることの方が多いのだ。だが、彼はコールにできるかぎりのことをしてやりたくて、つい魔がさし、律儀な大工たちが骨身を削って積み立てた会費を使って内科医を雇ってしまったのだ。

コール家にやってきたフェラトンは、快活で自信に満ちて、力強い幸福の象徴そのものだった。ぴったりと身体にあったズボンは美しく裁断され、シャツのカフスは刺繡《ししゅう》で飾られており、その刺繡は即座にママを思い出させて、ロブの心を締めつけた。フェラトンのキルトの診察着は、手に入る最も上質なウール製で、乾いた血や吐物が点々とつき、それこそ自分の専門的職業をしらしめる、名誉ある勲章だと彼は誇り高く信じていた。

富裕階級に生まれたフェラトンは——父親は毛織物商ジョン・フェラトンだった——上等な刃物を製造販売している富裕な一族、ポール・ウィリバルドという内科医に弟子入りした。ウィリバルドは裕福な人々の治療をしていたので、フェラトンも徒弟奉公を終えると自然とその種の患者を相手にするようになった。商人の息子には、貴族の患者は手が届かなかったが、富裕階級を相手にするのは気が楽だった。同じ志向性と同じ階層に属する仲間を共有していたからだ。彼は、それと知ったうえで労働者階級の患者を引き受けたことは一度もなかったが、ブケレルをどこかの大物の使者だと勘違いしてしまったのだ。一目で、ナサニエル・コールは自分に相応《ふさわ》しくない患者だと悟ったが、悶着《もんちゃく》を起こしたくなかったので、気にくわない仕事は手っとり早く片づけてしまおうと決心した。

彼はナサニエルの額に繊細な手つきで触れて、目をのぞき込んで、息の臭いをかいだ。

「そうですね」と彼は言った。「良くなるでしょう」

「何なんですか？」とブケレルはたずねたが、フェラトンは答えなかった。

ロブは直観的に、この医者もわかっていないのだと感じた。

「扁桃膿腫《へんとうのうしゅ》です」とフェラトンはようやくそう言うと、父親の深紅色の喉《のど》にある白いただれを指摘した。「一過性の化膿性の炎症です。たいしたことはありません」彼はナサニエルの腕に止血帯を巻いて、手際よくランセットで切開して、おびただしい量の血を採った。

「もし良くならなかった時は？」とブケレルがたずねた。

内科医は眉《まゆ》をひそめた。二度とこの下層階級の家を訪れるつもりはなかった。「念のためにもう一回、血を採っておきましょう」と彼は言って、もう片方の腕からも瀉血した。彼は、炭で炙《あぶ》ったアシの茎を混ぜた液体塩化水銀が入った小さなフラスコを置いて、往診料と瀉血料、そして内服薬料を別々に請求して立ち去った。

「人でなしの寄生虫め！　やぶ医者の金持ち面した下司野郎が」ブケレルは、彼の後ろ姿をにらみつけながらブツブツ言った。大工頭は、父親の面倒を見る女性をよこすから、とロブに約束した。

＊

ナサニエルは青白く消耗しきって、身動き一つせずに横たわっていた。何回か息子をアグネスだと勘違いして手を取ろうとした。だが、ロブは母親が病気の時に起きた出来事を思い出して、手を引っ込めた。

あとになって、自分のしたことが恥ずかしくなり、父親のベッド脇《わき》に戻ってくると、ロブはナサニエルの労働で硬くなった手を取って、半透明の欠けた爪《つめ》や、こびり付いた垢《あか》、細かく縮れた黒髪を見つめた。

それは、まさに前とまったく同じように起こった。彼は、ロウソクの炎がチラチラと弱まっていくみたいに、何かが消えていく感覚に気づいた。なぜだか父親が死に瀕《ひん》していて、しかもそれが非常に近い将来に起こるのを感知してしまったのだ。そして、ママの死の床で襲われたのと同じ無言の恐怖にとらえられた。

ベッドの向こうには弟と妹たちの姿があった。彼はまだほんの少年だったが、とても聡明《そうめい》だったので、悲嘆と恐怖の苦悶《くもん》も、瞬時にして迫りくる現実問題に取ってかわった。

彼は父親の腕を揺すぶった。「ねえ僕たち、どうなっちゃうの？」と彼は大声でたずねたが、誰も答えてはくれなかった。

第三章　離　散

今回は、死んだのが単なる扶養家族ではなく組合員自身だったので、大工組合《ギルド》は山ほど賛美歌を歌ってもらうよう金を出した。葬儀の二日後、デラ・ハーグリーヴズは兄の所へ身を寄せるためにラムゼーに旅立った。リチャード・ブケレルは、話があるとロブを脇《わき》へ連れだした。

「身寄りがない場合、子供たちと所持品は分配しなければならないんだ」と大工頭はテキパキとした口調で言った。「組合がすべて面倒をみるから」

ロブは何も感じなかった。

その晩、彼は弟と妹たちに説明を試みた。サミュエルだけが、彼が何を言わんとしているのかを理解した。

「じゃあ、僕たちは離ればなれになっちゃうの?」

「うん」

「それぞれ別の家族と暮らすの?」

「そうだよ」

その夜、誰かが彼のベッドに忍び込んできた。ウィリアムかアン・メアリーだろうと彼は思ったが、それはサミュエルで、まるで落ちていくのを食い止めようとするみたいに、彼に腕を回してしがみついた。「ママとパパに戻ってきて欲しいよ、ロブ・J」

「僕もだよ」彼は普段はどついてばかりいる、弟の骨張った肩を軽くたたいた。

しばらくのあいだ、二人は一緒に泣いた。

「それじゃあ、僕たちはもう二度と会えないの？」

彼は寒気を感じた。「おいおいサミュエル、馬鹿言うなよ。もちろん、僕らは二人とも近所に住んでいつだって会えるさ。僕らはいつまでも兄弟だよ」

サミュエルはこの言葉になぐさめられて少し眠ったが、夜明け前に、ジョナサンよりも年下になってしまったみたいに枕《まくら》を濡《ぬ》らした。朝になると、彼は恥ずかしくてロブと目を合わせられなかった。彼の恐怖はいわれのないものではなかった。みんなの中で一番に出ていくことになったのだ。父親の十人組《テン》のメンバーの大半は、いまだに仕事にあぶれていた。九人の大工のうち、唯一、余裕があった一人が、快く子供を引きとってくれることになったのだ。サミュエルとともに、ナサニエルの金槌《かなづち》と鋸《のこぎり》が、ほんの六件先に住む棟梁《とうりよう》のターナー・ホーンの所へ行った。

二日後、ラナルド・ラヴェルという名の司祭が、ママとパパのミサをとりしきったケンプトン神父と一緒にやってきた。自分はイングランド北部に転任するところで、子供が一人欲しいのだ、とラヴェル神父は言った。全員と面接した結果、神父はウィリアムを気に入った。薄い黄色の髪とグレイの目をした、背の高い暖かそうな人となりを見て、親切な人に違いないとロブは自分に言い聞かせようと努めた。

弟は蒼白《そうはく》になって震えながら、二人の司祭のあとについて家を出ていく時、ただうなずくことしかできなかった。

「それじゃあ、さよならだ、ウィリアム」とロブは言った。

残された二人の小さな子供たちは何とかして手元に置いておけないものかと、彼は痛切に感じた。しかし、父親の葬式で残った食べ物はすでに底をついていたし、何より彼は現実的な少年だった。ジョナサンと父親の革のダブレットと工具ベルトは、ナサニエルのハンドレッドに属するエイルウィンという名の熟練工の手に渡った。エイルウィン夫人がやってくると、ジョナサンはおまるの躾《しつけ》はしてあるけれど、嫌がる時はおしめも必要だとロブは説明した。彼女は愛想良く笑ってうなずきながら、洗い古したおしめの布と子供を受け取った。

乳母がそのまま赤ん坊のロジャーを引き取り、ママの刺繍《ししゅう》材料も受け取った。リチャード・ブケレルが、そのことをロブに知らせてくれたのだ。ロブはその女性の顔すら見たことがなかった。

アン・メアリーは髪を洗ってやる必要があった。教わった通りに注意深く洗ってやったが、それでも多少の石鹸《せっけん》が入って、彼女の目は焼けるように滲《し》みた。髪をふいて乾かしてやると、ロブは泣いている彼女を抱きしめて、ママと同じ香りを放つ洗い立ての暗褐色の髪をかいだ。

次の日、傷みの少ない家具をヘーヴァリルと称するパン屋の夫婦が持っていって、アン・メアリーはそのパン屋に住むことになった。ロブは彼女の手をしっかりと握って二人の所へ連れてきた。「じゃあ、さよならだ、かわいいアン・メアリー。愛してるよ、僕のお姫様」とささやいて、彼女をぎゅっと抱きしめた。けれど、彼女は痛い目に合わされたことで腹をたてているらしく、別れの言葉さえ返さなかった。

ロブ・Jただ一人が残され、引き取り手も現れなかった。その晩、ブケレルが彼の様子をうかがいに来た。大工頭は飲んでいたが、頭ははっきりしていた。「君の落ち着き先を見つけるのには、時間がかかるだろう。一人前の男としての働きもできずに、食欲だけ大人並みの少年を養える者など誰もいないご時世なんだ」沈黙がたれ込めたあとで、彼はふたたび口を開いた。「私が若い頃には、同世代の人民を荒廃させてばかりいた最悪の王、エセルレッド王を辞めさせることができさえすれば、本当の平和が手に入り、時代は良くなると誰もが言っていたものだ。私たちはサクソン人、デーン人、とあらゆる残虐な海賊どもに次から次へと侵略されてきた。今、ようやくクヌート王という、強力な平和維持君主を戴《いただ》いたのに、あたかも自然が私たちを制圧しようと企《たくら》んでいるかのようだ。夏と冬の大嵐《おおあらし》が我々を打ちのめす。三年続けて作物は不作。粉屋は穀物を挽《ひ》けず、船乗りは港に足止めだ。家を建てる者は誰もおらず、職人には仕事がない。不況なんだよ、坊や。でも、私が君の居場所を見つけるからね、約束するよ」

「ありがとう、大工頭さん」

ブケレルの黒い目が曇った。「私は見ていたよ、ロバート・コール。裕福な男に負けないくらい、立派に自分の家族の面倒を見る少年の姿をね。私の妻があんなでなかったら、君を家へ引き取るんだがな」酒のせいで必要以上に舌が滑らかになっているのに気づいて、彼は気恥ずかしくなり、まばたきすると重々しく立ち上がった。「ぐっすりおやすみ、ロブ・J」

「おやすみなさい、大工頭さん」

＊

彼は隠者になった。ほとんど空になった部屋が彼の洞穴だった。食事に呼んでくれる者は誰もいなかった。隣人たちは彼の存在を無視することもできず、渋々、食べ物をよこした。朝、ヘーヴァリル夫人が現れて、前日に店で売れ残ったパンを置いていき、晩にはブケレル夫人がやってきて、彼の充血した目を見とがめると、悲しんで泣くのは女々しい行為だと叱《しか》ってから、ちっぽけなチーズの切れ端を置いていった。彼はこれまで通り、共同井戸から水を汲んできて、家の手入れをしたが、略奪されつくしたひっそりとした場所を散らかす者など誰もいるはずはない。くよくよしたり空想したりする以外、彼はほとんどすることがなかった。

時々、彼はローマ人の斥候になって、開けた窓のそばでママのカーテンのうしろにじっと隠れて、敵の世界の秘密に耳を傾けた。荷車が引っぱられて行き来する音や、犬の吠《ほ》え声、子供たちの遊び声、鳥の鳴く声を聞いた。

一度、ギルドの男たちが話す声を小耳にはさんだ。「ロブ・コールは掘り出しものだ。誰か欲しい奴《やつ》がいてもよさそうなもんだ」とブケレルが言った。

ロブは、やましさにこそこそ伏せて、まるで第三者のような気分で他人が自分のことについて話すのを聞いていた。

「そうだろうよ、奴の図体を見てみろ。すっかり成長したら、さぞすごい馬車馬になるだろうさ」とヒュー・タイトが嫌味たらしく言った。

タイトに引き取られたりしたら、どうなるんだ？　ロブはアンソニー・タイトと暮らすという見込みにげんなりした。だから、ヒューがうんざりしたように鼻を鳴らしても、気に障りはしなかった。「あと三年もしなけりゃ見習い工にもなれんくせに、今だってもうデカい馬並みに食うんだぜ。ロンドン中に働き手と空《す》きっ腹があふれてるってのによ」男たちは通り過ぎていった。

二日後の朝、同じ窓のカーテンのうしろで、彼は盗み聞きの罪を嫌と言うほど思い知らされた。ブケレル夫人がギルドでの夫の責務についてヘーヴァリル夫人に力説しているのを立ち聞きしたのだ。

「みなさん大工頭でうらやましいなんて言うけど、何の腹の足しにもなりゃしない。その正反対よ。厄介な義務をおっつけられるだけ。あそこにいる、あんな怠け者のガキみたいなのに、家の食糧を分け与えなきゃいけないなんてウンザリだわ」

「一体全体、あの子どうなるのかしらねえ」とヘーヴァリル夫人はため息をつきながら言った。

「私、乞食《こじき》として売っ払うべきだってブケレル親方に忠告したのよ。不景気とは言え、若い奴隷なら、ギルドや私たちがコール家に費やした分を穴埋めできる値で売れるわ」

彼は息ができなかった。

ブケレル夫人はふんと鼻を鳴らした。「主人は耳を貸さないわね」と彼女は苦々しく言った。

「大丈夫、私が絶対に説き伏せてみせるわ。でも、主人が同意するのをぐずぐず待ってたら、出費を取り戻せなくなっちゃうかもしれないわね」

二人の女性が立ち去っても、ロブはまるで熱を出した時のように、汗と寒気を交互に感じながら、窓のカーテンのうしろに隠れていた。

生まれてからずっと奴隷たちを見てきたけれど、自由なイングランド人として生まれた自分は、ああした境遇とは何の関係もないと、当たり前のように思ってきた。

波止場の港湾労働者として働かされるには幼なすぎた。だが、少年奴隷は鉱山で使われているのを知っていた。大人の男の身体では狭すぎて通れないトンネルの中で働くのだ。奴隷はみすぼらしい服と食べ物をあてがわれ、少しでも逆らおうものなら、容赦なくムチ打たれるのも知っていた。そのうえ、いったん奴隷にされると一生、誰かに所有されることになるのだ。

彼はつっぷして泣いた。なんとか勇気を奮い起こすと、ブケレルさんなら絶対に自分を奴隷に売ったりしないと自分に言い聞かせたが、ブケレル夫人が夫に内緒で他の人間をさし向けて実行に移すかもしれないと心配になった。彼女なら十分しかねない。見捨てられ静まり返った家の中で、いまかいまかと待ち構えながら、彼はあらゆる音にびくっと震え上がるようになった。

＊

父親の葬儀から身の凍るような五日が過ぎて、見知らぬ人が訪ねて来た。

「君がコール少年かね？」

彼は胸をドキドキいわせながら、用心してうなずいた。

「私はクロフト。居酒屋バードウェル亭で知り合った、リチャード・ブケレルという男性から君の居場所を聞いてね」

若くもなく、年をとってもおらず、太った大きな身体をして、自由市民の象徴である長髪と、同じくしょうが色をした曲線的な縮れた髭《ひげ》に囲まれた、日焼けした顔の男をロブは見た。

「君のフルネームは？」

「ロバート・ジェレミー・コールです」

「歳は？」

「九歳」

「私は外科医兼理髪師で、見習いを探しているんだ。外科医兼理髪師はどんな職業か、知っているかね、コール少年?」

「何か内科医の一種みたいなものですか?」

太った男は微笑《ほほえ》んだ。「当座のところは、当たらずとも遠からずだ。ブケレルは君の置かれている状況を教えてくれた。私の商売に興味があるかな?」

興味はなかった。父親を出血多量で死なせた、あの寄生虫のようになりたいとは毛頭思わなかった。しかし、それ以上に奴隷に売られたくはなかったので、彼はとまどうことなくハイと返事をした。

「働くのはおっくうじゃないかね?」

「とんでもないです!」

「それは良い。何しろ君をこき使うことになるからな。ブケレルが言うには、君は読み書きができてラテン語がわかるそうだが?」

彼はためらった。「本当は、取るに足らないくらいのラテン語です」

男は微笑《ほほえ》んだ。「しばらく君を試してみよう、おちびさん。荷物はあるかね?」

身のまわりの品を入れた小さな包みは、何日も前から用意してあった。僕は助かったんだろうか?　と彼はいぶかった。外へ出ると、これまでお目にかかったなかでも、一番奇妙な荷馬車によじ登った。前部座席の両側に、深紅の蛇のように太い縞《しま》が巻きついた白い柱がついていた。鮮やかな赤に塗られた幌《ほろ》つきの馬車で、牡羊やライオン、天秤《てんびん》、山羊、魚、弓の射手、蟹《かに》などの明るい黄色の絵が描かれていた。

灰色に黒みがかった斑点《はんてん》のある馬に引っぱられて、カーペンター街を転がって行き、ギルド会館を通り過ぎた。テムズ街の喧噪《けんそう》を縫うように通り抜けながら、彼はすくんで座っていたが、何とか男の方を素早く見やった。太って、とがった赤鼻をして、左のまぶたに瘤《こぶ》があり、鋭い青い目の目尻《めじり》から皺《しわ》が四方に広がっているにもかかわらず、ハンサムな顔をしているのに気づいた。

荷馬車はウォールブルック川に架かる小さな橋を渡って、エグルスタンの厩舎《きゅうしゃ》とママが倒れた場所を通り過ぎた。それから右に曲がり、ロンドン橋をテムズ川の南側に向かってガタガタ疾走して渡った。橋のそばに停泊しているのはロンドンの渡し船で、すぐ向こうには大きなサザク市場があり、輸入品がイングランドに運び込まれていた。デーン人たちの焼き討ちに合い、最近再建された倉庫群も通り過ぎた。土手には、漁師や、はしけ船頭、波止場労働者のみすぼらしい一階建ての泥壁の小屋が並んでいた。市場に来る商人が泊まるむさ苦しい宿屋が二件あった。それから、さらに広い土手道を境にして、ロンドンの金持ちの商人たちの屋敷である二階建ての豪奢《ごうしゃ》な家があり、それぞれ印象的な庭がついていて、なかには沼に打ち込まれた杭《くい》の上に建てられた家もあった。ロブはママが取り引きしていた刺繍《ししゅう》輸入商の家を見つけた。この地点から向こうへ旅したことは、いまだかつてなかった。

「クロフト親方?」

男は顔をしかめた。「いかん、いかん。私はクロフトと呼ばれた試しがないんだ。職業柄、いつも床屋《バーバー》さんと呼ばれてるんでな」

「わかりました、床屋《バーバー》さん」と彼は言った。ほどなくしてサザク一帯が背後に過ぎ去り、ロブ・Jは湧《わ》き起こる狼狽《ろうばい》とともに、自分がまったく見知らぬ外の世界に足を踏み入れたのを悟った。

「床屋さん、僕たちどこへ行くの？」彼は叫ばずにはいられなかった。

男は微笑むと、手綱を軽く打ってまだら馬を速足にさせた。

「あらゆる場所さ」と彼は言った。

第四章　外科医兼理髪師

夕暮れ前に、二人は小川の横の丘の上に野営した。とぼとぼ歩いている葦毛《あしげ》の馬の名は、テイタスだと男は言った。「インシテイタスの略だ。カリギュラ皇帝が溺愛《できあい》するあまり、司祭や執政官に任命した愛馬にちなんでな。我々のインシテイタスは優れて清らかな生き物だよ、かわいそうに金球をチョン切られてるんでな」床屋さんはそう言って、去勢馬の手入れの仕方をして見せた。自分たちの欲求を満たすより先に、まず両手一杯の柔らかな干し草で馬をこすってから、水を飲ませて牧草を食べに行かせるのだ。彼らは樹木のない空き地にいて、森林からは遠かったが、ロブは焚《た》き火用の枯れ木を集めに行かされた。ひと山積み上げるためには、何往復もしなければならなかった。すぐに焚き火は音をたて始め、料理がよい香りを漂わせだすと、足腰にどっと疲れがきた。床屋さんは鉄鍋《てつなべ》の中へ厚く切った燻製《くんせい》ポークをたっぷり入れた。それから溶け出た脂肪のほとんどを捨てて、パチパチいっている残りの油に、大きなカブと数本のリーキを切り入れ、乾燥したクワの実少量とハーブを少々加えた。食欲を刺激するような香りを放つゴッタ煮ができ上がる頃には、ロブがこれまで知らなかったほど美味《うま》そうな匂《にお》いになっていた。床屋さんは無表情で食べていたが、ロブが大きな肉の塊をがつがつかき込むのを見て、黙ってもう一切れ入れてやった。彼らは大麦パンをちぎっては、木の椀《わん》をぬぐって食べた。ロブは自発的に、鍋と椀を小川に持っていって砂でこすって洗った。

食器類をもとに戻すと、近くの茂みで用を足した。

「これはこれは、それにしても珍しい一物じゃないか」と言って、床屋さんが不意に近づいてきた。

彼は途中でやめて男根を隠した。「赤ん坊の頃」と彼はかしこまって言った。「壊死《えし》をわずらったんです……そこに。外科医が小さな肉の覆いを切り取ったそうです」

床屋さんは目を見張って彼を見つめた。「包皮を切除したんだ。割礼されたんだな、忌まわしい異教徒のようにな」

少年はひどく動揺してその場を離れた。彼は用心深く先を読む性格だった。湿っぽい空気が森林から吹いてきたので、自分の小さな包みを広げてもう一枚シャツを取り出すと、重ね着をした。

床屋さんは荷馬車から毛皮を二枚取りだして、彼の方へ投げた。「外で寝るぞ。馬車は商売道具でいっぱいだからな」

開け放しの包みの中に、床屋さんはキラリと光る硬貨を見つけて拾い上げた。彼はそれをどこで手に入れたのかたずねなかったし、ロブも教えなかった。「銘刻があるんです」とロブは言った。「父と僕は……僕たちはローマへやってきた最初のローマ人歩兵隊を表していると考えたんです」

「床屋さんはそれを吟味した。「うん、そのようだな」

自分の馬につけた名前から判断して、彼はあきらかにローマ人について詳しく、彼らのことを高く買っているはずだ。ロブは、男に自分の硬貨を取られてしまうと確信して、嫌な気分に襲われた。「裏側は文字です」と彼はしゃがれ声で言った。

床屋さんは、ますます暗くなっていく中で、文字を読もうとコインを火にかざした。「IOXか。IOは『叫ぶ』という意味で、Xは十だ。ローマ人の勝利の雄叫《おたけ》びなんだ。『十回叫べ!』ってね」

ロブは、戻されたコインをホッとして受け取ると、焚き火の近くに自分の寝床を整えた。毛皮は一枚が羊皮で、毛の方を上にして地面に敷き、もう一枚の熊皮は掛布団にした。両方とも古くて猛烈に臭かったが、暖かさにはかえられないだろう。

床屋さんは焚き火の反対側に自分の床を整えて、襲撃者を追い払えるように、手が届く場所に剣とナイフを置いた。あるいは、とロブは恐々として考えた、逃げ出そうとする少年を殺すために使うのかも。床屋さんは、革ひもで首にぶら下げていたサクソン人の角笛を外した。角の底に骨の栓をして、フラスコ瓶から薄黒い液体を満たすと、ロブの方へ差し出した。「お手製の蒸留酒だ。ぐっといきなさい」

彼は飲みたくなかったが拒むのも怖かった。ロンドンの労働者階級の子供は、子供らいの男の話のような呑気《のんき》なおとぎ話を怖がったりはしないが、そのかわり、少年をしきりに寂れた倉庫の裏に誘い込もうとする船乗りや港湾労働者がいるのを、早いうちから悟らされているのだ。こうした男たちから砂糖菓子や小銭をもらった子供たちのことをロブは知っていた。そして、その見返りに何をしなければならなかったかも。酔っぱらわせるのは、良くある手口だ。

彼がそれ以上の酒は拒もうとすると、床屋さんは眉《まゆ》をひそめた。「さあ飲め」と彼は命令した。「気が休まるから」

結局、あともう二口たっぷりと飲み干して激しく咳込《せきこ》むまで、床屋さんは許してくれなかった。彼は角笛を持って焚き火の反対側に戻ると、さらにもう一本フラスコを空にして、ケタ外《はず》れの屁《へ》をぶっ放してから自分の寝床に身を沈めた。彼はもう一度だけロブの方を見やった。

「くつろいでお休み、チビスケ」と彼は言った。「ぐっすり寝るんだ。私を怖がる必要は何もないからな」

罠《わな》に違いない、とロブは思った。彼は悪臭を放つ熊皮をかけて横になりながら、下半身を緊張させて待ち受けた。右手にはしっかり硬貨を握りしめていた。左手には、たとえ床屋さんのような武器を持っていたとしても大の男に敵《かな》うわけがなく、成すがままにされてしまうのがわかってはいたが、重い石をしっかりと握っていた。

だが結局、床屋さんが眠ってしまったのを示す十分な証拠が聞こえてきた。男はものすごいいびきかきだったのだ。

ロブの口の中は、医薬品のような酒の味でいっぱいだった。毛皮に深く身を沈めるとアルコールが体中を駆けめぐって、石が手から転げ落ちた。彼は硬貨を握りしめ、ありとあらゆる階級のローマ人たちが世界から自分たちを守ってくれる英雄たちを讃《たた》えて、十回雄叫びをあげている姿を心に描いた。頭上には、星々が大きく白く輝き、空一面を旋回していた。空があまりにも低いので、手を伸ばして星を摘んで、ママにネックレスを作ってあげたかった。彼は一人ずつ自分の家族のことを考えた。生きている中では、サミュエルがいないのが一番寂しかった。サミュエルは長男である自分に嫉妬《しっと》して、口汚い言葉や偉そうな口をたたいて反抗してばかりいただけに、奇妙なことだった。ジョナサンがおむつを濡《ぬ》らしていないかどうか心配になり、エイルウィン夫人が坊やに忍耐強く接してくれるよう祈った。彼は他の子供たちにも会いたくて、床屋さんがごく近いうちにロンドンに戻ってくれることを願った。

＊

床屋さんは、自分の新しい小僧がどんな気持ちでいるのかわかっていた。凶暴な戦士たちが生まれ故郷の漁村クラクトンを襲い、ひとりぼっちの身になってしまった時、彼はちょうどこの子と同じ歳だった。今でも脳裏にくっきりと焼きついている。

彼の幼年時代の王はエセルレッドだった。物心つく頃には、他のどんな王でもこれほど人々を虐げたことはなかった、と彼の父親はエセルレッドのことをののしっていた。エセルレッドは税金を搾り取って、ノルマンディーから迎えた気が強くて美しい王妃エマに贅沢《ぜいたく》な暮らしばかりさせていた。税金で軍隊も築いたが、人々のためというよりむしろ自分の身を守るために使い、そのうえ、無慈悲で残忍で、彼の名前を聞いただけで唾《つば》を吐きだす男たちさえいた。

キリスト紀元九九一年、エセルレッドはデーン人の攻撃者たちを金で抱き込んで追い返し、臣民の面目をつぶした。次の春、デーン人の艦隊は百年一日のごとくロンドンに戻ってきた。今回ばかりは、エセルレッドも他にとる道はなかった。彼は戦士と軍艦を集め、デーン人はテムズ川で大敗を喫した。しかし二年後、ノルウェー人の王オラフとデーン人の王スヴェゲンが、九十四隻の船でテムズ川を航行してくるという、さらに甚大な侵略が起こった。エセルレッドはふたたびロンドン周辺に軍隊を集めて、古代スカンディナビア人の攻撃を防ごうとしたが、臆病《おくびょう》な王が自分の身辺を守るのに必死で、他の領土を無防備な状態にしてしまったのを、今度こそ侵略者たちは見逃さなかった。古代スカンディナビア人たちは艦隊を分散させて、船をイングランドのあちこちの沿岸に乗り上げ、小さな海岸町を荒らしたのだ。

その週、ヘンリー・クロフトの父親は息子を初めて長い鰊《にしん》漁に連れていった。朝、大漁で戻ってきた彼は、何より先に母親の腕に飛び込んで誉《ほ》めてもらいたくて、我先にと走って家路を急いだ。近くの入江に、六隻のノルウェー人のロングボートが人目につかぬよう隠されていた。小屋にたどり着くと、窓穴の開け放った鎧戸《よろいど》越しに、獣の皮を身につけた見慣れない男が自分を凝視しているのに気づいた。

その男が誰なのか、彼には知る由もなかったが、本能的に命の危険を感じて、踵《きびす》を返して父親の方へ一直線に走って戻った。

彼の母親はその時すでに蹂躙《じゅうりん》され、死んで床に転がっていたのだが、父親はそれを知らなかった。ルーク・クロフトは家へ走りながらナイフを抜いたが、玄関の外で対峙《たいじ》した三人の男は剣をたずさえていた。遠くから、ヘンリー・クロフトは父親が打ち負かされて捕まるのを見ていた。男たちの一人が父親を後ろ手にねじ上げた。別の男が両手で髪を引っぱり、無理矢理ひざまずかせて首を伸ばさせた。三人目の男が剣で彼の頭を切り落とした。床屋さんは十九の歳、ウルヴァーハンプトンで殺人者が処刑されるのを目撃したことがある。州知事に任命された斬《ざん》首《しゅ》刑人は、罪人の頭をまるで雄鳥を殺すようにばっさりと切り落とした。それとは対照的に、彼の父親の首切りは手際よくいかず、バイキングたちはまるで薪を切り刻んでいるかのように、あたふたと何度も剣を打ち下ろさねばならなかった。

悲嘆と恐れで恐慌をきたし、ヘンリー・クロフトは森の中へ駆け込んで、狩り立てられた動物のように身を隠した。空《す》きっ腹を抱えて、放心状態でさまよい出てきた時には、ノルウェー人たちは死と灰と焼け跡を残して消えていた。ヘンリーは孤児になった他の少年たちと一緒に集められ、リンカンシア州のクローランド修道院へ送られた。

野蛮な旧スカンディナビア人による何十年にもおよぶ同じような急襲で、男子修道院には修道士が足りない一方、孤児の数だけ膨れ上がり、ベネディクト会修道士たちは両親を失った少年の多くに聖職を授けることで、この二つの問題を解決した。九つの歳にヘンリーは誓願をたて、聖なるナーシアのベネディクティンによって制定された戒律に従い、清貧の生涯を過ごすという神への誓約をさせられた。

彼は教育を授けられた。一日に四時間勉強して、六時間はじめじめした汚い勤労に従事した。クローランド修道院は広大な領地を有していたが、ほとんどが沼地で、ヘンリーと他の修道士たちは毎日、沼を畑に変えるために千鳥足の獣のように鍬《くわ》を引っぱってぬかるみの土地をすき返した。残りの時間は、黙想か祈りに費やすものとされていた。修道院では朝昼晩と礼拝があった。すべての祈禱《きとう》が、魂を天国へ導く果てしない階段を上る一歩だと見なされていた。娯楽もなく、屋外運動もできなかったが、方形の屋根つきの歩廊をゆっくり歩くことは許されていた。歩廊の北側には、宗教上の聖器が保管してある聖具室があった。東には教会、西には教務院、南に厨房《ちゅうぼう》のついた食堂があり、その地下は食糧貯蔵室で上階は共同寝室だった。

方形の内側には墓所があり、クローランド修道院での暮らしがたどり着く先を、究極に物語っていた。明日は昨日と何ら変わることはなく、最終的にすべての修道士が歩廊の内側に横たわる運命なのだ。これを平和だと誤解する人もいて、宮廷での駆け引きやエセルレッドの無慈悲さから命からがら逃げ出し、修道衣《カウル》に身を投じようとする、数名の貴族をもクローランド修道院は引きつけた。こうした影響力のある名士たちは、チクチクする毛衣を着たり、霊的な責め苦や自虐行為を行って、魂と肉体の苦痛を通じて神を探し求めようとする真の神秘主義者たちを真似ながら、修道者独房で暮らした。信仰心もなく、招かれざる者であるにもかかわらず剃髪《ていはつ》させられた、残りの六十七人の男たちの宿泊所は、六十七枚のわら布団を敷いた大部屋だった。ヘンリー・クロフトがいつ目覚めても、聞こえてくるのは咳払《せきばら》いとくしゃみ、いびき、自慰の音、夢にうなされる悲痛な叫び声、放屁《ほうひ》、沈黙の規則を破った聖職者にあるまじきののしりや内緒話で、その話題たるや大半は食べ物のことだった。クローランドでの食事は貧しかった。ピーターバラの町がほんの八マイル先にあったが、一度も見たことはなかった。十四歳のある日、彼は聴罪司祭ダンスタン神父に、夕べの礼拝と就寝の祈りの間に、川辺で賛美歌を歌い祈禱文を暗誦《あんしょう》する許しを求めた。これは許可された。川の草地を歩いて行く彼のうしろを、控え目な距離を保ってダンスタン神父が追った。ヘンリーは、司祭を崇拝しているかのように両手を背で組んで頭をたれて、わざとゆっくりと歩みを進めた。さわやかなそよ風が水面を渡る、美しく暖かな夏の夕暮れだった。彼はこの川のことを地理学者であるマシュー修道僧から教わっていた。ウェランド川と言って、イングランド中部地方コービーの町近くで発している。蛇のようにうねうねとクローランドまで流れてきて、そこからなだらかに起伏する丘陵と肥沃《ひよく》な谷の間を北東に走り、沿岸の沼沢地になだれ込み、そしてウォッシュ湾と呼ばれる北海の大きな入江に注いでいる。

川を取り巻いているのは、神に賜った森林と野原だ。コオロギが金切り声で歌っていた。鳥たちが木々の間でさえずり、雌牛たちが草をはみながら物言わぬ畏敬《いけい》の念で彼を見つめた。一隻の底の浅い軽舟が土手に引き上げられていた。

次の週、彼は夜明けの礼拝のあとで、川のほとりで単独で礼拝文を暗誦する許しを請うた。許可が与えられ、今回はダンスタン神父はついて来なかった。ヘンリーは川堤にたどり着くと小さな舟を水に浮かべ、よじ登るように乗り込んで、岸をついて舟をだした。

流れに乗るまでオールで漕《こ》いで、それからは薄っぺらな舟の真ん中にじっと座って茶色い水を見つめながら、落ち葉のように川の流れに身を任せた。いっときして、遠くへ来たのがわかると、彼は笑い始めた。わーわー大声を上げて、子供らしい言葉を叫んだ。「ざまあみろ！」自分が挑んでいるのが、何も知らずに寝ている六十六人の修道士たちなのか、ダンスタン神父なのか、クローランド修道院であれほどまでに無慈悲な存在に思えた神なのか、わからないままに彼は怒鳴った。

海になだれ込む水が深さを増し危険になってくるまで、一日中、川に浮かんでいた。それから舟を浜に乗り上げて、自由の代償を学ぶ時へと踏みだした。

沿岸の村々をさすらって、どこでも寝て、請うたり盗んだりした物を食べて暮らした。食べる物が何もないよりは、わずかでもある方がはるかにましだった。農夫の奥さんが、自分の息子たちのウールのシャツを作るからと言って、ベネディクト会修道士の僧衣と交換に、食べ物一包みと古いチュニック一枚とぼろぼろのズボンを何枚かくれた。グリムズビーの港町では、ある漁師に助手として採用され、わずかな食事と掘っ建て小屋をあてがわれたかわりに二年以上もこき使われた。漁師が死ぬと、彼の妻は小僧を必要としていない人々に船を売ってしまった。ヘンリーは何ヶ月も餓《う》えて過ごしたあと、ついに芸人の一座を見つけた。彼らの食べ残しをいただき、庇護《ひご》してもらう見返りに、荷物を引きずったり、雑用を手伝いながら一緒に旅するようになった。彼の目から見ても、芸人たちの腕は鮮やかとは言えなかったが、太鼓をたたいて群衆を引き寄せる方法を心得ていて、帽子を回すと意外なほど多くの聴衆が硬貨を投げ込んだ。彼は喉《のど》から手がでる思いでそれらを見つめた。とんぼ返りをする曲芸師になるには、彼は年を取りすぎていた。軽業師になるには、まだ幼い頃に関節を外しておかなければならないからだ。しかし、投げ物《ジャグリング》の曲芸師たちが、商売を教えてくれた。彼は奇術師の真似をして、簡単な惑わしの芸当も学んだ。その奇術師は、決して妖術《ようじゅつ》っぽい印象を与えてはならないと彼に教えた。教会と君主が、イングランド中で魔女の首をつるしていたからだ。話し家のしゃべりに注意深く耳を傾け、その妹が初めて彼を身体に受け入れてくれた女性となった。そんな芸人たちに家族のような親近感をおぼえたが、一座は一年後にダービーシア州で解散し、彼を残して各人がみな、別々の道へ進んでいった。

数週間後、マトロックの町で、ジェームズ・ファローという名の外科医兼理髪師が六年間にわたって彼を年季奉公させることになり、そこから運が向いてきた。あとになって、地元の若者が誰もファローの年季奉公を務めたがらないのは、彼を魔術と結びつける風評が流れているためだと知った。その噂話《うわさばなし》を耳にした時には、すでに二年間ファローと一緒に過ごしたあとで、ヘンリーにはこの男が魔法使いなどではないのがわかっていた。外科医兼理髪師は冷たい男で、むやみに厳しかったが、ヘンリー・クロフトにとっては絶好のチャンスの象徴だった。

マトロック町区は田舎で、人口も疎《まば》らだったので、内科医を支えるような上流階級の患者や富裕な商人も、外科医を引き寄せる貧しい人々の大きな人口階層もなかった。マトロック周辺の広範囲にわたる農場地域で、ただ一人、田舎の外科医兼理髪師ジェームズ・ファローがいるだけだったので、彼は浄化浣腸《かんちょう》を施したり髪を切ったり剃《そ》ったりするのに加えて、外科医術も行い治療薬を処方した。ヘンリーは五年以上も彼の命令に従った。ファローはようしゃのない親方だった。弟子が間違いを犯すと打って罰したが、自分の知っているすべてを細部まで正確にヘンリーにたたき込んだ。

マトロックでのヘンリーの四年目――一〇〇二年のことだった――、エセルレッド王は遠くまで影響をおよぼす、恐ろしい結果を招く行動をとった。王は窮状に直面し、自分の敵と戦ってもらうという条件で、若干のデーン人たちに南部イングランドへ植民を許し、土地を与えたのだ。彼はこうして、パリグというデーン人貴族の部下たちを買収した。パリグはデンマークの王スヴェゲンの妹、グンヒルダの夫だった。その年、バイキングがイングランドに来襲し、殺戮《さつりく》と焼き討ちといういつもの作戦をたどった。彼らがサウサンプトンに達した時、王はふたたび貢ぎ物をすることを決め、立ち去らせるために侵略者たちに二万四千ポンドを支払った。

船艦が古代スカンディナビア人たちを運び去ると、エセルレッド王は恥じて失意の激怒に襲われた。彼はイングランドにいるすべてのデーン民族を十一月十三日の聖ブライスの日に殺害すべしと命じた。王の命じた通りに裏切りの大量虐殺が遂行され、それはイングランド人民に鬱積《うっせき》していた邪悪さの鍵《かぎ》を開けてしまったのだった。

世の中は常に残忍だったが、デーン人の虐殺のあと、世間はいっそう残酷になった。イングランドのいたる所で暴力的な犯罪が起こり、魔女が狩りだされて絞首刑や火炙《ひあぶ》りに処せられ、流血への渇望が国土に蔓延《まんえん》したようだった。

ヘンリー・クロフトの年季奉公がほとんどあけようとした時、ファローの治療を受けていたベイリー・アエラートンというかなり年輩の男性が死んだ。その死に何ら特記すべき点はなかったが、ファローが彼を針で突き刺して魔法をかけて死なせたのだという噂が急速に広まった。その前の日曜日、マトロックの小さな教会で、真夜中に境内の墓所のあたりで、邪悪な霊魂がサタンと肉欲的な交合にふけって飲み騒いでいるのが聞こえたと司祭が暴露した。「死者が悪魔の技で生き返ったとなれば、救世主イエスキリストに対する冒瀆《ぼうとく》である。このような技能を行使する者たちは神の敵なのです」と彼は恫喝《どうかつ》した。悪魔は彼らの中にいる、と司祭は警告した。そして、人間のふりをして黒魔術と秘密の殺害を行う魔法使いの大群を従えているのだと。

畏敬《いけい》の念にうたれ恐れ入った礼拝者たちを、彼は呪《のろ》い返しで武装させ、妖術使いや疑わしい者に対抗できるように仕立てた。「私の魂を襲う抜け目ない魔法使いよ、お前の呪文《じゅもん》はくつがえるだろう、お前の呪いは千倍になってお前に戻るのだ。三位一体の御名において我に健全さと力を回復させたまえ。父と子と精霊の御名において、アーメン」

おまけに、彼はみんなに聖書の訓戒を思い出させた。〈汝《なんじ》、魔法使いを生かしておくなかれ〉。「あなた方一人一人が、煉獄《れんごく》の恐ろしい炎に焼かれたくなくば、彼らを見つけだして撲滅しなければいけない」と神父は熱心に説いた。

ベイリー・アエラートンは火曜日に死んだ。畑に鍬《くわ》を入れている途中で心臓が止まったのだ。彼の娘は、父親の皮膚に針の穴の跡がいくつもあるのを見たと主張した。それらをはっきりと見た者は他に誰もいなかったが、木曜日の朝、外科医兼理髪師がちょうど、患者たちを往診する準備を整えて馬にまたがった時、暴徒がファローの納屋の前庭に押し寄せてきた。彼がまだヘンリーを見下ろして、その日の指示を与えていたその時、暴徒たちは彼を鞍《くら》から引きずり降ろした。

彼らは、ファローと地所が隣接するサイモン・ベックに率いられていた。「服をはげ」とベックが言った。

服をはぎ取られてファローは身震いしていた。「ベック、このクソったれが！」と彼は怒鳴った。「クソ野郎！」彼は裸だとずっと年老いて見えた。腹部の皮膚はだぶだぶに折り重なって、丸い肩は細く、筋肉はたるんで落ちて、陰茎は巨大な紫の陰嚢《いんのう》の上で小さく萎《しな》びていた。

「ほら、あったぞ！」とベックが大声で叫んだ。「サタンの印だ！」

ファローの鼠蹊部《そけいぶ》の右側にはっきりと見えていたのは、小さな二つの黒ずんだ斑点《はんてん》で、蛇の咬《か》み傷のようだった。ベックは自分のナイフの先で一つに切り目をいれた。

「ホクロだぞ！」とファローは金切り声で言った。

血が湧《わ》き出たが、それは魔法使いにはあり得ないことだ。

「悪賢いなんてものじゃないな」とベックは言った。「意のままに血を流すことができるとはな」

「私は床屋で、魔法使いなんかじゃない」とファローは軽蔑《けいべつ》したように言ったが、木の十字架に縛られて、自分が所有する貯水池に連れていかれる段になると、慈悲を乞《こ》うて悲鳴をあげた。

十字架は大きな飛沫《しぶき》をあげて浅い池に投げ込まれ、水中に沈められた。群衆はかたずをのんで泡を見つめた。やがて彼らはそれを引きあげて、ファローに白状する機会を与えた。彼はまだ息をしていて、弱々しく唾《つば》を飛ばした。

「隣人のファロー君、君は悪魔の仲間だったと自白するかね？」とベックは優しく彼にたずねた。

しかし、縛られた男は咳《せき》をして、空気を吸おうとぜいぜいあえぐのが精一杯だった。そこで彼らはふたたびファローを沈めた。今度は、泡が浮かんでこなくなるまで十字架は沈められたままだった。それでもなお、彼らは引きあげようとしなかった。

ヘンリーは、父親がふたたび殺されるのを見ているかのように、ただ見守って涙を流すしかなす術がなかった。一人前の男に成長し、もはや少年ではなかったが、それでも魔女狩りたちの前では無力で、外科医兼理髪師の弟子なら魔術師の助手だと見なされるのではないかと恐々としていた。

最後に彼らは水没した十字架を手放し、池に浮かべたまま呪い返しを唱えて立ち去った。誰もいなくなると、ヘンリーは池の泥を踏み分けていって十字架を陸上に引っぱりあげた。ピンクのあぶくが親方の唇の間から吹いていた。彼はファローを解き放つ前に、蒼白《そうはく》な顔の中で物映らぬまま告発しているような瞳《ひとみ》を閉じて、肩から浮き草をつまみ取ってやった。

外科医兼理髪師は男やもめで家族がなかったため、責任は従者であるヘンリーに降りかかった。彼はできるだけ急いでファローを埋葬した。

家を片づけていると、奴《やつ》らが自分よりも前にやってきたことに気づいた。疑いなく、彼らは悪魔の仕業の証拠を捜していて、その時、ファローの金と酒を持ち去ったのだ。住まいは根こそぎにされていたが、自分が着ているのよりも良い状態の衣服が一揃《そろ》いと、いくらかの食べ物が残っていたので、それらを麻袋に入れた。そして、外科用器具も一袋持って、ファローの馬を捕まえ、奴らが自分のことを思い出して舞い戻ってこないうちに、馬に乗ってマトロックを出た。

＊

彼はふたたび放浪者になったが、技能を備えた分、それまでとは雲泥の差だった。どこに行っても、治療に一ペニーか二ペニー払ってくれる病人がいた。結局、彼は薬物の販売から儲《もう》けが上がることを学び、群衆を集めるために、芸人と旅していた間におぼえた方法をいくつか利用した。

自分が捜されていることを確信していたので、彼は決して一つの場所に長く留《とど》まらず、フルネームを使用するのを避けて『床屋さん』を名のった。まもなく、こうした事柄は一つの実体として織り込まれ、ぴったりと彼に馴染《なじ》んだ。暖かく立派な服装をして、女性はよりどり見どり、飲みたいだけ酒を飲んでけた外《はず》れに食べ、二度と飢えるものかと心に誓った。体重は急速に増えた。結婚相手の女性に出会った時には百十四キロ以上あった。ルーシンダ・イームズはキャンタベリーに立派な農場を持つ寡婦で、年に半年、彼は彼女の家畜や畑の世話をして農夫らしく振る舞っていた。彼女の小さな白い尻《しり》、青白い反り返った胸を彼は味わった。愛し合う時、彼女はまるで子供が難しい勉強をしているみたいに口の左端からピンク色の舌の先を突きだした。ルーシンダは赤ちゃんができないのは彼のせいだと責めたてた。あるいは彼女の言い分は正しかったかもしれないが、彼女は最初の夫との間でも妊娠しなかったのだ。彼女の声は甲高くなり、口調はとげとげしく、料理はぞんざいになって、一緒になって一年もたたないうちに、彼は温かな女性たちや愉快な食事を懐かしく思い出し、彼女のおしゃべりから逃げ出したいと切に願いはじめた。

＊

デーン人の王スヴェゲンが、イングランドを支配したのは一〇一三年のことだった。十年間、スヴェゲンは親族の男たちを虐殺した男の面目をたたきつぶさんと、エセルレッドを攻めたてた。最後にエセルレッドは船艦とともにワイト島に逃れ、王妃エマは息子のエドワードとアルフレッドを連れてノルマンディーに避難した。

その直後にスヴェゲンが自然死した。彼は二人の息子ハロルドとクヌートを残し、ハロルドはデーン人の王国を継ぎ、十九歳の若者だったクヌートは、デーン人の軍事力をもってイングランド国王を宣言した。

エセルレッドは最後の余力をふりしぼって、もう一度だけ攻撃を仕かけ、デーン人を追い払ったが、ほとんど瞬時にしてクヌートが押し戻し、今回はロンドンを除く全土が占領されてしまった。ロンドン攻略に向かう途中で、クヌートはエセルレッドが死んだ知らせを受けたのだ。大胆にも彼は、イングランドの評議会である賢人会議を招集し、司教、大修道院長、州太守、セイン武士たちがサウサンプトンに馳《は》せ参じてクヌートを合法的な国王として選んだ。

クヌートは、亡夫の後継者と結婚して玉座につくよう女王エマを承服させるため、ノルマンディーに使節を送り、イングランド国民をなだめる才能をも見せた。彼女は瞬時に同意した。彼女のほうが何歳か年上だったが、今なお魅力は衰えず、二人が寝室で過ごす時間についての忍び笑いを誘うジョークさえささやかれた。

おりしも新しい王が結婚生活に邁進《まいしん》している時、床屋さんはそれから逃げ出した。彼はある日、ルーシンダ・イームズのガミガミ声と不味《まず》い料理をあっさり捨てて、ふたたび旅に出た。最初の荷馬車をバースで買って、それからノーサンバーランドで正式な年季奉公契約を交わして、はじめての小僧を雇った。成果はすぐにあがった。それ以来、何年にもわたって彼はたくさんのチビたちを訓練してきた。ものになったわずかな者たちは彼に利益をもたらし、ダメだった者たちは彼が弟子に求める資質を悟らせてくれた。

落第して暇を出された少年に何が起こるかはわかっていた。大方は災難に遭遇するのだ。性の玩具や奴隷になるのは運の良い方で、不幸な者は飢え死にするか殺されるかなのだ。それは、弟子入り許可をする時よりもずっと彼の心を悩ませたが、見込みのない少年を養っておく余裕はなかった。彼自身の生き残りがかかっていた。自身の暮らし向きにおよぶとなれば心を鬼にもできた。

一番新入りの、ロンドンで見つけたこの少年は気に入られようと必死らしいが、見かけで判断すると、弟子たちの思うつぼだ。犬が骨をくわえてくるようなおべっかを気にかけても無駄だ。時が教えてくれる。コール少年が生き残りに耐えられるかどうか、すぐに嫌と言うほど知ることになるのだ。

第五章　チェルムズフォードの猛獣

明け方の乳白色の光でロブが目覚めた時には、新しい親方はすでにぶらぶらと、もどかしそうにしていた。ただちに床屋さんが機嫌良く一日の始まりを迎えていないのが見て取れた。そうしたしらっとした朝の雰囲気の中で、男は荷馬車から槍《やり》を持ってきて、どうやって使うべきかを示した。「両手で持てば重すぎると言うことはない。技術は必要ない。できるだけしっかりと突き刺すんだ。攻撃者の身体の真ん中にねらいを定めればどこかを刺せるはずだ。お前が傷で奴《やつ》をひるませれば、私が奴を殺せる勝算が高くなる。わかったな？」

彼は闖入者《ちんにゅうしゃ》の話に気づまりになりながら、うなずいた。

「なあ、チビ、我々は絶えず警戒を怠らず、いつでも使えるように武器を近くに置いておかねばならん。でなければ生き残れん。ローマ人がつくったこうした街道がイングランドでは最上の道だが、保守整備されてはいないのだ。追いはぎが旅人を待ち伏せしづらくなるように、道の両側を見晴らしよくしておくのは君主の責任だが、我々の経路の大部分で、藪《やぶ》が刈り込まれていた試しがないのだ」

彼は馬のつなぎ方を実演して見せた。移動を再開すると、ロブは暑い太陽の日差しの下で御者席の彼の横に座ったが、今なおあらゆる種類の恐怖に苦しめられていた。床屋さんはすぐにローマ人の道をそれて、原始林の深い影を抜けていくような、ほとんど使われていない小径《こみち》にインシテイタスを向けた。かつては立派な雄牛の頭を飾っていただろう茶色いサクソン角笛が、彼の肩のまわりからぶら下がっていた。彼はそれを口に当てて、半分鋭く半分かすれたような、大きくて柔らかな音を吹きだした。「聞こえる範囲にいる人たちに、我々が喉《のど》をかっ切って盗みを働こうと忍び寄っているんじゃないことを知らせるんだ。人里離れた場所では、よそ者を見たら殺そうとする所もある。この角笛は、こちらが善良で信用がおけることを表して、我々自身をも守ってくれるんだ」

床屋さんに促されて、ロブはかわりに警笛を鳴らそうとしたが、いくら頰《ほお》をふくらませて力いっぱい吹いても音は全然しなかった。

「もっと大人の肺活量とコツがいる。今にできるようになる、怖るるには足らん。角笛を吹くよりももっと難しいこともな」

小径《こみち》はぬかるんでいた。一番ひどい場所には草木がかぶせてあったが、運転は油断ならなかった。道の曲がり角ですべりやすい土にまともに突っ込んで、荷馬車の車輪が半分ほど沈んだ。床屋さんはため息をついた。

降りて車輪の前の泥を手で鋤《す》いてから、森に落ちていた小枝を集めた。床屋さんはそれぞれの車輪の前に注意深く木片を置いて、手綱を操るためにもとの席によじ登った。

「動き出したら、車輪の下に枝を押し込むんだぞ」彼の言葉にロブ・Jはうなずいた。

「そら、テイタス！」と床屋さんは駆り立てた。車軸と革がきしんだ。「今だ！」彼は叫んだ。

ロブは馬が力を振り絞って引っぱり続けるのに合わせて、車輪から車輪へと飛び回って小枝を手際よくすえた。車輪はぐずぐずと動きづらかった。すべりながらも、ようやく足がかりを見つけた。荷馬車は前方へ傾いた。乾いた道に出ると、床屋さんは手綱を引き、ロブが追いついて席にはい上がるのを待った。

泥を跳ねかけられていたので、床屋さんは小川でティタスを停めた。「何か朝食を捕ろう」と彼は顔と手の泥を洗いながら言った。彼は柳の棹《さお》を二本切って、荷馬車から釣り針と釣り糸を出した。座席のうしろの光の当たらない場所から箱を引っぱり出した。「これが我々のバッタ箱だ」と彼は言った。「これをいっぱいにしておくのが、お前の務めのひとつだ」彼は、ロブが中に手を差し込める最低限に蓋《ふた》を開けた。

生き物が、怒ったように狂乱してかさかさ音をたててロブの指をすり抜け、彼はその一匹を優しく掌の中に引き入れた。手を引っ込めると、親指と人差し指に羽をつまれたまま、その虫は脚でメチャクチャにもがいた。四つの前脚は髪の毛のように細く、あとの二つは力強くて大きな腿《もも》をして、ぴょんぴょん跳ぶのを可能にしていた。

床屋さんは、頭のうしろの硬く隆起した短い外皮の真下に、釣り針の先端をすべり込ませる方法をやって見せた。「深すぎちゃだめだ、甘い汁を出して死んじまうから。お前さん、どこで釣りをしてたね？」

「テムズ川で」彼と父親は、失業中にもっぱら家族の腹の足しにと、しょっちゅう広い川面にミミズをたらしていたので、釣りの腕前には自信があった。

床屋さんはふうむと唸《うな》った。「こいつはそれとは一風変わった釣りでな」と彼は言った。「釣り竿《ざお》はしばらくの間放っておいて、四つんばいになるんだ」

彼らは一番近くの淵《ふち》が見渡せる場所に用心深くはっていくと、腹ばいになった。この太った男は頭がいかれているのか、とロブは思った。

四尾の魚がつり上げられガラス器に入れられた。

「ちっちぇえ」とロブはささやいた。

「一番美味《うま》いのは、その大きさなんだ」忍び足で川岸を離れながら床屋さんが言った。「お前さんらの大きな川にいる鱒《ます》は固くて油っぽい。こいつらがどうやって池の水頭近くに流されてくるか見たか？　上流の方へ顔を向けて、活きのいい餌《えさ》が落ちて流れてくるのを待ってるのさ。奴《やつ》らは野性で警戒心が強い。流れのすぐ近くに立ったら、奴らに見つかっちまう。川岸を力強く踏んで歩いてでもみろ、足音を感じてパアっと散ってしまう。だから長い棹を使うんだ。十分にうしろに立って、池のすぐ上にバッタを軽くたらして、魚の所まで流れに運ばせるんだ」

彼は自分が指示したように、ロブがバッタをつるすのを慎重に見守った。

棹から伝わってくる衝撃とともにロブの腕を揺さぶりながら、目に見えぬ魚が大蛇のように餌に食いついた。そのあとは、テムズ川での釣りと同じだった。彼は気長に待って、鱒が諦《あきら》めるのを見計らってから、父親に教わったように棹の先を上げて釣り針を魚にしっかりかませた。パタパタ跳ねる最初の獲物を釣り上げると、艶《つや》出ししたクルミ材のようにキラキラ光る地色をして、滑らかな両脇《わき》に虹《にじ》のような赤がとび、黒いヒレにオレンジ色の印がついていた。今を盛りの魚の姿に二人は感嘆の声をあげた。

「あと五尾獲《と》るんだ」と床屋さんは言って森の中に消えた。

ロブは二尾捕まえて、その後一尾逃すと、用心深く別の淵へ移動した。鱒はどんどんバッタに食いついた。床屋さんが帽子いっぱいのアミガサタケと、野生のタマネギを抱えて戻ってきた時には、彼は六尾のうち最後の一尾の臓物を抜き取っているところだった。

「食べるのは一日二回」と床屋さんは言った。「午前半ばと夕方早く、あらゆる文明人たちと同じように。な」

六時に起きて、十時に食べて
五時に夕食、十時に寝れば
人は百倍生きられる

彼はベーコンを厚切りにした。黒く煤《すす》けた平鍋《なべ》でベーコンを焼くと、鱒に小麦粉をまぶして油できつね色にカリカリに焼いて、最後にタマネギとキノコを加えた。

鱒の背骨は湯気を立てている身から浮き上がり、ほとんどの骨をやすやすと外せた。魚と肉を堪能《たんのう》している間に、床屋さんは味のついた残りの油で大麦パンを揚げ、カラカラのチーズの薄切りで覆って平鍋の中でぶくぶくとろけさせた。仕上げに、二人は魚を釣った小川の冷たくて新鮮な水を飲んだ。

床屋さんの機嫌は良くなっていた。この太った男には満足するだけ食べさせておかなければいけない、とロブは了解した。また、床屋さんはたぐいまれな料理人であることも実感し、気づくと一日の一大イベントとして食事を心待ちにするようになっていた。鉱山で働かされていたら、こんなふうに食べ物を与えられなかったはずだと、彼はほっと胸をなで下ろした。仕事にしても、と彼は満足そうに心の中で呟《つぶや》いた、ちっとも手に負えなくなんかないや。完璧《かんぺき》にバッタ箱をいっぱいにしておくことも、鱒を獲ることも、荷馬車がぬかるみにはまったら車輪の下に枝木を置くこともできたのだから。

その村はファーナムと言った。たくさんの農場に、小さなみすぼらしい宿屋が一軒、前を通り過ぎた時に、こぼれたエールのかすかな匂《にお》いを放っていた酒場が一軒、塊鉄炉のそばに長い薪が山積みされた鍛冶屋《かじや》が一軒、悪臭を発散している革なめし屋が一軒、材木を切る木挽《こび》きの貯木場、そして、まるで卵をのみ込んだ蛇みたいに道の中間部が広がった程度の、広場とも呼べない広場に面して奉行所《ぶぎょうしょ》があった。

＊

床屋さんは町はずれで止まった。荷馬車から小さな太鼓とバチを取り出してロブに手渡した。

「たたくんだ」

インシテイタスは何が始まるのかわかっていた。彼は蹄《ひづめ》を掲げて踊るように歩きながら、頭を持ち上げて嘶《いなな》いた。ロブは自分たちが沿道に巻き起こしている興奮に触発されて、太鼓を誇らしげに打ち鳴らした。

「寄ってらっしゃい見てらっしゃい、見せ物は今日の午後だよ」と床屋さんは叫んだ。「そのあとには、病気の治療と健康相談もできるよ、貴賤《きせん》にかかわらずどんな方でも診《み》てしんぜよう！」

節くれ立った筋肉が垢《あか》で縁取られた鍛冶屋が彼らをじっと見て、ふいごの紐《ひも》を引っぱる手を休めた。木挽きの貯木場にいた二人の少年が、積んでいた木材を残して、太鼓の音の方へ駆け寄ってきた。一人は向きを変えて急いで走り去った。「ジャイルズ、どこへ跳んでく気だ？」ともう一方が怒鳴った。

「家さ、スティーブンたちを呼んで来るんだ」

「ついでに俺《おれ》の弟たちにも知らせてくれ！」

床屋さんはよしよしとうなずいた。「噂《うわさ》を広めとくれ」と彼は叫んだ。

女たちが家から出てきてお互いに声をかけ合うかたわら、子供たちは通りに躍り出て、きゃっきゃっ騒ぎながら、吠《ほ》える犬と一緒になって赤い荷馬車のあとを追いかけた。

床屋さんは道の端から端へとゆっくり進み、それから方向転換して戻った。

宿屋の近くで日向《ひなた》ぼっこして座っていた老人も目を開け、この騒動を見て歯のない口で微笑《ほほえ》んだ。酒飲みの何人かがグラスを片手に酒場から出てきて、そのうしろからは、濡《ぬ》れた手をエプロンでふきふき酒場女中が瞳《ひとみ》を輝かせて顔をだした。

床屋さんは小さな広場で止まった。荷馬車から折り畳み式の長椅子《いす》を四脚だして、連結させて組み立てた。「これはお立ち台と称する」と彼は形作った小さな舞台のことを、そうロブに説明した。「新しい場所にやってきたら、いつでもすぐにそいつを組み立てるんだ」

お立ち台の上に、栓をした小さな瓶がいっぱい入った籠《かご》を二つ置いた。薬が入っているのだと床屋さんは言った。それから彼は荷馬車の中に姿を消してカーテンを引いた。

＊

ロブはお立ち台に座って、急いで大通りに出てくる人々を眺めた。粉屋がやってきたが、衣類を小麦粉で真っ白にしていたし、ロブはチュニックと髪の毛についた見慣れた木粉と木片から二人の大工を見分けることができた。お立ち台に近い場所を陣取ろうと、何家族もが、待つのもいとわず地べたに座っていた。女たちは待っている間、タッチング・レースをしたり編み物をし、子供たちはぺちゃくちゃしゃべったり口喧嘩《くちげんか》したりしていた。村の少年の一団がロブを凝視した。畏敬《いけい》と羨望《せんぼう》のまなざしに気づいて、彼は格好をつけてふんぞり返った。けれどもまもなく、そのような愚かな考えはすべて頭から払拭《ふっしょく》されてしまった。彼らと同じように、ロブも観客側にまわったからだ。床屋さんは派手な身振りでお立ち台に駆けあがった。

「ごきげんよろしゅう」と彼は言った。「ファーナムに来られて嬉《うれ》しく思います」そして彼は投げ物《ジャグリング》を演じ始めた。

彼は赤い球と黄色い球を空中に投げて巧みに操った。両手はほとんど動いていないように見えた。なんて素晴らしい見物なんだ！

彼の太った指は、最初はゆっくりと、それから目にも留まらぬ速さで、球をとどまることのない数珠つなぎにして飛ばした。拍手喝采《かっさい》されると、彼はチュニックに手を入れて緑の球を加えた。さらにその上、青い球。それから、おお——茶色も！

自分にもできたらどんなに素敵だろう、とロブは思った。

彼は床屋さんが球を落とすのを今か今かと固唾《かたず》をのんで見守ったが、床屋さんは五つ全部の球をやすやすと操り、その間ずっとしゃべり続けた。彼は人々を笑わせた。小咄《こばなし》やちょっとした歌を口ずさんだ。

次には、ロープの輪、さらに板木を投げて操ると、そのあとは手品の腕前を披露した。彼は卵を消し去り、子供の髪の毛の中から硬貨を取りだし、ハンカチの色を変えて見せた。

「ジョッキ一杯のエールを消してしんぜようかな？」

広く喝采が起こった。酒場女中は酒場の中へ急ぐと、泡だったジョッキを手に現れた。ジョッキに唇をつけると、床屋さんは中身をゆっくりと一口で飲み下した。彼は温厚な笑い声と喝采にお辞儀してから、見物の女性たちに向かって、誰かリボンが欲しくないですかとたずねた。

「まあ、欲しいわ！」と酒場女中が大きな声で主張した。彼女は若くてふくよかで、そのあまりにも無邪気で心底欲しそうな反応が、観客の失笑を買った。

床屋さんはその娘と目があって微笑《ほほえ》んだ。「あなたの名前は？」

「ああ、旦那。アメリア・シンプソンです」

「シンプソン夫人かな？」

「未婚です」

床屋さんは目を閉じた。「とんだ無駄口でしたな」と彼は優しく言った。「何色のリボンがお望みかな、ミス・アメリア？」

「赤」

「それで長さは？」

「二ヤードもあれば申し分ないです」

「そう願いたいものですな」と彼は眉毛《まゆげ》を釣り上げながらつぶやいた。

女は下卑《げび》た笑い声をたてたが、彼は彼女のことなど忘れてしまったようだった。彼はロープの切れ端を四つに切ってから、身振り手振りだけで、そっくりそのまま一本の輪に戻した。彼は輪にハンカチを載せて、それをクルミに変えた。それから、驚いたように、口元に指を持っていって唇の間から何かを引っぱり、それが赤いリボンの端っこだと観客にわかるように手を止めた。

みんなが見ている間に、彼は口からそれを徐々に引っぱり出し、出てくる間は身体をうなだれさせて両目を寄せた。最後に端をぴんと張って持つと、短剣に手を伸ばし、唇の近くに刃を当てリボンを切り離した。彼はお辞儀しながらそれを酒場女中に手渡した。

彼女の隣に村の木挽き職人がいて、リボンに自分の物差しを当てた。「二ヤードぴったりだ！」と彼が宣言すると、大きな喝采が起こった。

床屋さんは喧噪《けんそう》がやむのを待ってから、自分が調合した薬の入った瓶を掲げた。「ご主人、奥さん、お嬢さん！」

「私の『万能特効薬』だけが……」

「あなたの寿命をのばし、身体の疲れ果てた組織を再生するのです。強《こわ》ばった関節を柔軟にし、ぐにゃぐにゃの関節を固くします。疲れた瞳《ひとみ》に生き生きとした輝きを取り戻します。病を健康に変え、抜け毛を止めてピカピカの頭に毛を生え始めさせます。かすんだ視野を澄ませて鈍い知力を鋭くします」

「一番効く強壮薬よりもっと発奮させる最優秀の強壮剤で、浣腸《かんちょう》よりも優しい下剤です。この『万能特効薬』は鼓腸や赤痢と闘い、産褥《さんじょく》の悪寒と女性の生理痛をやわらげ、船乗りたちによって陸に持ち帰られる壊血病のような疾患を根絶します。悩みの種の難聴、ただれ目、咳《せき》、肺病、腹痛、黄疸《おうだん》、熱や悪寒に、獣にも人間にも良く効く。どんな病気も治します！　これでもう手当いらず！」

床屋さんはお立ち台から相当な量の瓶を売った。それから彼とロブは衝立《ついたて》をたて、そのうしろで外科医兼理髪師として患者を診察した。病気や悩みを抱えた人々が、いくばくかのペニーで治療を受けようと長い列を作って待った。

＊

その夜、彼らは酒場で焼いたガチョウを食べた。ロブは外食するのは生まれて初めてだった。彼は格別に美味《うま》いと思ったが、床屋さんは肉が焼きすぎだと断言し、カブのマッシュの中に塊があると不平をこぼした。食後、床屋さんはイギリス島の図をテーブルに広げた。地図を初めて目にして、ロブはこれから数ヶ月にわたって二人がたどる予定のくねくねした道筋を、床屋さんの指がなぞるのをうっとりと見つめた。

ついに、まぶたが重くなり、彼は眠たそうに月明かりの中をよろよろと野営地へ戻って寝床を整えた。だが、ここ数日間にあまりにも多くのことが起こったので、頭が覚醒《かくせい》していてなかなか寝つかれなかった。

半分目を覚まして星を眺めている時、床屋さんが戻ってきた。誰かが一緒だった。

「かわいいアメリア」と床屋さんが言った。「かわい子ちゃん。その物欲しそうな口元を一目見て、君に夢中になるとわかったよ」

「草木に気をつけて、転ぶわよ」と彼女が言った。

ロブは横たわったまま、キスの湿った音や服が脱がされる衣《きぬ》ずれ、笑い声や喘《あえ》ぎに聞き耳を立てた。それから毛皮をずるずると広げる音がした。

「私が下になった方が良いだろう、この腹だからな」と床屋さんが言うのが聞こえた。

「とびきり大っきなお腹」とその若い女が低い淫《みだ》らな声で言った。「ふかふかの掛け布団みたいに、気持ちよく弾むでしょうね」

「いやどうかな、ほら乙女よ、こここそ私の一番気持ちよい場所だ」

ロブは女の裸を見たかったが、思い切ってちょっとだけ頭を動かした時には、もはや彼女は立っておらず、見えるのはお尻《しり》の青白い輝きだけだった。

彼の息づかいは荒くなっていたが、彼が叫ぼうと何をしようと、二人はお構いなしだったろう。まもなく床屋さんの大きくて無骨な両手が伸びて、回転している白い尻《しり》をつかむのが見えた。

「ああ、かわい子ちゃん!」

若い女はうめいた。

二人はロブより先に寝てしまった。ロブはようやく眠りに落ちると、投げ物をしている床屋さんの夢を見た。

＊

ひんやりとした夜明けに目を覚ました時には、女の姿はなかった。彼らは野営地を引き払って、ほとんどの村民たちがまだ寝静まっている間にファーナムを発った。日の出直後に、ブラックベリーの茨《いばら》の前を通りかかり、止まって籠《かご》に詰め込んだ。床屋さんは、次の農場で飼い葉を積み込んだ。朝食のために野営すると、ロブが火をおこしてベーコンとチーズトーストを調理する一方で、床屋さんはボウルに卵八つを割り入れてたっぷりの量の固形クリームを加えて泡立て、それから柔らかいケーキが膨らむまで焼いて、完熟したブラックベリーで覆った。彼はがつがつ食べるロブの姿に、満足げだった。

その日の午後、彼らは農地に囲まれた大きな天守閣を通り越した。構内や銃眼つきの胸壁にたくさんの人がいるのが見えた。床屋さんは何とか早く通り過ぎようと、馬を速足に駆り立てた。

しかし、三人の騎手が彼らのあとを追ってきて、止まれと怒鳴った。

厳《いか》めしく恐ろしい顔つきの武装した男たちで、装飾された荷馬車を物珍しそうに眺めまわした。

「商売は何だ？」と位の高い軽装備の男がたずねた。

「外科医兼理髪師です、閣下」と床屋さんが言った。

男は満足げにうなずいて馬を旋回させた。「ついてこい」

衛兵に取り囲まれながら、彼らはカタカタ音を立てて芸術作品のような重厚な門をくぐり、とがらせた丸太の柵《さく》にあけた二番目の門を通って、壕《ほり》に懸けたつり上げ橋を渡った。荘厳な要《よう》塞《さい》にこんなに近づいたのは、ロブは初めてだった。巨大な本丸は、石の土台と半壁でできていて、材木で作った上階があり、柱廊と切妻に複雑な彫刻が施され、太陽にきらめく金箔《きんぱく》の棟木が渡してあった。

「中庭に荷馬車を置いて、外科医道具を持ってくるんだ」

「どこがお悪いんですか、閣下？」

「雌犬が手を傷めた」

二人は器具と薬剤を背負って、彼について玄関広間に入った。床は敷き石の上にイグサが広げられ、張り替えが必要だった。調度は小ぶりな巨人用と言ってもよいほど大きかった。三面の壁は剣や盾、槍《やり》で飾られ、北の壁には鮮やかだが色あせたタペストリーがつるされ、それを背に彫刻の施された黒ずんだ木の玉座が置いてあった。

中央の暖炉は冷えていたが、前の冬の煙の残り香と、あまり魅力的でない悪臭がこもっていた。炉のそばに横たわっている猟犬の前で立ち止まったあたりが一番強烈に臭った。

「二週間前、罠《わな》で指を二本失った。最初は順調に回復していたが、そのうちに膿《う》んでしまったのだ」

床屋さんはうなずいた。猟犬の頭の横に置かれた銀のボウルから肉を振り捨てると、持ってきた二本のフラスコの中身を注いだ。犬はうるんだ目で見つめ、彼がボウルを下へ置くとうなったが、たちまちその特効薬をぴちゃぴちゃ舐《な》めはじめた。

床屋さんはわずかな運に任せた。猟犬がアルコールでだるそうになってくると、彼は鼻面を縛って、爪《つめ》のある手を使えないように脚を縛った。

床屋さんがメスで皮膚を切ると、犬はわなないてキャンキャン鳴いた。犬の指は実に不快な臭いがして、蛆《うじ》が湧《わ》いていた。

「別の指も失うことになるでしょう」

「使いものにならなくしてはいかん。上手いことやれ」と男は冷淡に言った。

治療がすべて終わると、床屋さんは薬物の残りで足の血を洗い、ボロ切れを巻きつけた。

「お支払いはいかがします、閣下?」と彼はやんわりとほのめかした。

「伯爵が猟からお戻りになるのを待って、伯爵に願い出よ」と騎士は言って立ち去った。

二人はごくごく慎重に犬の縄を解くと、器具を持って荷馬車に戻った。床屋さんは、発つ許可をもらったような顔をして、ゆっくりと馬車を操ってその場を離れた。

城から見えない所へ来ると、彼は咳払《せきばら》いして唾《つば》を吐きだした。「伯爵は何日も戻らんかもしれん。それまでに、犬が良くなっていれば、あるいは治療代を支払ってくれるかもしれん、その高潔な伯爵様がな。だが、もし犬が死んだり、伯爵が便秘か何かで虫の居所でも悪かったりすれば、我々をムチ打ちにさせかねん。だから私は領主どもを避けて、小さな村でいちかばちかやってるんだ」そう言うと、彼は馬を先へ駆り立てた。

＊

次の朝、チェルムズフォードにやってくると彼の機嫌は良くなった。しかし、その地ではすでに軟膏《なんこう》売りが見せ物を始めようとしていた。けばけばしいオレンジのチュニックを着込んで、白い髪をたてがみのように伸ばした、小ぎれいな男だ。

「いいところで会ったな、床屋」と男は気軽に声をかけてきた。

「よぉ、ワット。まだあの獣を飼ってるのか？」

「いや、奴《やつ》は生気がなくなって、みすぼらしくなりすぎちまったんで、闘犬《ベイティング》に使っちまった」

「残念だな、俺《おれ》の『特効薬』を与えてたら、奴も良くなっただろうに」

二人は一緒に笑った。

「新しい熊がいるんだ。見てくかい？」

「いいとも」と床屋さんは言った。彼は荷馬車を木の下に停めて、観客が集まってくる間、馬に草を食わせた。チェルムズフォードは大きな町で聴衆は多かった。「レスリングしたことはあるか？」と床屋さんがロブに訊《き》いた。

彼はうなずいた。レスリングは大好きだった。レスリングはロンドンの労働者階級の少年たちの日常的なスポーツだったのだ。

ワットは床屋さんと同じ流儀で、余興を投げ物《ジャグリング》で始めた。彼の腕は見事だとロブは思った。だが、話術は床屋さんにはおよばず、笑いをとる頻度も少なかった。それでも、みんなは彼の熊が大いに気に入っていた。

檻《おり》は布で覆われて陰になっていた。ワットが被《おお》いを取り外すと観客はざわめいた。ロブは前にも芸をする熊を見たことがあった。六歳の時に父親が、『宿屋スワン亭』の外で公演している動物を見に連れていってくれたのだ。その時、彼の目には熊というものがずいぶん巨大に映ったものだ。ワットが長い鎖を引っぱって、口輪をかけた熊をお立ち台に連れ出すと、あの時の熊よりは小さかった。大型犬よりは、かろうじて大きいといった程度だった。だが、この熊は非常に賢かった。

「熊のバートラムです!」とワットが披露した。

熊は号令で横になって死んだふりをし、ボールを転がしては取ってきて、梯子《はしご》を上り下りし、そしてワットがフルートを奏でると『キャロル』と呼ばれるクロッグ・ダンスを踊った。クルクルとはいかず、ぎこちなく回転していたものの、見物人はとても喜び、熊の一挙手一投足に喝采《かっさい》を送った。

「さて、ここで」とワットが言った。「バートラムが挑戦者とレスリングをします。彼を投げ倒した方にはもれなく、人間の病気を取り除く、超奇跡的薬品『ワットの軟膏』一瓶をただで進呈します」

場内は楽しそうに沸いたが、誰も前に進み出なかった。

「どうした、レスラー諸君」とワットがあおった。

床屋さんの目がまたたいた。「ここに怖いもの知らずの少年がいるぞ」と大声で言った。

ロブはとっさに前に歩み出てしまい、本人も肝をつぶした。みんなが喜んで彼をお立ち台の方へと進ませた。

「うちの小僧が君の獣の相手だ、同志ワット君」と床屋さんは呼びかけた。

ワットがうなずくと、二人して笑った。

ああ、ママ！　ロブは頭が真っ白になって考えた。

正真正銘の熊だ。うしろ足でふらふらと立って、大きな毛むくじゃらの頭を彼の方へふんぞり返らせている。これは猟犬でも、カーペンター街の遊び相手なんかでもないのだ。どっしりとした肩と太い四肢を目の当たりにして、彼は本能的にお立ち台から飛び降りて逃げだしたくなった。しかし、それでは床屋さんに刃向かうことになるうえ、外科医兼理髪師としての前途をすべて棒に振ってしまう。彼はより勇気のいらない道を選択し、結局、動物と向き合うことにした。

心臓をドキドキ高鳴らせながら、彼はよく目にした年上のレスラーたちがするように、両手を開いて身体の前で左右に揺らしながら旋回した。その格好が板についていなかったのだろう。誰かがクスクス笑ったので、熊はその音の方を見た。相手が人間でないことを忘れようと、ロブは人間の少年に立ち向かっているかのように振る舞った。彼は突進してバートラムをぐらつかせようとしたが、まるで大木を根っこから引き抜こうとしてる気がした。

バートラムは片手を上げて、面倒臭そうにロブをたたいた。熊の爪《つめ》はとってあったが、その一撃は彼を舞台の半分まで吹っ飛ばした。こうなると、ロブは怖れているなどというものではなかった。手も足も出ないことがわかって逃げ出したかったが、バートラムは最大限に敏捷《びんしょう》そうなふりを装って、よろよろ歩いてきて、彼を待ち受けていた。立ち上がると熊に前脚を巻きつけられた。顔が熊の方に引き寄せられ、口と鼻が毛皮でふさがれてしまい、夜寝る時に敷く毛皮とまったく同じ臭いがする、ぼさぼさの黒い毛で窒息させられそうになった。熊はまだ成長しきってはいなかったが、ロブだってまだ子供だった。もがいているうちに、気づくと死に物狂いの光を浮かべた瞳《ひとみ》と目があった。相手の熊も自分と同じくらい怖がっているのだ、とロブは悟った。熊は何かに完全に制御され、せき立てられている。バートラムは口輪をされていて、咬《か》むことはできなかったが、そうしたがっているのはあきらかだった。革の口輪をロブの肩に押しつけ、悪臭のする荒い息づかいを吐きかけた。

ワットが、熊の首輪についた小さな取っ手の方に手を伸ばした。取っ手に手が届いてもいないのに、熊は哀れっぽく鳴いて後ずさりすると、ロブを放して仰向けに倒れた。

「フォールするんだ、間抜け！」とワットがささやいた。

ロブは地面に躍り込んで、黒い毛皮の肩の付近を押さえ込んだ。こんなイカサマに騙《だま》される者など一人もおらず、あざける人々もいたが、観客はおおむね楽しんで上機嫌だった。ワットはバートラムを檻に入れて戻ってくると、約束通り、ロブに軟膏が入った小さな陶製の瓶をほうびにくれた。芸人はすぐに、膏薬の成分と効能について観客に熱弁を振るい始めた。

ロブは脚をがくがくさせながら、荷馬車に歩いていった。

「見事だったぞ」と床屋さんが言った。「まっすぐ突進するとはな。ちょっと鼻血が出てるか？」

ただ運が良かっただけじゃないか、と思いながら、彼は鼻をすすった。「もうちょっとで熊にやられるところだった」とむっつりして言った。

床屋さんはニヤッと歯をむいて頭を振った。「首輪の小さな取っ手に気づいたか？　輪縄式首輪ってやつさ。取っ手で首輪をひねって、言うことを聞かない動物の呼吸を止められるんだ。そうやって熊は調教されるのさ」彼はロブに手を差し出し、荷馬車の座席に引っぱり上げると、瓶から膏薬をすくい取って親指と人差し指の間でこすりあわせた。「獣脂とラードにちょっとした香りづけ。なのに、まあ、大量に売れるもんだ」彼は、ペニーを持ってワットの前に一列になっている客を眺めながら感慨を込めて言った。「動物は成功を保証するよ。マーモット、山羊、カラス、アナグマや犬なんかを中心にした見せ物もある。トカゲの見せ物だってあるほどだ。私が一人で仕事をするよりも、ぜんぜん金が儲《もう》かるんだ」

手綱に応じて、馬はひんやりとした森の中へ続く小径《こみち》を進み始め、彼らはチェルムズフォードとレスリング熊をあとにした。ロブはまだ震えが収まらなかった。彼は身じろぎせずに考えていた。「じゃあ、なぜ、動物と見せ物をしないの？」とゆっくりつぶやいた。

床屋さんは座席の上で半分こちらに向き直った。ロブの目を捉《とら》えた友好的な青い瞳が、口元に浮かべた微笑《ほほえ》み以上の何かを物語っているようだった。

「私にはお前がいるからな」と彼は言った。

第六章　色のついた球

二人は投げ物《ジャグリング》から取りかかった。ロブはしょっぱなから、自分にはそうした種類の奇蹟《きせき》は絶対に起こせないと思い知った。

「両手を脇《わき》にたらして、まっすぐに力を抜いて立つんだ。前腕を地面と水平になるまで持ち上げて。掌《てのひら》を上向きにして」床屋さんは彼の姿をチェックしてうなずいた。「お前さんの掌の上に、私が卵を載せた盆を置いたように感じなさい。盆は一瞬たりとも傾けることは許されない、でなければ卵がすべり落ちてしまうからな。投げ物でも同じことだ。もし腕が水平でなければ、球が地面中に散らばっちまう。原理はわかったかね？」

「はい、床屋《バーバー》さん」彼は緊張して吐きそうだった。

「水を飲むようにして両手をカップ状にへこませて」彼は二個の木製の球を取り出し、赤い球をロブのくぼんだ右手に、青い球を左手に置いた。「じゃあ投げ物師《ジャグラー》みたいに球をトスして。ともかく同時にな」

球は頭の上を通って地面に落ちた。

「わかったぞ。右手の方が左手よりも力が強いから、赤い球の方が高く上がってしまうんだ。調整力を養わねばならん、右手の力は弱く、左手の力はもっと強くして、投げ方を均一にするようにな。それに、球が高すぎだ。投げ物師というのは、投げた球の行方を追って頭を反らせたりして、太陽の光で目を眩《くら》ませてはダメなんだ。球はここより高く上げないように」彼はロブのおでこをコツンとたたいた。「そうすれば、頭を動かすことなしに球を見られる」

彼は眉《まゆ》をひそめた。「もう一つ。投げ物師は決して球を投げない。球は弾《はじ》くんだ。くぼみが消えて手が平らになるように、一瞬、手の真ん中を突き出すんだ。手の真ん中で球をまっすぐ上に打ち上げ、それと同時に手首で素早く小さなスナップをきかせて、前腕を上方へ最小限に動かすんだ。肘《ひじ》から肩にかけては動かさないように」

彼は球を集めてロブに手渡した。

ハートフォードに到着すると、ロブはお立ち台を組み立てて床屋さんの万能薬の瓶を運び出してから、二個の木製の球をポンポン跳ねさす練習をした。難しそうには見えなかったが、たいていは投げる時に球に回転をかけてしまい、方向が変わってしまうことに気づいた。長くつかみすぎて球をフックさせると、球は顔の方へ飛んで来るか、肩を越えていってしまう。片手をゆるませてしまうと、球はあっちの方向に飛んでいってしまう。彼は熱心に練習を続け、すぐに跳ね上げのコツをつかんだ。その晩、夕食の前に新しく会得した技を披露すると、床屋さんは嬉《うれ》しそうだった。

次の日、床屋さんはルートンの村の外で荷馬車を停め、進路が交差するようにして二個の球を跳ばせる方法を見せた。「一方の球を先に投げるか、片方よりも高く跳ばせば空中での衝突を避けられるんだ」と彼は言った。

ルートンで見せ物が始まるとすぐに、ロブは二個の球を持ってこっそり抜け出し、森の中の小さな開拓地で練習した。二回に一度以上は、青い球は彼をあざけるようにゴツンという小さな音を立てて赤い球とぶつかった。落ちて転がる球を、いちいち拾いに行かなければならず、馬鹿みたいな気がしていらついた。しかし、どうせ、モリネズミと時折顔を見せる鳥しか見ていないんだ。そう思ってやり続けた。ついに、最初の球が大きく弧を描いて左手の端に落ちて、二番目の球がそれより低く短い距離を行けば、両方の球を首尾よく跳ばせるのがわかった。床屋さんの前で、十分満足がいく実演を見せられるようになるまでには、二日間、試行錯誤をくり返した。

床屋さんは、両方の球を順々に移動させる方法を彼に見せた。「実際より難しそうに見えるんだ。最初の球を跳ね上げる。それが空中にある間に、二番目の球を右手に移す。左手で最初の球をキャッチして、右手で二番目の球を跳ね上げるのくり返し。ポンポンポンだ！　球は弾くと素早く空中に飛び出すが、落ちてくる速度はずっとゆっくりなんだ。それこそが、投げ物師の芸を成立させる『秘密』なのさ。時間は十分あるんだよ」

週の終わり頃までには、床屋さんは片手で赤と青の両方を投げる方法を教えていた。一方の球を掌で、もう一方をもっと先の方の指で持たねばならない。ロブは何回となく球を落としたが、最後にはコツがわかった。最初に赤いのをトスし、落ちて手に戻ってくる前に、青を上げるようにする。球は同じ手から上へ下へと、ポンポンポン！　と跳ね踊るのだ。暇があれば練習しているので、今や——二個の球の順繰り送り、二個の球の交差、二個の球を右手だけ、二個の球を左手だけ——ができるようになった。すごく低く弾いて投げ物をすれば、スピードを速くすることができるのも発見した。

床屋さんが農夫から白鳥を買ったので、彼らはブレッチリーという町の外に陣取った。かろうじて雛《ひな》よりも大きい程度の小鳥だったにもかかわらず、ロブがこれまで食卓にのったのを目にしたどの鳥肉よりも大きかった。農夫は毛をむしって血抜きしたうえで売っていたが、床屋さんは手間暇かけて、小川の流水で丹念に洗ってから、小さい火のそばに脚からぶら下げて筆毛の毛焼きをした。

値が張った鳥肉に見合うよう、栗、タマネギ、脂肪とハーブで詰め物をした。「白鳥の肉はガチョウよりも硬いがアヒルより乾いているから、ベーコンで巻かなくちゃいかん」と彼はロブに楽しそうに教えた。二人は、塩漬け豚肉の薄切りをいく重にも重ねてこぎれいに形を作り、鳥を完全に覆った。床屋さんはその包みを亜麻糸で結わえてから、串《くし》に差して焚《た》き火の上につるした。

ロブは焚き火のかなり近くで投げ物の練習をしていたので、その香りは甘い誘惑のようだった。炎の熱で豚肉から溶け出た油分が鳥肉に注ぎ、一方では詰め物の脂肪がゆっくりと溶けて内側から鳥肉にしみていく。串に使った間にあわせの緑の枝を回すと、豚肉の薄い皮が徐々に干からびて焦げていった。鳥が焼き上がって火から降ろすと、塩漬け豚肉はパリパリとはがれた。中の白鳥の肉は、しっとりと柔らかく、わずかに筋張っているがほど良く油がのって味つけされていた。二人は熱々の栗の詰め物や茹《ゆ》でた新南瓜《かぼちゃ》と一緒に、身の一部を食べた。ロブは大きなピンクの腿《もも》をたいらげた。

一日休息をとって元気を取り戻した二人は、翌朝、早くから起きてかなりの距離を進んだ。朝食のために道端に止まると、トーストとチーズと一緒に白鳥の胸肉の一部を冷めたまま堪能《たんのう》した。食べ終わると床屋さんはげっぷをして、緑に塗られた三つ目の木の球をロブに与えた。

＊

彼らは低地を渡って行く蟻のように移動した。コッツウォルド丘陵はゆるやかに起伏していて、夏の穏やかな美しさをたたえていた。村が谷間に沿って点在し、ロブがロンドンで見慣れていたよりたくさんの石造りの家があった。七月十五日の聖スイジンの日の三日後に彼は十歳になったが、床屋さんには黙っていた。

彼はどんどん成長していた。ママがわざわざ長目に縫っておいてくれたシャツの袖《そで》は、今では節っぽい手首のずいぶん上の方にきていた。床屋さんは彼をこき使った。ロブは、荷馬車の積み荷の上げ下ろしから、薪の調達、水汲《く》みまで、雑用のほとんどをこなした。どっしりと真ん丸な床屋さんの体型を維持しているのと同じ、美味《うま》くて栄養いっぱいの食べ物のおかげで、ロブの身体も筋骨たくましくなっていったが、素晴らしい食事にすぐに慣れっこになった。

ロブと床屋さんは、お互いのやり方になじんできた。今では、この太った男がキャンプファイヤーに女性を連れてきても珍しさは先立たなかった。時にはロブも、性交の音に耳を澄ませたり、のぞこうという気になることもあったが、たいていは無関心に反対側を向いて寝てしまった。床屋さんは、女性の家に転がり込んで一晩を過ごしても、朝には荷馬車に戻ってきた。立ち去り時を心得ているのだ。

床屋さんは、出会う女たち一人一人を手なずけようとし、同じふうにして、自分の余興を見る人々も手なずけているのだと、ロブにもだんだんわかってきた。外科医兼理髪師は表向きは、『万能特効薬』は東方の薬で、はるか彼方のアッシリアの砂漠でしか見つからないバイタリアと呼ばれる植物の花を乾燥させ、その粉を煎《せん》じて作られるのだと説明していた。けれども『特効薬』が底をついてきた時、床屋さんが新しく薬を混ぜ合わせるのを手伝ってわかったことだが、その薬の大半は、どこでも手に入るありふれた酒でできていた。

農家を六件もあたってみれば、その蜂蜜酒《メテグリン》の樽《たる》を持っていて、喜んで売ってくれる人物がすぐ見つかった。どんな種類の酒でも間にあうのだが、自分はいつも、発酵させた蜂蜜《はちみつ》と水を混ぜて作ったこのメテグリンを探すようにしているんだ、と床屋さんは言った。「ウェールズ人が発明した酒さ、坊主。彼らが我々に残した数少ない遺産のひとつだ。ウェールズ語で内科医を意味する『メディグ(meddyg)』と、強い酒を意味する『リン(llyn)』から名づけられたんだ。彼ら流の薬の採り方で、これが良く効くんだ。メテグリンは身体を痺《しび》れさせて、気分を高揚させるからな」

はるかなるアッシリア産の生命の薬草バイタリアの方は、ひとつまみの硝石だと判明した。ロブは、メテグリン一ガロンごとに、この硝石を入れてかき混ぜた。硝石は、この強い蒸留酒のベースである発酵した蜂蜜の甘さをやわらげ、医薬っぽい刺激味を加えるのだ。

瓶は小さかった。「酒は樽ごと安く仕入れて、一瓶一瓶は高く売るんだ」と床屋さんは言った。「我々、外科医兼理髪師という立場は、下層階級と貧乏人が相手だ。我々の上に外科医がいて、もっと実入りの良い料金を請求しているんだ。奴《やつ》らは、自分でしたくない汚い仕事を、我々に投げてよこすことだって平気さ。駄犬に腐った肉の切れっ端を放るみたいにしてな！　さらに、そんなつまらん奴らの上にいるのが、めいっぱい尊大でいまいましい内科医どもで、一番高額の支払いを請求するという理由で、良家の人々から信頼されてるってわけだ」

「床屋であるこの私が、髭《ひげ》を刈り込んだり髪を切ったりしないのを、不思議に思ったことはないか？　それはな、私には仕事を選ぶ余裕があるからだ。ここに教訓があるんだ、よくおぼえておくんだぞ、見習い。まあまあ良心的な薬を調合して、それを勤勉に売りさばけば、外科医兼理髪師も内科医と同じくらい金を儲《もう》けられるんだ。他のことは全部忘れても、それだけは肝にめいじておけ」

売り物の薬の調合を終えると、床屋さんはもっと小さな鍋《なべ》を取り出して、さらに追加分の薬を作った。それから、なにやら自分の衣類をごそごそ探った。次の瞬間、小便がチョロチョロ音をたてて『万能特効薬』の中に注がれ、ロブは立ちすくんで見つめた。

「私の『特製品』だ」と床屋さんは、自身をしごきながら艶《つや》やかな声で言った。

「あさって、我々はオックスフォードに着く。そこの代官サー・ジョン・フィッツって奴が、高い金を払わないと領地から出ていかせてくれないんだ。二週間後にはブリストルに着くが、ポッターという名の酒場の経営者がいて、余興の間いつも、たわけた罵声《ばせい》を大声で撒《ま》き散らすんだ。特製品は、奴らにぴったりの、ちょっとした贈り物なのさ」

オックスフォードに着いても、ロブはいつものように、球の練習をしに抜け出さなかった。彼は、代官が不潔な絹のチュニックを着て現れるまで待ちうけて、事のなりゆきを眺めていた。背が高く、頰《ほお》がこけて、痩《や》せた男で、何か内緒の愉《たの》しみを隠しきれないといったふうに、絶え間なく冷たい微笑《ほほえ》みを浮かべていた。床屋さんが賄賂《わいろ》を払ってから、気が進まない振りをして、メテグリンの瓶を勧めるのが見えた。

代官は小瓶を開けて中身を飲み下した。喉《のど》を詰まらせて吐き出し、こいつらを即刻逮捕しろ、と叫ぶ瞬間をロブは今か今かと待ち構えたが、フィッツ卿《きょう》は最後の滴を飲み干して舌づつみを打った。

「まああだな」

「ありがとうございます、サー・ジョン」

「家へ持って帰るぶんを数瓶くれ」

床屋さんは迷惑そうに、ため息をついた。「かしこまりました、閣下」

ションベンまみれの瓶は、薄めていないメテグリンと区別するために引っかき傷をつけて、荷馬車の隅にわけて保管してあった。ロブは万が一間違えたらという恐怖から、あえて万能薬に手をつけようとはしなかった。つまるところ、『特製品』があったおかげで、すべてのメテグリンに吐き気をもよおすようになり、若いうちから大酒飲みにならずにすんだとも言えた。

＊

三個の球を投げ物《ジャグリング》するのは実に難しかった。何週間かけても、際立った成功が見られないま、練習をくり返した。右手で二個の球を、左手で一個を持つことから始めた。これまでに学んできたように、最初は二個の球を片手で投げ物するのだ、と床屋さんはロブに命じた。投げる間隔が一定してきたら、今だという瞬間に三番目の球を同じリズムで跳ね上げる。二個の球を上に投げ、それから一個、二個、一個と順々に続けていく。一個の球が、他の二個の球の間を縫うようにして上下する光景は見物だが、それは、本当に三個の投げ物にはなっていない。三個の球が一つ一つ交差するようトスをしようとすると、決まって大失敗に終わった。

ロブは寸暇を惜しんで練習した。夜、夢の中で、色のついた球が鳥のように軽やかに空中を舞うのを見た。目が覚めると、夢でみたふうに球を跳ね上げようとしたが、たちまち困難にぶつかった。

ようやく呼吸をつかんだ時、二人はストラットフォードにいた。投げ上げたりキャッチしたりする、基本的な方法には何の変わりはなかった。単にリズムを見つけたのだ。三個の球は両手から自然に上がって、身体の一部でもあるかのように戻ってくるようになった。

床屋さんは喜んだ。「今日は私が生まれた日なんだ、お前は素晴らしい贈り物をくれた」と彼は言った。投げ物ができたことと誕生日の両方を祝うために、市場に行って若い鹿の骨付き肉を買ってくると、床屋さんはそれを茹《ゆ》で、脂を塗って、ミントとソレルで味つけし、それから小さな人参と砂糖漬け洋梨と一緒にビールで蒸し焼きにした。「お前の誕生日はいつだい？」食べながら彼が聞いた。

「聖スイジンの日の三日後」

「もう過ぎちまったじゃないか！　そんなこと、ひと言も言ってなかったじゃないか」

ロブは答えなかった。

床屋さんは彼を見つめてうなずいた。それから、さらに肉をスライスすると、ロブの皿に山盛りにしてくれた。

その晩、床屋さんは彼をストラットフォードのパブに連れていった。ロブは林檎《りんご》ジュースを飲み、床屋さんは新鮮なエールをしこたま飲んで、酒を誉《ほ》め讃《たた》える歌を歌《うた》った。彼は素晴らしい声の持ち主というわけではなかったが、調子をはずさず歌えた。歌い終えると喝采《かっさい》に混じって、テーブルにジョッキを打ちつける音が起こった。その音が聞こえた隅の席には、女性が二人っきりで座っていた。パブにいる唯一の女性たちだった。一人は若くて恰幅《かっぷく》のいい金髪。もう一人は痩《や》せてもっと年上で、茶色の髪に白髪が混じっていた。「もっと歌って！」と年取った方が大胆に叫んだ。

「あんたも貪欲《どんよく》なご婦人だね」と床屋さんは呼びかけた。彼は頭を反り返らせて歌い始めた。

「女盛りの後家さんの求愛の滑稽《こっけい》な新曲だ、
　物寂しくて悪党と寝たのが悲しい破滅の始まり。
　男は彼女を揺すって、跳ね上げ、突き上げ
　普通の一発で、彼女の全財産をくすねたとさ！」

女性たちはキャッキャと笑い声をたて、両手で目を覆った。

床屋さんは、彼女たちにエールと歌を贈った。

「お前の目が私を愛撫《あいぶ》したと思ったら
　今、お前の腕が私を抱擁する……
　私たちはやがて一緒に転げ回るだろう
　だから、むなしい誓いはやめておこう」

床屋さんは図体がでかいわりには驚くほど機敏で、パブにいる男たちが手をたたいてはやし立てるなか、順繰りに女たちと熱狂的なクロッグダンスを踊った。彼はやすやすと女たちを放り投げ、ぐるぐる回した。脂肪の下には、荷馬車馬並みの筋肉がついてるのだ。床屋さんが彼女たちをテーブルに連れてきた直後に、ロブは眠り込んでしまった。そのうち起こされると、ぼんやりとした意識のなかで、床屋さんと女性たちが自分の手をひいて、ふらふらと野営地へ連れて戻っていくのがわかった。

次の朝、起きてみると、三人は死んだ大蛇が絡みあうようにして荷馬車の下に寝ていた。彼は猛烈に興味を抱き、近くに立って女たちを観察した。若い方の乳房はたれていて、厚ぼったい乳頭が茶色い大きな円形から突き出し、そこには毛が生えていた。年取った方のはほとんど平らで、雌犬や雌豚のように、小さな青みがかった乳首をしていた。

少年が女たちの姿を記憶に焼きつけているあいだ、床屋さんは薄目をあけて見守っていた。やがて、彼は折り重なった身体のもつれを解いて、眠そうな女たちを軽くたたいて起こすと、ロブが馬をつないでいる間に、寝《ね》わらを片づけて荷馬車に戻した。彼は女たち一人ずつに、硬貨一枚と『万能特効薬』一瓶の贈り物をやった。彼とロブは、飛び立っていく青鷺《あおさぎ》が発する、嘲笑《ちょうしょう》するような鳴き声を背に受けながら、太陽がちょうど川を桃色に染め始めた頃、ストラットフォードを後にした。

第七章　ライム湾《ベイ》の家

ある朝、サクソンの角笛を吹いてみると、ただ空気がシューシュー言う音のかわりに、完全な音が出た。ロブは、その寂しく響き渡る音色で、誇らしげに道のりを彩るようになった。夏が終わり、日がますます短くなってくると、彼らは南西に移動し始めた。「エックスマウスに、小さな家を一軒持ってるんだ」と床屋さんは彼に告げた。「毎年冬は、温暖な海岸地で過ごすようにしているんだ、寒いのが嫌いなんでね」

彼はロブに茶色い球を与えた。

すでに、片手で二個の球を操る方法は会得していた。今度は、各々の手で二個の球を操れば良いだけなので、四球での投げ物は怖るるに足らなかった。彼は絶えず練習していたが、移動中の荷馬車の座席でだけは禁じられていた。しくじるたびに、はい降りて球を集めなければならず、その間、馬の歩調をゆるめて待つのに、床屋さんがウンザリしてしまったからだ。

時々、同じ年頃の少年たちが川に飛び込んだり、笑いながら遊び戯れている場面に遭遇すると、ロブは幼年時代への郷愁を感じた。しかし、彼はもう彼らとは違うのだ。あの子たちは、熊とレスリングしただろうか？　四個の球を投げ物できるだろうか？　サクソン角笛を吹けるだろうか？

グラストンベリーで彼は、畏敬《いけい》の念で見つめる少年の群れを前にして、村の教会境内で投げ物を披露するという馬鹿をしでかした。近接する広場で演じていた床屋さんが、その笑い声や喝采《かっさい》を聞きつけた。床屋さんは釘《くぎ》をさした。「少なくとも、本物の投げ物師《ジャグラー》になれるまでは人前で演じてはならん。なれるかどうかはわからんがな。わかったか？」

「はい、床屋さん」と彼は言った。

十月の終わりのある晩に、とうとうエックスマウスにたどり着いた。その家は、わびしく荒れ果て、海から歩いて数分の所にあった。

「もとは耕作農家だったが、土地なしで買ったから安かったんだ」と床屋さんは言った。「馬はもとの干し草納屋に入れて、荷馬車はトウモロコシを貯蔵するために作られた小屋に入れる」

農夫が牛に雨露をしのがせるために使っていた差しかけ小屋が、薪を風雨から守ってくれていた。居住空間は、ロンドンのカーペンター街の家よりもかろうじて広い程度で、同じようにわらぶき屋根だったが、単なる煙穴のかわりに大きな石の煙突がついていた。暖炉には、鉄の鍋吊《なべつる》し、五徳、スコップ、大きな暖房用鉄具、大釜《おおがま》、肉鉤《かぎ》がすえつけられていた。暖炉の横には竈《かまど》があって、すぐ横に巨大なベッドの枠組みが置いてあった。前の冬に、家財を居心地良くしつらえてあったので、こね桶《おけ》、テーブル、ベンチ、チーズ戸棚、何個かの水差し、いくつかのバスケットも備えてあった。

炉に火を入れると、一週間ずっと口にしてきたハムの残りをふたたび温めた。熟成しきった肉は強烈な味がして、パンにはカビが生えていた。とうてい親方の口に合うような食事ではなかった。「明日、食糧を仕入れねばならん」と床屋さんはむっつりと言った。

ロブは木の球を手に取って、チラチラ明滅する光の中で交差投げの練習をした。上手くできたが、最後には床に落ちて終わった。

床屋さんがバッグの中から黄色い球を取り出して床に放った。その球は転がっていって、他の球に寄りそった。

赤、青、茶に緑。そして今度は黄色だ。

ロブは虹《にじ》の色の数を思い浮かべ、絶望のどん底に突き落とされた。彼は突っ立ったまま、床屋さんを見つめた。これまで決して見せたことのない、反抗的な目つきだとわかっていたが、自分でもどうしようもなかった。

「あといくつあるっていうの？」

床屋さんは、その質問の意味とロブの絶望感を察した。「ない。それが最後のだ」と彼は静かに言った。

＊

二人は冬支度をした。薪は十分貯《たくわ》えてあったが、一部は割る必要があった。それに、焚《た》きつけ枝を集めてきて、折って、暖炉の近くに積んでおかなければならなかった。家は二間で、一つが暮らす部屋、一つが食糧の部屋だった。床屋さんは、どこへ行けば最上の食糧が手にはいるか熟知していた。カブ、タマネギ、ひと籠《かご》分の南瓜《かぼちゃ》を調達した。エクセターにある果樹園からは、皮が金色で真っ白な果肉の林檎《りんご》をひと樽《たる》、荷馬車に積んで持ち帰った。塩水に漬けた豚肉のケグ（小さな樽）も買い込んだ。近所の農家に燻製《くんせい》小屋があったので、ハムと鯖《さば》を買って心づけを渡して燻製にしてもらい、それから買ってきた四分の一体の羊肉と一緒に、そのままつるしておいた。食べ物を密漁したり、加工したりする人々には慣れているその農夫でさえ、純粋に食べるためだけに、こんなにたくさんの肉を買うなんて聞いたことがない、と感嘆をもらした。

ロブは黄色い球を憎んだ。黄色い球は破滅のもとだった。

しょっぱなから、五個の球を投げ物《ジャグリング》するのは嫌な感じだった。右手に三個も球を持たなければならないのだ。左手は、薬指と小指で下の方の球を掌《てのひら》に押しつけ、親指と人差し指と中指でもう片方の球は支えればよかった。だが、右手は、さらに人差し指と中指の間で真ん中の球は締めつけなければならない。球を持つこともおぼつかず、いわんや投げ物どころではなかった。

床屋さんは助け船を出した。「五個の投げ物をする時には、今まで学んできたたくさんのルールはもはや通用しないんだ」と彼は言った。「もう球を跳ね上げてはダメだ。指先で投げ上げなければならん。それから、五個全部を空中で操る十分な時間を確保するために、思い切り高く投げなければいけない。最初に右手からトスする。すぐさま球が左手から放れ、それからふたたび右手、それからふたたび左手、それからまた右手と、投げて、投げて、投げて、投げて、投げて！　どんどん急いでトスするんだ！」

やってみたものの、気づくとロブは、くるくる落ちてくる球のシャワーの下にいた。両手で防ごうとしたが、球は頭上に降り注ぎ、部屋の隅々に転がった。

床屋さんは微笑《ほほえ》んだ。「つまり、これがお前さんの冬の宿題ってわけだ」と彼は言った。

＊

家の裏にある泉は、朽ちたオークの葉の厚い層でつまってしまい、飲み水が苦かった。ロブは馬の納屋で木の熊手を見つけて、黒くふやけた大量の葉っぱの塊を引っぱり出した。近くの土手から砂を掘ってきて厚い層になるように泉にまいた。かき混ぜられた水が落ち着くと、水は美味《おい》しくなっていた。

冬は早く訪れた。だが妙な冬だった。ロブは雪が降り積もった真っ当な冬が好きだった。しかし、その年のエックスマウスは半分が雨で、雪が降っても濡《ぬ》れた地面で雪片が溶けてしまった。泉から汲《く》み上げてきた水にできた、ちっぽけな針状の結晶を除いては、氷も張らなかった。海から冷えて湿っぽい風がたえず吹き、小さな家は一帯の靄《もや》の一部と化した。夜は、床屋さんと一緒に大きなベッドで眠った。床屋さんの方が火の近くに寝たが、その巨体はかなりの暖かさを発した。

彼は投げ物を厭《いと》うようになった。何とか五個の球を操ろうと死に物狂いで努力したが、三個以上はまったくキャッチできなかった。二個の球を持ちながら三個目をキャッチしようとすると、たいてい手の中の一つにぶち当たって飛び出ていった。

投げ物の練習から離れさせてくれるなら、ロブはどんな仕事でも引き受けた。言いつけられてもいないのに屎尿《しによう》を取り出し、石の便器を毎回こすり洗いした。必要以上に薪を割って、しょっちゅう水差しを補充しなおした。灰色の毛皮がギラギラ光るまでインシテイタスにブラシをかけ、たてがみを編んだ。樽の林檎を一つ一つ丹念に調べ、腐った果実を選《よ》り分けた。彼は母親がロンドンでしていたのに輪をかけて、住居をこぎれいに保った。

ライム湾のほとりで、ロブは白い波が浜辺にうち寄せるのを眺めた。波が沸き返る鈍色《にびいろ》の海からは、風がまっすぐに吹きつけて、目がぴりぴり滲《し》みて瞳《ひとみ》がうるんだ。彼が寒くて震えているのに気づいた床屋さんは、自分の古いチュニックをロブ用の暖かな短い上着《カートル》とぴったりしたズボンに作り直すために、イーディス・リプトンという名前の後家のお針子を雇った。

イーディスの夫と二人の息子は、釣りをしているところを嵐《あらし》に襲われ、海で溺《おぼ》れ死んでしまった。彼女は、優しい顔に寂しそうな目をした、ふくよかな品の良い婦人で、たちまち床屋さんの愛人になった。床屋さんが彼女と一緒に町に泊まる時には、火の横の大きなベッドを一人で占領できたロブは、この家が自分のもののような気分に浸った。一度、冷たい風がほんの小さな隙間《すきま》からも入ってくる、みぞれ混じりの突風の日に、イーディスが泊まりに来た。おかげで、ロブは場所替えさせられ、布で包んだ熱い石をしっかり抱きながら、両脚を彼女の芯《しん》生地の切れ端で巻いて床に寝た。優しく低い彼女の声が聞こえた。「あの子を一緒にいれてやっちゃダメかしら、ここなら暖まれるわ」

「ダメだ」と床屋さんが言った。

ほんの少しあとで、男がうめきながら彼女の上で精を出していると、彼女の手が暗闇《くらやみ》にふっと伸びてきて、まるで祝福を与えるみたいに、そっとロブの頭に触れた。

彼はじっと横たわっていた。床屋さんが果てた時には、彼女の手はもう引っ込められていた。それ以降、彼女が家に泊まるたびに、ロブは暗がりのなか、ベッドの横の床の上で待っていたが、彼女が触れてくれることは二度となかった。

*

「ぜんぜん上達していない」と床屋さんが言った。「肝にめいじておけ。私の見習いの価値は観客を楽しませることにあるんだ。私の小僧なら、投げ物師にならねばならん」

「四個の球を操るのじゃダメですか？」

「傑出した投げ物師は、七個の球を操ることができるんだぞ。六個を操れる者も何人か知っている。私はな、並みの投げ物師が必要なだけなんだ。もし五個の球を扱えないと言うんなら、じきにお前とは手を切らねばならん」床屋さんはため息をついた。「何人もの小僧を使ったが、手元に置いておけたのはたったの三人だった。最初がエバン・ケアリーで、五個の投げ物をとても良く覚えたが、酒に目がなかった。年季を終えたあとも、四年間は順調に私と過ごしたが、レスターで酔っぱらい同士の喧嘩《けんか》で刺し殺された。おろか者の最期だ」

「二番目はジェイソン・アール。器用で、一番の投げ物師だった。せっかく床屋稼業を学んだのに、ポーツマスの代官の娘と結婚して、義理の父親の賄賂《わいろ》徴集係としてていのいい泥棒になりさがっちまってる」

「最後から二番目の小僧は素晴らしかった。ギビー・ネルソンという名でな。ヨークで熱病にかかって死ぬまで、大した稼ぎ口だった」彼は眉《まゆ》をひそめた。「いまいましい最後の小僧はくだらん奴《やつ》だった。お前さんと同じことをしたのさ。四個の球は操れたが五個目を扱う呼吸を飲み込めなかったんで、お前さんを見つけるすぐ前にロンドンでお払い箱にした」

　二人は惨めな気持ちで見つめ合った。

「お前は今のところ、くだらん奴なんかじゃあない。有望な奴だ。一緒に暮らしやすいし、仕事も早い。だが、使い物にならない小僧に私の商売を教えていては、馬の装備やら、この家やら、たるきからぶら下がっている肉やらは、手に入らん。春までに投げ物師になるんだ、さもなければ、どこかでお前を置き去りにしなきゃならん。わかるな？」

「はい、床屋《バーバー》さん」

床屋さんはいくつかのポイントを教えてくれた。彼はロブに三個の林檎で投げ物をさせた。とがったへたが彼の両手を傷つけるので、手を少したわませて林檎を柔らかくキャッチするようになった。

「気がついたか？」と床屋さんが言った。「ちょっと手を引くことで、すでにつかんでいる林檎とキャッチした林檎をぶつけて、跳ね飛ばさないですむんだ」それは球でも同じ原理だった。

「上達したじゃないか」と床屋さんは望みをかけるように言った。

二人が投げ物に夢中になっている間に、クリスマスの季節が忍び寄ってきた。イーディスは一緒に教会へ行かないかと彼らを誘ったが、床屋さんは鼻を鳴らした。「いつから我々は家族になったのかねぇ？」しかし、少年だけでも連れて行きたいと言うと、別に反対はしなかった。

小さな泥壁の田舎教会は混みあっていたので、エックスマウスの他の吹きさらしの場所と比べて暖かかった。ロンドンをあとにして以来、ロブは教会に足を踏み入れたことがなかったので、お香と人いきれを懐かしい気分で吸い込んで、かつて知ったる聖域、ミサにひたった。そのあと、何を言っているのか聞き取りづらいダートムーア訛《なま》りの司祭が、救世主の誕生や、ユダヤ人によって殺害されて終えた、その人間としての聖なる生活について話し、すべての人々を守るため、キリストが永久に闘い続けている相手、堕天使ルシファーのことを長々としゃべった。ロブは特別な願いごとにぴったりの聖人を選ぼうと思ったが、結局、心に浮かんだ最も無垢《むく》な魂に語りかけることにした。『他の兄弟たちを守ってやって、ママ。僕は大丈夫、だから弟と妹たちを助けてやって』だが、自分の個人的なお願いをするのも忘れてはいなかった。

『お願い、ママ、五個の球を投げ物できるよう力を貸して』

彼らは教会からまっすぐに、床屋さんが鉄串《てつぐし》にさして焼いた、プラムとタマネギの詰め物をしたガチョウが待つ家へと帰った。「クリスマスにガチョウを食べた男は、一年を通して金が入ってくるんだぞ」と床屋さんは言った。

イーディスは微笑《ほほえ》んだ。「それって、九月二十九日のミカエル祭りにガチョウを食べるんじゃなかったかしら」と彼女は言ったが、床屋さんがクリスマスだと言い張ると、あえて反論はしなかった。彼は酒が入って上機嫌になり、みんなは愉快に食事をとった。

彼女はその夜、泊まっていかなかった。キリストの誕生日なので、彼女の思いは亡くなった主人と息子たちのもとに飛んでいたのだろう。ロブの気持ちが、あちこちにいる兄弟の上にあったように。

彼女が帰ると、床屋さんは食事の後片づけをするロブを見ていた。「イーディスを好きになりすぎちゃいかんな」とようやく床屋さんは言った。「彼女は単なる一女性にすぎん。じきに彼女を置いて行かねばならんのだからな」

＊

太陽は一度も射さなかった。新年をまたいでの三週間、どんよりと変わりばえしない空が続き、彼らの精神に徐々に暗い影を落としはじめた。ロブがどんなに無惨に失敗をくり返そうとも、床屋さんは練習を続けるよう強要し、追い立て続けた。「三個の投げ物に挑戦した時のことを思い出してみろ。それまではできなかったのに、次の瞬間できるようになった。サクソン角笛を吹く時も同じことが起こったじゃないか。五個の投げ物ができるようになる瞬間を、引きよせねばならん」

だが、何時間もかけてどんなに熱心に練習しても、結果は同じだった。ロブは始める前から、もう失敗するものとあきらめてしまい、漫然と取り組むようになった。

このままでは、春が来ても投げ物師《ジャングラー》になんかなれない、とわかっていた。

ある夜ロブは、イーディスがふたたび自分の頭に触れて、太股《ふともも》を開いて彼女の性器を見せてくれる夢を見た。目が覚めると、それがどんな形をしていたかは思い出せなかったが、夢を見ている間に奇妙で恐ろしいことが起こっていた。彼は床屋さんが家の外にいるのを見計らって、毛皮のベッドカバーから汚れをぬぐい、濡《ぬ》れた灰でこすってきれいにした。

自分が一人前の男になるのをイーディスが待っていてくれて、結婚してくれるかもしれない、と期待を抱くほど馬鹿ではなかったが、息子ができたら彼女の精神状態も安定するのではないかと思った。「床屋さんは出ていくよ」ある朝、薪を運び入れるのを手伝ってくれている彼女にロブは言った。「僕、エックスマウスに残って、あなたと暮らしちゃだめですか？」

彼女の美しい瞳《ひとみ》に、何か厳しい色が宿ったが、目をそらしはしなかった。「あなたを養うことはできないわ。私一人が生きていくだけだって、お針子半分、娼婦《しょうふ》半分の生活をしなけりゃならないのよ。あなたを引き取ったら、それこそ誰とでも寝なきゃならなくなるわ」彼女の腕から薪が一本落ちた。ロブが拾ってのせてやると、彼女は向きを変えて家へ入っていった。

それ以来、彼女はあまりやって来なくなり、ロブにもほとんど声をかけなくなった。そして、ついに姿を見せなくなってしまった。おそらく、投げ物《ジャグリング》のことで苛立《いらだ》ちを募らせていた床屋さんが、自分の快楽に興味を失ってしまったからだろう。

「まぬけ！」ロブ・Jがまたもや球を落とすと、彼は怒鳴った。「今度は三個だけ使うんだ、だが五個全部を投げ物しているように高く上げろ。三番目の球が空中に上がったら、手をたたくんだ」

指示通りにすると、手をたたいた後でもちゃんと三個の球をキャッチする時間があった。「ほらな」と床屋さんは満足げに言った。「手をたたくのに費やす時間で、他の二個の球を投げ上げることができるだろう」

しかし、いざ試してみると、またもや五個全部が空中衝突して大混乱が起こり、球がいたるところへ転がって、床屋さんは悪態をついた。

にわかに、春が数週間足らずにせまってきた。

ある夜、床屋さんはロブが寝入った頃を見計らってやってきて、熊の毛皮が暖かく顎《あご》の下に沿うように掛け直してくれた。彼はベッドにおおいかぶさるように立ったまま、長い間ロブを見下ろしていた。それから、ため息をつくと離れて行った。

朝になると、床屋さんは荷馬車から鞭《むち》を取ってきた。「お前は自分が何をしているのか全然考えてないんだ」と彼は言った。床屋さんが馬に鞭を入れるのは、一度も見たことがなかったが、ロブが球を落とすと、ひもをぴゅんっと鳴らして彼の両脚を打った。

ものすごい痛さだった。彼は絶叫してすすり泣き始めた。

「球を拾うんだ」

球を集め、ふたたび投げあげたが、同じく哀れな結果に終わり、またもや革が両脚を鞭打った。

父親からいく度となくたたかれたことはあったが、鞭では一度もなかった。

くり返しくり返し、五個の球を拾っては投げ物をしようとしたが、上手くできなかった。失敗するたびに鞭が両脚を打ち、彼は悲鳴をあげた。

「球を拾うんだ」

「お願いだから、床屋さん！」

男の顔は冷酷だった。「お前のためだ。頭を使え。よく考えるんだ」寒い日だったにもかかわらず、床屋さんは汗をかいていた。

痛みが、いやがおうでも投げ物に心を集中させた。だが、激しくしゃくり上げるので身震いしてしまい、筋肉もまるで他人の身体みたいに思い通りに動かせなくなり、なおさらひどい結果になってしまう。床屋さんが鞭打つと、ロブは立ちすくんでわななき、涙で顔を濡《ぬ》らし、鼻水が口に流れ込んだ。僕はローマ人なんだ、と彼は自分に言い聞かせた。大人になったら、この男を見つけ出して殺してやる。

イーディスが縫ってくれた新しいズボンの両脚に、血が滲《にじ》んでくるまで床屋さんは彼を打ちつけた。それから、鞭を手から落とすと、大股《おおまた》に家から出ていった。

＊

外科医兼理髪師は、その夜遅く戻ってきて、酔っぱらったまま眠りに落ちた。

朝になって起きると、彼の目つきは穏やかになっていたが、ロブの両脚を見ると唇をぎゅっと閉じた。お湯を沸かしてボロ布を浸し、乾いた血をはがしてやると、熊油の瓶を取ってきた。

「よくすり込むんだ」と彼は言った。

切り傷やミミズ腫《ば》れよりもチャンスを逃したのだという自覚の方が、はるかにロブをさいなんだ。

床屋さんは地図を調べた。「私は洗足木曜日に出発して、お前をブリストルまで連れていく。栄えた港町だから、そこで落ち着き先を見つけたらよかろう」

「はい、床屋さん」と彼は低い声で言った。

床屋さんは長い時間をかけて朝食の支度をし、準備が整うとオートミール、チーズトースト、玉子にベーコンを気前よく分配した。「食べた、食べた」と彼はぶっきらぼうに言った。

彼は、ロブが無理に食べ物をかき込むのを座って見守った。

「すまんな」と彼は言った。「私自身も浮浪少年だったから、前途多難なのはわかってるんだ」

床屋さんは残りの午前中、一言しか彼に話しかけなかった。

「そろえた洋服は持っていっていいぞ」と彼は言った。

＊

色のついた球は片づけられ、もう練習はしなくなった。洗足木曜日は、ほぼ二週間後にせまり、床屋さんは両方の部屋のささくれ立った床を磨かせて、ロブをこき使い続けた。家にいた頃、ママは春がくるごとに壁を洗い流していたので、彼もそれにならった。ママの家よりも煤《すす》は少なかったが、一度も洗ったことがないらしく、洗い終えると色の違いが際立った。

ある午後、太陽が魔法のようにふたたび現れ、海を青くきらめかせて塩気のある空気をなだめた。なぜエックスマウスに住むのを選ぶ人々がいるのか、ロブは初めて理解できた。家の裏の森の中では、湿った腐葉土から小さな緑が指のように伸び始めていた。彼はひと壺《つぼ》分のシダを摘んで、初物の緑をベーコンと一緒に茹《ゆ》でた。漁師たちが穏やかになっていく海に繰り出して行き、戻ってくる船に遭遇した床屋さんは、恐ろしい顔をした鱈《たら》と魚のかまを半ダース買った。ロブに塩漬け豚をさいの目に刻ませると、フライパンでその脂肪の多い肉をカリカリになるまで炒《いた》めた。それから、肉と魚、スライスしたカブ、溶かした脂肪、濃厚なミルク、そしてタイムを少々入れてスープを作った。もうすぐロブがこうした食事を口にできなくなることが、二人にはわかっていたので、黙ったまま皮の厚い温かなパンと一緒にスープを味わった。

つるした羊肉の一部は緑に変色し、床屋さんは腐った部分を切り取って森に運んでいった。林檎の樽から猛烈な悪臭が漂い、無事に残った果物はほんの少しだけだった。ロブは樽を傾けて空にして、一つ一つ林檎を調べて無傷のものを脇《わき》によけた。

両手の中の林檎から、ぎっしりと丸い感触が伝わった。

床屋さんが林檎を与えて投げ物をさせて、柔らかなキャッチの仕方を学ばせてくれたのを思い出し、彼は三つをポンポンポンと投げ上げた。

キャッチすると、ふたたび高く投げ上げ、落ちてくる前に手をたたいた。

さらに林檎を二個拾い上げ、五個全部を投げ上げたが——いやはや！——衝突して、床に落ちると少しつぶれてしまった。床屋さんがどこにいるのか、確認しておかなかったので、ロブは凍りついた。食べ物を無駄にしているのを床屋さんが見つけたら、またぶたれるに決まっている。

しかし、向こうの部屋からとがめる声は聞こえてこなかった。

彼は、腐っていない林檎を樽に戻し始めた。まんざらでもなかったな、と彼は心の中で考えた。タイミングは、前より良くなっているようだった。

彼は適当な大きさの林檎をさらに五個選ぶと、上へ投げた。今回はもうちょっとで上手くいくところまで来たが、度胸が足りず、果物は秋の突風で木からまき散らされたみたいに、ガラガラと落ちてきた。

林檎を拾い集めると、ふたたび投げ上げた。あっちへこっちへと動き回り、なめらかで美しい動きどころか、ドタバタぎくしゃくしていたが、今回は五つの物体は、たった三個しかないみたいに上がって落ちてくると、ふたたび両手から上に舞い上がっていった。

上がって落ちて、上がって落ちて。くり返しくり返し。

「ああ、ママ」と彼は小刻みに震えながら言った。何年か後には、果たしてママが本当に奇蹟《きせき》を起こしてくれたのか、自問することになるのだが。

ポンポンポンポンポンポン！

「床屋《バーバー》さん」彼は叫んでバランスを崩すのを怖れて、大きめな声で言った。

扉が開いた。一瞬後、彼はバランスを崩し、あちこちに林檎が散らばった。

ロブは目を上げてすくんだ。床屋さんが手を挙げて自分の方へ突進してきたからだ。

「見たぞ！」と床屋さんは大声で叫んだ。気がつくとロブは、熊のバートラムの渾身《こんしん》の力に優るとも劣らない、強く歓《よろこ》びに満ちた抱擁の中にいた。

第八章　芸　人

洗足木曜日が過ぎても、彼らはエックスマウスに残っていた。見せ物の訓練をしなければならなかったからだ。二人はチームでの投げ物《ジャグリング》に取り組んだが、ロブは最初から楽しくこなし、すぐに上達した。次に、四つ球の投げ物と同じくらいの難易度の手品を教わった。

「悪魔が奇術師に免許皆伝するわけじゃないんだぞ」と床屋さんは言った。「奇術は人間の技だ。お前が投げ物をモノにしたみたいに、習得するもんなんだ。だが、あれよりずっと簡単さ」と彼はロブの顔を見て急いでつけ加えた。

床屋さんは、白呪術《てじな》の単純な極意を教えてくれた。「大胆不敵な気持ちで、何をしていても自信に満ちた顔をせねばならん。素早い指さばきと鮮やかな身のこなしが欠かせない。そして呪文《じゅもん》で煙に巻くんだ、身振りを引き立たせるために異国風の言葉を使ってな」

「何と言っても重要なのは、この最後の鉄則だ。装置や仕草その他で、お前が実際にしていること以外のどこか他の場所を見るように、見物人たちの注意をそらすということなんだ」

最もひっかけやすいのは、二人が組んでお互いに注意をそらせるやり方だ、と床屋さんは言って、リボンのトリックの実例を引いた。「このトリックには青、赤、黒、黄、緑、茶のリボンが必要だ。一ヤードごとに引き結びしておく。その結び目のあるリボンをきつく巻いて小さくし、衣服のあちこちに入れておく。同じ色はいつも同じポケットに入れるようにするんだぞ」

「『リボンが欲しいのは誰かな?』と私がたずねる」

「すると、『ああ、私ですとも! 青いリボン、長さは二ヤードね』とくる。彼らは滅多にそれ以上は欲しがらない。リボンで牛をつないだりはしないからな」

「私はそのリクエストを忘れてしまったふうを装って、他のことへ移ってしまう。そこでお前がちょっと人目を引くことをやる、投げ物か何かでな。お前がみんなの視線を引きつけている間に、私はいつもブルーのリボンがしまってあるチュニックの左ポケットに手を伸ばす。手で咳《せき》を隠すようにしてリボンの巻きを口の中へ入れる。たちまち、彼らの注目がふたたび私に集まる。私は唇の間からリボンの端を見つけて、少しずつ引っぱり出す。最初の結び目が歯に当たると解ける。二番目の結び目がめぐってくると、私には二ヤードだとわかり、リボンを切って贈呈するというわけだ」

ロブはトリックを知って大喜びしたが、同時に、奇術にだまされたような気がして、味気ないごまかしに落胆した。

床屋さんはトリックの暴露を続けた。まもなくロブは、奇術師として及第はしないまでも、助手として補佐役を果たせるようになった。さらに、ちょっとしたダンス、賛歌と歌、彼には意味がわからないジョークと小咄《こばなし》も習った。最後に、『万能特効薬』を売るときの口上をオウム返しした。お前は物覚えが早い、と床屋さんは太鼓判を押した。ロブ本人の納得がいく前に、この外科医兼理髪師は、小僧としての準備は万端に整ったと宣言した。

＊

彼らは靄《もや》が立ちこめる四月の朝に発ち、春雨の中を二日間かけてブラックダウン丘陵を進んだ。三日目の午後、晴れ渡って新鮮な空の下、ブリッジトンの村にたどり着いた。地名の由来となった橋の横で馬を停止させると、床屋さんはロブの方をうかがった。「じゃあ、準備はいいな?」

まだ確信はなかったが、ロブはうなずいた。

「たくさん男たちがいる。たいした町じゃないが、売春業者や売春婦たちがいて、繁盛した居酒屋が一軒あるから、両方がお目当てで、ずいぶんたくさんの常連たちが遠くからやってくるんだ。つまり何でもありさ、だろ?」

それがどういう意味なのか、ロブには全然わからなかったがふたたびうなずいた。インシテイタスは手綱にうながされ、彼らを引っぱって遊歩速足で橋を渡った。最初はこれまでと一緒だった。大通りを行進しながら、馬が踊り跳ねて進み、ロブは太鼓をたたいた。村の広場にお立ち台を組み立てて、『特効薬』の入ったオーク材の籠《かご》を三つ運んできて置いた。

しかし今回は、見せ物が始まると、ロブも床屋さんと一緒にお立ち台に躍り出た。

「ごきげんよう、こんにちは」と床屋さんが言った。二人とも二個の球で投げ物し始めた。

「ブリッジトンに来られて光栄です」

同時に各々が三個目をポケットから取り出し、それから四個、五個。ロブのは赤で床屋さんのは青だ。球は二人の手の真ん中からなめらかに上がり、二本の噴水のように外側へ滝のように落ちた。二人とも、ほんの数インチしか手を動かさずに木の球を踊らせた。

そのうちに、彼らは投げ物をしながら向きを変え、お立ち台の両端で互いに向き合った。ロブは、リズムを崩すことなく球を床屋さんへ送ると同時に、自分に投げられてきた青い球をキャッチした。最初は三個目ごとに床屋さんへ送り、向こうからも三個目ごとに受け取った。それから、全部の球が双方向に流れる、規則正しい赤と青のミサイルに変わった。誰の目にもわからない程度にかすかに床屋さんがうなずくと、ロブは右手に球が届くたびに強く速く投げ返し、手際よく回収していった。

喝采《かっさい》が一段と高まった。それは、彼がこれまで耳にした最上の音だった。

フィニッシュのあと、彼は十二個の球のうち十個を持って舞台を降り、荷馬車のカーテンの裏に逃げ込んだ。心臓がドキドキ高鳴っていたので、大きく息を吸い込んだ。床屋さんの声が聞こえてきた。彼はほとんど息も切らさず、二個の球を投げ上げながら、投げ物の愉《たの》しみについてしゃべっていた。「ご婦人、あなたがこのような物体を手に握ったら、何が得られると思います？」

「何なの、旦那《だんな》？」と売春婦がたずねた。

「彼の執拗《しつよう》で完璧《かんぺき》なお務めです」と床屋さんが言った。

飲んで浮かれた観客たちがはやし立て奇声を発した。

荷馬車の中でいくつかの奇術の装備を整えると、ロブはふたたび床屋さんに加わり、床屋さんは空の籠のなかに紙のバラを花咲かせ、地味なハンカチを色とりどりの旗に変え、虚空《こくう》から硬貨をつまみ出し、だるま瓶いっぱいのエールと鶏卵を消してみせた。

ロブは、みんなが嬉《うれ》しそうに飛ばすヤジの口笛を受けながら、『金持ち後家さんの求愛』を歌《うた》った。床屋さんは、あっという間に籠三個分の『万能特効薬』を売りつくしてしまい、ロブは荷馬車に取りに行かされた。そのうえ、様々な慢性病の治療を受けようと患者の長い列ができた。すぐに冗談を言って笑い浮かれていた群衆でさえ、自分たちの疾患のこととなると、ものすごく真剣になる点にロブは注目した。

日が暮れたら喉《のど》をかっ切られかねない巣窟《そうくつ》だ、と床屋さんは言って、治療を終えるやいなやブリッジトンをあとにした。親方はあきらかに売上げに満足したようで、ロブはその夜、世の中に自分の居場所を確保したという安心感を抱きながら、眠りについた。

＊

次の日ヨーヴィルで、ロブは恥ずかしいことに演技中に球を三つ落としてしまったが、床屋さんは慰めてくれた。「初めのうちは、どうしたって仕方ないんだ」と彼は言った。「だんだん失敗する回数が減って、最後には失敗しなくなる」

その週、勤勉な商人の町トーントンと、保守的な農家があるブリッジウォーターでは、下品なことは抜きで余興を提供した。次の滞在場所はグラストンベリーで、大きくて美しい聖ミカエル教会のまわりに、信心深い人々が家を構えている場所だった。

「我々は慎み深くやらねばならん」と床屋さんは言った。「グラストンベリーは司祭たちに統制されているんだが、司祭ってのはあらゆる種類の医療行為に憎悪の目を向けてるんだ。人間の魂だけでなく、肉体をも救う聖なる義務を神から授かっているのは、自分たちだけだと自負しているからな」

復活祭の季節の終わりを告げるとともに、キリストの昇天後、使徒たちの前に聖霊が降臨したのを記念する聖霊降臨祭の次の朝、彼らは町に到着した。

見物人の中に自分たちを快く思っていない司祭が、少なくとも五人は混じっているのにロブは気づいた。

彼と床屋さんは赤い球を投げ物《ジャグリング》し、床屋さんは厳粛な口調で、使徒行伝二章三節にある、聖霊を表す炎の舌に例えた。見物人たちは投げ物に大喜びし、盛んに喝采したが、ロブが『すべての栄光を誉《ほ》め讃《たた》えよ』を歌うと静まり返った。彼は歌うのが大好きだった。途中、声がしわがれ、最高音部で震えたが、いったん足の震えがおさまると、あとは上手くいった。

床屋さんは、使い古した収納箱に入った宗教上の遺宝を持ち出した。「親愛なる同胞たちよ、ご注目を」と彼は、のちにロブに語ったところによれば、得意の修道士ふうの声で言った。床屋さんは、シナイ山とオリブ山からイングランドに運んできた土と砂を見せ、聖十字架の銀片と神聖な飼い葉桶《おけ》を支えていた梁《はり》の断片を掲げ、ヨルダン川の水や、ゲッセマネ花園の土塊《つちくれ》、無数の聖人たちの骨のかけらを陳列した。

それから、ロブがかわってお立ち台に一人で立った。彼は、床屋さんの指示通り、天を仰ぎ見て別の賛美歌を歌った。

「夜の星の創造主
　汝《なんじ》の民の常《とこ》しえの光
　贖《あがな》い主、イエス、我々すべてを守り賜《たま》え
　そして汝の僕《しもべ》の呼びかけを聞き賜え
汝は、古代の呪《のろ》いが命を死すべき運命にせしを嘆き悲しみ

恩寵深《おんちよう》い、薬を見つけた、
健康を害する激しい苦痛から守り癒《いや》すための」

見物人たちは感動した。彼らが嘆息している間に、床屋さんは『万能特効薬』の瓶を差しだしていた。「同胞の皆さん」と彼は言った。「主があなたたちの魂の薬を見つけて下さったのとまさに同じように、私はあなたたちの身体のための薬を発見したのです」

命の薬草バイタリアについての話は、信心深い者たちに対しても、不信心者たちへと同じくらい効果的だった。彼らは貪欲《どんよく》に『特効薬』を買うと、診察と治療を受けようと外科医兼理髪師の衝立《ついたて》の横に一列に並んだ。監視していた司祭たちは苦い顔をしたが、心づけを握らされて気をよくしたうえに、宗教的な表現でなだめられ、異議を唱えたのは、年配の聖職者ただ一人だった。「瀉血《しやけつ》はしてはならん」と彼は厳しく命令した。「テオドール大司教が書いておられるように、月の光と潮汐《ちようせき》が増している時の瀉血は危険なのじゃ」床屋さんはすぐさま、その意見に同意した。

その午後、二人は歓喜に包まれて野営した。床屋さんは一口サイズの牛肉を葡萄酒《ぶどうしゆ》で柔らかくなるまで煮てから、タマネギと、しわしわだが腐ってはいないカブ、それに新しいインゲン豆を加え、タイムとミント少々で風味を添えた。ブリッジウォーターで買った薄い色のチーズも残っていた。食事がすむと、床屋さんは火のそばに座って、満足感を漂わせながら金庫の中身を数えた。

絶え間なく心に重くのしかかっている問題を切り出すには、今が絶好の機会だ、とロブは思った。

「床屋《バーバー》さん」と彼は言った。

「うん？」

「床屋さん、僕たちがロンドンに行くのはいつ？」

床屋さんは一心に硬貨を積み上げながら、数を忘れまいと手をひらひらさせた。「そのうちな」と彼はぶつぶつ言った。「いずれ、そのうちな」

第九章　贈り物

　ロブはキングスウッドで四個の球をしくじった。マンゴッツフィールドでもう一個落としたが、それが最後となった。六月中旬、レディッチの村人たちに気晴らしと治療を提供したあとは、もはや投げ物《ジャグリング》の練習に毎日何時間も費やさなくてもすんだ。頻繁に見せ物をするので指がしなやかになり、リズム感も生き生きと保たれ続けたからだ。彼は、あっという間に安定した投げ物師《ジャグラー》になった。最終的に六個の球を操るのを学んではどうかとも思っていたが、床屋さんはそれを認めず、むしろ、外科医兼理髪師の商売を手伝うのに時間を費やすことを望んだ。

　彼らは渡り鳥のように北へと旅したが、飛ぶかわりにイングランドとウェールズの間の山々をゆっくりと縫うように進んだ。ゆるやかな頁岩《けつがん》の尾根の斜面に、倒れそうなグラグラした家が寄りかかかるように立ち並ぶ町、アバギャベニーにいる時、彼は初めて床屋さんの診察と治療を手伝った。

　ロブ・Jは怖かった。木の球に抱いた以上の恐れが沸き上がった。

　人々が病気になる理由は、計り知れない謎《なぞ》だった。単なる一人の人間が、それを理解して助けとなる奇蹟《きせき》を施すなど不可能に思えた。だが、床屋さんはそれができるほど、誰よりも頭が切れるのだ。

　人々は衝立《ついたて》の前に一列に並び、床屋さんが先の者を診《み》終えるやいなや、ロブは一人ずつ呼んできて、薄っぺらな仕切りの裏に案内した。ロブが最初に衝立のうしろの親方の所へ連れていった男は、大きくて猫背で、首に黒い跡があり、指関節と爪《つめ》の下に汚れが染み込んでいた。

「洗った方がいいんじゃないかね」と床屋さんは不親切にではなく指摘した。

「こいつは石炭でさあ」と男が言った。「掘った時に塵《ちり》がくっついちまうんです」

「石炭を掘ってるのかね?」と床屋さんは言った。「燃すと毒だと聞いたが。直接見たことがあるが、悪臭と大量の煙を発生させて、ちょっとやそっとじゃ家の煙穴から出ていかない。そんな粗末な代物で暮らしているのかね?」

「そうです、旦那、俺《おれ》たちは貧しいんでさぁ。でも、近頃は関節がうずいて腫《は》れあがっていて、掘ると痛むんでさぁ」

床屋さんは、垢《あか》で汚れた手首と指に触って、ずんぐりした指先で男の肘《ひじ》の腫れた部分をついた。「土から肺に吸い込んでいる液のせいだ。できるかぎり太陽の光を浴びるように。温かなお湯に頻繁につかること。だが熱いのはだめだよ、熱い風呂は心臓と手足を弱らせるから。私の『万能特効薬』を腫れて痛みのある関節にすり込むことだ、これは内服してもよく効くよ」

床屋さんは、小さな瓶三本分六ペンスと診察代に二ペンスを請求したが、ロブとは目を合わせなかった。

口をへの字に閉じた恰幅《かっぷく》の良い女が、婚約している十三歳の自分の娘とやってきた。「この娘の月の血が、身体の中で止まったまま出てこないんです」と母親が言った。

床屋さんはこれまでに月経があったかどうかたずねた。「一年以上も毎月ありました」と母親は言った。「でも、もう五ヶ月も何もなしです」

「男と寝たかね？」と床屋さんは少女に穏やかにたずねた。

「いいえ」と母親が言った。

床屋さんは少女を見つめた。痩《や》せているが顔立ちは整っていて、長い金髪に、警戒するような目つきをしていた。「吐き気は？」

「いいえ」と少女はささやいた。

床屋さんは彼女をじっと見つめてから、手でわざわざ少女のガウンをぴんと張った。彼は母親の掌をとって、小さな丸い腹部に押しつけた。

「違う」と少女は言うと頭を振った。頰《ほお》が鮮やかに染まり、涙を流し始めた。

母親は手をお腹から離すと、娘の横っ面を張った。女は金を支払わずに娘を連れ出したが、床屋さんはそのまま行かせた。

床屋さんはそれから、次から次へと迅速に治療していった。八年前に脚にわずらった病で歩く時に左足を引きずっていた男性。頭痛に悩む女性。頭皮に疥癬《かいせん》のある男。胸がひどくただれて、自分たちの町に外科医兼理髪師が来るように神様に祈っていたんです、と真顔で言った、知恵が足りずニコニコ笑っている少女。

疥癬のある男を除いて、全員に『万能特効薬』を売った。男には特にすすめたのだが買わなかったのだ。おそらく、二ペンス持っていなかったのだろう。

＊

彼らはウェストミッドランズのゆるやかな丘陵に分け入った。ヘレフォードの村の外で、羊が浅瀬に押し寄せている間、インシテイタスはワイ川の畔《ほとり》で足止めをくった。その光景は、メーメー鳴きながら果てしなく続く羊毛の流れのようで、ロブはすっかり圧倒されてしまった。もっと気楽に動物に接することができて良さそうなものだったが、いくら母親が農家出身とはいえ、彼は都会の少年だった。馬だって、触れたことがあるのはテイタスだけだった。カーペンター街のはずれに住んでいた隣人の中には、乳牛を飼っている人もいたが、コール家で羊のそばで長い時間を過ごしたことがある者は一人もいなかった。

ヘレフォードは富裕な共同体だった。通り過ぎた農家にはいずれも、豚の水浴び池と羊や畜牛が点々とたたずむ、緑にうねる牧草地があった。石造りの家と納屋は大きく堅固で、人々は、ほんの数日の距離しか離れていない貧困に喘《あえ》ぐウェールズの丘陵地と比べて、おおむね陽気だった。村の共有緑地での余興はなかなかの聴衆を集め、売上げは盛況だった。

床屋さんの最初の患者は、ロブと同じくらいの歳だが、体格はずいぶんと小さかった。「屋根から落ちたんです。まだ六日と経ってません。診てやってください」と少年の父親の桶屋《おけや》が言った。地面に置いてあった樽板《たるいた》の破片が左手を貫通し、肉が膨れ上がったフグのように炎症を起こしていた。

床屋さんは、ロブに少年の両手を捕まえさせ、父親に両脚をしっかり押さえるように指示してから、短くて鋭いナイフを道具箱から取り出した。

「しっかり押さえて」と彼は言った。

ロブは少年の両手がぶるぶる震えているのを感じた。肉が刃で切断されると、少年は叫び声を上げた。黄緑の膿《うみ》が吹き出し、その後から悪臭と血があふれた。

床屋さんは傷口の腐敗物をぬぐって、細心の注意を払ってさらに傷の中を探り、鉄のピンセットを使ってちっちゃな銀を取り除いた。「破片から出たいくつかの小片が彼を傷つけていたんですよ、ほら」と彼は父親に見せながら言った。

少年はうめき声を上げた。ロブは吐き気がしたが、床屋さんがゆっくりと注意しながら治療を進めている間、がまんした。「全部とっておかないと」と彼は言った。「ふたたび手を壊疽《えそ》させる、病気を起こす体液を含んでいますからね」

他に傷口に何も入っていないのを確認すると、傷口から木片を抜いて『特効薬』を傷に注いで布で縛り、瓶の残りは自分で飲み干した。すすり泣いていた患者は、父親が支払いをしている間に、暇乞《いとまご》いもせずにホッとしたように逃げ去った。

次に待っていたのは、空咳《からせき》をする腰の曲がった老人だった。ロブは衝立の裏に彼を案内した。

「朝の痰《たん》が。いやもう、すごいのなんの！」彼は喘《あえ》ぎながら話した。

床屋さんは、考え深く痩《や》せこけた胸に手を走らせた。「そうですね。吸角法《カッピング》をしてあげましょう」彼はロブを見た。「胸に吸角法が施せるように、服を脱ぐのを手伝ってあげなさい」

老人は今にも壊れそうに見えたので、ロブはシャツを細心の注意を払って脱がせると、患者を外科医兼理髪師の方へ引き返させようと、男の両手をとった。

それはまるで、震えている二羽の鳥をつかんでいるみたいだった。枝木のような指が、こちらの指にとまると、そこから彼はあるメッセージを受け取った。

床屋さんが二人の方を見やると、少年が固まっていた。「さあ」と彼はもどかしそうに言った。「日が暮れちまうぞ」だが、ロブは聞いていないようだった。

この奇妙でありがたくない知覚が、他の人の身体から彼自身の存在の中へすべり込んでくるのを、前にも二度感じたことがあった。これまでの場合と同じように、彼は絶対的な恐怖にのみ込まれ、患者の手を取り落として逃げ出した。

＊

床屋さんはののしりながら弟子を探しまわり、ようやく木の陰にしゃがんでいるのを見つけた。

「理由を説明しろ。今すぐにだ！」

「彼……あの老人は死にかかってる」

床屋さんは目をむいて凝視した。「そんな下手な戯言《ざれごと》が通用するとでも思ってるのか？」

弟子は泣き始めた。

「泣くんじゃない」と床屋さんは言った。「どうしてわかったんだ？」

ロブはしゃべろうとしたがダメだった。床屋さんが顔を平手打ちすると、彼は喘いだ。いったん話し始めると、言葉があふれ出した。ロンドンを発つ以前から、ずっと彼の心に去来し、つかえていたことだったからだ。

自分の母親のせまり来る死を感じたら、その通りになったのだ、と彼は説明した。さらに、父親がいなくなってしまうのに気づいたとたん、父親は本当に死んでしまったのだ。

「まいったな」と床屋さんは、うんざりしたように言った。

だが、彼はロブを観察しながら注意深く耳を傾けた。「お前さんは、あの老人の死を実際に感じたと言うんだな？」

「はい」信じてもらえるとは期待せずに、ロブは返事をした。

「いつだ？」

彼は肩をすくめた。

「すぐか？」

彼はうなずいた。ただ、真実を伝えるのみだった。

事態を明確に理解した色が、床屋さんの目に見てとれた。

床屋さんは一瞬ためらったが心を決めた。「私がみんなを追い払っている間に、荷造りするんだ」と彼は言った。

＊

彼らは村をゆっくりと出たが、いったん見えない所まで来ると、でこぼこ道をあらんかぎりの速さで馬車を駆った。インシテイタスは、騒々しく跳ねを上げながら川の浅瀬を突進し、すぐ背後で、羊がちりぢりになり、そのおびえた鳴き声は、憤激した羊飼いの怒鳴り声をかき消すほどだった。

ロブは初めて、床屋さんが馬に鞭《むち》を当てるのを見た。「なぜ逃げるの？」と彼はしがみつきながら叫んだ。

「あいつらが魔法使いに何をするか、知ってるか？」床屋さんは、どかどか地面を踏み鳴らす蹄《ひづめ》の音と荷馬車の荷物ががちゃがちゃいう音に対抗して、大声を張り上げた。

ロブは頭を振った。

「木や十字架につるすんだ。時には、容疑者をお前さんなじみのクソいまいましいテムズ川に沈める。それで溺死《できし》すれば、無実ってことになるんだ。もし、あの老人が死んだら、奴《やつ》らは我々が魔法使いだったからと言うのさ」おびえた馬の背に幾度となく鞭を振り下ろしながら、床屋さんはわめいた。

＊

彼らは、食べたり用を足したりするために、立ち止まったりはしなかった。テイタスに歩調をゆるめさせた頃には、ヘレフォードははるかうしろにあったが、それでも日の光がなくなるまで哀れな馬をせき立てた。疲れ果てた彼らは野営を張って、無言のまま粗末な食事をとった。

「もう一度話してくれ」とついに床屋さんが言った。「一言も漏らさずな」

たった一度、ロブにもっと大きな声でしゃべるようにと言ってさえぎった以外、一心に耳を傾けた。少年の話を了解すると彼はうなずいた。「私自身が徒弟奉公をしていた時、外科医兼理髪師の親方が魔法使いだと言われて理不尽に殺されたんだ」と彼は言った。

ロブは恐ろしすぎて問うこともできず、彼をじっと見つめた。

「これまで何度か、私が治療する間に患者が死んだ。一度はダラムで老婦人が逝《い》って、宗教裁判所が水に沈めるか白熱の鉄棒を握らせるかして、私を裁判にかけるのは確実だと思った。だが、疑い深い審問をとことん受け、断食と布施をしたすえ、ようやく釈放された。もう一度はエディスベリーで、男が私の衝立のうしろにいる時に死んだ。彼は若くて、どこから見ても健康だった。悶着《もんちゃく》を起こす人々だったら、創造力豊かな根拠を見つけ出そうとしたかもしれないが、私は運良く、町を出ても行く手をはばむ者は誰もいなかった」

ロブはやっと声が出せるようになった。「僕は……悪魔に魅入られてしまったと思いますか?」それは一日中、彼を苦しめてきた疑問だった。

床屋さんは鼻を鳴らした。「そんなこと信じるのは愚かな馬鹿野郎だ。お前はそんな馬鹿じゃない」彼は荷馬車の所へ行って角笛にメテグリンを満たし、ふたたび話し出す前にすべて飲み干した。

「母親と父親は死ぬ。そして老いた者も死ぬ。それが自然の流れだ。お前さん、確かに何かを感じたのか?」

「はい、床屋《バーバー》さん」

「お前みたいな若い男にありがちな、思い違いや空想じゃないのか?」

ロブは頑強に頭を振った。

「私には、まったくの空想の産物だとしか思えん」と床屋さんは言った。「さて、もう十分逃げたし、しゃべったし。休息をとらねばならん」

彼らは焚《た》き火の両側に床を整えた。しかし、二人は何時間もまんじりともできなかった。床屋さんは寝返りを打ち続け、ほどなく起き上がると酒瓶をもう一本開けた。彼はそれを持って焚き火のロブのそばに来てしゃがんだ。

「もしもだな」と彼は言って一口飲んだ。「あくまで仮定としてだ、もしも世界中の他のみんなが目を持たずに生まれてしまったとする。そして、お前だけ目を持って生まれたとしたらどうだ?」

「そしたら、僕は誰も見ることができないものが見えるんだ」

床屋さんは飲んでうなずいた。「そうだ。あるいは、我々には耳がなくて、お前には耳があるとしたら？　あるいは、我々に何か他の感覚がなかったとしたら？　そしてどういうわけか、神様からか自然からか、まあそういったものから、お前は与えられているとしたら……特別な贈り物をな。単に仮定にすぎんが、お前には、誰かが死ぬのを予測できるとしたらどうだ？」

ロブはふたたび恐怖にかられて沈黙した。

「ナンセンスだ、二人ともそんなことわかってるんだ」と床屋さんは言った。「すべてお前の空想だ、そうだな。だが、もしかして……」彼は思いにふけって瓶をすすり、喉仏《のどぼとけ》を上下させた。ロブ・Jを見つめる、その希望を宿した瞳《ひとみ》には、消えゆく焚き火の光が温かくきらめいていた。「そんな贈り物を訓練しないのは、罪かもしれんな」と彼は言った。

＊

チッピング・ノートンで、彼らはメテグリンを買って『特効薬』を調合し、儲《もう》かる商品を補充した。

「私が死んで天国の門の前の列に並んだら」と床屋さんは言った。「聖ペテロがたずねるだろう、『何をして生計をたててきたのか？』とね。『私は農夫でした』とある男は言うかもしれん、あるいは『革から長靴を作ってました』か。だが私はこう答えるんだ、『Fumum vendidi』」とこの元修道僧は愉快に言った。ロブには、そのラテン語の意味がわかった。すなわち、私は実体のない煙を売りました、ということだ。

だが、この太った男ははるかに、疑わしい薬の行商人以上の存在だった。衝立のうしろでの治療の腕前は良く、優しかった。外科医兼理髪師としてするべきことを熟知し、完璧《かんぺき》にそれをこなし、ロブに確かな触診と穏やかな手さばきを教えてくれた。

バッキンガムでは、幸運にも歯がボロボロの家畜商人と出くわし、床屋さんはロブに歯の抜き方を教えた。患者は床屋さんと同じくらい太っていて、目が飛び出したうめき屋で、女のようにキーキー叫んだ。途中で男は気を変え、「止めろ、止めろ、止めろ！　はなひてくれ！」とろれつが回らぬ舌で血塗《ちまみ》れになって言ったが、歯を抜く必要があるのは疑問の余地がなく、彼らは最後までやり通した。最良の授業だった。

クラヴァリングでは、鍛冶屋《かじや》の店を一日借りて、ロブは鉄のランセットと針の打ち出し方を習った。上手く作れるようになった、と親方を納得させられるまで、それから数年にわたってイングランド中の半ダースの鍛冶屋で、この作業をくり返さねばならなかった。クラヴァリングで作った大部分は退けられたが、床屋さんは不承不承、小さな両刃のランセットを、ロブ専用の外科用道具箱に最初の器具として入れておくことを許してくれた。重要な第一歩だ。イングランド中部地方を出て沼沢地方フェンズに入る道すがら、床屋さんに瀉血《しゃけつ》の時にどちらの血管を開くかを教わると、自分の父親の最後の日々の不愉快な思い出がよみがえった。

父親は時々、ロブの気持ちの中にそっと忍び込むようになった。彼自身の声が父親そっくりに響き始めたからだ。音色が太くなり、体毛も伸びてきた。恥毛はまだ濃くなりきっていないことは、診察の手伝いを通して知っていた。職業がら、裸の男についてすっかり熟知していたのだ。だが、女性はさらに謎《なぞ》のままだった。なぜなら、床屋さんは女性を診《み》る時、テルマと名づけた、得体の知れない微笑《ほほえ》みを浮かべたなまめかしい人形を使っていて、女性たちが自分の悩みのある場所を、その裸の石膏《せっこう》像に指し示すことで、直接診察をしないですむようにしていたからだ。見知らぬ人々のプライバシーに立ち入ることは、いまだにロブを不安にさせたが、肉体上の機能についてのさりげない侵害行為には慣れ始めていた。

「最後に便器に座ったのはいつです、ご主人？」

「奥さん、月経はいつですか？」などなど。

床屋さんの提案で、患者が衝立の裏にやってくる時、ロブは患者の手を持つことにした。

「彼らの指をつかんだ時、何を感じるのかね？」ある日、ティスベリーでお立ち台を解体していると、床屋さんがたずねた。

「何も感じない時もあります」

床屋さんはうなずいた。彼はロブから台の一部を受け取ると、荷馬車に積んで、険しい顔をして戻ってきた。「でも時には……何かあるんだな？」

ロブはうなずいた。

「で、何なんだ？」床屋さんは苛立《いらだ》たしげに言った。「何を感じるんだ、坊主？」

しかし、彼はそれを明確に定義したり、言葉で言い表したりはできなかった。それはその人物の生命力についての直観で、暗い泉を透かして見て、どのくらいの命を宿しているか感じ取るようなものなのだ。

床屋さんはロブの沈黙を、勝手に作り上げた感覚にすぎない証拠だと受け取った。「ヘレフォードに戻って、老人が健康でぴんぴんしてるかしてないか、確かめた方が良さそうだな」と彼は陰険に言った。

ロブが賛成すると、彼は怒った。「戻れるわけないだろ、間抜けが！」と彼は言った。「もし、彼が実際に死んでいたら、自ら招いて窮地に陥るようなもんだろうが？」

彼はそれからもたびたび、声高に「贈り物」のことを愚弄《ぐろう》し続けた。

しかし、ロブが患者の手を取るのを怠りだすと、床屋さんは再開を命じた。「なぜ嫌なんだ？ 知ってるだろ、私は商売に用心深い男じゃなかったかな？ それに、この夢物語を演じるのに、金でもかかるとでもいうのか？」

少年の頃に逃げ出した修道院からほんの数マイルなのに、もう一生分の距離がへだたってしまったようなピーターバラで、にわか雨が降る八月の長い夜、床屋さんは一人でパブに座って、ゆっくりといつまでも杯を重ねた。

真夜中に、弟子が捜しにやってきた。ロブは千鳥足で歩いてくる彼を見つけると、焚《た》き火まで支えて戻った。「お願いだ」と床屋さんは恐る恐るささやいた。

ロブは、目の前の酔っぱらった床屋さんが、両手を持ち上げて差し出しているのを見てびっくりした。

「ああ、神に誓って、お願いだ」と床屋さんはふたたび言った。

ようやく、ロブは理解した。床屋さんの両手をとると、彼の目をのぞき込んだ。

瞬間、ロブはうなずいた。

床屋さんは寝床に身体を沈めた。げっぷをして向こう側に寝返りを打つと、心安らかな眠りに落ちていった。

第十章　北部地方

その年、床屋さんは冬にエックスマウスにたどり着くことができなかった。出発する時期が遅かったので、秋の枯葉散る頃、彼らはまだヨーク・ウォルズにあるゲート・フルフォードの村にいた。湿原は植物で埋めつくされ、その芳ばしい香りで冷たい空気を奮い立たせていた。ロブと床屋さんは北極星を目指し、途中の村々に立ち寄って実入りの良い商売をしながら、果てしなく続く紫のヒースの絨毯《じゅうたん》に荷馬車を走らせ、カーライルの町にたどり着いた。

「私がこれまで旅した最北端だ」と床屋さんは語った。「ここから数時間いった所でノーサンブリアが終わり、国境地方が始まる。その向こうは、誰でも知ってるように臆病《おくびょう》な羊飼い野郎どもの国、スコットランドで、正直なイギリス人にとっては危険な場所だ」

彼らはカーライルで一週間野営して、毎晩居酒屋に通った。飲んで打ち解けたのが功を奏して、ほどなくして入居できる住まいについて情報を聞きだせた。床屋さんは、湿原に建つ三部屋ある小さな家を借りた。彼が南海岸に所有している小さな家と、似ていなくもなかったが、暖炉と石の煙突がないのは不満だった。二人は、キャンプファイヤーを囲むように囲炉裏《いろり》の両側に寝床を広げ、近くにインシテイタスを喜んで置いてくれるという厩舎《きゅうしゃ》を見つけた。床屋さんはここでも、感嘆するほどの満足感をロブに与えずにはいないほど、金に糸目をつけず冬の食糧をふんだんに買い込んだ。

牛肉と豚肉を仕入れた。鹿の脚と腰部も買おうと思っていたのだが、貴族のスポーツである猟用に確保してあった王の鹿を殺したかどで、カーライルでは夏の間に三人の職業狩人が絞首刑になってしまっていた。そこで、かわりに十五羽の太った雌鶏と餌《えさ》を大袋一つぶん買った。「鶏はお前の受け持ちだ」と床屋さんはロブに伝えた。「餌やりと、私の求めに応じてひねるのと、血抜きして羽をむしって料理できるよう下準備するのが、お前の分担だ」

雌鶏は大きく、淡黄褐色をして、羽毛のないすねに赤い鶏冠、おとがい、耳たぶをした、感動的な生き物だと彼は思った。彼が毎朝、巣から四、五個の真っ白な卵を盗む時も、何も不服を申し立てなかった。「お前のことを、大きくてイカした雄鶏だと思ってるのさ」と床屋さんは言った。

「雄の鶏を買ってやったらどうかな?」

寒い冬の朝は遅くまで寝ているのが好きで、ときの声を嫌っている床屋さんは、単に不平そうにうなっただけだった。

ロブは、髭《ひげ》と呼べる代物ではなかったが、顔に茶色い毛が生えてきた。髭を剃《そ》るのはデーン人だけだと床屋さんは言ったが、それは嘘《うそ》だと彼は知っていた。自分の父親の顔には髭がなかったからだ。床屋さんの外科用道具箱に剃刀《かみそり》があって、ロブが使って良いかきくと、不機嫌そうにうなずいた。顔に切り傷を作ったものの、ひげ剃りは彼を少し大人になった気分にさせた。

初めて床屋さんに鶏を殺すように申しつけられると、彼は幼い子供に戻った気がした。めいめいの鳥が、私たち友達じゃなかったのと訴えるように、小さな黒いビー玉の瞳《ひとみ》で彼をじっと見つめた。とうとう、彼はなんとか一番近くの温かな首を力強く指でつかんで、身震いしながら目を閉じた。強く瞬間的なひとひねりで、それは終わった。しかしその鳥は死んでから彼をこらしめた。簡単に羽を手放してくれなかったのだ。羽をむしるのに何時間もかかってしまい、床屋さんに手渡した時には、灰色の死骸《しがい》は軽蔑のまなざしで眺め回された。

　次に鶏が必要になった時、床屋さんは正真正銘の魔法を見せてくれた。彼は雌鶏のくちばしを開けて持って、細いナイフを口蓋《こうがい》から脳に差し込んだ。雌鶏は瞬時に弛緩《しかん》して死に、羽を解放したので、ちょっと引っぱるだけでばさばさと束で抜けた。

「教訓だ」と床屋さんが言った。「人間に死をもたらすのもこんなふうに簡単で、私はそれをしたまでだ。命を捕まえておく方がずっと難しいし、健康をコントロールし続けるのはもっと難しい。それが、我々が心しておかなければならない課題だ」

　晩秋の天候はハーブを摘むのに最適で、彼らは森や湿原をあさり歩いた。床屋さんは特にスベリヒユがお目当てだった。『特効薬』に浸《つ》けると、熱を下げて放散させる薬品ができるのだ。がっかりしたことに、それらは一つも見つからなかった。湿布用の赤バラの花びらや、粉にして脂肪と混ぜて首のできものに塗るタイムとドングリのように、簡単に集められた物もあったが、その他は、妊婦が胎児を堕胎するのを助けるセイヨウイチイの根を掘り出したりと、骨が折れた。二人は、泌尿器疾患のためのレモングラスとディル、湿った冷たい体液によって起こる記憶力の低下と闘う沼地のショウブ、煎《せん》じてつまった鼻の通りを良くするジュニパーの実、膿瘍《のうよう》を出すための温湿布用のルピナス、そして、かゆい発疹《ほっしん》をしずめるギンバイカとマロウを採集した。

「お前はどの雑草より早く伸びたな」と床屋さんは、しかめっつらで所見を述べたが、それは正しかった。彼の背丈は、すでに床屋さんとほとんど同じで、エックスマウスでイーディス・リプトンが作ってくれた衣類の大きさをずっと前に追い越していた。だが、床屋さんがカーライルの仕立屋に彼を連れていって「しばらくのあいだ着られる新しい冬物」を注文すると、仕立屋は頭を振った。

「この子は伸び盛りじゃないんですかね。十五、六歳かな？　これくらいの若者はすぐに大きくなって着られなくなる」

「十六歳だって！　まだ十一にもなってないんだぞ！」

男は敬意が入りまじった楽しそうな目でロブを見つめた。「デッカイ男になるねぇ！　私が作った服が縮んで見えるようになってしまうのは確かだね。よかったら、古着を仕立て直したらいかがです？」

そこで、床屋さんのほぼ良好な状態のグレイの織物の一揃《そろ》えが、裁断されて縫い直された。ロブがそれを最初に着てみると、はるかに太すぎる一方、袖《そで》とズボンはずいぶん短すぎて、みんなで大笑いした。仕立屋はあまった幅の部分を切って、その生地でズボンと袖をのばし、つなぎ目を青い布の粋な帯で隠した。ロブは夏の大半を靴なしで過ごしたが、まもなく雪が降るというので、床屋さんが牛革のブーツを買ってくれたのでありがたかった。

それを履いて、カーライルの広場を横切って聖マルコ教会へ歩いて行き、大きな木の扉のノッカーを鳴らすと、うるんだ瞳をした初老の助任司祭がようよう扉を開けた。

「すみません、神父様、僕はラナルド・ラヴェルという名前の司祭様を捜しているんです」

助任司祭はまばたきした。「そういう名前の司祭を知っておったな、ライフィングのもとでミサの持者をしていた。ライフィングがウェルズ司教だった頃にな。彼は次の復活祭で、亡くなって十年になる」

ロブは頭を振った。「その司祭様じゃありません。僕は数年前に、この目でラナルド・ラヴェル神父を見たんです」

「私が知っておったのはラナルドではなく、ヒュー・ラヴェルだったかのぉ」

「ラナルド・ラヴェル神父は、ロンドンから北部の教会に転任したんです。僕の弟、ウィリアム・コールを連れて。僕より三歳年下なんです」

「お若いの、弟さんは今では違う洗礼名になっているかもしれん。司祭たちは時折、少年を持者にするために修道院に連れて行くからの。あちこち他を当たって見ることじゃ。聖なる教会は大きな無限の海原で、私はその中のちっぽけな一匹の魚にすぎんからのぉ」年老いた司祭は親切にうなずき、ロブは彼が扉を閉めるのを手伝った。

＊

結晶の薄膜が、町の居酒屋の裏手の小さな池の水面を曇らせた。床屋さんは、小さな家のたるきに結びつけてあったスケート板を指さした。「もっと大きくなくて残念だな。お前はケタ外《はず》れに大きな足をしてるから、合わないな」

氷は日増しに厚くなり、ある朝、真ん中まで歩いていって足を踏み鳴らすと、ドスっという固い音が返ってきた。ロブは小さすぎるスケート板を降ろした。鹿の枝角から切り出してあり、彼が六歳の時に父親が作ってくれたのとほぼ同じだった。ロブはすぐに大きくなって合わなくなってしまったが、ともかく三冬の間使っていた。そして今、ロブはスケート板を池に持っていって足に結びつけた。最初は喜んで滑っていたが、エッジが欠けてなまくらなうえに小さいときていて、最初に曲がろうと試みた時に転んでしまった。彼は腕を振り回し、しこたま尻餅《しりもち》をついたまま、ずいぶんな距離をすべった。

誰かがそれを面白がっているのに気づいた。

少女はおそらく十五歳くらいだった。彼女は大喜びして笑っていた。

「君はもっと上手くすべれるっての？」彼はかっとして言ったが、同時に彼女がかわいい娘なのを認めた。痩《や》せぎすで頭でっかちだが、イーディスのような黒髪だった。

「私？」と彼女は言った。「やだ、すべれないわよ、そんな勇気ないもの」

それで、彼のかんしゃくはおさまった。「これは、僕より君の足の方に合うように作られてるよ」と彼は言った。彼はスケート板を、彼女が立っている土手に運んでいった。「ちっとも難しくないさ。教えてあげるよ」と彼は言った。

彼はしりごみする彼女を説き伏せ、彼女の足に滑走部をしっかり結びつけた。つるつるすべる不慣れな氷の上で、上手く立てずに彼女は彼にしがみつき、怖がって茶色の目を大きく見開いて細い鼻孔を膨らませた。「怖がらないで、僕がささえてるから」と彼は言った。彼女の温かな腰を意識しながら、背後から体重をささえて氷の上をすべらせた。

彼が池をぐるぐる押していくにつれ、彼女は笑って歓声をあげていた。私はガーウィン・タルボットよ、と彼女は言った。父親アルフリック・タルボットは、町の外に農場を持っていた。

「あなたの名前は？」

「ロブ・J」

彼女は、彼についての豊富な情報を披露してしゃべった。小さな町なのだ。いつ彼と床屋さんがカーライルに来たか、二人の職業、彼らが買った食糧について、それに誰の家を借りているかまで、彼女はすでに知っていた。

彼女はすぐに、氷の上が気に入った。彼女の目は喜びできらめき、寒さで頰《ほお》が赤くなった。髪がフワフワなびいて、小さなピンクの耳たぶを露わにしていた。上唇は薄かったが下唇はとてもふっくらして、ほとんど腫《は》れ上がったみたいだった。頰の上の方にうっすらと打撲の跡があった。笑った時、下の歯が一本傾いでいるのが見えた。「じゃあ、あなたは人を診察するの？」

「うん、もちろんさ」

「女性も？」

「人形があるんだ。女性は自分の患部を指さすんだ」

「まあ、お気の毒」と彼女は言った「人形を使うなんて」彼はその流し目に眩惑《げんわく》された。「彼女、きれいなの？」

君ほどきれいじゃない、と言いたかったが、彼には勇気がなかった。彼は肩をすくめた。「彼女はテルマっていうんだ」

「テルマですって！」彼女が息もつけないほど大笑いしたので、彼もつられて笑った。「いけない」と彼女は叫んで、太陽がどこにあるか見上げた。「午後の乳搾りに戻らなくちゃ」そして、彼女の柔らかな膨らみが彼の腕にもたれた。

彼は土手でひざまずいてスケート板を外してやった。「これ、僕のじゃないんだ。家においてあったんだ」と彼は言った。「でも、しばらく君が持っていて使っていいよ」

彼女は素早く頭を振った。「家に持って帰ったら、あの人に殺されかねないわ。それをもらうために何をしたんだ、ってね」

彼は顔にぱっと赤みがさすのを感じた。気恥ずかしさから逃れようと、三個の松ぼっくりを拾い上げて、彼女に投げ物をして見せた。

彼女は笑って手をたたいて、息もつけぬほど矢継ぎばやに、父親の農場の見つけ方を告げた。立ち去りぎわに、彼女は一瞬躊躇《ちゅうちょ》して振り返った。

「木曜の朝」と彼女は言った。「あの人、お客さんを歓迎しないんだけれど、毎週木曜の朝は市場にチーズを持っていくの」

＊

木曜日が来ても、彼はアルフリック・タルボットの農場を捜しに行かなかった。そのかわりにベッドの中で恐々として油を売っていた。ガーウィンや彼女の父親を怖れていたのではなく、自分の中で起こっている理解不能の事柄、立ち向かう勇気も知恵も持ち合わせていない謎《なぞ》に、恐れを成していたのだ。

彼はガーウィン・タルボットの夢を見た。夢の中で、彼らは屋根裏の乾燥草置き場に横たわっていた。おそらく彼女の父親の納屋だろう。それはイーディスについて何回か見た種類の夢だった。彼は床屋さんの注意をかわないようにして、自分の寝具をふき取った。

雪が降り始めた。ガチョウの厚ぼったい綿毛のような雪が落ち、床屋さんは窓穴に獣の皮を打ちつけた。家の中では空気が汚れ、日中でさえ火のすぐ隣でしか何かを見るのは不可能だった。

雪は四日間、ちょっと中断しただけで降り続いた。手持ちぶさたのロブは、炉の横に座って種々のハーブの絵を描いた。火から救った木炭を使って、薪から裂いた樹皮に、曲がりくねったミントや、ドライフラワーになっていく柔らかな花、野生の三つ葉の葉脈のある葉をスケッチした。午後、彼は雪を火であぶって溶かし、迅速に雌鶏の部屋の扉の開け閉めをして雌鶏に水と餌《えさ》をやった。掃除をしているにもかかわらず、悪臭がすさまじくなってきていた。

床屋さんはベッドを離れずに、メテグリンをちびちび飲んでいた。雪が降って二日目の夜、彼はもがきながらパブに漕《こ》ぎつけ、ヘレンという名の無口な金髪の売春婦を連れて戻った。ロブは、何回となくその行為を見たことがあるのに、近ごろ自分の思考と夢に頻繁に現れる、ある細部について不思議さがつのり、炉の反対側の自分のベッドからなんとか見てやろうとした。しかし、深い暗がりを見通すことができず、ただ彼らの頭が火明かりに照らされるのをじっと見ただけだった。床屋さんは没頭して一心不乱だったが、女はやつれてふさぎ込み、歓《よろこ》びのない仕事に従事してる人のようだった。

彼女が帰ったあと、ロブは樹皮と木炭棒を拾い上げた。植物をスケッチするかわりに、彼は女性の顔立ちを描くことにした。

室内便器に向かう途中、床屋さんは立ち止まってそのスケッチを眺め、眉《まゆ》をひそめた。「その顔には見覚えがあるな」と彼は言った。

少ししてベッドに戻ると、彼は頭を毛皮から持ち上げた。「なんだ、ヘレンじゃないか！」

ロブは非常に満足した。彼はワットという名前の軟膏《なんこう》売りを似せて描いたが、熊のバートラムの小さな姿をつけ加えるまで、床屋さんは気づいてくれなかった。「顔を再現する試みを続けたほうがいい、何か我々に役立つと思うからな」と床屋さんは言った。しかしすぐに見るのに飽きて、戻って眠るまで飲み続けた。

火曜日、とうとう雪が降り止んだ。ロブはボロ切れで手と頭を包んで、木のシャベルを見つけた。玄関からの小径《こみち》の雪をかくと、仕事もなく干し草と甘い穀類の毎日のあてがいぶちで太ってきたインシテイタスに運動させるため、厩舎《きゅうしゃ》へ行った。

水曜日、彼は何人かの町の少年を手伝って池の表面の雪かきをした。床屋さんは窓穴をふさいでいた獣皮を取り除いて、冷たい新鮮な空気を家に入れた。彼は子羊の骨付き肉をローストして、それにミントゼリーとアップルケーキを添えて祝った。

木曜の朝、ロブはスケート板を降ろして、その革ひもを首からぶら下げた。彼は厩舎に行ってインシテイタスに勒《くつわ》と端綱だけつけて、馬に乗って町から出た。空気は活気に満ち、日差しは明るく、雪は純白だった。

彼はローマ人になった気になった。だが、実在のインシテイタスにまたがるカリギュラのふりをするのは上手くなかった。カリギュラは狂っていて、悲惨な最期を迎えたのを知っていたからだ。彼はシーザー・アウグストゥスになることに決め、近衛兵団を率いてアッピア街道をはるばるブリンディジ海港へ進んだ。

彼はなんなくタルボット農場を見つけた。彼女が言っていた、まさにその場所にあった。家は傾《かし》いで屋根がたわんでみすぼらしかったが、納屋は大きくて立派だった。扉は開いていて、誰かが動物たちに囲まれてあちこち動き回っているのが見えた。

それが誰なのか確信はなかったが、インシテイタスがいなないたので、声をかけざるを得なくなった。

「ガーウィン？」とロブは声をかけた。

男が納屋の戸口に現れて、彼の方へゆっくり歩いてきた。男は肥やしを積んだ木の熊手を持っていて、冷たい空気に湯気を立てていた。おぼつかない歩き方から、彼が飲んでいることがわかった。土色の顔をした猫背な男で、きれいに刈り込んでいない髭《ひげ》は、ガーウィンの髪と同じ色をしており、アルフリック・タルボット以外ではありえなかった。

「誰だ？」と彼は言った。

ロブは名乗った。

男はふらついた。「なあ、ロブ・J・コール、あんた、ついてないな。娘はここにいない。逃げやがったんだ、あの薄汚ねぇ、ひねた売女《ばいた》が」

厩肥《きゅうひ》の熊手がわずかに動き、ロブは、今にも湯気の出たホカホカの牛の糞《ふん》を浴びせられると確信した。

「わしの土地から出てけ」とタルボットは言った。彼は泣いていた。

ロブはインシテイタスに乗って、ゆっくりとカーライルの方へ戻った。彼女はどこへ行ってしまったんだろう。無事なんだろうか。彼はいぶかった。

彼は、もはや近衛兵団を率いるシーザー・アウグストゥスではなかった。疑惑と怖れにとらわれた単なる少年だった。

家に戻ってくると、彼はスケート板をたるきにかけて、二度と降ろすことはなかった。

第十一章　テテンホールのユダヤ人

春を待つ以外、何もすることが残っていなかった。新しい『万能特効薬』も調合して瓶詰めした。熱と闘うスベリヒユを除いて、床屋さんが捜しだしたハーブはすべて乾燥させ粉にしたり、薬に浸《つ》けたりした。彼らは投げ物《ジャグリング》の練習に飽き、奇術のリハーサルにもうんざりしていた。床屋さんは北部に嫌気がさして、飲むのも寝るのも飽き飽きしてしまった。「これ以上、冬がじわじわ先細っていくのを、ぐずぐず待ってはおれん」ある三月の朝、彼はそう言うと、二人は早々とカーライルを見捨てて、まだ道が荒れているなかを、ゆっくりと南に前進していった。

彼らはベヴァリーで春を迎えた。空気はやわらぎ、太陽が現れた。時を同じくして、福音書記者の聖ヨハネに捧《ささ》げられたこの町の、大きな石造りの教会を訪れる巡礼者も、姿を現した。彼と床屋さんは見せ物に身を投じ、新しい季節の最初の大勢の聴衆が、熱狂でむかえた。六番目の患者を衝立《ついたて》のうしろに案内しようと、ロブが、そのキリっとした美しい女性の柔らかな手をとるまで、治療はすべて上手くいっていた。

彼の鼓動は早鐘のように打った。「こちらへ、奥さん」と彼はぼんやりとして言った。ぴったりと手が合わさった部分がチクチク痛んだ。振り向くと、床屋さんの凝視に出あった。

床屋さんは青ざめた。ほとんど怒っているみたいに、聞き耳を立てられない場所へロブを引っぱっていった。「間違いないのか？　確かなんだな」

「彼女は、もうすぐに死にます」とロブは言った。

床屋さんは女性の所へ戻った。彼女は歳をとっているわけでもなく、暮らしぶりも良さそうだった。自分の健康について何も不満はなかったが、媚薬《びやく》を買うために衝立の陰にやってきたのだ。「私の主人はかなり歳を重ねています。彼は私を慕っておりますが、彼の熱情は衰えています」彼女は穏やかに話し、その洗練され、偽りではないしとやかさが、彼女に威厳を与えていた。彼女は上質の織物で縫った旅行服を着ていた。あきらかに富裕階級の女性だった。

「私は媚薬は売っていません。あれは呪術《じゅじゅつ》であって医学ではないのです、奥方様」

彼女は落胆の言葉をつぶやいた。彼女が奥方様という敬称を訂正しなかったので、床屋さんは肝をつぶした。貴族の婦人の死に対して、妖術《ようじゅつ》のとがをかけられたりすれば、確実に破滅だ。

「蒸留酒をひと飲みすると、しばしば望ましい効果が得られます。床に就く前に強いのを一気に飲み下すのです」床屋さんは料金を受け取らなかった。彼女がいなくなるや、彼はまだ診《み》ていない患者たちに言いわけをした。ロブはすでに馬車を荷造りしていた。

そういうわけで、彼らはまたもや逃げ出した。

今回は飛び去るあいだ、ほとんどしゃべらなかった。十分遠くに来て、無事に野営を張ると、床屋さんが沈黙を破った。

「誰かがまたたく間に死ぬと、空虚が瞳《ひとみ》に忍び込むんだ」と彼は静かに言った。「顔は表情を失い、時には紫色になる。口の端がだらりと下がり、まぶたが垂れ、手足は石になるんだ」彼はため息をついた。「無情なんてものじゃない」

ロブは答えなかった。

彼らは寝床を敷いて寝ようと努めた。床屋さんは起きあがって、しばらくのあいだ飲んでいたが、今回は弟子に両手を握ってもらおうと差し出したりはしなかった。

心の奥底では、自分が魔法使いでないことはロブにもわかっていた。だとすれば、他につく説明はたったひとつしかなかったが、彼には合点がいかなかった。ロブは横たわって祈った。『お願いです。この汚らわしい贈り物を僕から取り除いて、もとの場所へ返してもらえませんか?』猛烈な怒りと脱力感に襲われ、彼はののしらずにはいられなかった。我慢しても、何も好転しなかったからだ。『魔王に霊感を吹き込まれたかもしれないなんて、とんでもないことです、僕はそんな一味になるのは、まっぴらごめんだ』と彼は神様に告げた。

＊

彼の祈りは聞き届けられたようだった。その春、もう事件は起こらなかった。天候はもち直し、いつもよりも暖かで乾燥した晴れの日が続き、商売にはうってつけだった。「聖スイジンが快晴だといいな」ある朝、床屋さんが意気揚々と言った。「あと四十日間ずっと晴天が続くしるしだからな」徐々に彼らの恐れは静まり、元気が出てきた。

親方は誕生日をおぼえていてくれた！　聖スイジンの日の三日後の朝、床屋さんはガチョウの羽ペン三本に、インク粉、そして軽石という気前のよい贈り物をくれた。「これで、木炭棒以外の何かで、好きなだけ顔を描けるぞ」と彼は言った。

床屋さんにお返しの誕生祝いを買うお金は、ロブにはなかった。しかし、ある午後、野原を通り過ぎる時に、ある植物をめざとく見つけた。次の朝、野営地をこっそり抜け出すと、その野原へ半時間かけて歩いていって、たくさん草を摘んだ。ロブはこの熱に効くハーブ、スベリヒユを床屋さんの誕生日に贈り、床屋さんは喜んで受けとった。

見せ物でも、彼らは息のあったところを見せた。お互いの気持ちを汲《く》み取り、演技も光沢を帯びて鋭い冴《さ》えを見せ、素晴らしい賞賛を得た。ロブは見物人の中に、弟や妹の白昼夢を見た。自分たちのお兄さんが、奇術を演じて五個の球を投げ上げるのを見ている、アン・メアリーとサミュエル・エドワードの誇らしげで驚いた表情を想像した。

みんな成長しただろうな、と彼は心の中でつぶやいた。アン・メアリーは僕をおぼえていてくれるだろうか？　サミュエル・エドワードは、まだやんちゃだろうか？　今ではジョナサン・カーターも、歩いておしゃべりもして、立派な男の子になっているはずだ。

弟子が自分の親方に、どこに馬を向けるかさしずするのは不可能だったが、ノッティンガムにいる時に、彼は床屋さんの地図を調べる機会を見つけ、自分たちがイングランド島のまさに真ん中にいることを知った。ロンドンにたどり着くには、引き続き南下しながら東に方向を変えねばならない。彼は、なにがなんでも行きたいと思っている場所へ向かっているかどうか、すぐにわかるように、町の名前と場所を記憶した。

＊

レスターで、自分の畑から岩を掘り起こしていた農夫が、古代の墓石を発掘した。彼はそのまわりを掘ったが重すぎて持ち上げられなかった。底が巨礫《きよれき》のように、土壌にしっかりと食い込んだままなのだ。

「これをはずすために、公爵様が人と動物をさし向けられ、城に持っていかれるんだ」とその自作農はみんなに誇らしげに言った。

そのきめの粗い白い石目の大理石には、碑文が刻まれていた。

『DIIS MANIBUS. VIVIO MARCIANO MILITI LEGIONNIS SECUNDAE AUGUSTAE. IANUARIA MARINA CONJUNX PIENTISSIMA POSUIT MEMORIAM』

「黄泉《よみ》の国の神々へ」と床屋さんが訳した。「アウグストゥスの第二軍団の戦士、ヴィヴィウス・マルシアヌスのために。一月の月に、彼の献身的な妻マリナがこの墓を建立」

彼らはお互いに顔を見合わせた。「彼を葬った後、この女マリナはどうなったんだろうな。故郷からはるか離れたこの地で」と床屋さんが真面目に言った。

僕たちもみな、故郷を遠く離れた旅人なんだ、とロブは思った。

*

レスターは人口の多い町だった。見せ物には人がよく集まり、薬の販売が終わると、あわただしい活動が待っていた。床屋さんが若い男の腫《は》れものを切開し、青年の乱暴に折れた指に副《そえ》木《ぎ》をあて、熱っぽい既婚婦人にスベリヒユを、疝痛《せんつう》の子供にカモミールを投薬するのを矢継ぎばやに手伝った。次に彼は衝立の陰に、乳白色の目をした、ずんぐりと頭の禿《は》げかかった男を案内した。

「目が見えなくなってどのくらいになります？」と床屋さんがたずねた。

「この二年です。薄暗さから始まって、だんだん暗くなって、今じゃほとんど光も見えません。私は書記ですが働くことができません」

相手には見えないのを忘れて、床屋さんは頭を振った。「あなたに若さを取り戻してあげられないのと同様、視力を戻して上げることもできません」

　書記はロブに導かれるままに出ていった。「つらい知らせだ」と彼はロブに言った。「もう二度と見えないなんて！」

　近くに立っていた、わし鼻をした鋭い顔つきの痩《や》せた男が、話を小耳に挟んで彼らを凝視した。髪と髭《ひげ》は白かったが、まだ若く、ロブよりふた回り年上には見えなかった。

　彼は前に進み出て、患者の腕に手をかけた。「あなたの名前は？」彼はフランス語訛《なま》りでしゃべった。ロンドンの波止場地区で、ロブは幾度となくノルマン人から耳にしたことがあった。

「私はエドガー・ソープです」と書記は言った。

「私はベンジャミン・マーリン、近くのテテンホールの内科医です。目を診《み》てもよろしいかな、エドガー・ソープさん？」

　書記はうなずいて立ったまま、目をぱちくりさせた。男は親指で彼のまぶたを持ち上げ、白濁を調べた。

「あなたの目に硝子体転位《しょうしたいてんい》を施して、曇った水晶体を切除してあげられますよ」と彼は最後に言った。「前にもしたことがありますが、痛みに耐え抜くだけの強さが必要です」

「痛みなどまったくかまいません」と書記はささやいた。

「それでは火曜の朝早く、テテンホールの私の家まで来ていただくよう、誰かを迎えにやりましょう」と男は言って立ち去った。

　ロブは一撃をくらわされたように、突っ立っていた。床屋さんより優れた何かを誰かが試みようとは、夢にも思わなかった。

「内科医の先生！」彼は男のあとを追った。「どこでこれを……目に硝子体転位を施すのを学ばれたんですか？」

「アカデミーで。内科医のための学校だよ」

マーリンは目の前にいる、ひどい切りつめ方をした小さすぎる衣服に身を包んだ、大柄な若者を見た。けばけばしい荷馬車と投げ物の球と、たやすくその品質の見当がつく薬の瓶がのっているお立ち台を、ちらりと見た。

「世界の半分向こうだよ」と彼は優しく言った。彼はつないであった真っ黒な牝馬の所へ行ってまたがり、振り向くことなく外科医兼理髪師のもとから走り去った。

＊

ロブはその日あとで、インシテイタスがゆっくりと荷馬車をレスターから引っぱって出ると、ベンジャミン・マーリンのことを床屋さんに告げた。

床屋さんはうなずいた。「彼のことは聞いたことがある。テテンホールの内科医だ」

「うん。彼はフランス人風にしゃべってました」

「彼はノルマンディー出のユダヤ人だ」

「ユダヤ人って？」

「ヘブライ人の別の呼び名だ、イエス様を殺して、ローマ人に聖地から追い払われた聖書の民さ」

「内科医の学校について話しました」

「時々、ウエストミンスターの特殊学校《カレッジ》でそんな課程がもよおされる。箸《はし》にも棒にもかからない内科医を製造する、どうしようもない課程だと言われてるがな。たいていの者たちは、訓練した見返りに内科医の弟子になれるだけだ。お前が外科医兼理髪師商売を学ぼうと徒弟奉公しているようにな」

「ウエストミンスターのことじゃないと思う。学校は、はるか遠くにあるって言ってたもの」

床屋さんは肩をすくめた。「多分、ノルマンディーかブルターニュかもしれん。ユダヤ人はフランスにあふれてるから、内科医も含めて、中にはここにやってくる者もいる」

「聖書でヘブライ人について読んだことはあるけど、会ったのは初めてです」

「マームズベリーにもう一人、ユダヤ人の内科医がいる。名前はアイザック・アドレセントリ。有名な医師だ。ソールズベリーに行った時に、ちらりと会えるかもしれんぞ」と床屋さんは言った。

マームズベリーとソールズベリーは、イングランドの西にあった。

「じゃあ、ロンドンへは行かないんですか？」

「行かない」床屋さんは弟子の声に何かを感じた。この若者が自分の家族を思い焦がれていることにも、ずっと気づいていた。「我々は、まっすぐソールズベリーに行く」と彼は決然と言った。「ソールズベリー縁日に集まった群衆から、利益をちょうだいするためにな。そこからエックスマウスへ行く、それまでには秋がせまってくるからな。わかったか？」

ロブはうなずいた。

「しかし、春になって、ふたたび出発する時は、東に旅してロンドンを通って行く」

「ありがとう、床屋《バーバー》さん」彼は内心大喜びして言った。

彼の気持ちは高揚した。少しくらいの遅れが何の問題だというのだ、ついにロンドンに行けることがわかったのだから！

彼は子供たちを思って、白昼夢にふけった。

やがて、彼の考えはもとの話題に戻った。「彼は、あの書記に視力を戻せると思います？」

床屋さんは肩をすくめた。「その手術のことは聞いたことがある。施せる者はわずかしかいないし、あのユダヤ人ができるかは疑わしいな。キリストを殺した人間たちだ、目の見えない男に嘘《うそ》をつくくらい、お手のものだろうよ」と床屋さんは言って、少し歩調を早めるように馬を駆り立てた。夕食の時間がせまっていたからだ。

第十二章　試着

エックスマウスに到着しても、家に戻ってきた気はしなかったが、二年前に初めてこの場所を見た時より、ロブははるかに孤独を感じなかった。海辺の小さな家は心やすく歓迎していた。床屋さんは、調理器具のある大きな暖炉に手をはわせて、ため息をついた。

彼らは例によって、豪勢な冬の食糧を計画したが、今回は鶏が放つひどい悪臭の教訓をもとに、生きている雌鶏は家の中に持ち込まないことにした。

またもやロブは大きくなって、服が着られなくなってしまった。「お前さんの伸びていく骨は、私を一直線に赤貧に導くよ」と床屋さんは不平を漏らしたが、自分がソールズベリー縁日で買った茶色に染めた一反の毛織物をロブにくれた。「私はチーズとハムを選びに、荷馬車とテイタスをともなってアセルニー島に行って、そこの宿屋に一泊してくる。私がいないあいだに、お前は泉の葉っぱを片づけて、今季の薪の用意にとりかかっておくんだ。だが暇をみて、この毛織物をイーディス・リプトンの所へ持っていって縫ってくれるよう頼め。彼女の家へ行く道はおぼえてるか？」

ロブは服地を受け取って礼を言った。「彼女の家なら見つけられます」

「新しい服は、丈がのばせるようにしとかんとな」と床屋さんは、まんざらでもない思いつきだというように言った。「あとでくり出すことができるように、ふち縫いをたっぷり残すように彼女に言いなさい」

＊

彼は布を羊皮に包んで、エックスマウス特有の天候だと思われる、凍《い》てつく雨にさらされないようにして運んでいった。道順はよく知っていた。二年前、時々、彼女の姿がちらりと見えるのを期待しながら家の前を通り過ぎたものだ。

イーディスは玄関のノックに即座に応えた。彼女はロブの両手をとって、雨の中から家へ引き入れたので、彼はあやうく包みを落としそうになった。

「まあロブ・Jね！　よく見せてちょうだい。二年でこんなに変わってしまうなんて！」

あなたはちっとも変わっていない、と彼は伝えたかったが、口もきけなかった。しかし、彼女は彼の一瞥《いちべつ》に気づき、瞳《ひとみ》に温かいものが宿った。「私は歳とって白髪になるはずね」と彼女は陽気に言った。

彼は頭を振った。彼女の髪はまだ黒々していて、どの点をとっても記憶にあるままだった。特に輝く美しい瞳は。

彼女がペパーミントティーを入れると、ロブはやっと声を取り戻し、自分たちが行った場所や見聞きしてきたことを熱心に彼女に教えた。

「私のほうは」と彼女は言った。「前より暮らし向きが良くなったのよ。景気が良くなってきて、今ではまた衣服の注文がくるようになったの」

彼は自分が何をしにやってきたのか思い出した。羊皮の包みを解いて生地を見せると、彼女はしっかりした毛織りの布だと見極めた。「量がたりれば良いけれど」と彼女は困ったように言った。「あなた、床屋さんより大きくなってるもの」彼女は巻き尺を取ってきて、彼の肩幅、胴回り、裄丈《ゆきたけ》と股下《またした》を計った。「細身のズボンとゆったりした短めの上着《カートル》、それにマントを作るわ。きっと立派に見えてよ」

ロブはうなずくと、不承不承、帰ろうと立ち上がった。

「あら、床屋さんが待っているの？」

床屋さんの用向きを説明すると、イーディスは身振りで彼を呼び戻した。「食事の時間よ。贅沢《ぜいたく》な成牛の肉やヒバリの舌や濃厚なプディングは切らしているから、彼のようにはいかないけれど。でも田舎女の夕飯につきあってちょうだいな」

彼女は食器棚から一塊りのパンを取りだして、雨の中、彼を小さな貯蔵小屋へ、チーズと新しい林檎《りんご》ジュースを取りにやらせた。次第に増していく暗さの中で、彼は魔法使いのような柳を二本折り、家に戻るとチーズと大麦パンをスライスして、火にかざしてチーズトーストを作ろうとその細枝に突き刺した。

彼女はそれを見て微笑《ほほえ》んだ。「まあ、あの人はいつでもあなたに影響をおよぼしてるのね」

ロブは彼女に笑い返した。「こういう夜に食べ物を温めるのは、気がきいてるでしょ」

彼らは飲んで食べて、それから座って気さくにおしゃべりした。彼は火に薪を足したが、煙穴から入ってくる雨で、火はシューシュー音と湯気をたてた。

「外はひどい降りになってるわ」と彼女は言った。

「うん」

「こんな嵐の闇夜《やみよ》に、歩いて帰るのは狂気の沙汰《さた》よ」

ロブはもっと暗い中、そしてもっとひどい土砂降りの中を歩き続けてきたのだ。「雪みたいだ」と彼は言った。

「それなら、泊まってらっしゃい」

「喜んで」

彼はあえて深く考えず、残ったチーズと林檎ジュースを持ってかじかみながら貯蔵小屋へ出ていった。家の中に戻ってくると、彼女はガウンを脱いでいる最中だった。「濡《ぬ》れた物は脱ぐのが一番よ」と彼女は言って、シュミーズ姿で穏やかにベッドに入った。

彼はじめじめ湿ったズボンとチュニックを脱いで、丸い炉の片側に広げた。裸のままベッドに急ぎ、震えながら毛皮の間の彼女の隣にすべり込んだ。「寒い！」

彼女は微笑《ほほえ》んだ。「もっと寒かったでしょう。私が床屋さんのベッドで、あなたの場所をとってしまった時は」

「僕は床で寝させられたんだ、ものすごく寒い夜にね。うん、あれは寒かったよ」

彼女は彼の方に向き直った。「『かわいそうな母なし子』って考え続けたわ。どんなにあなたをベッドに入れてあげたかったか」

「あなたは手を伸ばして、僕の頭に触ってくれた」

彼女は今、ロブの頭に触れて髪をなでつけ、自分の柔肌に彼の顔を押しつけた。「このベッドで私の息子たちを抱きしめたものよ」イーディスは目を閉じた。やがて彼女はシュミーズのだぶだぶの上半身をはだけ、彼にたわわな胸を与えた。

口の中の生身の肌の感触が、彼に長いこと忘れていた幼児期の暖かさを思い出させるようだった。彼はまぶたの裏にチクチク射すような痛みを感じた。

彼女の手が彼の手を探検に導いた。「これが、あなたのしなければいけないことよ」彼女は目を閉じたままだった。

枝木が炉の中でピシッと音をたてて、聞こえなくなった。湿った火はひどく煙を上げていた。

「辛抱強く、そっとね。今しているみたいに円を描くように」と彼女は夢見るように言った。

この寒さにもかかわらず、彼は上がけと彼女のシュミーズをはね上げた。彼女が肉太の脚をしているのを、驚きを持って見た。彼の目は、自分の指が学んだものをじっと見た。彼女の女の部分は、夢で見たのと似ていたが、今、火明かりが細部を明かしていた。

「もっとはやく」彼女はさらに何か言おうとしたが、彼が唇をふさいだ。それは母親の口ではなく、彼女は飢えた舌で何か面白いことをした。

一連のささやき声が彼を彼女の上へ、そしてむっちりした腿《もも》の間へと導いた。その先の指示は必要なかった。彼は本能的にはね上がるようにして突き上げた。

神様は有能な大工だと彼は悟った。彼女は暖かでなめらかに動くほぞ穴で、彼は、それにぴったりのほぞだったからだ。

彼女の目はぱっちりと見開かれ、彼をまっすぐに見上げていた。唇は歯からめくれ上がって奇妙な笑い顔になり、前にそんな音を聴いたことがなかったら、死にかけているのかと勘違いしてしまうような、粗い、ぜいぜいした音を喉《のど》の裏から発していた。

何年間も、彼は他の人々が性交するのを見聞きしてきた――小さな込み入った我が家での彼の父親と母親。そして床屋さんとおびただしい数の情婦たち。男たちがあれほど求めるからには、女性器には魔力があるに違いないと彼は確信するにいたっていた。不完全燃焼の火で馬のようにくしゃみをしながら、彼は彼女の暗い神秘のベッドの中で、すべての苦悶《くもん》と重いつらさが噴出していくのを感じた。もっとも驚くべき喜びに我を忘れながら、彼は見るのとするのとでは雲泥の差であることを発見した。

*

次の朝、イーディスはノックの音で起こされ、裸足で歩いていって扉を開けた。

「奴《やつ》はもう帰った?」と床屋さんはささやいた。

「ずっと前に」と彼女は彼を招き入れながら言った。「男として眠りについて、少年に戻って目覚めたわ。なにか泉をきれいにしておく必要があるとかつぶやきながら、急いで帰って行ったわよ」床屋さんは微笑んだ。「すべて上手くいった?」

彼女は意外にもはにかんで、あくびをしながらうなずいた。

「よかった、奴はその時機がとっくに来ていたからな。間違った女から残酷な手ほどきを受けるより、君に優しくしてもらう方がはるかに良いからね」

彼が財布から硬貨を取り出してテーブルに置くのを、彼女は見ていた。「今回だけだが」と彼は事務的に警告した。「もし、奴がまた君を訪れるようだったら……」

彼女は頭を振った。「この頃は、荷車修理屋とずいぶん上手くいってるの。いい人よ、エクセターの町に家があって、三人息子がいるの。私と結婚してくれると思うの」

彼はうなずいた。「それで、ロブに私の真似をしないように警告してくれたか?」

「お酒を飲むと、往々にして野卑で人間以下になるものよって言っといたわ」

「そんなふうに言ってくれと頼んだおぼえはないな」

「私自身の観察をもとに教えてあげたまでよ」と彼女は言った。床屋さんの凝視を彼女はまともに見すえた。「あなたが指示した言葉も、そっくりそのまま使ったわよ。親方はお酒とつまらない女に身をやつしているって。自分は自分のこだわりを持って、あなたの轍《てつ》を踏まないようにと彼に忠告したわ」

　彼は真面目に耳を傾けた。

「あの子、私があなたを批判するのを、黙ってはいなかったわ」と彼女はそっけなく言った。

「あなたはしらふの時は信頼できる人で、自分に優しくしてくれる最高の親方だって言ってた」

「本当にそんなことを」と床屋さんは言った。

　彼女は男の顔に浮かぶ情動を熟知していたので、これは歓びでいっぱいの顔だと見て取った。彼は帽子をかぶってドアを出ていった。彼女がお金をしまってベッドに戻ると、彼の口笛が聞こえた。

　男っていうのは、時になぐさめになり、往々にして人でなしだけれど、結局は永遠の謎《なぞ》だわ、とイーディスは寝返りを打つと、眠りに戻りながら心の中で呟《つぶや》いた。

第十三章　ロンドン

チャールズ・ボストックは、長い黄金色の髪を蝶《ちょう》タイやリボンでうしろに結んで、商人というよりむしろ伊達《だて》男のようだった。彼は全身を真っ赤なビロードで包み、それは旅行でのたびかさなる汚れにもかかわらず、どこから見ても値の張る織物だった。そして、実用向けではなく、むしろ飾り用だと思われる、柔らかい革でできた異常に先のとがった靴をはいていた。しかし、目には交易人らしい抜け目ない光が宿り、強盗から身を守るために重武装した家来の大群に囲まれて、大きな白馬にまたがっていた。彼は、アランデルでの塩水事業でえた塩を積んだキャラバンを率い、一緒に旅するのを許可してやった荷馬車の持ち主、外科医兼理髪師とのおしゃべりを楽しんでいた。

「私は川沿いに三つの倉庫を持っていて、他にも借りとります。われわれ行商人こそが新しいロンドンを築き上げていて、王やすべてのイングランド人たちに貢献しているわけですな」

床屋さんはていねいにうなずいた。この大自慢家の話にはうんざりしていたが、彼の武器に守られてロンドンに旅する好機をえて満足していた。都市に近づいていくにつれ、道筋での犯罪が多くなるからだ。「何を扱っておいでですか？」と床屋さんがたずねた。

「我々の島国の中では、主として鉄器と塩を仕入れて売っとります。しかし、この国で産出しない貴重な物も、海の向こうから買いつけてきてますよ。皮革、絹、高価な宝石や金、めずらしい衣類、顔料、葡萄酒《ぶどうしゅ》、油、象牙《ぞうげ》や真鍮《しんちゅう》、銅に錫《すず》、銀、ガラス、そんなような物をね」

「じゃあ、ずいぶんと外国を旅されてるんでしょう？」

商人は微笑《ほほえ》んだ。「いいえ、計画はしとりますがね。一度ジェノヴァに行って、裕福な商人仲間が買うだろうとにらんで、かけ布を買って戻ってきたんですが、商人たちが自分のマナーハウス用に買う前に、我らがクヌート王を補佐している何名かの伯爵が、自分の城にどうしてもと買われてしまいましてな」

「少なくとも、あと二回は航海するつもりですわ。イングランド交易のために三回外地へ船出した商人には、もれなくセイン武士の称号を与えると、クヌート王が約束しておられますからな。今のところは、他の者たちを雇って海外へ行かせ、私はロンドンで商売をするといったぐあいですが」

「ロンドンの消息を教えて下さいませんか」と床屋さんが言うと、ボストックはおうように承諾した。クヌート王は、ウエストミンスター修道院の東側のすぐ近くに、大きな君主の住まいを建てたのだ、と彼は言った。このデンマーク生まれの王は、自由イングランド人なら誰でも、自分自身の地所を手にする権利——これまでは王と臣下の貴族たちだけの特権だった——を認める新しい法律を布告したので、多大な人気を享受していた。「今ではどんな地主も、自分自身の土地の君主であるかのように、ノロ鹿を自分の手で殺せるんですからな」

クヌートは、兄のハロルドの跡を継いでデンマークの王になり、その国もイングランドと同じように上手く支配しているとボストックは言った。「それにより、彼は北海での力を掌握し、百年の海上の海賊たちを一掃する黒船の艦隊を組織した。イングランドを保護するとともに、間で初めての真の平和をもたらしたわけですな」

ロブは会話をほとんど聞いていなかった。オールトンで夕食のために停車した間、彼は床屋さんと余興を演じ、キャラバンに加えてもらったお返しをした。ボストックは馬鹿笑いして、彼らの投げ物《ジャグリング》に激しく喝采《かっさい》を送った。彼はロブに二ペンスを与えた。「大都市ロンドンでは何かと便利だろう。若い娘は、金をはずむほど優しくしてくれるからな」と彼はウィンクしながら言った。

ロブは礼を言ったが、心ここにあらずだった。ロンドンに近づけば近づくほど、彼の期待は膨らむ一方だったのだ。

彼らは、ロブの生まれ故郷の都市から一日そこその場所レディングで、ある農夫の牧草地に野営した。その夜、彼はどの子供に最初に会いに行こうか決めかねて眠れなかった。

＊

次の日、見おぼえのある目印――特徴的なオークの立木、大きな岩、彼と床屋さんが最初に野営した丘のすぐかたわらの十字路――を目にし始めると、彼の胸は高鳴り血が踊った。午後、サザクでキャラバンと別れた。サザクは彼が最後に見た時より栄えていた。土手道から、渡し船の古びた船架近くの沼地のバンクサイド地区にかけて、新しい倉庫が建てられて、川は係留した外国船で混雑していた。

床屋さんはロンドン橋を渡って、往来へとインシテイタスを導いた。人と動物で、あまりにも混雑していたため、荷馬車はテムズ通りに曲がることができず、むりやりまっすぐ前に進まされてフェンチャーチ通りで左に折れ、ウォールブルックを横切り、丸石の上をガタガタ揺れてチープサイド通りへ出た。ロブは、ほとんどじっと座っていられなかった。風雨にさらされて銀白色になった小さな木の家が並ぶ昔なじみの界隈《かいわい》は、ちっとも変わっていないように見えたからだ。

床屋さんがオールダーズゲイトで馬を右に曲がらせ、ニューゲート通りへと左折させたので、最初にどの子供に会おうかというロブの問題は解決した。ニューゲート通りにはパン屋さんがあったので、アン・メアリーを訪ねることにしたからだ。

彼は、一階が店になった狭い家をおぼえていたが、それを見つけるまで不安げに注視した。

「ここだ、とめて！」と床屋さんに叫ぶと、インシテイタスが停止する前にすべり降りた。だが、道を走って渡ると、それは船用雑貨の店だと気づいた。当惑しながらも、彼は扉を開けて中へ入った。カウンターの向こうの赤毛の男が、扉の小さなベルの音で顔を上げてうなずいた。

「パン屋さんは、どうなったんですか？」

その経営者は、きちんと巻かれたロープの山のうしろで肩をすくめた。

「ヘーヴァリルさんたちは、まだ二階に住んでますか？」

「いいや、私が住んでる。もとはパン屋一家がいたとは聞いてるが」二年前に、この通り沿いに住んでいるダーマン・モンクからこの場所を買った時には店は空き家だった、と彼は言った。

ロブは荷馬車に床屋さんを残したまま、ダーマン・モンクを捜し出した。彼は猫でいっぱいの家に住む一人暮らしの老人で、話ができる機会を喜んだ。

「それじゃあ、あんたが小さなアン・メアリーの兄さんかい。思い出すのぉ、かわいらしくて礼儀正しい子猫ちゃんじゃった。ヘーヴァリル家のことはよく知っておったよ、最良の隣人じゃと思っとった。彼らはソールズベリーに引っ越したんじゃよ」と老人は獰猛《どうもう》な目をしたトラ猫をなでながら言った。

＊

ギルド集会所に入ると、そこは扉の上の泥壁からはがれたモルタルのかけらにいたるまで、あらゆる細部にわたって記憶通りで、彼の胃は締めつけられた。ところどころに座って飲んでいる大工たちもいたが、ロブが知っている顔はなかった。

「ブケレルさんはいますか？」

一人の大工がマグを降ろした。「誰だって？　リチャード・ブケレルか？」

「はい、リチャード・ブケレルさん」

「亡くなったよ、二年ばかし前」

ロブは心にうずき以上のものを感じた。ブケレルは彼に親切のかぎりを尽くしてくれたからだ。「今の大工頭は誰ですか？」

「ルアード」とその男が簡潔に言った。「お前！」と彼は一人の見習いに怒鳴った。「ルアードをつかまえてこい、若者が来てるってな」

ルアードがホールの裏手からやってきた。顔に傷跡のあるずんぐりした小さな男で、大工頭にしては若かった。ロブが組合のあるメンバーの所在を教えてくれるよう頼むと、べつだん驚きもせずにうなずいた。

分厚い台帳の羊皮紙のページをめくるのに数分かかった。「これだ」とついに彼は言って、頭を振った。「エイルウィンという名前の熟練工は、失効した記載事項がありますが、ここ数年は登録されてませんね」

エイルウィン本人を知っている者も、彼がもはや名簿に載っていない理由を知っている者も、ホールには一人もいなかった。

「メンバーは転地して、どこかよそのギルドに加わることもありますからね」とルアードは言った。

「ターナー・ホーンはどうです？」ロブは静かにたずねた。

「棟梁《とうりよう》の？　彼はまだいますよ、前から住んでる家に」

ロブはほっとしてため息をついた。とにかくサミュエルには会える。

話を聞いていた男たちのうちの一人が立ち上がると、ルアードをわきへ引っ張っていって、しばしささやきあった。

ルアードは咳払《せきばら》いをした。「コール親方」と彼は言った。「ターナー・ホーンは、エドレッドズ・ハイスの家を建てている組の現場監督です。そこへ直接行って、彼と話していただけませんか？」

ロブはみんなの顔を見た。「エドレッドズ・ハイスって？」

「新しい地区ですよ。クイーンズ・ハイスは知ってます？　川の堤防の横の古いローマ人の港の？」

ロブはうなずいた。

「クイーンズ・ハイスに行けば、誰でもそこからエドレッドズ・ハイスへの道を教えてくれるでしょう」とルアードは言った。

＊

川の堤防のすぐ近くは必然的に倉庫で、それらの向こうに、港で働く庶民や、帆や船の索具やロープ類の制作者、船頭、港湾労働者、はしけ船頭、船大工の家が建ち並ぶ通りが続く。クイーンズ・ハイスは人口が密で、それに見あった数の居酒屋がある。腐った悪臭のする安食堂で、ロブはエドレッドズ・ハイスへの行き方を教えてもらった。古い地区のちょうど端からはじまる新しい地域で、彼は沼地の草刈地の一区画で家を建てているターナー・ホーンを見つけた。

ホーンは声高に呼ばれると、仕事を邪魔されて不機嫌な素振りで屋根から下りてきた。その顔をみてロブは昔のホーンを思い出した。男の肌は赤らみ、髪は色も変色していた。

「サミュエルの兄です、ホーン親方」と彼は言った。「ロブ・J・コールです」

「いかにも。それにしても大きくなって！」

彼の感じの良い瞳《ひとみ》に苦痛の陰がさすのを、ロブは見た。

「あの子は我々と一年も一緒にいなかったんだ」とホーンは明快に言った。「好ましい少年だった。家内もすっかり魅せられてね。私たちは再三注意したんだ、『埠頭《ふとう》で遊んじゃいけない』ってね。御者が四頭の馬を繰ってる貨物馬車をよけるのは、大の男だって命がけだ、いわんや九歳の子供だ」

「八歳です」

ホーンは不審そうに見つめた。

「引き取ってから一年後のことなら、彼は八歳だったはずです」とロブは言った。彼の唇はこわばって動きたがらず、しゃべるのに苦心した。「僕より二歳年下ですから、ね」「君が一番良く知っているだろうね」とホーンは穏やかに言った。「彼は聖ボトルフの教会にある墓地の、右後方側に埋葬されている。君の父親が永眠している区画だと教えられてね」彼は一瞬躊躇《ちゅうちょ》した。「君の父親の道具についてだが」と彼はばつが悪そうに言った。「鋸《のこぎり》の一本は折れちまったが、金槌《かなづち》はまったく無傷だ。君に返そうか」

ロブは頭を振った。「取っておいて下さい。サミュエルの思い出として」と彼は言った。

＊

彼らは、市の北東の隅にある湿地帯のすぐかたわら、ビショップスゲート近くの草刈地に野営した。次の日、彼は牧草をはんでいる羊と床屋さんの同情から逃げ出して、早朝の町に出ると、懐かしい通りにたたずんで子供たちのことを思い起こした。見慣れない女性がママの家から出てきて、扉の横に洗濯水を捨てた。

朝の街にさまよいでて、気づくとウエストミンスターにいた。川沿いの家々が段々と少なくなって、もとの大修道院の野原と草刈地が、王の家とおぼしき新しい地所になり、軍隊の兵舎と離れ家に囲まれていた。その中であらゆる種類の国家の任務が遂行されているのだと、ロブは推測した。恐ろしい親衛隊員たちの姿が見えたが、どのパブでも彼らは恐れを持って語られていた。クヌート王を警護するために、体格と戦闘能力で精選された巨大なデーン人の戦士たちだ。臣民に愛されている君主にしては、武装した護衛兵が多すぎるとロブは思った。彼は市のほうへ引き返し、どうやってそこへたどり着いたのかわからないまま、聖パウロ教会の近くにきていた。その時、彼の腕に手がかかった。

「おぼえてるぞ。コールじゃないか」

その若者を凝視すると、ロブは瞬時にしてふたたび九歳に戻り、闘うべきか尻尾《しっぽ》を振ってついていくべきか決心しかねた。というのも、それはまぎれもなくアンソニー・タイトだったからだ。

しかしタイトの顔には微笑《ほほえ》みが浮かび、子分たちの姿も見当たらなかった。そのうえ、今では自分の方が、昔なじみの敵よりも頭三つ分は背が高く、目方もずいぶん重くなっていることにロブは気づいた。ふいに、小さな少年の頃の親友だったかのように、彼に会えて嬉《うれ》しくなり、ロブは小便たれアンソニーの肩をたたいた。

「居酒屋でお前の話を聞かせてくれよ」とアンソニーが言ったが、ロブは商人ボストックからもらった二ペンスしか持っていなかったので躊躇した。

アンソニー・タイトは察した。「俺《おれ》がおごるよ。今年から給料をもらってるんだ」

見習い大工をしてるんだ、と近くのパブの隅に陣取ってエールをすっている時にアンソニーは告げた。「木挽き穴の中さ」と彼は言い、そのしゃがれ声と黄ばんだ顔色にロブは心を留めた。

ロブはそれがどんな仕事か知っていた。見習いが深い溝の中に立ち、その頂きには丸太を渡してある。熟練工が穴のへりに立って、上から鋸を扱う一方で、見習いが長い鋸の片端を引き、一日中、降りかかってくるおがくずを吸い込むのだ。

「大工にとってつらい時代は終わったみたいだね」とロブは言った。「ギルド集会所を訪ねたんだけど、だらだら時間をつぶしてる男はほとんど見なかった」

タイトはうなずいた。「ロンドンは成長してる。市にはすでに十万の人がいる。全イングランド人の八分の一だ。いたる所で建築が行われてる。ギルドの徒弟に志願するには絶好の時だぜ、まもなく別のハンドレッドができるっていう噂《うわさ》だからな。それに、お前は大工の息子だから……」

ロブは頭を振った。「僕はもう徒弟に出てるんだ」彼は床屋さんとの旅について話し、アンソニーの羨望《せんぼう》のまなざしに満足をおぼえた。

タイトはサミュエルの死に触れた。「俺も、ここ何年かで母親と二人の兄弟を亡くした。みんな梅毒さ。それに父親は熱病でな」

ロブは沈痛な表情でうなずいた。「僕は生き残ってる連中を探さなくちゃ。僕が通り過ぎるロンドンのどこかの家に、母親が死ぬ前に生まれてリチャード・ブケレルが人にやった、最後の弟がいるかもしれないんだ」

「もしかすると、ブケレルの未亡人が何か知ってるかもな」

ロブは居ずまいをただした。

「彼女は、バッフィントンという名の八百屋と再婚したんだ。新しい家はここから遠くない。ラドゲート門を過ぎてすぐだ」とアンソニーが言った。

＊

バッフィントンの家は、王が新しい家を建てた隔絶された場所と違って、湿っぽいフリート川湿地のすぐ近くにある、宮殿というよりむしろ、つぎはぎだらけの避難小屋だった。みすぼらしい家の裏には、キャベツやレタスの整然とした畑があって、排水の悪い湿原に取りまかれていた。彼はしばらくの間、四人の無愛想な子供たちを眺めた。彼らは石の袋を抱えて、蚊のやかましい畑を黙ってぐるぐる歩き回り、湿原ウサギへの憎悪に満ちたパトロールを行っているのだ。

彼は家の中にバッフィントン夫人を見つけた。彼女は彼を歓迎した。夫人は作物を籠《かご》に分類しているところだった。動物たちが儲《もう》けを食べてしまうのよ、と彼女は説明して、ぶつぶつ不平を漏らした。

「あなたと、あなたのご家族のことはおぼえてるわ」彼女は、まるでえり抜きの野菜であるかのように、彼を吟味しながら言った。

しかし、たずねてみても、ロジャー・コールと命名された幼児を引き取った乳母の名前や所在を、最初の夫が言及したかどうかさえ思い出せなかった。

「誰も、名前を書いておかなかったんですか？」

おそらく何かが彼の目に浮かんだのだろう、彼女は頭を上げてつんとした。「私は字は書けないの。なんであなた、自分で名前を聞いて書いておかなかったのかしら、ねえ？　あなたの弟じゃなかったかしら？」

ああした境遇にあった年端もいかない少年に、どうしてそんな責任を期待できただろう、と彼は心の中で問うた。しかし、彼女の言い分もあながち間違ってはいないこともわかっていた。

彼女は微笑んだ。「お互いに無作法なことはやめましょうよ、私たちは隣人として、つらい昔の日々を分かちあった仲じゃないの」

驚いたことに、彼女は女性が男性を見るような目つきで彼をじっと見つめ、その瞳はほてっていた。身体は労働で細くなっていたが、かつては美しかったのだろう。彼女はイーディスほど年上ではなかった。

しかし、ロブはブケレルのことを考えると沈んだ気持ちになり、彼女の思いやりにとぼしい手ひどい公正さや、彼を奴隷に売りかねなかったことをも思い起こした。

彼は彼女を冷ややかに見つめ、感謝の言葉をつぶやくと立ち去った。

＊

聖ボトルフ教会に行くと、刈り込んでいない汚い白髪頭にあばた面《づら》をした、教会堂番人の男がノックに応えて出てきた。ロブは両親を埋葬した司祭をたずねてきたのだ。

「ケンプトン神父はスコットランドへ転任されました。もう十ヶ月になる」

その年寄りは、ロブを教会墓地へ案内した。「まあ、はなはだしく混み合ってますわ」と彼は言った。「あんた、ここ二年はいなかったんだね、梅毒のたたりのあいだ?」

ロブは頭を振った。

「幸運だ! あんまりたくさん死ぬんで、あっしらは毎日、途切れることなく埋葬したんですよ。今じゃ、スペースを確保するために詰めなきゃならん。人々があちこちからロンドンに群がってくるし、男はすぐに四十の歳に届いて、いつ祈って送られることになっても不思議じゃなくなるしね」

「でも、あなたは四十歳を超えてらっしゃるでしょう」とロブは言った。

「あっし? あっしは教会にふさわしい仕事をしてるんで守られてるんですよ。それに、ずっと清く正しい生活を送ってるからね」パッと微笑んだ彼の息に、ロブは酒の臭いをかいだ。

教会堂番人が埋葬帳を調べるあいだ、彼は埋葬会館の外で待った。その大酒をくらった年寄りがせめてもできたのは、傾いている墓石の迷宮を通って、苔《こけ》むした背後の壁近くの、教会墓地の東の一般人用地域に彼を連れていって、父親とサミュエルの両方が「ここらへん」に埋葬されていると言明することだけだった。ロブは父親の葬式を思い起こして、墓の場所を思い出そうとしたが、わからなかった。

母親は簡単に見つかった。彼女の墓にさしかかるセイヨウイチイの木は、三年間で生長していたが、まだ見おぼえがあった。

ふいにある目的を胸に、彼は野営地に急いで戻った。床屋さんも彼と一緒にテムズ川の土手の下にある岩の多い地区へ行き、二人は、長い年月の潮の流れで表面が平らになめらかになった、小さな灰色の丸石を選んだ。インシテイタスが、それを川から引きずり出すのを手伝った。

ロブは自分の手で碑文を刻む心づもりだったが、思いとどまらされた。「我々は、ここに長居している」と床屋さんが言った。「石工にすばやく上手にやってもらおうじゃないか。雇う金は私が立て替えるから、徒弟を勤めあげて給料を取れるようになったら返してくれ」

石工が三人の名前と日付をすべて彫り、教会墓地のセイヨウイチイの木の下にすえつけるのを見届ける間だけ、二人はロンドンに滞在した。

床屋さんは筋骨たくましい手で、彼の肩をポンとたたいて穏健な目でちらりと見た。「我々は旅人だ。いずれは、他の子供たちがいるすべての場所にたどり着いて、探し出せるさ」

彼はイングランドの地図を広げ、ロンドンから六本の大きな街道がのびているのをロブに示した。北東はコルチェスターに向かい、北はリンカンとヨークに、北西はシュローズベリーとウェールズ、西はシルチェスターとウィンチェスターとソールズベリー、南東はリッチボロとドーヴァーとライム、南はチェスターに向かっている。

「ここ、ラムゼーが」と彼は中部イングランドを指で突きながら言った。「お前さんの隣にいた未亡人、デラ・ハーグリーヴズが身を寄せた兄がいる場所だ。赤ん坊のロジャーをあげた乳母の名前を、彼女なら教えてくれるだろう。そうしたら、次にロンドンに戻った時に弟を捜せる。それから下って、ここがソールズベリー。妹のアン・メアリーが、ヘーヴァリル家の家族に連れられて行ったと聞いてきた場所だ」彼は眉《まゆ》をひそめた。「我々が縁日のあいだソールズベリーにいた時、その消息を知らなくて残念だったな」と彼は言った。ロブは、自分と小さな妹が人混みの中でお互いにすれ違っていたかもしれないのを実感して、寒気をおぼえた。

「心配するな」と床屋さんが言った。「秋に、エックスマウスに帰る途中でソールズベリーに戻る」

ロブは気を取り直した。「北に行ったらあらゆる場所で、司祭や修道士たちに、ラヴェル神父と彼の若い預かり者ウィリアム・コールを知らないかたずねるんだ」

次の日の早朝、彼らはロンドンを発って、イングランドの北へと続く広いリンカン街道におもむいた。家々と多すぎる人々の悪臭をあとにして、騒々しく流れる小川のそばで特別贅沢《ぜいたく》な朝食でひと息いれた時、都市は神の空気を吸い込んで太陽の暖かさを楽しむ場所ではないと、二人はつくづく感じていた。

第十四章　レッスン

六月の初めのある日、二人はチッピング・ノートン近くの小川のかたわらで仰向けに寝そべって、葉の茂った枝々の間から雲を見上げながら、鱒《ます》が食いつくのを待っていた。地面に突き刺した二本のY字型の枝に支えられたまま、柳の釣り竿《ざお》にはまったく動きがなかった。

「鱒が毛針に貪欲《どんよく》になるにしては、季節が遅いからな」と床屋さんが甘んじてぶつぶつ言った。「二週間ほどでバッタが野原に出てきたら、魚ももっと早く捕れるだろう」

「雌の虫は、どうやって見わけるのかなぁ？」とロブはいぶかった。

ほとんどまどろみながら、床屋さんは微笑《ほほえ》んだ。「むろん暗闇《くらやみ》の中では虫たちはどれもそっくりさ、人間の女たちのようにな」

「女性は、昼だろうと夜だろうとそっくりじゃないよ」とロブは異議を唱えた。「彼女たちは似て見えるけれど、それぞれ香りや味、手触りや感触が別々なんだ」

床屋さんはため息をついた。「男をおびき寄せてやまない真の不思議さは、そこなんだよな」

ロブは立ち上がって荷馬車の方へ行った。戻ってくると、彼は少女の顔をインクで描いたなめらかな松の木の四角い皮を手にしていた。彼は床屋さんの横にしゃがんで板を差し出した。

「誰だかわかる？」

床屋さんは絵を凝視した。「先週の少女だ、セントアイヴズの小さなかわい娘《こ》ちゃん」

ロブはスケッチを取り戻すと、つくづく眺めて満足した。

「なんで頰《ほお》に醜い傷跡を描いたりしたんだ？」

「傷跡がそこにあったから」

床屋さんはうなずいた。「私もおぼえてる。だがお前の羽ペンとインクを持ってすれば、彼女を実際よりも美しく描くのはわけないだろう。なぜ世間から見られているよりも好ましい姿にしてやらんのだ？」

ロブは、なぜなのか自分でも理解できないまま、悩んで眉《まゆ》をひそめた。彼は似顔を熟視した。

「いずれにしても、彼女がこれを目にすることはなかったじゃない。だって彼女と別れたあとに描いたんだから」

「だが、目の前で描くことになっていたかもしれんぞ」

ロブは肩をすくめて微笑んだ。

床屋さんは完全に目を覚まして起き直った。「お前の才能を、実際的に利用する時がきたようだな」と彼は言った。

＊

次の朝、彼らは木こりの所に寄って、松の木の樹幹を薄く切り出すよう頼んだ。その薄切りは木目が粗く、羽ペンとインクでは上手く描けず期待はずれだった。だが、若いブナの木の横木はなめらかで固いのがわかった。木こりは硬貨一枚と引き替えに、喜んで中型のブナを薄切りしてくれた。

その日の午後、床屋さんは見せ物に続いて、チッピング・ノートンの居住者六名の似顔絵を、自分の仲間がただで描いて差し上げようと告知した。

どっと混乱が巻き起こった。観衆がロブのまわりに集まって、彼がインクを混ぜるのを興味津々で眺めた。しかし、ずっと芸人として訓練されていた彼は、じろじろ見られるのには慣れていた。

ロブは六枚の木の円盤に、それぞれ順に顔を描いた。年老いた女性、二人の若者、乳牛の臭いがした二人組の酪農婦、そして鼻にこぶがある男だった。

女性は目が落ちくぼんで、しわしわの唇に歯の抜けた口元をしていた。若者の一人は丸々太って丸顔で、ひょうたんに目鼻をつけたような感じだった。もう一方の少年は痩《や》せていて、陰《いん》鬱《うつ》で元気のない目つきをしていた。少女たちは姉妹で、そっくりだったので、微妙な違いをとらえるのが難題だった。彼は失敗した。彼女たちは、どちらが自分の絵か気づかず、スケッチを取り違えたのだ。六枚のうち、最後の絵だけは満足がいった。その男はほぼ老齢で、目や顔のあらゆる皺《しわ》に憂鬱な陰が漂っていた。どうやってだか意識しないまま、ロブはその悲哀をとらえた。

戸惑うことなく、彼は鼻にこぶを描いた。床屋さんは、被写体全員が喜び、見物人たちからの拍手が途切れなかったので、あえて苦情をていさなかった。

「六本買えば、もれなくただでですよ、みなさん！　ただで、同じ様な似顔絵を描いて差し上げます」と床屋さんはわめくと、『万能特効薬』を高く掲げて、慣れた能書きをたれはじめた。

まもなくロブの前に列ができた。彼は一心に描き、床屋さんが薬を売っているお立ち台の前には、さらに長い列ができた。

＊

クヌート王が狩猟を自由化したので、鹿肉が肉屋の店先に並び始めた。オールドレス町の路上市場で、床屋さんは大きな鞍下肉《くらした》を買った。それに野生のニンニクをすりつけ、全体に深い切り込みを入れて豚の脂肪とタマネギの小さな角切りを詰め、外側に新鮮なバターをたっぷり塗って、蜂蜜《はちみつ》とマスタード、黒ビールを混ぜたタレを頻繁にかけながら炙《あぶ》った。

ロブも腹いっぱい食べたが、ほとんどを床屋さんが一人で、ケタ外《はず》れの量のマッシュしたカブと焼きたてのパンと一緒に平らげた。「もう少し欲しかったな。私の体力を維持するためにはな」と彼はニヤっと笑いながら言った。その頃には、床屋さんの体重は著しく増加していたのにロブは気づいていた――ロブの見たところ、おそらく四十キロくらいは。首の肉が盛り上がり、上腕はハムのようになって、お腹は激しい風をはらんだダブダブの帆のように身体の前に浮かんでいた。喉《のど》の渇きも食欲と同じくらいケタ外れだった。

オールドレスを発った二日後、彼らはラムゼーの村に着いた。パブに入ると、床屋さんは、すぐに本題を切り出す前に、無言でエールをピッチャーに二杯飲み干して店主の目を引きつけ、そのあとで雷鳴そっくりのげっぷをした。

「私たちは女性を探してるんですよ、デラ・ハーグリーヴズっていう名の」

店主は肩をすくめて頭を振った。

「ハーグリーヴズってのは彼女の主人の名前です。彼女は後家さんで、四年前に兄と一緒に住むためにここへやってきたはずなんですよ。兄さんの名前は知りませんが、思い当たりませんかね？　ここは小さな村だし」床屋さんは、店主の返事を促すためにさらにエールを注文した。

店主は何も思い浮かばないようだった。

「オズワルド・スウィーターだよ」と彼の妻が酒を出しながらささやいた。

「ああ、それそれ、スウィーターの妹だ」と店主は金を受け取りながら言った。

オズワルド・スウィーターはラムゼーの鍛冶屋《かじや》で、床屋さんと同じくらい大きかったが、全身が筋肉だった。彼はわずかに眉《まゆ》をひそめながら二人の話を聞き、それから気が進まないふうにしゃべった。

「デラねえ？　置いてやりましたよ」と彼は言った。「肉親だからね」彼は鮮紅色の鉄棒を、ヤットコで白熱している石炭の中へ深く押し込んだ。「妻は親切にしてやったが、デラはまったく仕事をしないっていう才能を持ちあわせててね。二人は上手くいかなかった。半年もしないうちに、デラは我々のもとを去った」

「どこへ？」とロブはたずねた。

「バース」

「バースで何をしてるんですか？」

「我々が彼女をおっぽりだす前に、ここでしてたのと一緒さ」とスウィーターは静かに言った。

「身持ちの悪い女丸出しで、男と出てったよ」

「彼女はロンドンで何年も僕たちの隣人でした。そこでは、ちゃんとした人だと思われてましたよ」ロブは決して彼女が好きではなかったが、そう言わざるを得なかった。

「ねえ、お若いの、今じゃあ妹は、食べるために働くよりは、すぐに寝て金をもらうような自堕落女ですよ。売春婦がたむろする場所で見つかるでしょうよ」燃え立つ鉄棒を石炭から引っぱり出したスウィーターは、ハンマーを打ち下ろして会話を打ち切り、火の粉の獰猛《どうもう》なシャワーが扉を出ていく彼らのあとを追ってきた。

*

海岸線を北上していく道すがら、一週間連続して雨が降った。それからある朝、彼らは荷馬車の下のじめじめした寝床からはい出すと、日光があまりにも柔らかく、素晴らしい天気だった。二人は、自由気ままに好きな所へ行かれるという恵まれた身分の幸せさを実感し、嫌なことなど消しとんだ。「無垢《むく》な世界を闊歩《かっぽ》しようじゃないか！」と床屋さんが叫び、ロブは彼が何をいわんとしているのか正確に受け取った。子供たちを見つけなければ、という陰鬱な緊迫した気持ちにもかかわらず、彼は若かったので、こんな日には健全で生き生きした気分になった。

サクソン角笛を吹く合間に、彼らは賛美歌や猥歌《わいか》を喜びにあふれて歌い、何にも増して自分たちの存在をまわりに騒々しく示した。暖かな日差しと新鮮な緑の影が交互にさす、森林に囲まれた道をゆっくりと進んでいった。「他に何かリクエストは？」と床屋さんが言った。

「武器」と彼は一度だけ言った。

床屋さんの笑いが消えた。「武器は買ってやらん」彼はけんもほろろに言った。

「剣は必要ないんです。短剣の方が実際的でしょう、いつ攻撃されるかわからないもの」

「どんな追《お》いはぎも二の足を踏むさ」と床屋さんがそっけなく言った。「私たちは、大きな男の二人組だからな」

「その体格が問題なんです。僕がパブに入っていくと、小さな男たちは僕を見て考えるんだ。『あいつは大きいが一突きで息の根を止められるな』って。そして、刀剣の柄《つか》に手をかけるんだ」

「それから、お前が武器を携帯していないのに気づいて、デカいがまだ成犬のマスチフじゃなく子犬なんだと悟る。馬鹿馬鹿しくなってお前には構わん。ベルトにナイフをさしたら二週間で死ぬぞ」

彼らは黙って馬に揺られた。

何世紀にもおよぶ暴力的な侵略で、あらゆるイングランド人が戦士のように物事を考えるようになってしまった。奴隷が武器を携えることは法律で禁じられており、徒弟も持てる身分ではなかった。しかし、髪を剃《そ》られていない男性はみな、武器を携えることによって自由市民としての生まれをも誇示していた。

確かに、ナイフを持った小さな男が、ナイフを持たない大きな若者を簡単に殺せるというのは、十分すぎるほどの真実だな、と床屋さんはうんざりした気分で心の中でつぶやいた。「武器を持つ時のために、扱い方を知ってなきゃならんな」と彼は決めた。「これまで見すごしてきたが、必要な教育だ。したがって、剣と短剣の使い方の訓練を始めることにする」

ロブは顔を輝かせた。「ありがとう、床屋さん《バーバー》」と彼は言った。

＊

森林の開拓地で、彼らはお互いに向き合い、床屋さんがベルトから自分の短剣を抜いた。

「子供が蟻をつつくような手つきで持っちゃだめだ。投げ物をするつもりで、上に向けた掌《てのひら》でナイフの釣り合いをとるんだ。四本の指で柄を握る。親指は攻撃の仕方によって、柄にそって平らに伸ばしてもいいし、他の指にかぶせてもいい。防御するのが最も難しいのは、下から上向きに移動させる攻撃だ」

「ナイフで闘う時は、膝《ひざ》を曲げて軽やかに足を動かす。いつでも前後に跳べるようにな。相手の攻撃をよけるために、いつでも左右に振れるように。いつでも殺せるように。この道具は接近戦のだまし合いのためにあるんだからな。外科用メスと同じ、強い金属でできている。襲うにしても襲われるにしても、いったん、のっぴきならない状態になったら、その一撃に命がかかっている気《き》で斬りつけるんだぞ、時として、本当にそうなるんだから」

彼は短剣を鞘《さや》に戻し、剣を渡した。ロブはそれを自分の前に構えて持ち上げた。

「ローマ人に栄光あれ」と彼はそっと言った。

床屋さんは微笑《ほほえ》んだ。「いいや、お前は血なまぐさいローマ人にはなれん。このイングランドの剣ではな。ローマの剣はもっと短くてとがった鋼の鋭い両刃だ。彼らは接近戦を好み、時には短剣のように扱った。これはイングランドの広刃の剣だ、ロブ・J。もっと長くて重い、敵に距離をおかせておくための究極の武器だ。いわば肉切り包丁、木のかわりに人間を切り倒す斧《おの》だ」

床屋さんは剣を取り戻すと、ロブから離れた。彼はそれを両手で握ってぐるぐる回し、日光を切断するのにあわせて、広刃の剣は大きな破壊的な弧を描き、ギラギラぴかぴか輝いた。

やがて彼は止まり、剣をまっすぐに伸ばした。「試して見ろ」と彼はロブに告げて、武器を手渡した。

自分の弟子が重たい広刃の剣を片手でやすやすと持つのを見て、床屋さんはあまり良い気分がしなかった。強い男の武器なんだ、と彼はうらやんで思った。敏捷《びんしょう》な若者が持った方が様になる。

床屋さんの真似をして、ロブは小さな開拓地中で剣を振り回した。剣の刃がしゅっと風を切り、枯れた叫び声が喉《のど》から知らず知らず漏れた。彼が目に見えない軍勢に襲いかかり、めちゃめちゃになぎ倒すのを、床屋さんは漠然とした困惑以上の心持ちで眺めていた。

＊

次のレッスンは数日後の夜、フルフォードの混んで騒々しいパブで発生した。北へと馬で移動しているキャラバンのイングランド人家畜商たちと、南へ旅しているデーン人家畜商たちが鉢合わせしていた。両グループとも、その町で一夜を過ごしているところで、しこたま飲んで闘犬の群れのようにお互いに眼をとばしあっていた。

ロブは床屋さんと座って、居心地悪く林檎《りんご》ジュースを飲んでいた。以前にも遭遇した状況で、争いに巻き込まれてはいけないのが十分わかっていた。

デーン人の一人が用足しに外へ消えた。戻ってくると、彼はキーキー叫ぶ子豚を脇《わき》に挟んで、一本のロープとともに戻ってきた。彼はロープの一方の端を豚の首に、もう一方の端を居酒屋の真ん中にある柱に結わえた。それからマグで机を打ち鳴らした。

「豚の屠殺《とさつ》で俺《おれ》と張り合う自信のある奴《やつ》はいるか？」と彼はイングランド人家畜商たちの方に怒鳴った。

「いいぞ、ヴァイタス！」と彼の仲間が励ますように大声を上げ、机を打ち鳴らし始め、すぐに友人たち全員が加わった。

イングランド人家畜商たちは、机を打ち鳴らす音とあざけりの叫びを、ぶすっと聞いていたが、一人が柱に歩いていってうなずいた。

半ダースほどの用心深いパブの常連客たちは、飲み物をぐいぐい飲み下して、そっと外へ出ていった。

ロブは、トラブルが始まる前に立ち去るという床屋さんの習慣を踏襲して、腰をあげたが、驚いたことに親方は腕に手をかけて引き留めた。

「ダスティンに二ペンス！」と一人のイングランド家畜商が声を上げた。まもなく二つのグループはせっせと賭《か》け金を集めはじめた。

男たちは釣り合いのとれた相手ではなかった。両者とも二十代のようだったが、デーン人の方が体重が多そうで、わずかに背が小さく、イングランド人の方がリーチが長かった。

彼らは布で目隠しされ、各々、足首に結びつけた十フィートのロープで柱の反対側につながれた。

「待て」とダスティンという名の男が声をあげた。「もう一杯くれ！」

ピューピューはやし立てながら、友人たちがそれぞれにメテグリンを一杯ずつ持ってくると、二人はすぐに飲み干した。

目隠しされた男たちは短剣を抜いた。

両者と直角に対する場所でつかまえられていた豚が、床に放たれた。豚はやおら逃げ出そうとしたが、当然ながら柱につながれていたので、円形に堂々巡りして走ることしかできなかった。

「ちっちゃな畜生が来るぞ、ダスティン！」と誰かが叫んだ。イングランド人は構えて待ったが、動物がちょこちょこ走る音は男たちの叫び声にかき消され、気づく前に豚は彼の前を通りすぎてしまった。

「今だ、ヴァイタス！」とデーン人が大声を上げた。

おびえた子豚はデーン人家畜商の方へまっすぐに走っていった。男は近くに寄れないまま三回刺したが、豚はやってきた時のようにキーキー鳴きながら逃げていった。

ダスティンはその音を目指して進み、一方から子豚の方へ迫り、かたやヴァイタスは反対側から接近した。

デーン人が豚に一撃を加え、ダスティンは鋭い刃に腕を刻まれてむせぶように息をのんだ。

「この北のファック野郎が」彼は獰猛《どうもう》な弧を描いてむちゃくちゃに斬りつけたが、泣き叫ぶ豚にも相手の男にも、かすりさえしなかった。

豚はヴァイタスの足元を横切って突進した。デーン人家畜商は動物のロープをつかんで、待ち構えるナイフの方へ豚を引っ張ることができた。最初のひと突きは右前足をとらえ、豚は金切り声を上げた。

「もうこっちのもんだ、ヴァイタス！」

「とどめを刺せ、明日食おうぜ！」

泣き叫ぶ豚は格好の目標になり、ダスティンはその音の方へ突進した。彼の攻撃の手は子豚のなめらかな脇腹《わきばら》を素早く払い、鈍い衝撃音とともに刀身がヴァイタスの腹に食い込み、拳《こぶし》まで埋まった。

デーン人は静かにうなっただけで、短剣の傷口をぱっかりとあけ、跳ね返ってうしろに倒れた。

パブの中の唯一の音は、豚の鳴き声だけだった。

「ナイフを下ろすんだ、ダスティン、やっちまったぞ」とイングランド人の一人が命じた。彼らは家畜商を取り囲んだ。目隠しがはぎ取られ、つなぎ縄が切られた。

無言のまま、デーン人家畜商たちは、サクソン人たちに逆襲されたり、代官の部下が呼び出されないうちに、友を置いて急いで逃げた。

床屋さんはため息をついた。「彼を診《み》てやろう、我々は外科医兼理髪師だ。救けてやれるかもしれん」と彼は言った。

しかし、彼にしてやれることは、ほとんどないのは明らかだった。ヴァイタスは壊れたように仰向けに倒れ、目を見開いて顔は青白かった。彼の腹部にあいた傷口から、腸がほぼ真っ二つに切られているのが見えた。

床屋さんはロブの腕を取って並んでしゃがませた。「良く見るんだ」と彼は決然として言った。

人間の身体は層になっていた。日に焼けた皮膚、青白い肉、そして、どちらかと言えばぬるぬるした淡い内側。腸は染めたイースターエッグのようなピンク色で、血は真っ赤だった。

「腹を割られたどんな動物よりも、切開された人間が一番猛烈な悪臭を放つのはおかしなことだな」と床屋さんは言った。

血がほとばしりながら腹壁から噴出し、切断された腸から糞《ふん》状の排出物が流れ出ていた。男は祈っているのだろう、弱々しくデンマーク語でしゃべっていた。

ロブは吐き気をもよおしたが、床屋さんは、若い犬の鼻面を自身の粗相にすりつけるみたいにして、倒れた男の近くにいさせた。

ロブは家畜商の手を取った。男は底に穴のあいた砂袋のようだった。命が終わっていくのを感じた。彼は家畜商の隣にしゃがんで、袋から砂がなくなってしまうまで、しっかりと手を握っていた。そしてヴァイタスの魂は、枯葉のように乾いた音をたてて、ふっと吹き払われた。

＊

彼らは武器の練習を続けたが、今ではロブはもっと思慮深くなり、それほど興奮したりしなかった。

彼は、贈り物について考えることにもっと時間を費やし、床屋さんのすることを注意して見つめ、耳を傾け、彼が知っていることは何でも学んでいった。病気とその症状に詳しくなってくると、外見だけからそれぞれの患者を悩ませている病気を判断する、秘密のゲームを始めた。

ノーサンブリア人の村リッチモンドで、彼らは自分たちの列に、苦しそうな咳《せき》をして潤んだ目をした青ざめた男を見つけた。

「あの人はどこが悪いのかな？」と床屋さんが言った。

「たぶん肺病？」

床屋さんは賛同の微笑みを浮かべた。

しかし、その咳をしている患者が外科医兼理髪師に会う番になって、ロブが手を取って衝立《ついたて》のうしろに連れていく時だった。死にゆく人の握力ではなかったのだ。この男は強すぎて肺病にはかからないとロブの感覚は告げていた。男は寒気がしていただけで、まもなく一過性の不快さはとれるだろう、と彼は感じ取った。

床屋さんに反駁《はんばく》するいわれはなかった。だがこのようにして徐々に、彼は贈り物が死を予測するだけではなく、疾患を判断したり、もしかすると生きるのを助ける役に立つかもしれないと気づき始めた。

インシテイタスは真っ赤な馬車を引っぱり、イングランドの土地を村から村へと、小さすぎて名もない所にいたるまで、横切って北方へとゆっくりと進んだ。修道院や教会にやってくるといつも、ロブはラナルド・ラヴェル神父とウィリアム・コールという名の少年の安否を問うた。その間、床屋さんは辛抱強く待っていてくれたが、神父たちの行方を知っている者は誰もいなかった。

カーライルとニューカッスル・アポン・タインの間のどこかで、九百年前にローマ皇帝ハドリアヌスの歩兵隊が、スコットランド人匪賊《ひぞく》からイングランドを守るために築いた石壁に、ロブは登った。イングランドに座って、スコットランドの方へと目を凝らしながら、自分の血族の誰かに会えるチャンスはおそらく、ヘーヴァリル家が妹のアン・メアリーを連れていったソールズベリーにあると自分に言い聞かせた。

＊

いざソールズベリーに到着すると、彼は『パン屋組合』から軽くあしらわれた。

パン屋頭はカミングスという男だった。彼はずんぐり背が低く蛙のような体つきで、床屋さんほど重そうではなかったが、自分の商売を宣伝するにじゅうぶんなほど肉づきが良かった。

「ヘーヴァリルというのは一人もいないなあ」

「記録を探してもらえませんか？」

「おいおい、祭り時なんだ！　メンバーの大半はソールズベリー縁日で忙しい。我々はてんてこまいしてるんだ。縁日のあとに来るんだな」

縁日の間中、ロブは上の空で投げ物《ジャグリング》をし、絵を描いて患者を治療するのを手伝い、一方では、絶えず見覚えのある顔を見張り、ちらりと見た少女が妹の成長した姿ではないかと想像したりした。

妹には会えなかった。

縁日の次の日、彼は『ソールズベリー、パン屋組合』の建物をふたたび訪れた。さっぱりと雰囲気の良い場所で、ロブは神経が高ぶっているにもかかわらず、なぜ他のギルドの集会所はどこも『大工組合』のよりもしっかりと建てられているのだろう、と考えたりした。

「ああ、若い外科医兼理髪師さんかい」カミングスは、今度は挨拶《あいさつ》も親切で、もっと落ち着いていた。彼は二冊の分厚い台帳をくまなく調べて頭を振った。「ヘーヴァリルという名前のパン屋は一人もいないね」

「男と奥さんなんです」とロブは言った。「彼らはロンドンのパン屋を売って、ここに来るつもりだと、みんなに言っていたんです。小さな女の子がいて、僕の妹なんです。アン・メアリーという名の」

「何が起こったかは明白だね、お若い外科医さん。自分たちの店を売ってここに来るまでに、どこか別の場所でもっと良い機会を見つけたんだ。もっとパン屋を必要としている場所のことを耳にしてね」

「そう。ありえますね」彼は男に礼を言って、荷馬車に戻った。

床屋さんは心配そうにしていたが、勇気づけてくれた。「希望を捨てちゃだめだ。いつかまた、彼らを見つけられる、今にな」

しかし、それはまるで地球が口を開けて、死だけでなく生命までのみ込んでしまったかのようだった。兄弟たちのために抱き続けてきた小さな希望など無邪気すぎたのだ。彼は自分の家族の日々が本当に過ぎ去ってしまったのを感じ、背筋を凍らせながら、この先、自分に何が待ち受けていようと、一人で立ち向かわなければならないのだと、むりやり自分に言い聞かせた。

第十五章　職　人

ロブの徒弟奉公が終わる数ヶ月前、彼らはエクセターの宿屋のラウンジで黒ビールのピッチャーを囲んで座り、雇用条件を慎重に話し合っていた。

床屋さんは物思いにふけっているかのように無言で飲み、最終的に、少ない給料を提示した。

「それプラス、新しい衣類一式だ」どうだ大盤振る舞いだぞ、とばかりに彼は言った。

ロブは六年このかた一銭ももらってこなかった。彼は疑わしそうに肩をすくめた。「そろそろ、ロンドンに戻っていい頃かと思ってるんです」と彼は言うと、二人のコップにビールをつぎ足した。

床屋さんはうなずいた。「必要の有無にかかわらず、二年ごとに衣類一式だ」と彼はロブの顔色をうかがってからつけ加えた。

彼らは夕飯にウサギのパイを注文し、ロブは舌鼓を打った。床屋さんは素材そのものよりも、酒場の主人の腕を散々やっつけた。「こんな固くてかみ切れず、馬鹿みたいな味の肉は喰《く》ったことがない」と彼はぼやいた。「給料だが、高くした方がよさそうだな。少しばかり高くな」と彼は言った。

「確かに味つけが下手だね」とロブは言った。「あなただったら絶対にしない。あなたの猛獣類の扱い方は天下一品だもの」

「どのくらいの給料が妥当だと思う？　十六歳の男として？」

「給料はいりません」

「給料なしだと？」床屋さんは疑いのまなざしで彼を見た。

「うん。収入は『万能特効薬』の売上げと患者の治療費から上がるんでしょう。だから、僕は二十本ごとに一本分と、治療した患者二十人に一人分の収入が欲しいんです」

「二十本ごとと患者二十人ごとか」

　床屋さんはうなずく前に、一瞬ためらった。「この契約条件は一年間有効で、そのあとは相互の合意の上で更新できるものとする」

「よしきた成立だ！」

「成立」とロブは穏やかに言った。

　各々がマグを持ち上げて笑った。

「よっしゃ！」と床屋さんが言った。

「よっしゃ！」とロブが言った。

＊

　床屋さんは自分の新たな出費を深刻にとらえた。ある日、ノーサンプトンにいた時、腕の良い熟練工たちがいたので、大工を雇って二番目の衝立《ついたて》を作らせ、次の場所ハンティントンに着いた時に、自分の衝立とそう離れていない場所に組み立てた。

「ひとり立ちする時だ」と彼は言った。

　余興と肖像画のあと、ロブは衝立のうしろに座って待った。

みんなは自分を見て笑うんじゃないだろうか？　あるいは、と彼はいぶかった、引き返して床屋さんの列に並び直すんじゃないだろうか？

彼の初めての患者は、ロブが手をとると痛さでたじろいだ。年老いた乳牛に手首を踏みつぶされたからだ。「手桶《ておけ》を蹴《け》ってひっくり返しやがったんですよ、気むずかし屋でね。で、立て直そうと手を伸ばしたら、いまいましいあの牛が踏んづけたんすよ、ね？」

関節を優しく持つと同時に、ロブの余計な懸念は消しとんだ。痛そうな打撲傷があった。親指から伸びてきている骨も折れていた。重要な骨だ。手首を正しく縛って三角巾で固定するのに少し時間がかかった。

次の患者は彼の恐れを具現化したような、痩《や》せて骨張った、いかめしい目つきの女性だった。

「聴力をなくしたんです」と彼女は訴えた。

調べてみると、耳垢《みみあか》でふさがっているようではなかった。彼女にしてやれることは何もないのだとわかった。「あなたの力にはなれません」と彼は残念そうに言った。

彼女は頭を振った。

「力にはなれません！」と彼は怒鳴った。

「じゃあ、もう一人の床屋さんに聞くわ」

「彼も力になれません」

女性の顔にかんしゃくが浮かんだ。「なにさ、地獄に堕《お》ちちまえ。自分で彼に聞くさ」

彼女が足を踏み鳴らして出ていくと、床屋さんの笑い声と他の患者の楽しそうな声が耳に入ってきた。

赤い顔をして衝立のうしろで待っていると、彼より一歳か二歳年上らしい若い男が入ってきた。ロブは、左の人差し指が壊死《えし》の進んだ段階にあるのを見て、ため息が出そうになったのを抑えた。

「きれいな眺めじゃないな」

若い男は口の両端がやや白かったが、それにもかかわらず、どうにか笑顔を作っていた。

「優に二週間前、焚《た》き火のために木を切り倒していてつぶしちまったんです。そりゃもちろん痛いですが、ぐあいよく治ってるみたいだったんです。そしたら……」

第一関節は真っ黒で炎症を起こして変色し、水膨れになった肉の部分に続いていた。大きな水膨れは血液の異常流出を起こし悪臭を放っていた。

「どうやって手当しました?」

「近所の奴《やつ》が、痛みをとるには、ガチョウの糞《ふん》を混ぜた湿った灰で湿布するんだって教えてくれたんです」

彼はうなずいた。それは一般的な療法だった。「さて。進行性の病気になっていて、放っておくと、手から腕へと次第に腐ります。まもなく身体に達すると死んでしまいます。その指は切除しなければいけません」

若い男は果敢にうなずいた。

ロブはため息が出るままにした。彼は二重に確認をとらねばならなかった。指をとるのは重大な処置だし、指がなくなってしまえば、残りの人生で生計を立てようにも、この人が困るのは目に見えているからだ。

彼は床屋さんの衝立に歩いていった。

「何か問題か？」床屋さんの瞳《ひとみ》は輝いた。

「見てもらいたいものがあるんです」とロブは言うと、先だって自分の患者の方へ戻り、床屋さんはのんびりとついてきた。

「切除しなければいけないと彼に告げたんです」

「うん」と床屋さんは言い、微笑《ほほえ》みが消えた。「間違いない。力添えが欲しいか、チビ？」

ロブは頭を振った。彼は患者に三本の『特効薬』を飲ませた。それから、処置の途中で探しまわったり大声で床屋さんの助けを求めたりしないですむよう、必要なすべての物を注意深くそろえた。

彼は二本の鋭いナイフ、針と蠟《ろう》を引いた糸、短い板切れ、縛るための細長いボロ切れ、そして目の詰んだ鋸《のこぎり》を取り出した。

若者の腕は掌《てのひら》が上向きになるように板に結びつけられた。「壊死した指以外は握り締めて」とロブは言って、正常な指が邪魔にならないように手を包帯で包んで縛った。

近くをぶらぶらしていた人たちのなかから、三人の屈強な男たちの協力をえた。二人は若者を押さえるため、そして一人は板をしっかりつかまえるためだ。

床屋さんがこれをするのに何十回と立ち会い、床屋さんの監督の下で二度、自分自身でしたこともあったが、一人で試みたことは一度もなかった。進行を止めるため、壊死から十分離れた場所を切ると同時に、可能なかぎり多く根本を切り残しておくのが秘訣《ひけつ》だった。

彼はナイフをつまみ上げ、健全な肉に切り目を入れた。患者は悲鳴を上げて椅子《いす》から立ち上がりそうになった。

「彼を押さえて」

彼は指にぐるりと切れ目を入れ、出血をボロ布で吸い取るためにしばらく手を止めてから、指の健康な部分の両側を細長く縦に切って、指関節に向けて皮膚を注意深くはぎ、二枚の折り返し用皮膚弁を作った。

板を持っていた男が、手を放して吐き始めた。

「板を頼む」ロブは肩を押さえていた男に告げた。場所を替えても問題はまったくなかった、患者はすでに失神していたからだ。

骨というのは容易に切れる物質で、彼が指を切断すると、鋸は強いきしみをたてた。彼は注意深く皮膚弁を刈り込んで、きっちりしすぎて痛みを与えないよう、ゆるすぎて不便にならないようにと、教わったように均整のとれたつけ根を作り、針と糸を手にとって細い縫い目を縫って上手くやってのけた。血がにじんでいたので、つけ根に『万能特効薬』を注いで洗い流した。ロブはうめいている若者を木陰の元気を取り戻せる場所まで運ぶのを手伝った。

その後、矢継ぎばやにくじいた足首を縛り、子供の腕の鎌《かま》で切った深い傷を手当し、頭痛持ちの未亡人に薬を三本、痛風の男性に別の半ダースを売った。彼がうぬぼれを感じ始めていた時、消耗性の病気を患った女性が衝立のうしろにやってきた。

間違いようがなかった。彼女はやせ衰えて肌は蠟《ろう》のようで、頰《ほお》に汗が光っていた。彼は彼女の運命を両手を通して感じ取ってしまい、無理にでも彼女の方を見なければならなかった。

「……食欲がありません」と彼女は言っていた。「何を食べても、どっと吐き出すのではなく、血の混じった大便の形で勢い良く出ていってしまうんです」

彼は彼女の貧弱な腹部に手を置いて瘤《こぶ》のような堅さに触れ、そこへ彼女の掌を導いた。

「横痃《おうげん》です」

「横痃って何ですか、先生」

「健康な肉に育《はぐく》まれることで増殖するしこりです。手の下にたくさんの横痃を感じるでしょう」

「ひどく痛むんです。お薬はありませんか？」と彼女は穏やかに言った。

ロブは彼女の度胸をいとしく思い、どうしても嘘《うそ》をつく気にならなかった。彼は頭を振った。多くの人がお腹に横痃をわずらい、一人残さずその病気で死ぬのだと床屋さんに教えられていたからだ。

彼女が去ったあと、自分は大工になればよかったなどと思っていると、切断した指が落ちているのが目に入った。それを拾い上げてボロ布に包むと、木影で元気を回復しようと横たわっている若者のところへ持っていき、彼の良い方の手に置いた。

彼は、当惑しながらロブを見つめた。「こんなもん、どうしろっていうんです？」

「司祭様はおっしゃっています、失った器官があなたを待っていてくれるように、教会墓地に埋めなさいと。最後の審判の日に、完全な姿で生き返ることができるようにね」

若い男はそれを思い出しうなずいた。「ありがとう、外科医兼理髪師さん」と彼は言った。

＊

ロッキンガムに着いた時、彼らが最初に目にした物は、ワットという名前の軟膏《なんこう》売りの白い髪だった。荷馬車でロブの隣に座っていた床屋さんは、そこで見せ物をもよおす自分たちの権利を他の大道薬売りが先取りしてしまったと、がっかりして不平を漏らした。だが挨拶《あいさつ》を交わした後で、ワットは彼らを安心させた。

「ここでは公演はしないんだ。そのかわり、闘犬《ベイティング》に招待させてくれ」

彼は自分の熊を見せに連れていった。黒い鼻に鉄の輪っかをはめた大きな傷跡のある獣だった。「病弱でまもなく自然に死ぬだろう、そこでクマ君は今夜、私のために最後のひと稼ぎをしてくれるんだ」

「これはバートラム？　僕とレスリングをとった？」とロブは、自分の耳にもよそよそしく聞こえる声色でたずねた。

「いいや、バートラムはずっと前に死んだ、四年前にベイティングでな。こいつは雌で、名前はゴディバさ」とワットは言って、檻《おり》に布をふたたびかけた。

その午後、ワットは彼らの見せ物と、それに続く薬売りを見学した。床屋さんの許可を得て、軟膏売りはお立ち台に上がると、その晩、革なめし場の裏の闘犬場で熊のベイティングが入場料半ペニーでもよおされることを告知した。

*

彼と床屋さんが到着した時には、日が落ち、闘犬場を取り囲んでいる牧草地は、たくさんのトーチの踊るような炎に照らし出されていた。野原は汚い言葉と男たちの笑い声で騒がしかった。調教師が、短い革ひもをぴんとはって口輪をはめた三匹の犬を押しとどめていた。骨張ったぶちのマスティフ、マスティフの小さな親類のように見える赤犬、そして大きなダニッシュ・エルクハウンドだった。

ゴディバがワットと二人の調教者《ハンドラー》に引かれてきた。よろよろ歩きの熊はフードで目隠しされていたが、犬の臭いを嗅《か》ぎつけ、本能的に彼らの方へ顔を向けた。

男たちが彼女を闘犬場の中央の厚い柱に連れていった。頑丈な革の留め具が柱のてっぺんと基部に取りつけられていて、闘犬場長が下の方のセットを使って熊の右うしろ足をつないだ。

ただちに異を唱える声があがった。「上のひもだ、上のひもにしろ!」

「獣の首をつなげ!」

「鼻輪で留めろよ、この大馬鹿野郎!」

闘犬場長は叫び声や罵声《ばせい》には動じなかった。経験豊かだったからだ。「熊は爪《つめ》が抜かれてるんだ。頭を結わえてみろ、見せ物が面白くなくなっちまう。牙《きば》を使えるようにするんだ」と彼は言った。

ワットはゴディバの頭からフードを取って飛び退《の》いた。

熊は明滅する光の中を見渡し、小さな困惑した目で男たちと犬を見つめた。

彼女は明らかに盛りをとうに過ぎた年取った獣で、賭《かけ》の配当率を怒鳴っている男たちが、三対一で犬の勝ちを提示するまでは、ほとんど賭の声はあがらなかった。犬たちは闘犬場のへりに連れてこられると獰猛《どうもう》そうでいい調子に見えたのだ。調教師たちは犬の頭を掻《か》いて、首をマッサージし、それから口輪と革ひもを素早くとって歩み去った。

ただちにマスティフと小さな赤犬は腹をこするように身をかがめ、ゴディバに視線を貼《は》りつけた。うなりながら、彼らは俊敏に空中に突進し後退した。熊の爪がないことにまだ気づいておらず、それを怖れ注意していたからだ。

エルクハウンドは闘犬場の外周を軽やかに回り、熊は肩越しに神経質な一瞥《いちべつ》を投げた。

「あの小さな赤犬を見てろよ」とワットがロブの耳に大声で叫んだ。

「一番怖くなさそうだ」

「奴《やつ》は非凡な血統なんだ、闘犬場で雄牛を殺すようにマスティフと掛け合わされて生まれたんだからな」

熊は目をぱちくりさせて、柱に背中をもたせてかけて、うしろ足で直立した。ゴディバは混乱しているようだった。彼女は犬たちの本気の威嚇《いかく》を見てはいたが、芸当をする動物なのでつなぎ縄や人間たちの叫び声に慣れていて、闘犬場長の意に叶《かな》うほど十分いきり立ってはいなかった。男は長い銛《もり》を拾い上げて彼女の皺《しわ》のよった乳房の一方をぐいっと突いて、黒ずんだ乳首を切り取った。

熊は痛がって吠《ほ》えた。

それに勇気づけられてマスティフが飛び込んだ。彼が食いちぎりたかったのは柔らかい下腹部だが、熊は向きを変え、犬の恐ろしい歯は彼女の左腰臀部《でんぶ》に食い込んだ。ゴディバはうなって強打した。もし幼獣の頃に残酷にも爪が引き抜かれていなかったら、マスティフは腹を割かれていただろうが、熊の足は無害にかすっただけだ。犬は予期したような危険がないのを感じ取って、獣の皮と肉を吐き出し、血の味で逆上してさらに血を求めて立ち向かった。

小さな赤犬はゴディバの喉《のど》めがけて空中に飛んだ。彼の歯はマスティフのと同じくらい恐ろしかった。長い下顎《したあご》と上顎がぴったり締まって食らいつき、木から大きな熟した果実がぶら下がるように、熊の鼻面の下にぶら下がった。

ついにエルクハウンドが今だと判断して、左手からゴディバに躍り込み、攻撃したい一心でマスティフをよじ越えた。ゴディバの左耳と左目が猛烈な一撃の嚙《か》みつきで食いちぎられ、痛めつけられた頭を振ると深紅の小片が飛び散った。

赤いブルドッグは厚い毛皮とだぶだぶの皮膚の大きなひだに、がっぷりと食いついていた。そのしっかり食い込んだ顎は熊の喉笛を容赦なく締めつけたので、彼女は何とか空気を吸おうとしはじめた。そして今、マスティフは彼女の腹を見つけて引き裂こうとしていた。

「つまらん闘いだな」とワットは失望して怒鳴った。「もう犬の勝ちだ」

ゴディバは大きな右手をマスティフの背中に振り下ろした。犬の背骨が折れる音は他の音にかき消されて聞こえなかったが、瀕死《ひんし》のマスティフは砂の上をのたうちまわり、熊はエルクハウンドに牙を向けた。

男たちは大喜びして湧《わ》いた。

エルクハウンドはほとんど闘犬場の外へ飛び出す勢いで投げ出され、崩れ落ちた。喉を引き裂かれていた。ゴディバは、自分とマスティフの血を浴びせられて一段と赤くなった一番小さな犬を手でたたいた。頑強な顎はゴディバの喉にしっかり食い込んでいた。熊は立ってふらふら揺れながら、前脚を折り曲げて押しつぶすようにはさみつけた。

小さな赤犬が気絶してやっと顎がゆるんだ。最後に、熊はブルドッグを柱に何度も何度もこすりつけて、取り外したネジのように踏み荒らされた砂に落とした。

ゴディバは死んだ犬たちのかたわらに四肢を放り出して倒れたが、犬たちには見向きもしなかった。彼女はもだえて震えながら、肉が露出し、血が流れている傷をなめはじめた。

見物人たちが賭け金を払ったり回収したりする声でざわついた。「早すぎた、早すぎだぜ」とロブの隣の男がぼやいた。

「いまいましい獣はまだ生きてんだから、もう少し楽しめるだろうが」と別のが言った。

酔った若者が闘犬場長の槍《やり》を拾い上げ、背後から肛門《こうもん》をついて、ゴディバをせき立てた。男たちは熊がわめいてぐるぐる回るのをはやし立てたが、すぐに足のつなぎ紐《ひも》でひっぱられてしまった。

「もう一方の目だ」と誰かが人混みのうしろで叫んだ。「もう一方の目をつぶせ！」

熊はふたたび二本の脚でよろよろと立ち上がった。熊は良い方の目で、反抗的だが運命を悟ったような穏やかな目で彼らを見すえた。ロブは、ノーサンプトンで消耗性の病気で彼のもとへやってきた、あの女性を思い出した。酔っぱらいが槍の尖端《せんたん》で巨大な頭を突こうとしたその時、ロブは彼の所へ行って手から槍をもぎとった。

「何やってんだこら、この大馬鹿野郎！」床屋さんがロブに鋭く叫び、彼のあとを追った。

「いい子だね、ゴディバ」とロブは言った。槍を水平に構えて、裂けた胸に深く突きさすと、ほぼ一瞬にしてゆがんだ鼻面の端から血がほとばしった。

男たちの間から、犬たちが相手を追いつめていった時に出したうなり声と似た音が湧《わ》き起こった。

「奴は興奮して変になってるんだ、我々に任せてくれ」と床屋さんは即座に叫んだ。

ロブは、闘犬場の外の光の輪の向こうへと、床屋さんとワットにつまみ出されるままになっていた。

「この図体だけでかい床屋の助手は、どこまでアホな野郎なんだ?」とワットが怒って詰め寄った。

「私にも、さっぱりわからん」と床屋さんは、雄牛の鳴き声のような音をたてて息をした。近頃、彼の呼吸は荒くなっている、とロブは実感していた。

トーチの光の輪の中で、闘犬場長がベイティング用のアナグマが残っている、となだめるように発表すると、不平の声が熱狂的な喝采《かっさい》に変わった。

床屋さんがワットに謝っている間に、ロブは立ち去った。

床屋さんが足を踏み鳴らして帰ってきた時、ロブは火の横の荷馬車の近くに腰かけていた。床屋さんは酒の瓶を開けて半分飲み干した。それから、火の反対側に作った自分の寝床にどさりと倒れて、にらみつけた。

「お前は、どアホウだ」と彼は言った。

ロブは微笑《ほほえ》んだ。

「もし賭け金が精算されてなかったら、奴ら、お前を血祭りに上げて、私でもかばってやれなかったんだぞ」

ロブは自分が寝ている熊皮に手を伸ばした。毛皮はますますボロボロになり、まもなく捨てられてしまうだろう、とそれをなでながら思った。

「じゃあ、お休みなさい、床屋さん《バーバー》」と彼は言った。

第十六章　武　器

ロブ・Jと仲違《なかたが》いするようになるとは、床屋さんにも思いもよらなかった。十七歳の元弟子は仕事に打ち込み、愛想が良く、チビすけの頃のままだった。

魚売り女のように給与商談をすすめたことを除いては。

雇われて最初の年の終わり、ロブは二十分の一の代わりに、十二分の一の分け前を要求した。床屋さんは不平をこぼしながらも、最後には同意した。ロブはあきらかに、もっと大きな見返りに値したからだった。

床屋さんは、彼がほとんど賃金を使わないのに気づき、武器を買うためにお金を貯めているのだと知っていた。エックスマウスの居酒屋でのある冬の夜、植木屋がロブに短剣を売りつけようとした。

「どう思う？」とロブは床屋さんに手渡しながらたずねた。

それは植木屋向けの武器だった。「刃がブロンズだから欠けてしまう。柄《つか》はまあまあかもしれんが、取っ手がけばけばしく塗られているのは傷を隠すためかもな」

ロブ・Jは安物のナイフを返した。

春に出発すると、彼らは海岸線を旅し、ロブはスペイン人を見つけに港の波止場に足繁く通った。最上の鋼の武器はスペインから来るからだ。しかし内陸へ向かわねばならない時までに何も買うことはできなかった。

　七月はノーサンバーランドで迎えた。ブライズ町区では、その「心浮き立つ」を意味する村名と彼らの気持ちは相反するものとなった。ある朝目覚めてみると、インシテイタスが、硬くなって息をせずに近くの地面に横たわっていたのだ。

　ロブは立ち上がって死んだ馬をつらそうに見つめ、床屋さんは悪態をついて気持ちを発散させた。

「病気で死んだと思う？」

　床屋さんは肩をすくめた。「昨日は何も兆候がなかったが、歳取っていたからな。ずっと昔、こいつを手に入れた頃、すでに若くなかったからなぁ」

　インシテイタスを犬やカラスの喰《く》いものにされたくなかったので、ロブが半日かけて地面をシャベルで掘って切り開いた。彼が大きな穴を掘っているあいだ、床屋さんはかわりの馬を捜しに出かけた。彼らにとって馬は極めて重要なので、一日かけて大枚をはたいた。最終的に、まだ三歳で完全に成長しきっていない、顔面に白斑《はくはん》のある茶色い牝馬を買った。

「彼女もインシテイタスと呼ぼうか？」と彼はたずねたが、ロブは頭を振った。二人は『馬』以外の名前では決して彼女を呼ばなかった。彼女は歩調はしとやかだったが、最初の朝、蹄鉄《ていてつ》を落としてしまい、新しくつけ直すためにブライズに引き返すことになった。

　鍛冶屋《かじや》はダーマン・ムールトンと言った。剣を仕上げているところだったのに気づいて、彼らは目を輝かせた。

「いくらだい？」ロブは、床屋さんの慎重な交渉好みからすると、性急すぎる口調で訊《き》いた。

「これは売約済みだ」と熟練工は言ったが、手にとってバランスを確かめさせてくれた。それは一切装飾を施していないイングランドの広刃の剣で、鋭く軸が通って立派に鍛えられていた。床屋さんがもっと若くてこれほど分別がなかったなら、なにがなんでも手に入れようとしただろう。

「これとそっくり同じの、それに揃《そろ》いの短剣でいくらになる?」

総額はロブの年収を上回った。「注文するんなら、今、半分を前払いしてもらうよ」とムールトンは言った。

ロブは荷馬車に行って巾着《きんちゃく》を持って戻ってくると、即座にその金を支払った。

「一年後に、武器を受け取りに戻ってきて残りを払うよ」と彼が言うと、鍛冶屋はうなずいて、武器は用意しておくと告げた。

＊

インシテイタスを失ったとはいえ、彼らは実入りの多い季節を楽しんだ。しかし、もう少しで一年が終わる頃、ロブは六分の一を請求した。

「私の収入の六分の一だと！　十八にもならない若造に?」床屋さんは心底憤激したが、ロブは彼の爆発を冷静に受け流し、それ以上は何も言わなかった。

年一度の契約日が近づくにつれ、やきもきしたのは床屋さんの方だった。自分が抱えている職人によってどれだけはなはだしく経済状態が向上したか承知していたからだ。

センプリンガムの村で、一人の女性患者が友人に注意するのを床屋さんは耳にした。「若い方の床屋さんが待ってる列に並ぶのよエドバーガ、衝立《ついたて》のうしろであんたに触ってくれるんだってさ。彼は癒《いや》しの手を持ってるんだってさ」

彼は『特効薬』をどっさり売ってるんだってさ、と床屋さんは心の中でもじって連想した。実際、若い男の衝立の方に常により長い列ができても、床屋さんは苛立《いらだ》ってはいなかった。雇用主の立場にしてみれば、ロブ・Jは金の卵だった。

「八分の一だ」と最終的に彼は提示した。

ごり押しされれば彼は六分の一を出しただろう。しかし、ロブがうなずいたので、床屋さんはホッとした。

「八分の一で妥当でしょう」とロブは言った。

＊

『老人』は床屋さんの想像力から生まれた。常に見せ物を改善しようと努めている彼は、『万能特効薬』を飲んで、片っ端から目にした女性のあとを追いまわす年取った好色家を思いついたのだ。

「で、お前が彼を演じなさい」と彼はロブに告げた。

「僕は大きすぎる。それに若すぎるよ」

「だめだ、お前が演《や》るんだ」と床屋さんは頑強に言った。「私は太りすぎてるから、ひと目で正体がばれてしまう」

二人とも、長いこと年取った男たちを観察して、彼らがいかに骨折って歩くか、どんな身なりをしているのかを研究し、年老いた人々が話すのに耳を傾けた。

「命が消えつつあるのを感じるのは、どんな気分か想像するんだ」と床屋さんは言った。「お前は、いつまでも精力的に女性を相手にできると信じているかもしれんが、年を食ってそれができない状態を考えてみるんだ」

彼らは白髪のカツラとお揃《そろ》いのつけ髭《ひげ》を作った。ロブの顔に皺《しわ》を作ることはできなかったが、床屋さんは長い年月太陽と風にさらされて、乾燥してきめの粗い年老いた皮膚を真似て化粧をほどこした。ロブは長い身体を曲げ、右脚を引きずって、ぎこちない歩き方を練習した。話す時には少し引け目を感じているかのように、声を高くして口ごもった。

『老人』はボロボロのコートに身を包んで、テドキャスターではじめて姿を現した。床屋さんが『万能特効薬』の著しい再生パワーを演説しているところへ、彼は骨折ってよろよろ歩いてきて一瓶買った。

「さだめし、金をどぶに捨てる馬鹿をみるんじゃろ、この年取った愚か者は」と乾いて年取った声が言った。入れ物をいくらか手間取って開けると、その場で薬を飲んで、あらかじめ金を握らせて指示しておいた酒場女中のかたわらへと、ゆっくりと歩いていった。

「おお、あんたきれいだねえ」と彼はため息をつき、その娘は当惑したように急いで視線をはずした。「ひとつ頼みを聞いてくれんかね、お前さん?」

「私にできることなら」

「私の顔に手を置いてくれるだけでいいんじゃ。ただ、年老いた男の頬《ほお》に柔らかな暖かい掌《てのひら》をな。おおお」彼女がはにかんで応じると、彼は息をついた。

彼が目を閉じ、女の指にキスすると、忍び笑いが起こった。

たちまち彼は目をかっと見開いた。「神聖なる聖アントニウスの名にかけて」と彼は漏らした。「おお、ものすごい効き目じゃ」

彼はできるだけ急いでお立ち台によたよたと戻った。「もう一本もらおうじゃないか」と彼は床屋さんに告げ、一気に飲んだ。今度は、彼が戻ってくると酒場女中は逃げ、彼はあとを追った。

「わしはあんたの僕《しもべ》だ」と彼は熱心に言った。「愛しい人……」前かがみになりながら、彼は彼女の耳元にささやいた。

「まあ、旦那《だんな》、そんなことおっしゃっちゃいけません!」彼女はふたたび移動し、彼があとを追うと聴衆は笑い転げた。

しかし、数分後、『老人』が酒場女中と腕を組んでよろよろ立ち去ると、彼らは見たか見たかと納得の声を上げ、まだ笑いながらも、ペニー硬貨を握って床屋さんのもとへ急いだ。

＊

ついに、彼らは『老人』の相手を演じてくれる女性を雇う必要はなくなった。ロブはすぐに、聴衆の中の女性たちを巧みに操ることをおぼえたからだ。彼は、お堅い女に気分を害させてしまい、アプローチを諦《あきら》めねばならない潮時も心得ていたし、きわどいお世辞を言ったり、ちょっとつねったりしても、冒瀆《ぼうとく》されたようには受け取らない、もっと大胆な女性も見分けることができた。

リッチフィールドの町でのある夜、彼は『老人』に扮装《ふんそう》してパブに行き、わけなく色恋の思い出話で酒飲みたちを笑い転げさせ、目をぬぐわせた。

「かつて、わしは好色家じゃった。ぽっちゃりした美人とヤッたのを鮮明に思い出すよ……髪は黒い羊毛のようで、乳を吸いたくなるような乳首でな。心地よい茂みは黒い白鳥の綿毛のようだった。かたや反対の壁際では彼女の恐ろしげな父親が、わしの半分くらいの歳のがな、何も気づかずぐっすり寝ておった」

「で、その頃あんたは何歳だったんだい、ご老人？」

彼は震えている背中を注意深くまっすぐに起こした。「今より三日若かったのう」と彼は乾いて濁った声で言った。

夜通し、馬鹿者たちは先を争って彼に酒をおごった。

その夜、床屋さんは初めて、自分が支えられて帰るかわりに助手が野営地に戻るのに手を貸した。

＊

床屋さんは食べることに慰安を求めた。彼は肥育鶏を串焼きにし、家鴨《あひる》をベーコンで巻き、家禽《かきん》をむさぼり食った。ウスターで二頭の牛を殺しているところへ出くわし、その舌を買った。

ここが美味《うま》いんだ！

彼は大きな舌をざっと茹《ゆ》でてから、余分な部分を切って皮をはぎ、それからタマネギと野生のニンニクとカブと一緒に、外側が甘くグレースされてカリカリになり、内側が柔らかくてほとんど嚙《か》む必要がないようになるまで、タイムを漬けた蜂蜜《はちみつ》と溶けたラードをかけながらローストした。

ロブは、新しい居酒屋を見つけ、年取った間抜け野郎を演じたくて気がせいて、美味《おい》しく芳《ほう》醇《じゅん》な食べ物をろくに味わえなかった。新しい場所ごとに、酒飲みたちはしきりに彼におごり続けた。彼がエールやビールが一番好きなのを床屋さんは知っていたが、やがて、蜂蜜酒《ミード》でもピメントでもモラトでも——そこにある物なら何でも——受け入れるようになっているのを、不安げに悟った。

床屋さんは、ロブの痛飲が自分自身の札入れに損害を与える兆候はないか、きっちりと警戒した。しかし、前夜にどれほどむかついたり、ぐでんぐでんに酔っぱらおうと、一つの項目を除けば、ロブはすべてをそれまでと同じようにこなしているようだった。

「衝立の裏に患者が来る時に、手を取っていないようだな」と床屋さんが言った。

「あなたもでしょ」

「贈り物に恵まれてるのは、私じゃないんだ」

「贈り物ね！　贈り物なんてないって、いつも言い張ってたくせに」

「今では贈り物が存在すると考えている」と床屋さんは言った。「飲酒はそれを鈍らせてしまうと私は思う。そして、酒の常飲でその能力は消え失せているとな」

「すべて僕たちの想像の産物ですよ、あなたが言ってたようにね」

「よく聴くんだ。贈り物が消え失せてしまっていようといまいと、患者がお前の衝立のうしろに来る時にはその人の手を取るんだ。みんな、それを好むからだ。わかったな？」

ロブ・Jは、ぶすっとしながらうなずいた。

次の朝、樹木の茂った小道で、彼らは鳥撃ちに出会った。彼は種を埋め込んだ鳥もちをつけた長い先割れ棒を持っていた。鳥たちがその餌《えき》をついばみに来ると、ロープを引っ張って足元《た》の割れ目を閉じて鳥を捕らえるのだ。彼はその装置にとても長けていたので、ぐるりとベルト全体に小さな白い千鳥がぶら下がっていた。床屋さんはその群れを買った。千鳥はとても扱いがむずかしく、一般的には腸を抜かずに焼くが、床屋さんは味にうるさかった。小さな鳥のそれぞれの臓物を抜き取って毛をむしり、忘れ得ぬ朝食をこしらえ、ロブの極めて不吉な顔つきでさえ明るくなった。

グレートバーカムステッドで、彼らは十分な数の聴衆の前で余興を演じ、たくさんの薬を売った。その夜、床屋さんとロブは仲直りするために一緒に居酒屋に行った。初めのうち、すべては上手く進んでいたが、かすかに苦いクワの実の味がする強いモラトを飲んでいるうちに、床屋さんはロブの目つきが爛々《らんらん》とすわってくるのを見て、自分自身の顔もそんなふうに赤くなっているのだろうかと思った。

ほどなくして、ロブは大きくたくましい木こりにわざとからんで侮辱した。二人とも同じくらいの体格で、たちまち、彼らはお互いに半殺しにしてやろうといきり立った。モラトで麻痺《まひ》しながら、彼らは詰め寄って立ち、口論は獰猛《どうもう》な真剣さ、一種の狂気を帯びていた。モラトで麻痺しながら、彼らは詰め寄って立ち、渾身《こんしん》の力を込めて拳《こぶし》や膝《ひざ》や脚で何度も何度も殴りあい、その殴打と蹴《け》りはオークに振り下ろすハンマーのように響いた。

最後にへとへとになった彼らを、小さな大勢の仲裁たちがなんとか引き離すと、床屋さんはロブ・Jを連れ去った。

「酔っぱらいの馬鹿野郎が！」

「自分はどうなんだ」とロブは言った。

怒りに震えながら、床屋さんは座って自分の助手を見つめた。

「なるほど、私も酔っぱらいの馬鹿野郎かもしれん」と彼は言った、「だが私は常にトラブルを避ける術をわきまえてきた。いまだかつて毒を売った事は一度もない。呪《のろ》いをかけたり邪悪な気分に陥らせる呪術《じゅじゅつ》とはなんの関係もない。私はただ、大量の酒を買って小さな瓶を良い儲《もう》けで売りさばけるように余興をもよおすだけだ。いかに問題を起こさないでいられるかに生活がかかってるんだ。したがって、お前は愚行をやめねばならん。拳は握らないようにしておけ」

彼らはお互いににらみ合ったが、ロブはうなずいた。

その日から、秋へと渡っていく鳥たちと競争して南へ移動しながら、ロブはほとんど自分の意志に反して床屋さんの命令に従っているようだった。床屋さんは、ロブの古傷を広げるだろうと予測して、ソールズベリー縁日を迂回《うかい》することを選んだ。ソールズベリーのかわりにウィンチェスターに野営したのだが、彼の努力のかいもなく、その夜ロブは千鳥足でキャンプファイヤーに戻ってきた。顔は打撲傷の様相をていし、喧嘩《けんか》してきたのはあきらかだった。

「今朝、お前が荷馬車を操っているあいだに修道院に通りかかったのに、停めてラナルド・ラヴェル神父と弟の安否をたずねなかったな」

「たずねても無意味だもの。どこで訊《き》いたって、彼らを知ってる人は一人もいやしないんだ」

ロブは自分の妹アン・メアリーやジョナサンや、最後に見た時に赤ちゃんだった弟のロジャーを探すことについても、何も口にしなくなっていた。

諦めて兄弟たちを忘れようとしているんだ、もがき苦しみながら、と床屋さんは心の中で思った。それはまるで、ロブが熊に姿を変えて、あらゆるパブへ出かけて行っては、ベイティングされるように自分を差し出しているかのようだった。たちの悪さが雑草のように彼の中でのびていき、彼は弟や妹のことが心に浮かんだ時にさいなまれる痛みを追い出すために、飲酒と争いでもたらされる痛みを歓迎した。

子供たちを失ったことを、ロブが受け入れるのが健全なことなのかどうか、床屋さんは決めかねていた。

＊

その冬は、彼らがエックスマウスの小さな家で過ごしたうちで最も不愉快な冬だった。最初のうち、彼とロブは一緒に居酒屋へ行った。たいていは飲んで地元の男たちと雑談を交わして、それから女性を見つけて家に連れ帰った。しかし、彼は若い男の衰えない性欲にかなわないだけでなく、驚いたことに、そうしたいとも思わなかった。今や、横になったまま、影を見て耳を傾け、後生だから早く片づけて黙って眠ってくれ、と願っているのは床屋さんの方だった。

その年はちっとも雪が降らず、絶え間なく雨が降り、じきに雨だれの音が耳につき気分を害させた。クリスマスの週の三日目に、ロブは烈火のように怒って帰ってきた。

「あのいまいましい酒場の主人め！　エックスマウス亭から締め出しやがって」

「もっともな理由なしにか？　きっとだな？」

「喧嘩《けんか》さ」とロブは顔をしかめて、ぶつぶつ言った。

ロブは家でより多くの時間を過ごすようになったが、以前にも増して不機嫌で、それはたいてい、床屋さんも同じだった。彼らは長い会話も楽しい会話も交わさなかった。床屋さんはたいてい、寒々とした季節のおなじみの解決策をとって飲んでいた。可能な時には、冬眠している獣たち

を見習って寝た。起きている時は、贅肉《ぜいにく》が自分を弱らせるのを感じ、息がヒューヒューロから
しゃがれて出てくるのを聞きながら、たわんでいるベッドに大きな岩のように横たわっていた。

彼は、多くの患者の息づかいが自分のよりもましな音だったと、悲観的に考えた。

そうした不安にさいなまされて、脂っこい肉に寒さと悪い予感を防ぐ力を求め、彼は一日に一度ベッドから起き出して膨大な量の食事を調理した。たいがいはベッドの隣には、栓を開けた酒瓶と、冷めて油が固まってしまった子羊肉の大皿を抱えていた。ロブはまだ、気分が向いた時には家を掃除していたが、二月の頃には住まいはキツネの巣のように臭《にお》っていた。

彼らは心から春を歓迎し、三月には荷馬車を荷造りしてエックスマウスを出て、ソールズベリー平野を横切り、汚れた奴隷たちが鉄や錫《すず》を取り出すために石灰岩や泥灰質《チョーク》を掘り進んでいる、低い傾斜地を通って移動した。奴隷キャンプには停まらなかった。そこでは半ペニー銅貨一枚稼げないからだ。ウェールズとの国境地帯をシュールズベリーまで旅して、そこからトレント川を見つけて川伝いに北東へ進む、というのが床屋さんの意向だった。彼らは今ではなじみとなった、すべての村や小さな町で停まった。『馬』はインシテイタスが示したように、活気を帯びた跳ねるようなステップを踏みはしなかったが、きりっと美しく、彼らはたてがみをたくさんのリボンで飾ってやった。商売はたいがい、とても上手くいった。

ホープアンダーディンモアで、手の器用な皮職人を見つけ、ロブは約束の武器を納めるための柔らかい革の鞘《さや》を二つ買った。

ブライズに到着すると、彼らはすぐさま鍛冶屋に行った。ダーマン・ムールトンは満足げな挨拶《あいさつ》で迎えた。腕の良い職人は店のほの暗い奥まった所にある棚の所へ行って、柔らかい動物

の皮で包んだ二個の包みを持って戻ってきた。

ロブはそれらをもどかしげに解き、息をのんだ。

広刃の剣は、前年に彼らがあれほど感心したのよりも素晴らしい、と言っても過言ではなかった。短剣は均一に鍛えられていた。ロブが剣に大喜びしているあいだ、床屋さんはナイフを持ち上げて、その絶妙なバランスを確かめた。

「鮮やかな仕事だ」と彼はムールトンに告げ、彼はその賛辞を言葉通り受け取った。

ロブは各々の刃を自分のベルトの鞘《さや》にすべり込ませ、慣れない重みを試した。彼は両手を柄《つか》にかけ、床屋さんは彼をじっと見つめずにはいられなかった。

彼には風格があった。十八にして彼はとうとう完全に成長しきり、床屋さんより手の差し渡し二個分高くそびえていた。肩幅が広く細身で、茶色の波打った長い髪に、海よりももっとくるくる気分を変えるつぶらな青い瞳《ひとみ》、骨太の顔と、いつもきれいに剃刀《かみそり》を当てている四角い顎《あご》をしていた。彼は鞘から、自由に生まれた身分を公然と示す剣を半分引っぱり出し、それからふたたびすべり込ませた。見守りながら、床屋さんは自尊心のおじけと、名状しがたい強烈な憂慮を感じた。

それを恐れと呼んでも、間違いではなかっただろう。

第十七章　新たな取り決め

初めて武器を携えてパブに足を踏み入れた時――それはベヴァリでのことだった――ロブは違いを感じた。男たちが敬意を表して受け入れるどころか、自分のことをもっと注意深く見つめ、もっと警戒したからだ。お前も、もっと注意深くあらねばならない、と床屋さんは口を酸っぱくして言い続けた。暴力的な怒りは、聖母教会の八つの死罪の一つだったからだ。

ロブは代官の部下に宗教法廷へひったてられれば何が起こるのか、耳にたこができるくらい聞いて飽き飽きしてきたが、床屋さんは、容疑者が熱した岩や白熱した金属を握らされたり、煮え立つ湯を飲むことで潔白を試される、神盟裁判による審理の様子をくり返し描写した。

「殺人の有罪判決がでれば、つるし首か打ち首だ」床屋さんは容赦なく言った。「よく誰かが人間屠殺《とさつ》をする時は、革ひもが踵《かかと》の腱《けん》の下に通され、荒々しい雄牛の尻尾《しっぽ》に結びつけられる。獣はそれから死ぬまで犬たちに狩り回されるんだ」

やれやれ、とロブは思った、床屋さんはため息まじりの完璧《かんぺき》な心配性の年輩女性になっちまってるな。僕が外で人を殺すとでも本気で思ってるんだろうか？

フルフォードの町で、彼は父親の仕事仲間がテムズ川からさらって以来、持ち歩いていたローマの硬貨をなくしたのに気づいた。このうえなくムッとした気分で、彼は自分の肘《ひじ》を押したあばたのスコットランド人に簡単に挑発されるほど飲んだ。謝るかわりにそのスコットランド人は、ゲール語で汚らわしい文句をつぶやいた。

「英語をしゃべれよ、このいまいましいチビ」そのスコットランド人は力強く鍛え上げてはいるものの、自分よりも頭二つ分小さかったので、ロブはそう怒鳴った。

床屋さんの警告は的中しそうだった、彼は自分の武器の締め金をはずす気になったからだ。スコットランド人も同じように反応し、お互いに取っ組み合った。男は上背がないにもかかわらず、両手両脚の動きが信じられないほど巧みで、ロブはひどく驚いた。素早い蹴《け》りは肋骨《ろっこつ》を割り、それから岩のような拳《こぶし》が、嫌な音とひどい激痛をともなってロブの鼻を砕いた。

ロブはうめいた。「野郎」と彼は喘《あえ》ぎながら言い、痛い目にあわせてやる、とかっとなって全力を振りしぼった。彼は、スコットランド人が十分にへばってお互いに引き離されるまで、かろうじて持ちこたえた。

巨人の一団に襲われ、情け容赦なくたたきのめされたような気分と様子で、彼は野営地によたよた戻った。

床屋さんはぴしっと音をさせて鼻軟骨をすえ、あまり丁寧にしてくれなかった。すり傷や打撲傷に酒をこすりつけたが、アルコールより彼の言葉がもっとチクチク刺さった。

「お前は岐路に立ってるんだ」と彼は言った。「お前は商売を覚えた。頭の回転も速く、成功しない理由は見当たらん、お前自身の心のあり方以外はな。今の道を進み続けたら、じきに見込みのない大酒飲みになるだろうよ」

「自分自身が酒で死にかかってるような人に、そんなことを言われるとはな」とロブは軽蔑《けいべつ》するように言った。彼は腫《は》れ上がって血のにじんだ唇に触れながらうめいた。

「お前は酒で死ぬまで生きながらえるかな」と床屋さんは言った。

＊

いくら懸命に探してもローマの硬貨は見つからなかった。彼を子供時代とつなぎとめてくれる残った唯一の所持品は、父親がくれた矢尻《やじり》だった。彼はその石器に穴をあけて、短い鹿革のひもを通して首に結んだ。

その図体と板に付いた武器姿に加え、様々な段階に変色してわずかに傾いだまだらな鼻のせいで、今や男たちは彼に道をあけがちだった。おそらく、鼻をすえつけた時、床屋さんは怒りのあまり最善をつくさなかったらしく、鼻は二度とまっすぐにはならなかった。

肋骨は息をするたびに数週間も痛んだ。ロブはノーサンブリア地方からウェストモアランドへ旅し、それからふたたびノーサンブリアに戻るあいだまで節制した。喧嘩になりやすいパブや居酒屋に寄りつかず、荷馬車と晩の焚《た》き火の近くに留《とど》まった。町から遠くに野営する時はいつも、薬を試飲するようになり、メテグリンの味を覚えた。しかしある夜、自分たちの貯《たくわ》えをしこたま飲んだ時、ネックの部分にBの文字をひっかいておいた小瓶を開けようとしているのに気づいた。それは床屋さんの敵となった人々に仕返しするための、小便を混ぜた『特製品』の容器だった。身震いしながらロブは瓶を投げ捨てた。以来ずっと、彼は町で停まった時に酒を買って荷馬車の隅に入念に積み込んでおいた。

ニューカッスルの町で、彼は傷跡を隠してくれるつけ髭《ひげ》に慰安を求め、『老人』を演じた。彼らは多くの聴衆を集め、たくさんの薬を売った。見せ物のあとで、ロブは衝立《ついたて》を組み立てて、診察を始められるように変装を脱ごうと荷馬車の陰にやってきた。そこにはすでに床屋さんがいて、背の高い骨ばった男と言い争っていた。

「俺《おれ》は、ダーラムであんたらをじっくり見せてもらって、ついてきたんだ」と男は言っていた。「あんたらは、行く先々で人混みを引き寄せる。人混みこそ俺に必要なもんなんだ、そこでだ、一緒に旅して全部の稼ぎを山分けってのはどうだい」

「お前に稼ぎなんかないだろう」と床屋さんは言った。

男は微笑《ほほえ》んだ。「あるさ、俺は辣腕《らつわん》だからな」

「お前はケチな巾着《きんちゃく》切りだ、いつか見知らぬ人のポケットに忍ばせた手をつかまえられて、それで一巻の終わりさ。私は泥棒と手を組む気はない」

「選《よ》り好みできる立場かね」

「彼が決めることだ」とロブが言った。

男はロブを鼻にもかけずにちらりと見た。「黙ってな、じじい、みんなの注目を集めて痛い目にあわされるのが落ちだぜ」

ロブは彼の方へ歩み寄った。スリの目はびっくりして見開かれ、服の中から長細いナイフを抜いて二人の方へちらちらと動かした。

ロブの鋭い短剣は、ひとりでに鞘《さや》を離れて男の腕にすべり込んだかのように見えた。彼は力を意識しなかったが、突きに力がこもっていたらしく、尖端《せんたん》が骨に当たってきしるのを感じた。肉から刃を引き抜くと同時に血が噴き出した。ロブはあんなに痩《や》せこけた人間の腕からこんなにもドッと血糊《ちのり》が現れたのに仰天した。

スリは傷を負った腕を押さえて、あとずさりした。

「戻ってこい」と床屋さんが言った。「止血してやる。これ以上痛い目にあわせたりはしない」

しかし、男はすでに荷馬車のまわりをじりじり進み、次の瞬間あわてて逃げ出した。

「あれだけ血が出てれば嫌でも目につく。この町に代官の部下たちがいたら彼を引き留め、奴《やつ》は我々の所へ案内してくるだろう。すぐにここを発たねばならん」と床屋さんは言った。

＊

二人は患者たちの死を怖れた時のように逃げ出し、追跡されていないことが確かになるまで止まらなかった。

ロブは着替えるには疲れすぎていて、まだ『老人』の扮装《ふんそう》をしたまま、火をおこしてかたわらに座り、昨日の食事の冷えたカブを食べた。

「我々は二人だったんだ」床屋さんはうんざりしたように言った。「あんな奴、追い払えただろうに」

「奴には、痛い授業が必要だったんだ」

床屋さんは彼に顔を向けた。「聞くんだ」と彼は言った。「お前は危険人物になってしまった」

ロブは不公平な誤解に、頭をあげてつんとした。床屋さんを守ろうとしたのに。新たな怒りがふつふつと湧《わ》き起こるのを彼は感じた。そして古い恨みも。「あなたは僕のために一度だって危険を犯したことなんてなかった。我々の金をひねり出してるのは、もうあなたじゃない。僕なんだ。僕はあの泥棒が盗みの指で集めてくるよりたくさん、あなたのために稼いでるんだ」

「危険人物で足手まといだ」と床屋さんは愛想がつきたように言って、顔を背けた。

＊

彼らは経路の最北端に達し、居住者たち本人も自分たちがイングランド人かスコットランド人かさだかでない、国境の村に停まった。二人は観客の前では冗談を言いあい、見かけは息があっていたが、お立ち台の上でない時には、冷たい沈黙が流れた。会話を交わそうとすればすぐに口論になった。

床屋さんがあえて小言を言う時代は過ぎ去ったが、酔っぱらうといまだに、警告でも何でもない、実にひどい口汚い言葉を投げつけた。

ランカスターでのある夜、月の光に彩られた霞《かすみ》が青白い煙のようにたれ込める湖の隣にキャンプを張った彼らは、小さな蝿のような虫の大群に悩まされ、酒を飲むことに慰安を見出した。

「いつだって、気がきかないくせに図体だけデカイ田舎者だったな。若き肥溜《こえだ》め閣下殿」

ロブはため息をついた。

「私は孤児になったドアホウを引き取って、箸《はし》にも棒にもかからん奴に……鍛えちまったんだ……」

いつか近いうちに、一人で外科医兼理髪師を開業してやる、とロブは心に決めた。もう長いこと、床屋さんとは道を分かたなければならないという結論に達していた。

彼は酸味の強い葡萄酒《ぶどうしゅ》をたくさん貯蔵している商人を見つけ、大量に買い置きしてあった。飲んで、イライラする声を耳から追い出そうとした。だが声は続いた。

「……手先が不器用なうえに飲み込みも遅いときた。奴に投げ物《ジャグリング》を教えるのにどれだけ苦労したか！」

まもなくロブは、グラスに酒をつぎ足しに荷馬車の中へはうように入っていったが、堪らない声が追ってきた。

「俺にも一杯取ってこい」

しみったれの手前自身で取りやがれ、と彼はすんでのところで言い返しそうだった。そのかわり、抑え切れない考えに取りつかれ、彼は『特製品』の瓶がしまってある場所へ忍び足で行った。

一本取ると、目の前に持ってきてその瓶のひっかき傷を確かめた。それから荷馬車からにじり下りて、陶の瓶の栓を抜いて太った男に手渡した。

邪悪だ、と彼はおそるおそる考えた。でも、何年にもわたってあれほど多くの人たちに『特製品』を与えてきた床屋さんに比べれば、ちっとも邪悪じゃないさ。

彼は床屋さんが瓶を取って首をうしろに傾け、口を開けて唇にあてがうのを、魅せられたように眺めた。

まだ良心を取り戻す時間はあった。床屋さんを止めるんだ、という自分の声を聞いたような気がした。瓶の飲み口が割れていると言って、印のついていないメテグリンの瓶と交換すればいいのだ。

しかし彼は沈黙を続けた。

瓶のネックが床屋さんの口に入った。

飲み下しちまえ、とロブは心の中で残酷にせき立てた。

床屋さんが飲むのにあわせて、肥満した首がぶるぶる揺れた。それから瓶を放り捨てると、彼は眠りに戻った。

＊

歓喜をまったく感じなかったのはなぜだろう？　長い眠れぬ夜のあいだ中、彼は考え続けた。床屋さんはしらふの時に、二人の顔を持っている。一人は快活な心を持って親切で、もう一方は『特製品』を調剤するのもためらわない、もっとさもしい人物だ。酔っている時は疑いの余地なく、さもしい男が出現した。

ロブは真っ暗な空を光の槍《やり》が横切るように、はっと明瞭《めいりよう》に悟った――自分自身がさもしい床屋に変わりつつあるのを。彼は身震いした。荒涼とした気分が広がり、火の近くへ移動した。

次の朝、彼は明け方に起きだして、捨てられた印入りの瓶を見つけて森の中に隠した。それから火をおこしなおし、床屋さんが動き出す頃には、贅沢《ぜいたく》な朝食を整えて待っていた。

「僕は、ちゃんとした人間じゃありませんでした」とロブは床屋さんが食べていると言った。彼は躊躇《ちゆうちよ》し、それからむりやり気分を奮い立たせて続けた。「どうか許して下さい」

床屋さんはびっくりして黙ったままうなずいた。

彼らは馬に引き具をつけ、午前中半分はしゃべりもせずに馬に揺られ、時折、ロブはかたわらに座る男の思いにふけった視線が自分に注がれるのに気づいた。

「よく考えたんだが」とついに床屋さんが言った。「次の季節、お前は私ぬきで外科医兼理髪師として旅に出るべきだ」

たった一日前に、自分も同じ結論に達していたことに罪の意識を感じて、ロブは異議を唱えた。「いまいましい酒のせいです。ああした飲み物が、僕たちそれぞれを残酷に変えるんだ。やめると誓えば、僕たちは以前のように上手くいきます」

床屋さんは心を動かされたようだったが頭を振った。「ある部分は酒のせいもある、だが、お前は枝角を試してみないではいられない若い牡鹿なのに、私は年老いた鹿だという部分もある。さらに、牡鹿にしては私は極めて太りすぎで、息を切らしとる」と彼は無味乾燥に言った。「お立ち台にただ上るだけで、全力を出さねばならんし、一日ごとに、余興をやり遂げるのがきつくなっているんだ。私はこれからずっとエックスマウスに残って、穏やかな夏を楽しみ、菜園の手入れをするよ。台所から快楽をえるのは言うまでもなくな。お前がいないあいだ、私は薬をたくさん貯《たくわ》えておける。それに、これまで通り荷馬車と馬の保守費用も出す。お前はすべての患者からの収入を自分のものにしていい、同じように最初の年は売れた薬の瓶、五本に一本分、そのあとの年はそれぞれ四本に一本分もな」

「最初の年に三本ごと」とロブは反射的に言った。「そして、そのあとは二本ごと」

「十九歳の若者には法外すぎる」と床屋さんは厳しく言った。彼の目はきらりと光った。「一緒によく考えてみよう」と彼は言った「我々は、道理をわきまえた大人なんだからな」

＊

最終的には最初の年は四本ごと、次の年からは三本ごとの収益で合意に達した。取り決めは五年間有効で、そのあとで見直すことになった。

床屋さんは歓喜し、ロブは自分の年にしては驚くべき稼ぎになるので、我が身の幸運をにわかには信じられなかった。彼らはとても上機嫌で、良い感情と僚友関係を新たにし、ノーサンブリアを通って南方へと旅した。リーズで仕事のあと、彼らは市場での買い物に数時間費やした。床屋さんはケタ外《はず》れに買い込み、二人の新しい協定を祝うのにふさわしい夕食を作らねばならんから、と宣言した。

彼らはリーズを発って、エア川と並行し未開状態の小道にそって、緑の茂みやねじれた果樹、ヒースに覆われた荒れ野を、何マイルにもわたって延々と古代の木々が見下ろすようにそびえる中を抜けて進んだ。ハンノキの苗と柳に囲まれた川幅が広がった場所にキャンプを張り、ロブは床屋さんが大きなミートパイを作るのを何時間も手伝った。床屋さんはパイの中に、牡鹿の脚と子羊の腰肉を細かく刻んで混ぜ合わせ、丸々太った肥育鶏一羽とハトを二羽、ゆで卵六個と半ポンドの脂肪を入れ、厚くぽそぽそした油がにじみ出ているパイ皮で全部を覆った。

彼らは延々と食べ、パイで喉《のど》が渇いた床屋さんは、メテグリンを飲むよりどうしようもなくなった。最近の誓いを思い出して、ロブは水を飲み、床屋さんの顔が赤らんで目つきが不機嫌になるのを、注意して見守った。

やがて床屋さんは、好きなだけ飲めるよう、荷馬車から瓶を二箱持ってきて自分の近くに置くようロブにいいつけた。ロブはその通りにして床屋さんが飲んでいるあいだ、落ち着かずに見守った。ほどなくして床屋さんは、二人の取り決めの期間についてひねたように文句を言いだしたが、手に負えなくなる前に、酔いつぶれて眠りに落ちた。

朝、明るく晴れわたり、鳥たちの歌で満ちあふれる中、床屋さんは青白く愚痴っぽかった。彼は、前夜の傲慢《ごうまん》なふるまいを覚えていないようだった。

「鱒《ます》を捕りに行こう」と彼は言った。「カリカリの魚の朝食で気分も良くなるだろうし、エア川はよく釣れそうだ」だが寝床から起き上がると、彼は左肩に悪寒を訴えた。「馬車に荷を積んでみるか」と彼は決めた。「労働は、うずく関節に油をさすのに効くことがあるからな」

彼はメテグリンの箱の一つを運んで荷馬車に戻し、それから戻ってきて、もう一つを抱え上げた。荷馬車まで半分進み、そこでドシンガチャガチャと音をたてて箱を落とした。途方に暮れた表情が顔に広がった。

彼は手を胸にあて顔をゆがめた。痛みで背が弓なりに曲がっていた。「ロバート」と彼はていねいに言った。自分の正式な名前を床屋さんが口にするのを、ロブは初めて聞いた。

彼は両手を前に突き出しながら、ロブの方へ一歩踏み出した。

だが、ロブが手をさし伸べる前に、彼の呼吸は止まってしまった。巨木のように——いいや、雪崩《なだれ》のごとく、山が死ぬごとく——床屋さんはばったりと倒れ、地面にどしゃりと崩れ落ちた。

第十八章　死者のための祈り

「彼とは面識もないし」

「私の友人なんです」

「あなたにも、一度も会ったことがないしなあ」と司祭は気むずかしそうに言った。

「今、こうして会ってるじゃないですか」ロブは荷馬車から持ち物を下ろして、柳の低林の陰に隠し、床屋さんの遺体をのせるスペースを作り、六時間も馬車を操って、古びた教会があるエアズ・クロスという小さな村にたどり着いた。この意地悪い目つきの聖職者は、単に面倒なことはしたくない一心で、床屋さんが死んだふりをしているんじゃないかといわんばかりに、疑わしげにぶっきらぼうな質問を続けていた。

床屋さんが生前何者であったか、質問であきらかになると、司祭はあからさまな不満を表し、鼻であしらうように言った。「内科医にしろ外科医にしろ床屋にしろ、これらの者はみな、三位一体と聖人たちだけが癒《いや》しの真の力を持つという周知の真実を愚弄《ぐろう》しておる」

ロブは強烈な憎悪に苦しめられ、そんな雑音に耳を貸す気はなかった。いいかげんにしろ、と言葉にせずに心の中で怒鳴った。自分のベルトの武器を意識したが、床屋さんが我慢するように忠告した気がした。彼は司祭に愛想良く話し、教会にそうとうな額の寄付をした。

結局、司祭はふんと嘲笑的《ちょうしょうてき》に言った。「他の司祭に『十分の一教区税』や布施を納めている教区民をよこどりすることは、ウルフスタン大司教様が禁じておられる」

「彼は、どこの司祭の教区民でもありません」とロブは言った。最後にようやく、神聖な土地への埋葬の手筈《てはず》が整った。

全財産を持ってきていたのは幸いだった。一刻も猶予の余地はなかったのだ。すでに死臭が漂い始めていたからだ。村の指物師は、どれだけ大きな箱を作らねばならないかわかると、ぎょっとした。墓穴はそれに応じて大きくしなければならず、ロブは教会墓地の隅に自分で掘った。

エアズ・クロスは、エア川の渡し場があることから名づけられたとロブは考えていた。だが、司祭によると、この小村落は、教会にある磨き上げたオーク材の大きな十字架にちなんで命名されたそうだった。この巨大な十字架の足元の祭壇の前に、床屋さんのローズマリーを振りかけた棺《ひつぎ》が置かれた。偶然にもその日は聖カリストゥス祭で、『大十字架教会』には参列者が良く集まった。『主よ哀れみたまえ』の祈禱《きとう》文が読まれた時、小さな聖堂はほぼ満員だった。

「主よ哀れみたまえ、イエスよ哀れみたまえ」と彼らは詠唱した。

聖堂には小さな窓が二つしかなかった。お香が悪臭をまぎらわせていた。裂けた横木の壁やかやぶきの屋根の間から、いくらか空気が入り、灯心草ロウソクの火をちらちらさせた。六本の細長いロウソクが、棺を取り巻く薄暗い陰気さと苦闘していた。ロブは彼の目をつぶらせておいたので、寝ている床屋さんの顔をのぞいて全体にかけられていた。白いビロードの聖体布が、寝ているかひどく酔っぱらっているようにしか見えなかった。

「お父様だったの？」と年輩の女性がささやいた。ロブは躊躇《ちゅうちょ》したが、うなずくのが一番簡単だと思われた。彼女はため息をついて彼の腕に触れた。

彼は金を払って、人々が参列する『死者のためのミサ』を執り行ってもらったのだが、床屋さんがギルドに属していたなら、これほど人は集まらなかっただろうし、かけた聖体布が王族を示す紫だったら、こんなに丁寧に祈ってもらえなかっただろうと、満足して見守っていた。

ミサが終わると人々は立ち去り、ロブは祭壇に近づいていった。彼ははるか昔にママに教えられた通りに、四度ひざまずいて胸の前で十字をきって、神、彼の息子、聖母マリア、そして最後に十二使徒と、すべての聖霊に別々にお辞儀をした。

司祭は、教会をせっせと歩きまわって灯心草ロウソクを節約して消し、それから棺台の横で悼《いた》んでいる彼を残して去っていった。

ロブは食べにも飲みにも出ていかずに、ひざまずき続け、踊っているロウソクの灯《あか》りと沈んだ暗黒の間に、宙ぶらりんにひっかかっているかのようだった。

気づかないうちに時間が過ぎていた。

彼は、真夜中の祈りの時間を知らせる大きな鐘の音にびっくりして、しびれの切れた脚でよろよろと通路を離れた。

「お辞儀を忘れないように」と司祭に冷たく言われ、彼はその通りにした。教会の外に出ると、彼は道を歩いていった。一本の木の下の井戸を通り過ぎてから戻ると、教会の中で司祭が真夜中の礼拝をすませるあいだ、扉の横の手桶《ておけ》で顔を洗った。

司祭が二度目に立ち去ってずいぶんたってから、細いロウソクは燃えつき、ロブは暗闇《くらやみ》の中で床屋さんと二人きりになった。

今、彼は、ロンドンで少年だった頃に、男がどうやって自分を救ってくれたかに思いをめぐらせた。優しかった時とそうでなかった時の床屋さんを思いだした。食べ物を料理して分け合う時の親切な嬉《うれ》しそうな顔と自分勝手さ。辛抱強い指導と残酷さ。下品さと理にかなった助言。笑い声と激怒。暖かな心と酒びたり。

彼らのあいだに流れていたものは愛ではなかった、とロブにはわかっていた。それでもなお、十分に愛のかわりとなる何かだった。明け方の光に生気のない顔を青白く照らされながら、ロブ・Jは、ヘンリー・クロフトのためだけではなく、ただ、さめざめと泣いた。

＊

床屋さんは暁時の祈りのあとで埋葬された。司祭は墓場の脇《わき》で長くを過ごさなかった。「埋めてよろしい」と彼はロブに告げた。石と砂利が蓋《ふた》にばらばらと音をたてると、ロブは司祭がラテン語で復活への揺るぎない希望について、ブツブツつぶやくのを聞いた。

ロブは家族に対してするだろうと同じことをした。自分の家族の行方知れずになった墓を思い出して、彼は墓石を注文してもらうよう金を払い、どのように記すべきかも指定した。

ヘンリー・コール

外科医兼理髪師

紀元一〇三〇年七月十一日没

「安らかに憩わんことを、とか何かそういうのは？」と司祭が言った。

彼の頭に浮かんだ唯一床屋さんに当てはまる墓碑銘は、Carpe Diem、『命ある日々を楽しめ』だった。いや、待てよ……。

それから彼は微笑《ほほえ》んだ。

司祭は選ばれた言葉を聞いて不快を示した。だが、あなどりがたい若い異邦人は墓石の代金を払っているし、言い張って聞かなかったので、聖職者は注意深くそれを書き留めた。

Fumum vendidi。「私は実体のない煙を売った」

冷たい目つきの司祭が満足げに儲《もう》けをしまい込むのを見て、ロブは亡くなった外科医兼理髪師の墓石は建てられないかもしれないと悟った。エアズ・クロスで気にかけてくれる人など、誰一人いないのだから。

「すべて満足がいくようになっているか、近いうちに戻ってくるつもりです」

司祭の目つきに陰りがかかった。「神とともにあらんことを」と彼は短く言って、教会の中へ戻っていった。

＊

骨の髄までくたびれ空腹になり、ロブは所持品を残してきた柳の低林へと馬を操った。

何も荒らされていなかった。全部、荷馬車に積み戻すと、彼は草の上に座って食べた。ミートパイの残りは腐っていたが、四日前に床屋さんが焼いた傷みかけのパンを嚙《か》んで飲み下した。

自分が相続人なのだ、と彼の頭にふと浮かんだ。馬も荷馬車も自分のものなのだ。彼は、器具と技術、ぼろぼろの毛皮の毛布、投げ物のためと手品の技、眩惑《げんわく》と煙に巻く術、明日どこへ行き明後日はどこへ行くべきかについての決断力、そのすべてを床屋さんから受け継いだ。

彼が最初にしたのは、『特製品』を岩に投げつけて一つずつ粉砕することだった。

彼は床屋さんの武器を売ることにした。自分の武器の方が上等だったのだ。しかしサクソン角笛は首のまわりにつるした。

彼は荷馬車の前部座席によじ登って、それが玉座ででもあるかのように、厳粛に居住まいを正して座った。

もしかすると、と彼は考えた。自分の小僧を見つけた方がいいかもしれないな。

第十九章　道をふさいでいた女

床屋さんだったら「無垢《むく》な世界を闊歩《かっぽ》する」といった心持ちで、彼はいつものように旅を続けた。最初に数日間、荷馬車の荷をおろしたり余興をする気にはどうしてもなれなかった。リンカンのパブで暖かい食事をとったが、彼自身は料理はせずに、主として他人が作ったパンとチーズを常食にしていた。酒は一滴も飲まなかった。晩になると、彼はキャンプファイヤーの横に座って恐ろしい孤独に襲われた。

彼は何かが起こるのを待った。だが何も起こらず、やがて、自分の人生を自らの判断で生きなければならないのだと理解するようになった。

スタッフォードで、彼は仕事に戻ることに決めた。彼が太鼓をたたき、町の広場に現れることを告知するのにあわせて、馬は聞き耳を立てて踊るように歩みを進めた。

まるで彼は、ずっと一人で働いてきたかのようだった。集まった人々は、投げ物《ジャグリング》の始めと終わりにサインを出し、優れた話術を披露した、もっと年上の男がいたことなど知りもしなかった。彼らはぐるりと集まって話を聞いて笑い、彼が似顔を描くと心を奪われて見守り、薬を加えた酒を買い、衝立《ついたて》の裏での治療を求めて列になって待った。彼らの両手をとった時、ロブは自分の贈り物が戻っているのを発見した。世界を持ち上げられそうなほどの、たくましい鍛冶《かじ》屋《や》は、身体の中に命をむしばんでいく何かを抱えていて、先が長くなさそうだった。青ざめた外見が病気を暗示させる痩《や》せた少女は、力と生命力を貯《たくわ》えていて、ロブはそれを感じた時に歓びで満たされた。おそらく、床屋さんが宣言したように、贈り物はアルコールで妨げられていて、禁酒によって解き放たれたのかもしれない。それが戻ってきた理由が何であるにしろ、気づくと彼は興奮で沸き立ち、次の手と手をつなぎたくて仕方なかった。

その午後スタッフォードを発って、ベーコンを買おうと農家に立ち寄り、納屋で一腹の子猫たちがうろちょろしているのを見た。「そん中から好きなのを持ってってよ」と農夫は期待して彼に言った。「大部分は水に沈めなきゃならねえんだ、奴《やつ》らみんなで食糧を食いつくしちまうから」

ロブは彼らの鼻先にひもをぶらぶらさせて遊んだ。猫はそれぞれ愛嬌《あいきょう》があった。傲慢《ごうまん》で冷笑でもするように、ひもに手を出さなかった尊大な小さな白猫を除いては。

「一緒に来たくないのかい、え?」その子猫は落ち着いて一番の器量よしに見えたが、持ち上げようとすると手をひっかいた。

奇妙なことに、そのことで彼はますます彼女を連れていこうと決意した。彼はなだめるようにささやきかけ、彼女をつまみあげて指で毛皮をなでた時、勝ち誇った気がした。

「これがいいや」と彼は言って、農夫に礼を言った。

次の朝、自分で朝食を作ると、猫に牛乳にひたしたパンをやった。彼は緑がかった瞳《ひとみ》をのぞき込んで、そこに狡猾《こうかつ》な気むずかしさを認めると微笑《ほほえ》んだ。「バッフィントン夫人と名づけてやるよ」と彼は猫に言った。

彼女に餌《えさ》をやるのは、なくてはならない魔法だったのだろう。数時間のうちに、彼女はゴロゴロと喉《のど》を鳴らし、彼が荷馬車の座席に座ると膝《ひざ》の上に寝そべった。

午前中の中頃、テテンホールで猫をかたわらにおいてカーブのあたりに差しかかった時、道をふさいでいる女性を見守っている男性と行きあった。「どこか悪いんですか？」と彼は声をかけて、馬を急に停めた。彼女は息があらかった。彼女の顔は力を込めているせいで火照《ほて》り、巨大なお腹をしていた。

「生まれそうなんでさ」と男が言った。

彼の背後の果樹園で、半ダースの籠《かご》が林檎《りんご》で満たされていた。彼はボロをまとい、富んだ財産を所有している男には見えなかった。たぶん、地主のために広い地域で働いて、その見返りに家族を食べさせていかれるくらいの小さな保有地をもらっている作男だろう、とロブは推測した。

「朝一番の果物を摘んでいたら痛みに襲われたんでさ。家に帰ろうとしたが急にへたばっちまった。ここらには産婆がいなくてね、この春に死んじまったもんだから。ひどい状態にあるのはあきらかだったんで、せがれを走って医者をつかまえに行かせたんでさ」

「なるほど、それならば」とロブは言って手綱を持ち上げた。これはまさに、床屋さんから避けるように教えられたような状況だったので、先に進もうと準備したのだ。たとえ女性を助けられても、ちっぽけな報酬しか得られないし、助けられなければ、彼が非難されるかもしれないからだ。

「もうずいぶん経つってのに」と男は苦々しげに言った。「まだ内科医は来やしない。ユダヤ人の医者なんだ」

男がしゃべっているあいだにも、彼の妻は痙攣《けいれん》を起こして両目が裏返っていた。

床屋さんがユダヤ人内科医たちについて話してくれたことから判断すると、その医者は結局来ないかもしれない、とロブは考えた。彼は、作男の目に浮かんだ途方に暮れた惨めさと、忘れたかった思い出に捕らえられた。

ため息をつきながら、彼は荷馬車から下りた。

膝《ひざ》を曲げて、汚れてやつれた女の方へかがんで手を取った。

「彼女が赤ちゃんが動くのを最後に感じたのは、いつです?」

「数週間になるな。ここ二週間は、まるで毒をもられたみたいに、気分が悪かったんだ」彼女はこれまで四回妊娠した、と男は言った。家には男の子が二人いるが、最後の二人の赤ん坊は死産だったと。

ロブはこの子供も死んでいると感じた。膨張した腹部に軽く手を置き、心底立ち去りたいと願ったが、心の中に糞《ふん》まみれの厩舎《きゆうしや》の床に横たわっていたママの白い顔がよみがえり、この女は自分が何かしてやらなければすぐに死ぬだろうという不穏な認識を持った。

ごちゃごちゃした床屋さんの用具の中に、磨いた金属の検鏡を見つけたが、彼は鏡としてそれを使ったことはなかった。痙攣がおさまると、床屋さんの説明を思い出しながら、彼女の足を正しい位置に置いてその道具で子宮頸《けい》を広げた。彼女の内部の塊は簡単にすべり出てきたが、それは赤ちゃんというよりも腐敗物だった。彼女の夫が息をのんで歩き去るのには気づかなかった。

ロブの手があべこべに、するべきことを頭に教えてくれた。

彼は胎盤を取り出して彼女を洗い清めた。顔を上げると、驚いたことにユダヤ人医師が到着したところだった。

「引きつぎましょうか」と彼は言った。おおいに肩の荷が下りた気がした。間断なく出血が続いていたからだ。

「急ぐにはおよばない」と内科医は言った。だが、彼女の息づかいに長々と耳を澄まし、非常にゆっくりと入念に検診し、ロブを信頼していないことはあきらかだった。

結局、ユダヤ人は満足したようだった。「掌《てのひら》を彼女の腹部に置いて、しっかりとさすって、こんなふうに」

ロブは不思議に思いながら、彼女の空っぽのお腹をマッサージした。最終的に、お腹を通じて、大きなぶくぶくした子宮が小さな硬い球に急激に回復するのを感じると、出血が止まった。

「マーリンにふさわしい魔術だ。このやり方は覚えておかなければ」と彼は言った。

「我々がしたことは魔術でも何でもない」とユダヤ人は穏やかに言った。「私の名前を知っているのかね」

「何年か前に会ったことがあります。レスターで」

ベンジャミン・マーリンはごてごて飾り立てた荷馬車を見て、それから微笑《ほほえ》んだ。「ああ。あの少年か、床屋さんの弟子の。床屋さんはたしか、色のついたリボンを吐き出していた太った男だった」

「ええ」

ロブは床屋さんが死んだことは告げず、マーリンも彼のことはたずねなかった。彼らはお互いにじっと目を合わせた。ユダヤ人の鷹《たか》のような鋭い顔は、いまだにふさふさと真っ白な髪の毛と真っ白な髭《ひげ》に縁取られていたが、かつてほど痩《や》せてはいなかった。

「あの日レスターで、あなたがしゃべっていたあの書記。彼は、目に硝子体転位《しょうしたい》の手術を受けたんですか？」

「書記？」マーリンは頭を悩ましているようだったが、それからしかめた目つきが晴れた。「そうだ！ レスターシャーのルクテバーン村のエドガー・ソープだ」

ロブはエドガー・ソープという名前を聞いたかどうか、忘れてしまっていた。それが僕たち二人の違いだ、と彼は気づいた。彼は自分の患者の名前をたいてい聞かなかった。

「彼には手術をして、白内障を取り除いたよ」

「それで今は？ 彼は元気なんですか？」

マーリンは痛ましそうに微笑んだ。「ソープ親方は元気とは言えない状態だ、歳を取って持病や不定愁訴を抱えているからね。だが、両目でちゃんと見ているよ」

ロブは腐って崩れた胎児をボロ布に隠していた。マーリンはそれを解いて調べ、それからフラスコの水を振りかけた。「父と子と聖霊の御名によって洗礼を施す」とユダヤ人は元気良く言って、それから小さな包みを包み直して作男のところへ持っていった。「赤ん坊はきちんと洗礼を施されたので、きっと天の王国へ入ることを許されるでしょう。スティガンド神父か教会のもう一人の司祭にそう告げなさい」

百姓は、途方に暮れた惨めさと憂慮が混じった顔つきで、汚れた財布を取り出した。「いくら払えばよいいんで、内科医の旦那《だんな》？」

「払える額で結構」とマーリンが言うと、男は財布から一ペニーを取り出して渡した。

「男の子でしたか？」

「誰にもわかりません」と内科医は親切に言った。彼は短い上着《カートル》の大きなポケットに硬貨を落とし、半ペニーを見つけるまで中を探り、それをロブにくれた。作男が彼女を家に運んで帰るのを手伝わねばならなかったので、半ペニーでは見合わない仕事だった。

最終的に自由の身になると、彼らは近くの小川に行って血を洗い落とした。

「似たような出産に立ち会ったことがあるのかね？」

「いいえ」

「どうすれば良いか、どうしてわかったんだね？」

ロブは肩をすくめた。「何となく」

「生まれながらの医者がいると言う。選ばれし者だ」とユダヤ人は彼に微笑みかけた。「他の者たちは単にまぐれでなるだけだ」と彼は言った。

男のじろじろ詮索《せんさく》する目が、彼を落ち着かなくした。「もし母親が死んでしまって、赤ちゃんが生きていたら……」とロブはむりやり何か聞こうとして言った。

「帝王切開だね」

ロブは目を見開いて見つめた。

「知らないのかね？」

「ええ」

「お腹と子宮壁を切って子供を取り出すんだ」

「母親を切開する？」？」

「そうだ」

「したことがありますのも見た」

「何回かね。医療実習生だった頃、先生の一人が生きてる女性を切開して、子供を取りだすのも見た」

「嘘《うそ》だ！　と彼はあれほど熱心に聞きたがったのを恥じながら思った。この男と彼の同族について、床屋さんが言っていたことを思い出した。「どうなったんです？」

「彼女は死んだが、いずれにしても助からなかっただろう。私は生きている女性を切開するのは善しとしないが、帝王切開して母親と子供の両方とも助けた男たちの話も聞いている」

このフランス語訛《なま》りの男が、真に受けている自分をあざ笑う前に、ロブは道を引き返した。だが、たった二歩進んだだけで仕方なく戻った。

「どこを切るんです？」

ユダヤ人は、道路の土埃《つちぼこり》の上に、人間の胴体を描いて二本の切り目を示した。一本は左側に長く一直線に、もう一本はお腹の真ん中を上に向かって。「両方ともだ」と彼は言って、棒を遠くへ放った。

ロブは彼に礼も言えないまま、うなずいて立ち去った。

第二十章　食卓を囲む帽子

彼はただちにテテンホールを出たが、何かがすでに彼の中で起こりつつあった。『万能特効薬』が減ってきたので、次の日、農夫から小さな酒樽《さかだる》を買うと、新しい薬を調合するために小休止し、その午後にラドローでそれを売り始めた。特効薬はこれまで通りよく売れたが、彼は心ここにあらずで、何かにおびえていた。

小石のように人間の魂を自分の掌でつかむことに。誰かの命がすべり去っていくのを感じていながら、自分の力量では、死から連れ戻せないことに！　王様でさえそんな力は持ち合わせていないのだ。

選ばれし者。

もっと学べるだろうか？　どれだけ学ぶことができるのだろうか？　すべてを学んだら、と彼は自分自身に問うた、どんなことになるだろう？

彼は初めて、自分自身の中に内科医になりたい欲求があるのを悟った。

そのためなら、死と戦ってもいいほどだ！　こうした、時には歓喜を、時にはほとんど苦悶《くもん》を呼び起こす、心をかき乱す考えに、ロブは取りつかれてしまった。

次の朝、セヴァーン川に沿って南へ、次の町、ウスターへと出発した。彼は途中の川や小道を見たのもおぼえておらず、馬を導いたことも思い起こせず、旅について何ひとつ思い出せなかった。ウスターに到着すると、町の住民たちは呆気《あっけ》にとられ、ポカンと口を開けて赤い荷馬車を見守った。馬車は広場に走り込んでくるや、停まることなく、まるまる一周すると、そのままやってきた方角へと戻っていってしまったのだ。

＊

レスターシャーのルクテバーン村は、居酒屋があるほど大きな村ではなかった。干し草作りの季節真っ盛りで、四人の男たちが草刈り鎌《かま》を振りまわしている牧草地でロブが足を止めると、道の一番近くにいた草刈り人がリズミカルな手の動きを休め、エドガー・ソープの家への行き方を教えてくれた。

ロブは、手と膝《ひざ》をついて小さな庭でリーキを刈り入れている老人を見つけた。ソープの目が見えていることを直観した彼は、奇妙な高揚感をおぼえた。だが、彼はリウマチ性疾患をひどくわずらっていて、うめき声と苦悶に満ちた叫びをあげながら立ち上がるのを、ロブは助けてやった。穏やかに話すことができるまでには、少し時間が必要だった。

ロブは、荷馬車から『特効薬』を数本持ってくると一本あけてやり、主人を非常に喜ばせた。

「視力を取り戻した手術について、あなたに質問するためにここに来たんです、ソープ親方」

「ほお？　で、何を知りたいんですかな？」

ロブは躊躇《ちゅうちょ》した。「私にも、そのような治療を必要としている親族の男がいて、彼のかわりにおたずねしたいんです」

ソープは酒をひと飲みしてから、ため息をついた。「彼が度胸を持った強い男であることを祈りますよ」と彼は言った。「椅子《いす》に両手両脚を縛られたんですよ、私は。残酷な拘束帯が頭に食い込んで、高い背もたれに固定された。酒をたくさん飲まされて、ほとんど人事不省になっていたが、それから小さな鉤《かぎ》の手が私のまぶたの下にかかって、まばたきできないように助手たちが持ち上げたんだ」

彼は両目を閉じて身震いした。あきらかに同じ話を何回もしたのだろう、詳細は彼の記憶の中で大げさになり、よどみなく語られたが、ロブはそれでもなお魅了された。

「ぼんやりと、真っ正面にある物しか見えないというのは、恐ろしい苦痛だった。私の視野にマーリン先生の手が浮かび上がったんだ。刃を持っていて、それが下がってくるにつれて大きくなって、私の目に切り込んだんだ」

「ああ、その痛みは即座に私の酔いを醒《さ》ましたさ！　私は先生が単に曇りを取り除くかわりに目をくり抜いたと確信して、金切り声で毒づくと、それ以上、何もしないでくれとしつこく懇願した。彼はやめなかった。だから、私は頭から悪態を浴びせたんだ。忌み嫌われている、あんたの人種が、どうやって我々の立派な主を殺すことができたのか、とうとうわかったぞと言ってやった」

「彼がもう片方の目に切り込んだ時、あまりの痛みに、私はすべての知覚を失った。両目に包帯を巻かれて暗闇《くらやみ》の中で目を覚まし、ほぼ二週間、ひどく苦しんだよ。だが、ようやく私は、あんなに長いことだめだったのに、見ることができるようになったんだ。視力がとても良くなったので、リウマチが進行するまで、まるまる二年、書記として過ごした」

つまり本当だったんだ、とロブはぼうっとして考えた。じゃあ、ベンジャミン・マーリンが彼に告げた他の事柄も、同じように事実かもしれない。

「マーリン先生は、私が出会った一番立派な医者だ」とエドガー・ソープは言った。「とはいえ」と彼は不機嫌に言った。「あれほど有能な内科医に見えても、私の骨と関節の異常な不快感を取り除くことに関しては、厄介な困難に出くわしているんだがね」

＊

ロブはふたたびテテンホールに戻って小さな谷間に野営し、女性のもとを訪れる勇気もないが、立ち去ることもできない恋わずらいの田舎の若者のように、三日間、町の近くに留《とど》まった。最初に食糧を仕入れた時、その農夫が、ベンジャミン・マーリンの住まいを教えてくれたので、彼は数回、手入れの行き届いた納屋と離れ屋に、畑と果樹園と葡萄《ぶどう》園があるその場所を、馬でゆっくりと通り過ぎた。外観からは、ここに内科医が住んでいるらしい印象は伝わってこなかった。

三日目の午後、マーリンの家からかなり離れた場所で、往診途中のこの内科医に出会った。

「いかがお過ごしかな、若き床屋さん？」

ロブは自分は元気だと言って、内科医の健康状態についてたずねた。彼らはしばらく厳かに世間話を談笑し、それからマーリンはうなずいて暇乞《いとまご》いを示した。「遅れるわけにいかないんですよ、一日の仕事を終える前に、まだ三人の患者の家に行かねばならないのでね」

「ご一緒して、見学させてもらえませんか？」とロブはやっとのことで言った。

内科医は躊躇した。彼はその申し出をちっとも喜んでいないようだった。しかし、不承不承だがうなずいた。「どうか、邪魔にならない所にいるよう、気をつけていただきたい」と彼は言った。

最初の患者は彼らが出会った所から遠くない、ガチョウの池の横の小さな小屋に住んでいた。空咳《からぜき》をしているエドウィン・グリフィスという老人で、ロブはただちに、彼が進行した胸の病で弱っており、まもなく墓に入ることになるだろうと見て取った。

「今日は、ごきげんいかがですか、グリフィス親方?」とマーリンがたずねた。

　年取った男は咳の発作にちょっと気落ちしたあと、ぜいぜい言ってため息をついた。「わたしゃ、気に病むことも何もなく、相変わらずですわ。今日、ガチョウたちに餌《えさ》をやれないことを除いてね」

　マーリンは微笑んだ。「ここにいる私の若い友人が、面倒を見てくれるでしょう」と彼が言うので、ロブは同意するより他になかった。年老いたグリフィスが、飼料がどこにしまってあるか教えてくれたので、ロブはすぐに麻袋を持って池のかたわらへ急いだ。こんなことをしている暇はないのだ、とロブは苛立《いらだ》った。マーリンはきっと、死にかけている男の診察には長々と時間を費やさないはずだからだ。彼はガチョウたちに極めて慎重に近づいた。獰猛《どうもう》な側面を知っていたからだ。だが、ガチョウたちは腹を空かせ、彼には目もくれず、騒々しく先を争いながら一心不乱に餌に突進したので、すぐに役目から解放された。

　驚いたことに、小さな家にふたたび入っていくと、マーリンはまだエドウィン・グリフィスと話していた。そんなにゆっくりと仕事をする内科医を、ロブは一度も見たことがなかった。マーリンは男の習慣や日常の食べ物、子供時代について、両親や祖父母についてや彼らが何で死んだかまで、果てしない質問をした。彼は手首だけではなく、首でも脈拍をとり、胸に耳を当てて聞いた。ロブはうしろの方で、一心に見守った。

立ち去る時、老人は鳥に餌をやったことでロブに礼を言った。

運の尽きた人を介抱するために捧《ささ》げられた一日のようだった。というのも、マーリンは町の広場から二マイル離れた家へと彼を連れて行き、そこには代官の妻が痛みに消耗しきって横たわっていたのだ。

「ご機嫌いかがですか、メアリー・スウェインさん？」

彼女は何も答えず、まじまじと彼を見つめた。答はそれで十分だった。すると、マーリンはうなずいた。彼は座ると彼女の手を握って、そっと話しかけた。老人にしたように、彼は驚くほどの時間を費やした。

「スウェイン夫人の向きを変えるのを手伝ってもらえまいか」と彼はロブに言った。「ゆっくり、ゆっくり、よし」マーリンが彼女の骸骨《がいこつ》のような身体をふこうと、寝間着を持ち上げたとき、左脇腹《わきばら》に痛々しく炎症を起こしたおできができているのが目に留まった。内科医は彼女を楽にするために、ただちにランセットで切開した。ロブは自分と同じやり方で切開がなし遂げられるのを、満足げに見ていた。マーリンは、痛みをやわらげる浸出液を満たした小瓶を彼女のもとに残した。

「もう一人、見に行かねば」とメアリー・スウェインの家の扉を閉めると、マーリンは言った。「タンクレッド・オズバーンという男だ。今朝、怪我《けが》をしてしまったと息子が伝えに来たんだ」

マーリンは自分の馬の手綱を荷馬車に結び、おしゃべりの相手をしようと、ロブの隣に座った。

「君の親族の男性の目はどうだい？」と内科医はもの柔らかにたずねた。

エドガー・ソープが、自分のことをマーリンに問い合わせることくらい、あらかじめ見当がついていたはずだ、とロブは自戒し、頬《ほお》に血が殺到するのを感じた。「彼をだますつもりじゃなかったんです。自分の目で、あなたの硝子体《しょうしたい》転位の手術の結果を見たかったんです」と彼は言った。「それに、ああ言っておけば、手術に興味を持っている理由を納得してもらいやすいと思って」

マーリンは微笑《ほほえ》んでうなずいた。彼は馬に揺られながら、ソープの混濁部を取り除いた手術の手順を説明した。「誰かに、独学で行うように勧めるような手術ではないがね」と彼がはっきりと言うと、ロブはうなずいた。どんな人の目にも、手術を施すなんて、まっぴらだったから！

十字路に来るたびに、マーリンは行く先を指示し、最後に富裕な農家に近づいた。絶え間ない努力によって、外観は一部の隙《すき》もなく手入れが行き届いていた。家の中に入ると、筋骨たくましいどっしりとした農夫が、寝床のわら布団の上でうなっていた。

「おやおや、タンクレッド、今回はどこをやったんだね？」とマーリンが言った。

「いまいましい脚を傷めちまった」

マーリンは寝具をはね上げて、眉《まゆ》をひそめた。右の脚が腿《もも》のところでねじれ、腫《は》れ上がっていたからだ。「ぞっとするような痛さに違いない。なのに息子に『いつでも結構ですから』なんて言わせるとはな。次の時は、馬鹿みたいに意地を張らないことだ。そうすれば、私はすぐに来るから」と彼は強く言った。

男は目を閉じてうなずいた。

「どうやって怪我したんだね、それにいつ？」

「昨日の正午。わらの野郎を直してて、いまいましい屋根からおっこったんだ」

「当分のあいだ、わらを葺《ふ》くことはできないな」とマーリンは言った。彼はロブを見た。「助けが必要だ。副木《そえぎ》を探してきてくれ、彼の脚よりもやや長いのを」

「建物やフェンスをひっぺがしちゃなんねえぞ」とオズバーンはガミガミ言った。

ロブは使えるものを見つけにいった。納屋の中に若干のブナとオークの丸太、それに、同じく手仕事で板にした松の切れ端があった。幅は広すぎたが、木材はやわらかかったので、農夫の道具を使って、なんなく縦に割った。

オズバーンは、副木をどこから持ってきたのか悟ると苦い顔をしたが、何も言わなかった。

マーリンは彼を見下ろしてため息をついた。「雄牛のような腿をしてる。これから一仕事になるよ、コール青年」と彼は言った。傷めた脚の足首とふくらはぎをつかむと、内科医は一定の圧力をかけようと努め、同時にねじれた脚を回したりまっすぐにしたりした。乾燥した葉っぱが粉々になる時に出るような、小さなパチパチいう音がして、オズバーンは大きなうなり声をあげた。

「だめだ」とマーリンはすぐに言った。「彼の筋肉は巨大だ。脚を守ろうと筋肉自体が絡まりあっていて、私の力では、骨折を整復できない」

「僕にやらせて」とロブは言った。

マーリンはうなずいたが、その前に、失敗に終わった努力で激痛が増し、身震いして涙にむせんでいる農夫に、マグカップいっぱいの酒を飲ませた。

「もう一杯くれ」とオズバーンは喘《あえ》ぎながら言った。

彼が二杯目を飲み干すと、ロブはマーリンがしたようにして脚をつかんだ。ぐいっと動かさないように注意しながら、一定の圧力をかけていくと、オズバーンの低く太い声が甲高い悲鳴に変わった。

マーリンは、大男の腋窩《えきか》の下に手をいれてつかむと、顔をゆがめて目をむくようにして、渾《こん》身《しん》の力で引っぱった。

「上手くいってるみたいだ」苦悶の声が響くなか、ロブはマーリンに聞こえるように大声を張り上げた。「もうちょっとだ！」そうしゃべっている間にも、折れた骨の端がお互いにきしんで行き交い、あるべき場所にはまりこんだ。

ベッドの上の男が不意に黙った。

気を失ったのかとロブが見やると、オズバーンは涙で顔を濡《ぬ》らし、くたくたになって仰向けになっていた。

「まだ力は加えたままだぞ」とマーリンが逼迫《ひっぱく》したように言った。

彼はボロ布で三角巾《きん》を作って、オズバーンの足と足首のまわりにしっかり結びつけた。彼はひもの一端を三角巾に、もう一方の端を扉の取っ手に結わえてピンと張ってから、伸ばした脚に副木を当てた。「もう彼を放していいぞ」と彼はロブに告げた。

最後の仕上げに、彼らは健康な方の脚を、副木を当てた脚に結びつけた。

数分の間、縛りつけられてへとへとになっている患者を励ますと、真っ青になっている奥さんに指示を残し、二人は当分この農場を仕切ることになる彼の弟に暇乞いをした。

納屋の前庭でひと休みし、お互いを見やった。二人とも、シャツは汗でびしょぬれになり、顔もオズバーンの涙の筋がついた頬《ほお》と同じくらい濡れていた。

内科医は微笑んで彼の肩をぽんとたたいた。「さて、君には一緒に家に来てもらって、我々と夕飯を分かちあってもらわんとな」と彼は言った。

＊

「我がデボラだ」とベンジャミン・マーリンは言った。

医者の妻は、とがった小さな鼻に真っ赤な頬《ほお》をした、ハトのような造作のぽっちゃりした女性だった。彼女はロブを見ると白くなって、紹介されても堅苦しく返礼した。マーリンは、ロブがさっぱりとできるように、ボウルにわき水を汲《く》んで中庭に運んできた。水浴びしていると、家の中から、彼がこれまで一度も聞いたことがない言葉で奥さんが夫に熱弁をぶっているのが聞こえてきた。

内科医は身体を洗いに出てくると、顔をしかめた。「彼女を許してやってくれ。妻は神を畏《おそ》れているんだ。戒律では神聖なごちそうをとるあいだ、キリスト教徒を家庭に入れてはならないとある。今日のは神聖なごちそうなんかじゃなく、単なる夕食なんだけどね」彼は水気を拭《ぬぐ》いながら、ロブを率直に見た。「とは言え、君の方で食卓につくのが気が進まないのなら、外に食べ物を持ってきてあげられるが」

「喜んで、あなた方とご一緒させてもらいます、内科医先生」

マーリンはうなずいた。

一家は両親と四人の小さな子供たち。そのうち三人は男の子だった。小さな女の子がレアで、男兄弟たちはジョナサン、リュエル、ゼカリアといった。少年たちと父は食卓に帽子をかぶってきていた！　奥さんが暖かいパンの塊を持ってくると、マーリンがゼカリアにうなずき、男の子はパンを一切れ折り取って、先ほどロブが耳にした喉《のど》で発音するような言語でしゃべり始めた。

父親が制止した。「今夜は、お客さんに配慮して英語でな」

「汝を讃《たた》えん、おお主よわが神、天地万物の王」と少年はすらすらと言った。「地から糧を生じさせる君よ」彼はパンの塊をロブに直接渡し、ロブはそうするのが妥当だろうと考えて、他の人たちにもまわした。

マーリンはデカンタから赤葡萄酒《ぶどうしゅ》を注いだ。父親がリュエルの方にうなずくと、ロブは彼らの真似をしてゴブレットを持ち上げた。

「汝を讃えん、おお主よわが神、天地万物の王、葡萄の果実を作りたまいし君よ」

食事は牛乳で作った魚スープで、床屋さんが作っていたような味とまではいかなかったが、暖かくて快い風味があった。そのあとで、このユダヤ人の果樹園でとれた林檎《りんご》を食べた。一番年少の男の子、ジョナサンは、ウサギたちがキャベツを食い荒らしていることを、大いに憤慨して父親に告げた。

「だったら、ウサギを食い尽くせばいいんだよ」とロブは言った。「そいつらを罠《わな》で獲《と》って、お母さんに塩味のシチューにしてもらうんだ」

奇妙な小さな沈黙があって、マーリンが微笑んだ。「私たちはウサギや野ウサギは食べないんだ。適法《コーシャ》ではないから」

自分たちのやり方が理解されず、否定されてしまうのではないかと、マーリン夫人がおそれている気配が、ロブに伝わってきた。

「飲食物の戒律があってね、大昔からの伝統なんだ」ユダヤ人は、反芻《はんすう》をせず、なおかつ偶蹄《ぐうてい》の動物は、食べることを許されていないのだ、とマーリンは説明した。牛乳と肉を一緒に食べてもいけない。なぜなら聖書は、子供を、その乳の出る母親の乳首から流れ出る物の中で煮てはならない、という訓戒を与えているからだ。それに、血を飲んだりするのも、徹底的に血抜きして塩漬けにした肉以外を食べることも許されない。

ロブはぞっとして、マーリン夫人の懸念は正しかったと心の中で呟《つぶや》いた。彼はユダヤ人を理解できなかった。ユダヤ人はやっぱり異教徒だ！

マーリンが、神に血と肉のない食事への感謝の祈りを捧げると、彼の胃はむかついた。

＊

それでもなお、彼はその夜、果樹園に野営させてもらえるよう頼んだ。ベンジャミン・マーリンが、家とつながった、屋根のある納屋で寝るように言い張ったので、今、ロブは芳ばしいわらに寝そべって、薄い壁を通じて聞こえてくる、激しく上下する奥さんの声に耳を傾けていた。意味が理解できないにもかかわらず、ロブには彼女の言わんとしていることがわかった。彼は薄暗がりの中で陰気に微笑んだ。

よく知りもしないくせに、あんな大きくて若い獣を家に連れてくるなんて。

あの曲がった鼻と殴りつぶされた顔を見てごらんなさいよ、犯罪者の持つような高価な武器が目に入らないの？
寝ている間に、私たちを殺す気なんだわ！

やがて、マーリンが大きな瓶と木のゴブレットをたずさえて、納屋の方へ出てきた。彼はロブにコップを手渡して、ため息をついた。「彼女は他の点ではピカイチの女性なんだが」そう言うと、酒を注いだ。「彼女にとって、ここでの暮らしは大変なことなんだ、自分が大切に信じている多くの事柄を、まわりから拒絶されているように感じているから」

なかなか強い酒だ、とロブは気づいた。「フランスの、どの地域の出身なんです？」

「私たちが飲んでいる葡萄酒と一緒で、妻と私はファレーズ村産だよ。他の家族たちは、ノルマンディ公ロベールの情け深い庇護《ひご》のもとで暮らしている。私の父と二人の兄弟は葡萄酒商人で、イングランドと貿易しているんだ」

七年前に、自分はペルシアの内科医学校での勉強からファレーズに戻ったのだ、とマーリンは言った。

「ペルシア！」ロブはペルシアがどこにあるのか、全然わからなかったが、とっても遠く離れているのは知っていた。「ペルシアはどの方角にあるんですか？」

マーリンは微笑んだ。「東洋にあるんだ。はるか東の彼方に」

「どうして、イングランドに来たんです？」

新米の内科医としてノルマンディーに戻ると、ロベール公の保護領には、すでにたくさんの医療開業医があふれていた。ノルマンディーの外は、絶えず争いが続いており、公爵対伯爵、貴族対王といった、予測のつかない戦争と政略の危険にさらされていた。「青年時代に二度、葡萄酒商人の父親と一緒にロンドンに来たことがあったんだ。私はイングランドの田舎の美しさを思い出した。それに、クヌート王の安定政権は全ヨーロッパに知れ渡っていた。そんな縁で、平和なこの国へ来ることに決めたんだ」

「それで、テテンホールは賢明な選択でしたか?」

マーリンはうなずいた。「だが困難もあるね。我々と同じ信仰を分かちあう人々がいないので、本式に祈ることができないし、食糧の戒律を守るのも大変だ。子供たちとは母国語で話すが、彼らはイングランドの言葉で考えている。私たちの努力にもかかわらず、子供たちは自分の民族の習慣の多くを知らない。だから、フランスから他のユダヤ人を、もっとここへ呼び寄せようとしているところなんだよ」

彼は、さらに葡萄酒を注ごうと動いたが、ロブは手でコップを覆った。「僕は少しでき上がってしまうから……頭をはっきりさせておきたいんです」

「どうして私を捜し出したんだね、若き床屋くん?」

「ペルシアの学校について教えて下さい」

「イスファハンの町にあるんだ。ペルシアの西部の」

「なぜ、そんなに遠くへ行ったんですか?」

「他に学ぶ場所がなかったんだ。そもそも、家族は私を内科医にしようなんて望んでいなかったんだ。もし、ユダヤ人の私が徒弟奉公できていたとしても、ヨーロッパの大部分にいる内科医というのは、たくさんのさもしいヒルとならず者の集まりだからね。パリには、オテル・デュという大きな病院があるが、あそこは、金切り声を出して死を待つだけの、貧者のための隔離病棟にすぎない。イタリアのサレルノに医学校があるが、くだらない場所だ。他のユダヤ人商人たちとの交流を通じて、私の父親は、東方の国々でアラブ人たちが医学という芸術を作り上げたことを知っていた。ペルシアのイスラム教徒たちは、イスファハンに正真正銘の治療センターである病院を持っているんだ。この病院と、そこに併設された小規模な学校で医者を育成しているのが、かのアヴィセンナなんだ」

「誰？」

「世界で最も傑出した内科医だ。アヴィセンナ。アラブ名はアブー・アリ・アトーフサイン・イブン・アブドゥッラーフ・イブン・シーナだ」

その旋律の美しい外国の名前を暗記できるまで、ロブはマーリンにくり返してもらった。

「ペルシアにたどり着くのは、大変ですか？」

「数年にわたる危険な旅だ。海を旅し、それから険しい山々と広大な砂漠を越え、陸を旅する」マーリンは、自分の客を鋭く見つめた。「ペルシアの学校のことは忘れることだ。君は自身の宗教の教義をどれくらい知っているかね、若き床屋さん？　神権によって選ばれしローマ法王が抱えている、多くの問題点に通じているかね？」

彼は肩をすくめた。「ヨハネ十九世の？」ロブは実のところ、法王の名前と、彼が神聖なる教会を率いているというより他は、何も知らなかった。

「そう、ヨハネ十九世だ。彼は一つならずも二つの巨大な教会組織の上に両脚でまたがって立っているんだ。二頭の馬を乗りこなそうと踏んばってる男みたいにね。西方教会は絶えず彼に忠誠を示しているが、東方教会では絶え間なく不満のつぶやきが起こっている。二百年前、コンスタンチノープルにある東方キリスト教会の総主教に、反抗的なフォティオスが選ばれて以来、両教会の間では分裂への動きが強くなってきているんだ。

司祭たちとの関わりで気づいたかも知れないが、彼らは内科医や外科医や理髪師を信用せず、毛嫌いしている。自分たちだけが、祈りを通して、人々の魂だけでなく身体の正当な守護者になれる、と信じているからだ」

ロブは、ううむとうなった。

「イングランド人司祭の、こうした医療関係者への反感も、東方キリスト教会の司祭がアラブの内科医学校や他のイスラム教徒の学校に対して抱いている憎しみと比べれば、まだましなのだよ。イスラム教徒国と隣り合っている関係上、東方教会は自分たちの信仰を、すべての人々に広めようとして、イスラム教と絶え間なく悲惨な戦争をくり広げている。東方のお偉方は、アラブの教育施設が異教へ人々を誘惑する、ゆゆしき脅威だと悟っている。十五年前、当時の東方教会の総主教セルギオス二世は、自分の総主教区より東のイスラム教の学校に行くキリスト教徒は、すべて神聖を汚すものであり、信仰を破って異教を礼拝したかどで有罪とすると宣言した。彼はこの布告に同調するよう、ローマの教皇にも圧力をかけた。次の法王は、東西教会の分裂という憂き目を見ることになる、とまわりからやきもきされるなか、新しく昇進したばかりだったローマ法王ベネディクト八世は、東方分子の不満をなだめるために、セルギオスの要請を承諾した。異教崇拝の刑罰は破門だ」

ロブは唇をすぼめた。「それは厳しい刑罰だ」

内科医はうなずいた。「宗教上だけでなく、法律上も恐ろしい懲罰が下されるから、事態はもっと厳しいんだ。エセルレッド王とクヌート王が採用した法典では、異教崇拝を第一の犯罪だと見なしている。有罪と宣告された者たちには、恐ろしい懲罰が待っているんだ。重たい鎖をまとわされて、手かせ足かせが錆《さ》びて壊れるまで、巡礼者として放浪させられた者もいた。火炙《ひあぶ》りにされた者もいる。絞首刑になった者もいれば、投獄されて、今日まで牢《ろう》につながれたままの者もいる。

イスラム教徒たちも、自分たちと敵対し、威嚇してくる宗教の一員を、わざわざ教育したくないさ。だから、もう何年も、東方の首長《カリフ》の領地にある学校は、キリスト教徒の学生を入学許可させていないんだ」

「なるほど」ロブは、うち沈んで言った。

「スペインなら、可能性があるかもしれない。ヨーロッパにあるんだ。西方領の西のはずれにある。そこでは、両方の宗教に対してもっと寛大だ。フランスからのキリスト教徒の学生たちも少しいる。イスラム教徒たちは、コルドバやトレド、セビリヤのような都市に大きな大学を建てている。もし、君がこれらの一つを卒業すれば、学者だと認められる。それに、スペインはたどり着くのも大変だが、とうていペルシアへの旅の比ではないからね」

「なぜ、あなたはスペインに行かなかったんです？」

「ユダヤ人は、ペルシアで勉強することが許されているからだよ」とマーリンはニヤッと笑った。「それに、イブン・シーナの衣服のへりでもいいから、触りたかったんだ」

ロブは顔をしかめた。「僕は学者になるために、世界を横切ってまで旅しようとは思いません。まっとうな内科医になりたいだけなんです」

マーリンはさらに葡萄酒を自分のコップに注いだ。「腑《ふ》に落ちないよ——君はこんなにも若い牡鹿だというのに、私には手も届かないような上等な織物のスーツを着て、高価な武器もたずさえている。理髪師の暮らしは、それだけの報酬をもたらすということだろう。それなのに、なぜ内科医になりたいんだね。もっと骨の折れる労働が課され、富が増えるかどうかも疑わしいのに？」

「僕は、軽い病気に投薬する知識を仕込まれてきました。めちゃめちゃにつぶれた指を切り取って、巧妙なつけ根を残しておくこともできます。でも、あんなにたくさんの人々が、病気を治してもらおうと、硬貨を片手に僕の所へやってくるのに、僕はどうやって彼らを助けたらいいか、何も知らないんです。僕は無知だ。もし、もっと知識があったら、何人かは助かっていたかもしれない」

「けれども、君が生涯を何回費やして医学を学んだとしても、人間の病気は謎《なぞ》だという想いは、去来するだろう。君が話してくれた苦悩は、治療に従事する職業とは切っても切れないんだ。どこかで折り合いをつけてやっていかねばならないんだ。だが、良い訓練を受ければそれだけ、医者は上手に治療できるようになる、というのも本当だ。君の向上心は至極もっともだよ」マーリンは、自分のコップを内省的に飲み干した。「アラブの学校がダメでも、イングランドの医者たちを厳密に精選して、乏しい人材の中からも最上の人を見つけるんだ。そうすれば誰かに徒弟にとってもらえるだろう」

「誰か、そうした良い内科医を知りませんか？」

マーリンはロブのほのめかしに気づいたのか、返答しなかった。彼は頭を振って立ち上がった。

「さて、今日はお互い仕事で疲れているから、明日、元気を回復してから、この問題に立ち向かうことにしよう。おやすみ、若き床屋さん」

「おやすみなさい、内科医の先生」

＊

朝、台所には暖かな豆雑炊《ぞうすい》が用意してあり、長いヘブライ語での食前の祈りがあった。家族そろって食卓につきながら、ロブのことをそれとなく詮索《せんさく》し、彼の方でも一家の様子を探った。マーリン夫人は年がら年中不機嫌らしく、容赦ない朝日のなかで、唇の上にうっすらと髭《ひげ》が見えた。ベンジャミンとリュエルという名の男の子の短い上着《カートル》の下から、房飾りがのぞいているのが見えた。粥《ポリッジ》は質が良かった。

良く眠れたか、とマーリンが丁寧にたずねた。「昨夜の議論について考えてみたんだが。残念ながら、親方に推薦できる内科医は、一人も思いつかないんだよ」彼の妻は大きな籠《かご》いっぱいのブラックベリーを食卓に出し、マーリンは顔をほころばせた。「さあ、自由に取って粥と一緒にどうぞ、風味豊かだから」

「僕を、あなたの徒弟にしてもらいたいのです」とロブは言った。

マーリンが頭を振ったので、ロブはがっくりきた。

ロブは即座に、自分は床屋さんにたくさんのことを仕込んでもらっている、と言った。「昨日、あなたの役に立ったでしょう。僕はすぐに、ひどい天気の時には、一人であなたの患者たちを訪問できるようになって、あなたに楽をさせてあげられます」

「必要ないよ」

「僕に治療のセンスがあるのを、あなたは観察したはずだ」と彼は執拗《しつよう》に言った。「おまけに僕は力も強い。必要とあらば骨の折れる仕事もこなせます。七年間の徒弟奉公だろうと、もっと長かろうと平気です。あなたが望むだけ、長くていいんです」彼は興奮のあまり立ち上がって、机を揺すぶり粥を跳ね飛ばした。

「不可能だ」とマーリンは言った。

彼は困惑した。マーリンは自分のことを気に入っているものと確信していたのだ。「僕は、必要な資質に欠けているんですか？」

「君は優秀な資質を備えている。私が見たところでは、君は一流の内科医になるだろう」

「それじゃ、なぜ？」

「大部分がキリスト教徒のこの国では、私が君の親方になることは、認められないよ」

「かまうもんですか」

「ここの司祭たちはかまうんだよ。ただでさえ、フランス育ちのユダヤ人で、イスラム教の学校で教育を受けた私は、危険な異教徒分子とみなされ、彼らに快く思われていないのだ。彼らは私を警戒している。いつ自分の言葉が呪文《じゅもん》だと解釈されるか、新生児に洗礼を施すのを忘れやしまいかと、私は絶えず怖れて暮らしているんだ」

「僕を徒弟にしないのなら」とロブは言った。「せめて、僕がお願いできそうな内科医を紹介してくれてもいいでしょう」

「だから言ったように、推薦できる人物は一人もいない。だが、イングランドは広いし、私が知らない医者もたくさんいるだろう」

ロブは唇を固く結んで、手を剣の柄《つか》に添えた。「昨夜あなたは、乏しい人材ながらも一番ましなのを見つけるようにと言った。あなたが面識がある内科医で、誰が一番ましですか?」

マーリンはため息をついて、脅しに応じた。「セントアイヴズのアーサー・ジャイルズ」と彼は冷たく言うと、ふたたび朝食を食べ始めた。

ロブは剣をぬく気など毛頭なかったが、奥さんの視線は彼の剣に注がれ、やっぱり自分の予言は当たったと、驚き震えたうめき声をかみ殺すことができなかった。リュエルとジョナサンは陰鬱《いんうつ》な表情で彼を見つめていたが、ゼカリアは泣き出した。

彼らのもてなしを、仇《あだ》で返したことへの恥ずかしさで、ロブは自分に嫌気がさした。彼はなんとかお詫《わ》びの気持ちを示そうとしたができず、結局、粥をスプーンですくっているフランス系ヘブライ人から顔を背け、彼らの家を立ち去った。

第二十一章　老騎士

数週間前だったら、彼はコップの底を見つめることで、恥ずかしさと怒りから逃れようとしただろうが、飲酒には用心深くなっていた。酒びたりになっていなければ、人々の手を取った時の感応力がどんどん強まるのはあきらかだったし、何より彼は、自分に備わった贈り物に、ますます価値を置くようになっていたのだ。そこで、酒を飲むかわりに、ウスターから数マイル向こうの、セヴァーン川の湿原で女と一日を過ごした。太陽に照らされた草は、彼らの血と同じくらい暖められていた。女は、針で刺した痛々しい指をしたお針子見習いで、引き締まった小さな身体をしており、川で泳ぐとつるつるすべって、つかみにくくなった。

「マイラ、君はウナギみたいだなあ！」と大声ではやし立てると、気分も良くなった。

一緒に緑色の川を下っていくと、マイラは鱒《ます》のように敏捷《びんしょう》だったが、彼の方は何か大きな海の怪物のようにぎこちなかった。彼女が手でロブの脚を開き、その間をくぐって泳ぐと、彼はその青白く引き締まった脇腹《わきばら》をなでた。水はひやりとしていたが、二人は川岸の日だまりで二度抱き合い、ロブは自分の怒りを彼女の中に吐き出した。数フィート向こうでは馬が草を食《は》み、猫のバッフィントン夫人が座って二人を穏やかに眺めていた。マイラは小さなつんとした胸をして、茂みは絹のように柔らかな茶色だった。茂みというより、若草の隠れ家だな、と彼はふらちなことを考えた。彼女は女性というより、むしろ少女だったが、これまでにも男たちと寝たことがあるのは確かだった。

「いくつなんだい、かわい娘《こ》ちゃん？」と彼は他意はなく訊《き》いた。

「十五歳よ」

まさに妹アン・メアリーと同じ年だ、とロブは気づいた。今ごろ、あの娘も自分の知らないどこかで一人前になっているのだ、そう思うと憂鬱《ゆううつ》になった。

彼は不意に、途方もない考えに襲われ、気分が萎《な》えて太陽の光りが曇ったように感じた。

「名前はずっとマイラかい？」

この質問は、彼女のびっくりしたような微笑《ほほえ》みを誘った。「やだ、もちろんよ、自分の名前だもの。マイラ・フェルカー。他にどんな名前があるっていうの？」

「で、この辺で生まれたのかい、かわい娘ちゃん？」

「ウスターで産み落とされて、ずっとここで暮らしてるわ」と彼女は機嫌良く言った。

彼はうなずいて彼女の手を軽くたたいた。

だが待てよ、とロブは暗澹《あんたん》たる嫌悪感をもよおしながら考えた。こんな状況では、いつの日かまったくそれと知らずに、自分の妹と寝てしまうことも、ありえないことではない。これからは、アン・メアリーと同じ年頃と思われる若い女性とは絶対に関係しないと、彼は心に決めた。

気分の沈むような考えに、せっかくの休日気分を台無しにされ、彼は服を拾い集め始めた。

「あら、もう行かなきゃいけない？」と彼女は残念そうに言った。

「うん」と彼は言った「セントアイヴズまで、まだまだ遠いんでね」

＊

　セントアイヴズのアーサー・ジャイルズは、まったくつまらない人物だった。ベンジャミン・マーリンを脅迫して、無理に推薦させたのだから、ロブが高い期待を抱く筋合いではなかったにしてもだ。内科医は太った不潔な老人で、どう考えても少し頭がおかしいようだった。山羊を飼っていたが、室内に入れることもあるらしく、家の中には実に不快な悪臭が漂っていた。

「効くのは瀉血《しゃけつ》じゃよ、君ぃ。おぼえておくことじゃ。他のどんな手も効かない時は、上手な血液浄化排出にかぎる。どんどんやれ。死に損ないどもに効くのはそれじゃよ」とジャイルズは叫んだ。彼は進んで質問に答えた。だが、瀉血以外の別の治療法について論ずると、ロブがこの老人に教えてやった方が早いのが明白になった。ジャイルズは、弟子となって吸収したい医学的知識も、知識の蓄積も、何も持ち合わせていなかった。彼はロブに、徒弟奉公をさせてやろうと申し出たが、ていねいに断られると怒り狂ったようだった。ロブは心置きなくセントアイヴズをあとにした。医学に巣くう、こんな化け物になるくらいなら、理髪師のままでいる方がずっと幸せだからだ。

　数週間のあいだ、彼は内科医になるという非現実的な夢は放棄したと思い込んでいた。忙しく余興をこなし、大量の『万能特効薬』を売って、自分の財布の厚みに満足していた。バッフィントン夫人は、彼が床屋さんの懐から恩恵をこうむっていたのと同じように、ロブの財力を食べて成長した。猫は栄養満点の残り物を食べ、みるみるうちに大人に成長し、傲慢《ごうまん》な緑の目をした、真っ白で大きな雌猫になった。彼女は自分を雌ライオンだと思い、戦いをくり広げた。

ロチェスターの町にいる時、バッフィントン夫人は余興の最中に姿を消し、夕暮れ時にロブのキャンプに戻ってきた。身体の右前面をひどく嚙《か》まれていたうえ、左の耳のほとんどがちぎれ、白い毛皮が深紅に絡まっていた。

　彼は傷に薬を塗ってやり、恋人のように介抱した。「なあ、お前。騒ぎを避けることを学ばないとな、僕のようにさ。お前のためにならないからね」牛乳を飲ませてやると、ロブは彼女を膝《ひざ》にのせて焚《た》き火にあたった。

　猫は舌で、じょりじょりと彼の手をなめた。指に牛乳の滴がついていたのかもしれないし、あるいは、夕食の匂《にお》いが残っていたのかもしれない。だが、彼はそれを慈愛のしるしと受け取り、彼女が自分と一緒にいてくれることに感謝しながら、お返しに柔らかな毛皮をなでてやった。

「もし、イスラム教徒の学校に入学する道が開かれていたら」と彼は猫に告げた。「荷馬車にお前を一緒に乗せて、馬をペルシアに向けるんだ。そして、どんな邪魔が入ったって、あの異教の地にたどり着いてみせるのになぁ」

　アブー・アリ・アト‐フサイン・イブン・アブドゥッラーフ・イブン・シーナ、と彼は焦がれるように考えた。「お前なんか知ったことか、このアラブ野郎」と彼は大声で叫ぶと、寝床にもぐった。

　同じ言葉が、くり返しくり返し、彼をあざける祈《き》禱文《とうぶん》のように、心をよぎった。アブー・アリ・アト‐フサイン・イブン・アブドゥッラーフ・イブン・シーナ、アブー・アリ・アト‐フサイン・イブン・アブドゥッラーフ・イブン・シーナ……神秘的な反復は、彼の落ち着かない激情をしずめ、彼は眠りに落ちた。

その夜、彼は胸が悪くなるような、醜悪な老騎士と、一対一で短剣で組みあい、格闘している夢を見た。

老騎士は屁《へ》をひって彼をあざけった。甲冑《かっちゅう》には錆《さび》と苔《こけ》が浮いていた。お互いの頭がすごく接近していたので、骨張った鼻に膿《うみ》と鼻水がぶら下がっているのが見えた。恐ろしい目つきを目の当たりにし、騎士の息のムカつくような悪臭を嗅《か》いだ。彼らは死に物狂いで闘っていた。ロブは若くて腕力があるもかかわらず、暗黒の亡霊のナイフは冷酷で、その甲冑を突き通すのが不可能なのを思い知らされた。二人の向こうには、騎士の犠牲者たちの姿が見えた。ママ、パパ、かわいらしいサミュエル、床屋さん、それにインシテイタスと熊のバートラムまでいた。ロブは怒りで力をみなぎらせたが、時すでに遅く、無情にも相手の刃が自分の胴体を貫くのを感じた。

目覚めると、服が露で湿り、服の下は冷や汗でびっしょりになっていた。彼は朝の日差しを受けて横たわっていた。五フィートと離れていないところで、コマドリが爽快《そうかい》にさえずり、夢のなかでは殺《や》られてしまったが、現実には生きていることをロブは実感した。まだ、人生を投げるわけにはいかないのだ。

死んでしまった人々は二度と戻ってはこない。それが事の成り行きなのだ。無為に黒衣の騎士と闘い続けるより、もっと良い人生の過ごし方があるんじゃないのか？　医学を勉強することだ。それこそが、失った家族のかわりに情熱を傾けるべきものなのだ。猫がやってきて怪我していない方の耳をこすりつけると、ロブは心に決めた。何としても自分はやり遂げてみせると。

＊

なかなかうまく事は運ばなかった。彼はノーサンプトン、ベッドフォード、ハートフォードと順ぐりに余興を披露し、それぞれの地で内科医を探し出しては、彼らと話したが、全員の治療知識を合わせても、床屋さんが持っていた知識にはおよばないのがわかった。モールドンの町では、内科医といえば『虐殺者』と同義に考えられているほど評判が悪く、ロブ・Jが医者の家の場所をたずねると、人々は青ざめて胸の前で十字をきった。

そうした輩《やから》に徒弟奉公しても、なんの役にも立ちはしない。

他のヘブライ人の医者なら、マーリンよりもずっと快く自分を受け入れてくれるのではないか、という考えが心に浮かんだ。彼はモールドンの広場で、職人たちが煉瓦《れんが》の壁を積んでいる場所で足を止めた。

「この土地で、誰かユダヤ人を知りませんか?」と彼は煉瓦職人の親方にきいた。

その男は彼をじろっとにらむと、唾《つば》を吐き、背を向けた。

広場にいた他の数名の男たちにもたずねたが、結果は思わしくなかった。最後に、ロブを物珍しそうに観察している人物がいた。「どうして、ユダヤ人を捜してるんだい?」

「ユダヤ人の内科医を捜したいんだ」

その男は、なるほどと同情を示すようにうなずいた。「神のお慈悲があらんことを。マームズベリーの町にユダヤ人たちがいて、そこにアドレセントリという内科医がいるよ」と彼は言った。

マームズベリーまではモールドンから五日かかり、途中、余興をもよおして薬を売るため、オックスフォードとアルヴェストンで停まった。床屋さんがアドレセントリのことを、有名な内科医だと話していた気がして、夕暮れが小さな混沌《こんとん》とした村に影を落とす頃、ロブは希望を抱いてマームズベリーに足を踏み入れた。宿屋では、質素だが元気が出るような夕食を出してくれた。床屋さんだったら、羊のシチューに香辛料がつかわれていないことに目ざとく気づいただろうが、肉はたっぷり入っていた。そのあと、金を払って隅の新しい寝《ね》わらで眠ることができた。

＊

翌朝の朝食の時、ロブはマームズベリーにいるユダヤ人のことについて話してくれるよう、店主に頼んだ。

そんなこと聞いてどうしようってんだ？　とでも言いたげに、男は肩をすくめた。

「好奇心をそそられてね。最近まで、ユダヤ人なんて一人も見たことがなかったから」

「この国では珍しいからねえ」と店主は言った。「私の妹の亭主は、船長をしていて、ありったけの場所に旅したことがあるんだが、フランスにはたくさんいるって言ってますよ。彼らはあらゆる国にいて、東へ旅すればするほど、たくさんいるんだそうですよ」

「イサク・アドレセントリという人物も、彼らの中で暮らしてるのかね？　内科医なんだけど？」

店主はニヤッと笑った。「いいや、とんでもない。彼らがイサク・アドレセントリのまわりで暮らしてるんですよ。その高名の恩恵にあずかってね」

「じゃあ、彼は名高いんだね？」

「偉大な内科医ですよ。遠くから、はるばる彼に診《み》てもらいに人々がやって来て、この宿屋に泊まっていきますよ」と店主は誇らしげに言った。「もちろん、司祭たちは彼のことを良く言わないがね。でも」彼は鼻に指をあてて前かがみになった。「少なくとも二度、夜の暗がりに紛れるように使者が先生を呼びに来て、去年、死にかけていると噂《うわさ》されてたエセルノス大司教を介抱するため、カンタベリーにせっつかれて行ったのを知ってるんですがね」

店主は、ユダヤ人居留地への道を教えてくれた。ほどなくして、ロブはマームズベリー修道院の灰色の石壁を馬を操って通り過ぎ、森や畑や修道士たちが葡萄《ぶどう》を摘んでいる切り立った葡萄園を抜けて行った。低林が、修道院の土地と、おそらく数十件ほどが軒を連ねるユダヤ人居住区とをへだてていた。目の前にいるのは、ユダヤ人に違いなかった。だぶだぶの黒いカフタンを着て、鐘型の皮の帽子をかぶったカラスのような男たちが、鋸《のこぎり》をひき、ハンマーを振り上げ、小屋を建てていた。ロブは他のより大きな、一軒の建物に乗りつけた。その広い中庭は、つながれた馬と荷馬車でいっぱいだった。

「イサク・アドレセントリ先生は？」ロブは、動物たちの番をしている数名の少年の一人にたずねた。

「医療室にいます」と少年は言うと、馬をちゃんと面倒見てもらうためにロブが投げた硬貨を、手際よくキャッチした。

正面の扉は、木製のベンチがいっぱい置かれた大きな待合室に通じ、ベンチはすべて、病気をわずらっている人間でぎゅうぎゅう詰めだった。ロブの治療の衝立《ついたて》の向こうで待っている列に似ていたが、人数はもっと多かった。空席は見当たらなかったが、彼は壁際に立っている余地を見つけた。

時折、他の部屋に続く小さな扉から男性が出てきて、最初のベンチの端に座っている患者を呼んだ。すると、全員が一人分ずつ前に詰めるのだ。内科医は五人いるらしかった。四人は若く、もう一人は動きが敏捷《びんしょう》な、小さい中年男性で、ロブは彼がアドレセントリだとにらんだ。

待ち時間はとても長かった。誰かが待合室の扉を通って、内科医のところへ案内されていくたびに、新参者が正面の扉を開けて入ってきているらしく、部屋は混みあったままだった。ロブは外見から患者たちの病名を判断して、時間をやり過ごした。

正面のベンチの先頭にたどり着いた時には、午後の中頃になっていた。若い男性の一人が扉を開けてやってきた。「一緒に来てください」彼にはフランス語訛《なま》りがあった。

「イサク・アドレセントリ先生に会いたいんです」

「私はモーゼズ・ベン・アブラハム。アドレセントリ先生の弟子です。私も治療ができます」

「僕が病気なら、あなたは見事に治療してくれるだろうと思いますが、僕は別の用件でぜひ、あなたの親方に会いたいのです」

弟子はうなずくと、ベンチに座っている次の人物にとりかかった。

しばらくして、アドレセントリが出てきて、ロブを扉の向こうの短い廊下に案内した。少し開いたままの扉越しに、手術用寝台にバケツや器具を備えた手術室がちらりと見えた。二人は、小さな机と二客の椅子《いす》しかない、ちっちゃな部屋に入った。「どこがお悪いんですか?」とアドレセントリは言った。ロブが症状ではなく、医学を学びたいという望みを神経質な口調で話しだすと、アドレセントリはいくぶん驚いた様子で耳を傾けた。

内科医は浅黒い整った顔立ちをしていたが、ニコリともしなかった。ロブにもう少し思慮があったら、面接はたぶん違う結果で終わっていただろう。しかし、彼はこう質問せずにはいられなかった。「イングランドに長くお住まいなんですか、先生？」

「なぜ、そんなことを？」

「僕たちの言葉が、とってもお上手だものですから」

「私はこの家で生まれたんです」とアドレセントリは静かに言った。「偉大な神殿エルサレムの滅亡のあと、紀元七十年に、五人の若いユダヤ人の戦争捕虜が、ティトゥス皇帝の命でエルサレムからローマに送られた。彼らは『アドレセントリ』と呼ばれました。ラテン語で『若者たち』の意味です。私は彼らの一人、ジョセフ・アドレセントリの末裔《まつえい》です。彼は『第二ローマ軍団』に入隊して、自由の身分を勝ち取った。そして、のちにブリトン人を名のることとなる、獣皮を着た小さくて浅黒い人々、いわゆるシルリア人が住んでいた頃、軍と一緒にこの島にやってきたのです。あなたの家系は、イングランドにそんなに長く住んでいますか？」

「わかりません」

「あなたの英語も、なかなかお上手ですよ」とアドレセントリは、サラリと言ってのけた。

ロブはマーリンに会ったことを彼に告げ、医学教育について話しあったとだけ言っておいた。

「あなたもやはり、イスファハンにいる偉大なペルシア人内科医のもとで学んだのですか？」

アドレセントリは頭を振った。「私はバグダッドの大学に入りました。大きな図書館と施設が整った、もっと規模の大きな医学校です。ただし、もちろん、彼らがイブン・シーナと呼んでいるアヴィセンナはいませんでしたが」

アドレセントリの弟子たちのことも話題にのぼった。三人はフランス出身のユダヤ人で、もう一人はサレルノ出身のユダヤ人だった。

「私の弟子たちは、アヴィセンナや誰か他のアラブ人ではなく、私を選んできたのです」とアドレセントリは誇らしげに言った。「いかにも、彼らはバグダッドの学生たちのように、蔵書には恵まれていません。しかし、私はトラレスのアレキサンドロスの方法にならった療法が記載され、膏薬《こうやく》や湿布、膏剤の作り方を教えてくれる『ありのままの医者読本』を持っています。弟子となれば、アイギナのパウロスの何冊かのラテン語の著作やプリニウスの相当の著述とともに、その本を集中して勉強することが要求されます。さらに、私の手元から離れる前に、静脈切開や焼灼《しょうしゃく》術、動脈の切開、白内障の硝子体《しょうしたい》転位の施し方を身につけておかねばなりません」

ロブは抗しがたい憧《あこが》れを感じた。それは女性に目が釘《くぎ》づけになり、瞬間的に恋こがれるといった、一過性の男の情動とはわけが違った。「僕を弟子にとって下さるよう、お願いするために来たんです」

アドレセントリは頭を傾けた。「そうだろうと思っていました。でも取るつもりはありません」

「どうしてもダメですか?」

「ええ。親方にはキリスト教徒の内科医を捜すべきです。でなければ、理髪師のままでいることです」アドレセントリは邪険にではなく、きっぱりと言った。

おそらく、彼の理由もマーリンと一緒だったのかもしれない。だが、ロブには知る由もなかった。内科医はそれ以上、口を開かなかったからだ。彼は立ち上がって扉へと案内すると、治療室を立ち去るロブに表情を変えずにうなずいた。

＊

二つ離れた町、ディヴァイズィズで、彼は余興をもよおしたが、技を熟達して以来はじめて投げ物《ジャグリング》の球を落とした。人々はロブの悪意のない冗談に笑い、薬を買った。だがそこで、ブリストルから来たという、彼とほぼ同じ年頃の若い漁師が衝立のうしろにやってきた。彼は血尿を出し、肉の大部分がそげ落ちていた。自分が死ぬのはわかっている、と男は告げた。

「もう、手の打ちようがありませんか？」

「あなたの名前は？」とロブは静かにたずねた。

「ハマー」

「たぶん、身体の中に横痃《おうげん》があるのだと思うよ、ハマー。でも、私にははっきりしたことはわからない。君を治療する術も、痛みをやわらげる術も、私は知らないんだ」床屋さんだったら薬を何本も売りつけただろう。「これは、ほとんどが蒸留酒で、どこででももっと安く買えるんだ」なぜだか自分でもわからなかったが、ロブはそう口にしていた。今まで、決して患者に告げなかった秘密だ。

漁師は礼を言って立ち去った。

アドレセントリやマーリンなら、彼にもっとしてやれることを知っていただろうに、とロブは心の中で苦々しげに思った。臆病《おくびょう》な畜生どもめ、と彼は思った。この間にも、いまいましい黒騎士がニヤッと笑っているのに、自分に医学を教えることを拒みやがって。

その晩、彼は荒れ狂う風と豪雨という、突然の激しい嵐《あらし》につかまった。九月に入ってまだ二日しか経っておらず、秋雨にはまだ早かった。だが、濡《ぬ》れ方も凍え方も、それに劣らぬひどさだった。ロブは唯一の避難所である、ディヴァイズィズの宿屋に苦労してたどり着き、馬の手綱を庭の大きなオークの枝にしっかり結んだ。扉を押して中へ入ると、先客があふれていた。床のあらゆる場所が占拠されていた。

薄暗い隅で、へとへとに疲れた男が、商人たちが商品を入れるのに用いるような、ふくれた包みを両腕でかかえて身体を丸めて座っていた。もし、ロブがマームズベリーに行っていなければ、その男を気に留めなかっただろう。だが、その黒いカフタンと、とがった革の帽子から、これはユダヤ人だと彼にははっきりわかった。

「我々の主、イエスキリストが殺されたのも、こんな夜だったんだ」とロブは大声で言った。

キリスト受難の物語をしゃべり続けると、宿屋の中の会話がだんだん小さくなった。旅行者たちは、お話と気晴らしが大好きなのだ。誰かがロブに一杯おごってくれた。大衆がいかにして、イエスがユダヤ人の王であることを否定したか、という下りを彼が告げると、隅の男はいたたまれなくなって身を縮めたようだった。

カルヴァリの丘での場面に達すると、そのユダヤ人は荷物を持って、こっそりと夜の嵐の中へ出ていった。ロブは話を切り上げ、暖かい隅に場所を確保した。

しかし、その商人を追い払ったところで、床屋さんに『特製品』を与えた時ほどにも、胸はすかなかった。宿屋の共同部屋には、湿っけた毛織物の服と汚い身体の臭いがたれ込め、彼はすぐに吐き気をもよおした。雨はやんでいなかったが、宿屋から外に出て自分の荷馬車と動物たちのもとに戻った。

彼は近くの開拓地に馬を走らせ、馬を解き放した。荷馬車には乾燥した焚《た》きつけが積んであったので、どうにか火をつけた。バッフィントン夫人は交配するには若すぎたが、すでに雌の臭いを発散しているらしく、薪の光りに照らされた闇《やみ》の向こうで雄猫が遠吠《ぼ》えしていた。ロブは追い払おうと棒きれを投げ、白猫は彼に身体をこすりつけた。

「僕らは、品行方正な二人組だ」と彼は言った。

一生かかっても、弟子となるに足る内科医を見つけだしてやる、と彼は心に決めた。ユダヤ人の医者にしても、たった二人としか話していないのだ。むろん、他にもいるはずだ。

「もしかして、僕がユダヤ人のふりをしたら、弟子にしてくれるかもしれないな」と彼は猫に告げた。

こうしてそれは、夢とも呼べないような、とりとめのない空想から始まった。なにしろ、ユダヤ人の親方の目をごまかせるほど、十分な説得力のあるユダヤ人のふりをするのは無理なことぐらい、彼にもわかっていた。

だが、火の前に座って炎をじっと見つめていると、アイディアが具体化した。

猫が絹のようなお腹を上にして転がった。「イスラム教徒を納得させる程度のユダヤ人になら、化けられるんじゃないかな？」ロブは猫と、自分自身と、神様とに問いかけた。

その程度のユダヤ人に化けられれば、世界で一番偉大な内科医のもとで学べるんじゃないか？

自分の考えの法外さにボーッとして、手から猫を落としてしまい、彼女は荷馬車に駆け込んだ。やがて彼女は、なにかの動物のように見える、毛むくじゃらの物を引っぱって戻ってきた。それは『老人』の馬鹿げた真似をしていた時、つけていたつけ髭《ひげ》だった。ロブはそれを拾い上げた。床屋さんのために老人になれたのなら、と彼は自問した。ヘブライ人になれないわけがあるだろうか？　ディヴァイズィズの宿屋のあの商人や、他のユダヤ人たちを模倣できるかも……。

「偽のユダヤ人になるぞ！」とロブは叫んだ。

誰かが通りかかって、彼が長々と大声で猫にしゃべっているのを耳にはさまなくて幸運だった。こんな姿をみられたら、悪霊に話しかけている魔法使いだと告発されたかもしれない。

彼は教会をまったく怖れていなかった。「子供さらいの司祭どもとも、手を切ってやるんだ」と彼は猫に言った。

たっぷりとしたユダヤ人の髭なら生やせるし、すでに無精ひげが伸びていた。

マーリンの息子たちのように、自分の民族と隔離されて育ち、彼らの言葉と風習にうといのだとみんなに言えば良いのだ。

何としてもペルシアに行くぞ！

イブン・シーナの服のへりに触るんだ！

彼は興奮と怖れで、大人の男のくせにひどく身震いした。昔、初めて自分がサザクの向こうへ足を踏み入れた、と気づいた瞬間のようだった。

ユダヤ人たちはあらゆる場所にいると聞いた。べらぼうにたくさんのユダヤ人が。旅をしながら彼らと交際を深め、彼らのやり方を学ぶのだ。イスファハンに着く頃には、ユダヤ人を演じる準備は整っているだろう。そして、イブン・シーナはきっと彼を迎え入れ、アラブ派医学の奥義を授けてくれるに違いない。

《第二部》長い道のり

第二十二章　最初の一歩

フランスへ向かう船は、イングランドのどの港よりも、ロンドンから多く出航していた。そこで、ロブは自分の生まれ故郷の都市へと向かった。これほどまでの冒険には、できるかぎりたくさんの金をたずさえて出発したくて、彼は道すがらずっと、あちこちに立ち寄って働いた。おかげで、ロンドンに着いた頃には、船旅の季節をのがしてしまっていた。テムズ川には錨《いかり》で固定された船のマストが林立していた。クヌート王は自分のデーン人の血統を生かし、鎖でつながれた怪物のように海原を駆ける、バイキング船の大艦隊を組織した。恐怖をおぼえさせるその船艦は、雑多な集団に取り囲まれていた。遠洋漁船に改装したずんぐりした貨物船。金持ちの個人所有のガレー船。ゆっくりと帆走する背の低い、穀物船。大きな三角帆をつけた、二本マストの定期商船。二本マストのイタリアの武装商船。長い一本マストの船。北方の国々の商船船隊の堅牢《けんろう》な船。だが、船荷や乗客をのせてくれる船は一艘《そう》もなかった。極寒の暴風がすでに吹き始めていたからだ。これからの六ヶ月間、朝方はほとんど、しょっぱい飛沫《しぶき》がイギリス海峡で凍結する。北海が大西洋とぶつかって合流する場所へあえて出ていくのは、激しく渦巻いている海に溺《おぼ》れに行けと言われているようなものだ、と水夫たちは知っているのだ。

波止場地区の船員たちの巣窟《そうくつ》『ヘリング亭』で、ロブは味つけした温かな林檎酒《マルドドリンク》のマグを机にドシンと置いて、立ち上がった。「こぢんまりした部屋を探してるんだ、春の出帆まで住める清潔な下宿を」と彼は言った。「誰か、そんなのを知ってる奴《やつ》はいないか?」

背が小さくて幅広の、ブルドッグのような体格をした男が、自分のコップを飲み干しながら、ロブを値踏みするように見てうなずいた。「おう」と彼は言った。「俺《おれ》の兄弟のトムが、この前の航海で死んだんだ。奴の後家さんは、ビニー・ロスって名なんだが、小さな子供二人と残されちまって、食べさせていかにゃならん。あんたが金をはずんでくれるんなら、彼女は歓迎すると思うよ」

ロブは彼に酒をおごり、イーストチープ地区の市場の近くにある小さな家まで、短い道のりを彼についていった。ビニー・ロスは、青白くて細い小さな顔に心底心配そうな青い目をした、痩《や》せっぽちの臆病《おくびょう》な若い女だった。家は十分に清潔だったが、とても狭かった。

「猫と馬がいるんだけれど」とロブは言った。

「あら、猫は歓迎しますわ」と彼女は気を使って言った。喉《のど》から手が出るほどお金が欲しいのはあきらかだった。

「冬の間、馬は小屋に入れておいたら良いだろう」と彼女の義理の兄が言った。「テムズ通りにエグルスタンの厩舎《きゅうしゃ》がある」

ロブはうなずいた。「場所は知ってる」と彼は言った。

＊

「お腹に子供がいるわ」ビニー・ロスは、猫を拾い上げて、なでながら言った。

なめらかな腹部に、余分な丸みは認められなかった。「どうしてわかるんだい？」彼女は間違っていると思いながら、ロブはたずねた。「まだ本人が子供なんだよ。この夏に生まればかりだからね」

若い女は肩をすくめた。

だが、彼女は正しかった。数週間もしないうちに、バッフィントン夫人の腹は膨れてきたのだ。彼は猫に美味《うま》くて軽い食べ物を与え、ビニーと息子にも上等な食べ物を提供した。小さな娘は赤ん坊で、まだ母親のおっぱいを飲んでいた。長いこと空きっ腹を抱えたあとに、心ゆくまで食べた時の驚異的な幸福感を身をもって知っているだけに、ロブは市場に歩いて行って彼らのために物を買うのが嬉《うれ》しかった。

赤ん坊の名前はオールディスといい、二歳にならない幼い少年の方はエドウィンといった。毎夜、ビニーの泣き声が聞こえた。家についていて二週間もしないうちに、彼女が暗がりのなか、こっそりと彼のベッドにやってきた。彼女は何も言わずに、身体を横たえてほっそりした腕を彼に巻きつけ、行為のあいだもずっと沈黙していた。好奇心から、彼女の乳を味わってみると、甘い味がした。

終わると、彼女は自分のベッドにそっと戻り、次の日、そのことについてはまったく触れなかった。

「ご主人は、どうして死んだんだい？」彼女が朝食の粥《かゆ》をとり分けている時、ロブはたずねた。

「嵐《あらし》よ。ウルフが言うには……ほら、あなたをここへ連れてきた彼よ、主人の兄なんだけど……、彼が言うには、夫のポールは波にさらわれてしまったの。彼、泳げなかったのよ」と彼女は言った。

彼女はさらにもう一晩、彼の身体を利用し、しゃにむに腰を回転させた。するとある日の午後、彼女になにか話したそうに勇気を奮い立たせている様子で、死んだ夫の兄ウルフが家へやってきた。それ以来、ウルフは毎日、小さな贈り物を持って訪ねてきた。彼は姪《めい》や甥《おい》と遊んでやっていたが、母親の方の機嫌を取ろうとしているのは誰の目にもあきらかだった。そしてある日、ビニーはウルフと結婚するつもりだとロブに告げた。おかげで、その家はロブが出航まで呑気《のんき》に時間をつぶせる、もっと気楽な場所になった。

ある暴風雪の日、彼はバッフィントン夫人が元気な子供たちを出産するのを手伝った。彼女に瓜《うり》二つの白い雌が一匹、白い雄が一匹、そして、おそらく彼らの父猫に似たと思われる白黒の雄猫が二匹。ビニーが、四匹の子猫の処分を申し出てくれたが、ロブは子猫たちを乳離れさせるやいなや、籠《かご》にボロ布を敷いてパブに連れていき、酒をたくさんおごりまくって、猫たちをもらってもらった。

三月。港で荒っぽい仕事をする奴隷たちが、波止場地区に連れ戻され、人と荷車の長い列が、ふたたびテムズ通りで押しあいへしあいして、倉庫や船に輸出品を詰め込み始めた。

ロブは、旅慣れた男たちに数え切れないほどの質問をくり返し、カレー経由で旅を始めるのが一番だと決めた。「そりゃ、俺の船の行き先だ」ウルフはそう言うと、クイーン・エマ号を見せに停船用水面へ案内した。船はその名前ほど豪奢《ごうしゃ》ではなく、一本マストがそびえ立つ大きな老朽船だった。沖仲士たちが、コーンウォールで採掘された錫《すず》の板を積み込んでいた。ウルフはロブを船長のところへ連れていった。にこりともしないウェールズ人だったが、乗客としてのせてくれと頼むと、うなずいて公正と思われる値段を提示した。

「馬と荷馬車があるんです」とロブは言った。

船長は眉《まゆ》をひそめた。「船で運ぶには、ずいぶんコストがかかる。イギリス海峡のこちら側で動物や馬車を売って、向こう側で新しいのを買う旅行者たちもいる」

ロブはかなり思案したが、ついに、いくら高くつこうと運送料を払うことに決めた、旅行中に、外科医兼理髪師として働く計画だったからだ。馬と赤い荷馬車は装備万端整っていたし、同じくらい満足のいくのを探せるかどうか、保証はなかった。

四月が穏やかな気候を連れてくると、ついに、最初の船が出発し始めた。クイーン・エマ号はその月の十一日目に、ずいぶんと涙を流してくれるビニーに見送られながら、テムズ川の泥から錨をあげた。強く優しい風が吹いていた。ウルフや他の七名の水夫がロープを引っぱり、巨大な四角い帆を揚げるのを、ロブは眺めた。ようやく揚がると、帆は一面に裂け目が入っていたが、外へ向かう潮流にのった。金属の積み荷の重さで低く沈んだ大きな船は、テムズ川を出て、サネット島と本土とのあいだの瀬戸をのろのろとすべり抜け、ケントの海岸沿いをはうように進み、追い風を受けて辛抱強くイギリス海峡を渡った。

遠のくにつれて、緑の海岸線が薄黒くなり、ついにイングランドは青い靄《もや》になり、それから紫のしみになって海にのみ込まれた。ロブは、高尚なことを考えるどころではなかった。気分が悪くて吐きそうだったからだ。

ウルフはデッキの上で彼の前を通りかかると、立ち止まって、軽蔑《けいべつ》するように唾《つば》を吐いた。

「チェッ、だらしねえなあ！　水位が低すぎて揺れちゃいないし、天候は最高で、海は穏やかだってのに。どうしちまったんだ？」

だが、ロブは答えられなかった。デッキを汚さないよう、縁にかがみ込んでいたからだ。怖れも原因だった。彼は一度も海に出たことがなかったので、イーディス・リプトンの夫と息子たちから、ビニーを未亡人に残した不運なポール・ロスにいたるまで、生涯にわたって聞かされてきた溺《おぼ》れた男たちの話が、脳裏にこびりついて離れなかったのだ。彼の気分を悪くさせている、足下のヌメヌメした海水は、謎《なぞ》めいて底なしのように見えた。どんな邪悪な怪物が住んでいても不思議ではないように思われ、こうした慣れない環境へと危険を冒した自分の向こう見ずを後悔した。さらに悪いことに、風が速くなって海が深い大波をうねらせた。まもなく彼は、死んでこの状況から解放された方がましだ、と心から思った。ウルフは彼を捜し出すと、パンと冷めた塩漬け豚の揚げたのを夕食として差し出した。ビニーが自分と寝たことを告白したに違いない。これは彼女の将来の夫からの復讐《ふくしゅう》に違いない、とロブは結論したが、応戦する力もなかった。

船旅は果てしなく七時間も続き、上下に揺れる水平線から、また別の霞《かすみ》が顔をもたげ、やがて、ゆっくりとカレーに姿を変えた。

ウルフは帆にかかりっきりで忙しかったので、あわただしくさよならを言った。ロブは馬と荷馬車を引いて、舷門《げんもん》板を通って固い陸地へ降りたが、そこも海の上と同じように揺れて感じられた。フランスでは地面が上下しているのなら、こんな奇妙な事は絶対に耳にしていたはずだ、と彼は論理的に考えた。事実、歩いて数分経つと、地面は固くなったようだった。だが、彼はどこへ向かえば良いのか？　彼は行き先も次にどんな行動をとるべきかも全然わからなかった。言葉は風の音のようだった。彼のまわりの人々は喉《のど》を鳴らすような音でしゃべり、彼にはまったく意味をなさなかった。最後に彼は立ち止まって自分の荷馬車によじ登り、手をたたいた。

「誰か私の言葉を話せる人を雇いたいんだ」と彼は大声を張り上げた。

やつれた顔の年老いた男が前に進み出た。細い脛《すね》に骸骨《がいこつ》のような体格で、物を持ち上げたり運んだりにはほとんど役に立たないことを警告していた。だが彼は、ロブの青ざめた顔色に目を留め、まばたきした。「気分をしずめるグラスでも傾けながら話しませんか？　吐き気を抑えるには林檎酒が驚くほど良く効くんですよ」と彼は言い、耳慣れた英語は、ロブの耳に祝福の祈りのように響いた。

＊

彼らは最初のパブで足を止め、正面の扉の外にあるざらざらした松のテーブルに座った。「私はシャルボノ」とフランス人は、波止場付近の喧噪《けんそう》を上まわる大きな声で言った。「ルイ・シャルボノ」

「ロブ・J・コールだ」

アップルブランデーがくると、彼らはお互いの健康を祝して飲んだ。シャルボノは正しかった。その酒はロブの腹を温めて、ふたたび生きた心地を取り戻させた。「どうやら食べられそうだ」と彼は不思議そうに言った。

満足した様子でシャルボノが注文すると、ほどなくして給仕娘が彼らのテーブルに、皮の部分が硬いパン、小さな緑のオリーブの大皿、床屋さんでさえもよしとしただろう山羊のチーズを持ってきた。

「どうして、僕が誰かの助けを必要としてるか、わかったでしょう?」とロブは残念そうに言った。「食べ物さえ頼めない始末なんですから」

シャルボノは微笑《ほほえ》んだ。「私は一生、水夫をしてきたんですよ。私の船が最初にロンドンに入港した時、私は少年で、どんなに母国語を聞きたかったか良くおぼえてますよ」陸上での半分は言葉が英語のイギリス海峡の向こう側で過ごしてきた、と彼は言った。

「私は外科医兼理髪師で、ペルシアに旅して珍しい薬や治療用薬草を買って、イングランドに送るつもりなんです」それは、イスファハンに行く自分の本当の理由が、教会から罪とみなされるという事実に触れるのを避けるため、考えておいた言葉だった。

シャルボノは眉《まゆ》を持ち上げた。「はるか遠くだ」

ロブはうなずいた。「私には道案内が必要なんです、通訳もしてくれる誰かがね。旅をしながら私が公演して薬を売って病気を治療できるように。給料ははずむつもりです」

シャルボノは皿からオリーブを一つ取って、太陽の光で温められたテーブルの上に置いた。「フランス」と彼は言った。彼は別のを取った。「サクソン人が統治する五つのドイツの公国」それから次々と、七個のオリーブを一直線に並べた。「ボヘミア」と彼は三個目のオリーブを指しながら言った。「スラヴ人とチェコ人が住んでいる。次がマジャール人の領土で、キリスト教国だが未開の野蛮な騎馬民たちでいっぱいだ。それからバルカン諸国、高く険しい山岳と背が高く獰猛《どうもう》な人々の場所だ。それからトラキア、ヨーロッパの最果てでコンスタンチノープルがあるという以外、私はほとんど知らない。そして最後がペルシア、あなたが行きたがっている場所だ」

彼はロブを静観するようにじっと見つめた。「私の生まれ故郷はフランスとドイツの国々との国境にあって、子供の頃からそこのチュートン人の言葉をしゃべってきた。だから、もし雇ってくれるんだったら、私はこの先まで同行するよ――」彼は最初の二個のオリーブを摘み上げて口に放り込んだ。「次の冬までにメスの町に戻れるように、あなたと別れねばならんが」

「決まりだ」とロブは安堵《あんど》して言った。

それから、シャルボノが彼にニッと笑って、もう一杯ブランデーを注文するあいだ、ロブは残った五つの国を一つずつ道筋順に食べ、並んだオリーブを厳粛に食いつくした。

第二十三章　見知らぬ国の異国人

フランスは、イングランドほどきっぱりと緑色をしていなかったが、太陽はもっとふりそそいでいた。空はもっと高く見え、色は濃い青だった。土地の大半は自国と同じように森だった。ひどく整然とした畑の国で、ロブが田舎でよく目にしたのと同じような陰気な石の城が、ここかしこに建っていた。しかし、一部の領主は、イングランドでは稀《まれ》な大きい木造の荘園邸宅《マナーハウス》に住んでいた。牧草地には家畜がいて、小作農たちが小麦を蒔《ま》いていた。

すでに、ロブはいくつかの不思議な事柄に気づいた。「君たちの農場の建物の多くは、屋根なしだね」と彼は感想を述べた。

「ここは、イングランドより雨が少ないからね」とシャルボノは言った。「おおいのない納屋で脱穀する農夫たちもいるんだ」

シャルボノは、薄い灰色でほとんど白に近い、大きくて穏やかな馬に乗っていた。彼の武器は使い込んだ雰囲気でよく手入れされていた。夜ごと、彼は注意深く乗馬の面倒を見て、剣と短剣をきれいにして磨いた。彼は焚《た》き火を囲んでいる時も、旅の途中も良い仲間だった。

いずれの農場にも、花で神々しく彩られた果樹園があった。ロブは蒸留酒を買おうと、いくつかの場所に立ち寄った。メテグリンは見つけられなかったが、カレーで楽しんだのと似たアップルブランデーを一樽《たる》買って、上等な『万能特効薬』ができることを知った。

ここでの最善の道も、やはり、もっと昔の時代にローマ人たちが軍隊のために建設した、大通りが槍《やり》の柄《つか》のようにまっすぐで接続している広い公道だった。シャルボノはそれらを親切に評した。「ローマ人の道はどこにでもある、世界中に広がる道路網だ。あんたが望むなら、この種の道をはるばるローマまで旅することができるのさ」

それにもかかわらず、コドゥリーと呼ばれる村を指す道標のところで、ロブは馬をローマ人の道から脇道《わきみち》へそらした。シャルボノは不満を示した。

「危険だ、こうした樹木の茂った小道は」

「商売を営むためには、こうした道を旅しなきゃならないんだ。小さな村へ続く唯一の道だからね。僕が角笛を吹くから。いつもそうやってきたんだ」

シャルボノは肩をすくめた。

＊

コドゥリーの家々はてっぺんが円錐《えんすい》形で、残り木やわらぶきの屋根をしていた。女たちは屋外で料理をしていて、たいていの家には、若木から切り出した、四本の頑丈な柱で支えた粗末な日よけの下の火のそばに、厚板のテーブルとベンチが置いてあった。イングランドの村と見間違うべくもなかったが、ロブは自国にいるかのように、お決まりの手順をくり広げた。

彼はシャルボノに太鼓を手渡し、たたくように告げた。フランス男は面白がっているようで、太鼓の音にあわせて馬が踊り跳ねて進み始めると、興味津々だった。

「今日、余興があるよ！　余興だ！」ロブは叫んだ。

シャルボノは即座に理解して、そのあとは、ロブが言うやいなやすぐ言葉を通訳した。

フランスでの余興は、ひょうきんな経験だと悟った。観客たちは同じ物語に笑ったが、笑いがズレた。通訳を待たねばならなかったからだろう。ロブの投げ物《ジャグリング》の最中、シャルボノは釘《くぎ》づけになって立ちつくし、その唾《つば》を飛ばしながらの大喜びの注釈が聴衆に感染したようで、観客も勢い良く喝采《かっさい》した。

彼らは大量の『万能特効薬』を売った。

その夜、焚《た》き火を囲んで、シャルボノはロブに投げ物をするようにせがみ続けたが、彼は断った。「大丈夫、これから先、嫌というほど見られるよ」

「素晴らしい。少年の頃からこれをやってるって言ってたね？」

「うん」彼は両親が死んだあと、床屋さんが彼を引き取ったいきさつを話した。

シャルボノはうなずいた。「あんたは運が良かった。私は十二の年に父親が死んで、弟のエティエンヌと私は、海賊船の一団にキャビンボーイとして引き渡された」彼はため息をついた。「友よ、耐えがたい生活でした」

「最初の船旅でロンドンに行った、と聞いたと思うけれど」

「商船での初めての船旅ですよ。私が十七歳の時だった。それまでの五年間は海賊と航海したんです」

「僕の父親は三度の侵略に対し、イングランドを守るのに加わったんだ。デーン人がロンドンに来襲した時に二度。それから海賊がロチェスターに来襲した時に一度」とロブはゆっくりと言った。

「私の海賊はロンドンは襲ってない。一度、ロムニーに上陸して二軒家を焼いて牛を一頭いただいて肉にした」

「彼らはお互いに見つめた。

「彼らは悪い男たちだった。私は、生きのびるため、やむをえなかったんだ」

ロブはうなずいた。「で、エティエンヌは？　エティエンヌはどうなったんだい？」

「十分大きくなった時に彼らから逃げ出して、我々の町に戻って、そこでパン屋の徒弟になった。今では彼も年寄りだが、ひときわ美味《うま》いパンを作ってる」

ロブはニッと笑って、おやすみと言った。

＊

数日ごとに、彼らは別の村の広場に馬車で乗りつけ、いつも通りの営業をした——卑猥《ひわい》な歌、実物以上の肖像画、アルコールの治療剤。最初のうち、シャルボノはロブの外科医兼理髪師らしい誘い文句を通訳していたが、まもなくだいぶ慣れて、独力で聴衆を集められるようになった。ロブは、自分の金庫を満たすのにせまられて一生懸命働いた。異国の地ではお金が身を守ることを知っていたからだ。

六月は暖かで乾燥していた。彼らはフランスというオリーブを小さなかけらに食いつくし、北の端を越えて行き、初夏にはほとんどドイツ国境に手が届く所にいた。

「ストラスブルグに近づいてきてる」とシャルボノはある朝、彼に告げた。

「そこへ行こう、そうしたら君の地元の親類たちに会える」

「あそこへ行ったら、我々は二日、時間を損してしまう」と彼は実直に言ったが、ロブは微笑《ほほえ》んで肩をすくめた。彼は、この初老のフランス男が好きになっていたのだ。

その町は美しかった。大きな大聖堂《カテドラル》を建築している職人たちでざわついて、すでにストラスブルグの広い通りや端正な家並みの、卓越した美しさを予感させていた。彼らはパン屋へまっすぐに馬を進め、口達者なエティエンヌ・シャルボノは、小麦粉まみれの兄を抱擁した。

二人の到着の噂《うわさ》は一族にまたたく間に広まり、その晩、エティエンヌの二人の立派な息子たちと黒い目をした三人の娘たちが全員、子供と配偶者をともなって祝宴をもよおすためにやってきた。一番若い娘、シャルロットは未婚で、まだ父親と一緒に住んでいた。シャルロットは人参と乾燥プラムと一緒に煮込んだ三羽のガチョウという、ありあまるほどの晩餐《ばんさん》を用意した。焼きたてのパンが二種類あった。エティエンヌがドッグ・ブレッドと呼んだ丸い塊は、名前に似つかわずおいしく、一つおきに小麦とライ麦の層でできていた。「そいつは高くない、貧者のためのパンですよ」とエティエンヌは言って、よく挽《ひ》いたたくさんの穀類を混ぜた粉、メスリンで焼いたもっと高価な長いパンを試すようしきりにロブに勧めた。ロブはドッグ・ブレッドの方が気に入った。

ルイとエティエンヌの両者が、お祭り騒ぎの輪に入れるようロブの通訳をしてくれて、愉快な晩だった。子供たちは踊り、女たちは歌い、ロブは晩餐のお返しに投げ物をし、エティエンヌはパンを焼くのと同じくらい上手にバグパイプを演奏した。最後に家族が去る段になると、各人が二人の旅行者に別れのキスをした。シャルロットはお腹をへこませて最近熟したばかりの胸を突きだし、大きな挑発的な目でロブを荒々しく誘った。その晩、彼はベッドに横たわりながら自分がこんな家族や、こんな愉快な環境の一員になったら、どんな人生になるだろうと考えた。

真夜中に彼は起き上がった。

「何か？」とエティエンヌが柔らかな口調で訊《き》いた。パン屋は、娘が寝ている場所からそんなに遠くない暗がりに座っていた。

「小便をしたくて」

「ご一緒しましょう」とエティエンヌは言って、二人は一緒に外へ歩いていって納屋の側面に向かって気さくにぴしゃぴしゃ音をたてた。ロブがわらのベッドに戻ると、エティエンヌは椅《い》子《す》に腰を落ち着けてシャルロットを監視した。

朝、パン屋はロブに自分の大きな丸い竈《かまど》を見せて、カンパンのように二度焼きして固く傷みにくいドッグ・ブレッドを、麻袋いっぱい彼らにくれた。

ストラスブルグの人々はその日、自分たちのパンを買うのをお預けされた。エティエンヌはパン屋を閉めて、少しの道のりを彼らと一緒に馬に乗ってついてきた。ローマ人の道はエティエンヌの家からわずかで彼らをライン川に導き、そこから下流に向かって数マイルで渡し場に出た。兄弟は鞍《くら》から身を乗りだしてキスしあった。「神のご加護を」とエティエンヌはロブに告げ、彼らが水しぶきをたてて渡っていく一方で、自分の馬を家に向けた。渦巻く川の水は冷たくて、はるか上流の水源から湧《わ》き出た水で運ばれてきた土で、まだかすかに茶色味を帯びていた。反対側の川岸を上る踏み固められた道は急勾配《こうばい》で、馬はチュートン人の土地へと、苦心して荷馬車を引っぱり上げねばならなかった。

＊

あっという間に山岳に分け入り、背の高いトウヒやモミの森林のあいだを進んでいった。シャルボノはかつてないほど無口になり、自分の家族と故郷を離れたくなかったせいだ、と最初ロブは思ったが、ようやくフランス男は吐き出すように言った。「ドイツ人は嫌いだ、奴《やつ》らの国にいるのも嫌なんだ」

「でも、フランス人としては、一番彼らと近い場所で生まれてるじゃないか」

シャルボノは顔をしかめた。「人は海のすぐ近くで生きられるが、だからって鮫《さめ》への愛情は微塵《みじん》もないだろう」と彼は言った。

ロブにとっては気持ちの良い土地に思えた。空気は冷たくて美味しかった。彼らは長い山を下って行った。麓《ふもと》では、イングランドで農夫たちがしているのとまったく同じように、男と女たちが谷間の青草を刈ってひっくり返し、飼い葉を採り入れているのが見えた。二人は別の山を小さな放牧地へと上って行った。そこでは、子供たちが下の農場から夏の放牧に連れてきた牛や山羊の世話をしていた。その小道は高所を通り、やがて濃い灰色の石造りの大きな城を見下ろした。馬上槍《やり》試合場では、騎乗した男たちがパッドをつけた槍で闘っていた。

シャルボノはふたたび吐き捨てるように言った。「むごい男の天守閣だ、この地の領主のな。『公平な手を持つジークドルフ伯』さ」

「公平な手を持つ？　むごい男の名前には思えないな」

「今では彼も年老いた」とシャルボノは言った。「若い頃に博した名前なんだ。バンベルグに馬で攻め入って、二百人の捕虜を連れてきた。彼は百人から右手を、残りの百人から左手を切り落とすよう、公平に命じたんだ」

城が見えなくなるまで、彼らはゆっくりと馬を駆けさせた。

正午前に、ローマ人の道からエンテバークに分かれる道標の所にやってくると、そこへ行って余興を演じることに決めた。ほんの数分、迂回路《うかい》に沿って彎曲部《わんきょく》に出ると、一人の男がうるんだ目をした茶色い馬にまたがって、道の真ん中に立ちはだかっているのが見えた。ハゲで、短い首のまわりに脂肪のひだができていた。粗い手織物を身体にまとい、ロブが初めて出会った頃の床屋さんのように、肉づきがよくてたくましく見えた。彼のまわりには荷馬車を通り抜けさせるスペースがなかったが、武器は鞘《さや》に納められており、ロブは探りを入れながら馬の歩調をゆるめた。

ハゲ男が何か言った。

「酒を持ってるかどうか知りたがってる」とシャルボノは言った。

「ないと言え」

「野郎、一人じゃない」とシャルボノは声の調子を変えずに言い、ロブは木々のうしろからさらに二人の男が乗馬を進めて出てくるのを見た。

一人はラバに乗った若者だった。彼が太った男のもとに乗りつけると、ロブは彼らの顔の作りが似ているのに気づき、父親と息子だと推測した。

三番目の男は、馬車馬に似た巨大で不格好な動物にまたがっていた。彼は荷馬車のすぐうしろに陣取り、後方への退路を断った。たぶん三十くらいだ。小さくて卑劣そうで、バッフィントン夫人のように左耳を失っていた。

新参者たちは両方とも剣を持っていた。ハゲ男が大声でシャルボノに話しかけた。

「あんたに、荷馬車から降りて服を脱げと言ってる。そんなことをしたら、奴《やつ》らはあんたを殺しちまうよ」とシャルボノは言った。「衣類は高価だから血で汚したくないのさ」

どこからシャルボノがナイフを取り出したのか、ロブは気づきもしなかった。だが、この年老いた男は、フンというかけ声とともに、目にもとまらぬ速さで経験を積んだスナップをきかせてナイフを投げ、剣をたずさえた若い男の胸に突き刺さった。

太った男の目に衝撃が走ったが、まだ完全に口元から微笑《ほほえ》みが消えないうちに、ロブは荷馬車の座席を離れた。

彼は馬の広い背中を一歩踏みつけて空中に飛びだし、男を鞍《くら》から引きずり下ろした。二人は地面に落ちて転がり、爪《つめ》でつかみあい、死に物狂いで押さえ込もうとした。最後にロブは、背後から左腕で顎《あご》の下を締め上げることができた。がっしりした拳《こぶし》が彼の腿《もも》のつけ根を強打し始めたが、彼は身体をよじって猛打をかわした。それはすごいパンチで、脚をしびれさせた。

これまでは喧嘩《けんか》と言えば、ロブは酔っぱらって怒りにまかせて、半分狂った状態で争っていた。今、しらふの彼は、冷静で明確な判断を下した。

奴を殺すんだ。

息をはずませながら、彼は男を窒息させるか喉笛《のどぶえ》を砕こうと、自分の左手首をもう一方の自由な手でつかんで、うしろへ引っぱった。

それから、おでこに手を移して、背骨を折るのに十分なほど、頭をうしろに引っぱろうと試みた。

折れちまえ！　と彼は請い願った。

だがそれは、脂肪が詰め込まれ、筋肉で盛り上がった、短くて太い首だった。

真っ黒に汚れた爪が伸びた手が、ロブの顔にのびてきた。彼は頭をそり返したが、頬《ほお》をひっかかれ血が流れた。

彼らは、卑猥《ひわい》な恋人たちのようにふーふーうなって力を込め、お互いにたたきあった。ふたたび手が戻ってきた。今度は男は目をねらって、もう少し高くまで上げてきた。鋭い爪を目に突っ込まれ、ロブは悲鳴をあげた。

すると、シャルボノが二人を見下ろして立っていた。彼は肋骨《ろっこつ》の間をねらって、剣の先を男に慎重に当てると、剣を深く突き刺した。

ハゲ男は、満足した時のようにため息をついた。うなるのも動くのも止めて重くのしかかった。ロブは初めて彼の臭いに気づいた。

たちまち、ロブは男の身体から離れた。彼は座り直して、やられた顔を手当した。

若者は、残酷にも、汚れた裸足の両足があぶみにひっかかったまま、ラバの臀部《でんぶ》につり下がっていた。シャルボノはナイフを抜きとってぬぐった。彼は死人の足を縄のあぶみから外し、身体を地面に下ろした。

「第三の野郎は？」とロブは喘《あえ》ぎながら言った。声の震えを抑えられなかった。

シャルボノは吐き捨てるように言った。「我々がやすやすとは死なないと見て取ると、真っ先に逃げた」

「『公平な手を持つ』の所だろうか、援軍を呼ぶために？」

シャルボノは頭を振った。「こいつらは掃きだめの人殺しさ、領主の部下じゃない」彼は、前にも経験があるような素振りで死体を探った。男の首の回りには、硬貨が入った小さな袋がぶら下がっていた。若者は金ではなく錆《さ》びた十字架を下げていた。彼らの武器は粗末だったが、シャルボノは集めて荷馬車に放り込んだ。

ハゲ男も血の海に顔をうつぶせにさせたまま、追《お》いはぎたちの死骸《しがい》は転がしておいた。

シャルボノはラバを荷車のうしろにつなぎ、ぶんどった骨張った馬を引っぱった。彼らはローマ人の道へ戻っていった。

第二十四章　異国の言葉

どこでナイフ投げを習ったのかシャルボノにたずねると、若い頃に海賊たちに教え込まれたんだ、と年取ったフランス男は言った。「いまいましいデーン人と闘ったり、奴らの船を拿捕《だほ》するとき、手頃な技だったんだ」彼は躊躇《ちゅうちょ》した。「それに、いまいましいイングランド人と闘ったり、奴らの船を拿捕する時もね」と茶目っ気を見せた。だがその頃には、彼らは国家間の対立といった古臭い話は気にしなくなっていたし、仲間の善良さについて疑問の余地は何も残っていなかった。二人はお互いにニヤッと歯をむいた。

「やって見せてくれないかな？」

「あんたが投げ物《ジャグリング》を教えてくれたらね」とシャルボノは言うと、ロブは願ってもないと承諾した。この取り引きは一人勝ちだった。難しい機敏な動作を新しく習得するには、シャルボノは人生の後半に差しかかりすぎていた。二人に残されたわずかな時間では、二個の球を投げあげることしか学べなかったが、球をトスしたりキャッチしたりすることに、シャルボノはずいぶんと歓《よろこ》びを見出したようだった。

ロブには若さという利点があった。それに、何年も投げ物をしたおかげで、屈強な手首と敏感な目、バランスやタイミングも養われていた。

「特別なナイフが必要なんだ。あんたの短剣は刃が上等だから、投げ始めたらすぐにボキっと折れるか、柄《つか》が壊れる。普通の短剣は、重心とバランスの中心が柄にあるからだ。投げるナイフは刃に重心がある、手首の急なスナップで、刃の尖端《せんたん》から簡単に向こうへ送れるようにさ」

ロブは、シャルボノのナイフを使って、鋭い刃が相手に向かうように投げる方法をすぐに学んだ。ねらった標的に当てるのに熟練するのは、もっと難しかったが、くり返し鍛錬をつむのに慣れていたので、機会を見つけては、幅の広い木につけた印に向かってナイフを投げた。

彼らはローマ人の道を進み続けた。そこは、人々の雑多な国語の混じりあいで満ちていた。一度、フランス人枢機卿《すうききよう》の一行が、彼らに道をあけさせた。枢機卿は二百名の馬に乗った一団と、百五十名の召使いに取り囲まれ、緋色《ひいろ》の靴と帽子、それにかつては白かったが道路の埃《ほこり》で黒くなってしまった上祭服の上にマントをはおって、馬で通り過ぎた。巡礼者たちが単独で、あるいは大小のグループでエルサレムの方角へ進んでいった。巡礼者たちは時には、聖地で拾った椰子《やし》の葉を二枚交差させた物を身につけ、神聖なる旅を達成したことを誇示している巡回修道士に率いられていたり、説法を受けたりしていた。常に栄光と戦利品と極悪非道な行為に餓《う》えた、喧嘩《けんか》っ早い騎士の一団が、怒鳴り声とときの声をあげ、酔っぱらって疾駆していった。宗教的熱狂者たちは毛衣を着て、神や聖人にたてた誓いをまっとうするため、手と膝《ひざ》を血だらけにしながらパレスチナの方へはっていた。彼らは疲れ果てて無防備なので、簡単に犯罪の餌《え》食《じき》になった。公道には犯罪者が多く、役人による法の執行はおざなりだった。泥棒や追いはぎが現場で捕まると、裁判なしで旅行者自身によってその場で処刑された。

ロブは、耳のないあの男が馬に乗った群れを率いて、彼らに復讐《ふくしゆう》しにくるのではないかと、半分期待しつつ、武器をいつでも使えるようにゆるめておいた。背格好や、折れた鼻、それにすじ模様に残った顔の傷があいまって、ロブは手強《てごわ》そうに見えた。だが、その自分が実は、英語がわかるという理由で雇った、虚弱そうに見える年取った男に保護されていると悟って、彼は不思議な気分だった。

彼らは、紀元前十二年にローマ皇帝アウグストゥスによって興された、慌ただしい商業中心地アウクスブルグで食糧を買った。アウクスブルグはドイツとイタリアの間の商取引の中心地で、人々で混雑し、最大の関心事、交易にいそしんでいた。シャルボノは、つま先がくるりとカールした高価な生地の靴をはいているのは、イタリア人商人たちだと指摘した。ここまで来るあいだ、だんだんとユダヤ人の姿が増えていくのをロブは目にしていたが、アウクスブルグの市場では、黒いカフタンにつばの狭い鐘型の皮の帽子をかぶっているので即座にそれとわかるユダヤ人たちが、かつてないほど多いのに気づいた。

ロブはアウクスブルグで余興を演じたが、以前に比べて『特効薬』は売れなかった。もしかすると、フランク人の喉《のど》から出るがらがらした言語を強要されたので、シャルボノが力を入れて通訳しなかったのかもしれない。

それでも、どうということはなかった。彼の財布は厚かったからだ。いずれにしても、十日後にザルツブルクに着いたら、その町での余興が二人で一緒にする最後のものになる、とシャルボノは彼に言っていた。

「三日ほどでドナウ川にぶつかる、そこで私はあんたと別れてフランスに戻る」

ロブはうなずいた。

「私は、これ以上あんたの役には立たない。ドナウの向こうはボヘミアで、人々は私の知らない言葉を話すんだ」

「通訳しようとしまいと、一緒に来てくれるとありがたいんだがな」

しかし、シャルボノは微笑んで頭を振った。「家に帰る時だ、マストの方向を変えるのは今だ」

その夜、彼らは宿屋で、その土地の食べ物でお別れのごちそうをとった。ラードと酢漬けキャベツと小麦粉で一緒に煮込んだスモークミートだ。彼らの口にはあわず、濃い赤葡萄酒《ぶどうしゅ》で控え目に酔った。ロブは年取った男に手厚く給料を払った。

シャルボノは、背筋をのばさせるような最後の忠告をくれた。「あんたの行く手には、危険な地方が横たわってる。ボヘミアでは、野蛮な山賊と地元の領主の雇い人を見分けられないって話だ。そうした土地を無傷で通過するためには、他の人たちと道連れになることだ」

ロブは強力なグループと合流することを約束した。

ドナウ川が見えると、それは彼が予期したよりももっと力強い川だった。流れが速く、威嚇するようなヌメヌメした川面を見て、深くて危険な川なのだとわかった。シャルボノは約束よりも一日長く留《とど》まって、一緒に下流に下っていき、未開で人が半分だけ居着いたリンツの村までついていくと言い張った。リンツでは大きな丸太のいかだの渡し船が、幅広の水路の穏やかな区間を、乗客や貨物を乗せて渡しているのだ。

「じゃあ」とフランス男は言った。

「もしかしたら、いつかまた会えるかもしれない」

「それはどうかな」とシャルボノは言った。

彼らは抱きしめあった。

「いつまでも達者でな、ロブ・J・コール」

「いつまでも達者で、ルイ・シャルボノ」

年取った男が、骨張った茶色い馬をひきながら馬に乗って去って行くと、ロブは荷馬車から降りて運搬を手配しに行った。渡し守は、ひどい風邪をひいた、むっつりした図体のデカい男で、上唇の鼻水を舌でなめ続けていた。ロブはボヘミアの言葉がわからないので、運賃の交渉は難しく、結局はふっかけられた気がした。骨の折れる手まねの駆け引きのすえ、荷馬車に戻ると、シャルボノの姿はすでに視界から消えていた。

＊

ボヘミアに移動していってから三日目、彼は五人の太った血色の良いドイツ人に遭遇し、一緒に旅をしたいという意図を伝えようとした。彼の態度は礼儀正しかった。金貨を差しだし、自分が料理や他のキャンプの雑用を喜んでするつもりだと暗に示したが、一人として微笑《ほほえ》みを浮かべる者はおらず、五本の剣の柄に手をかけただけだった。

「クソったれ」と彼は最後に言って、引き返した。だが、彼らを責めることはできなかった。その一行にはすでに人手は足りていたし、彼は見ず知らずの危険な存在だからだ。

馬は、山岳から緑の丘陵に囲まれたすり鉢状の台地へと、彼をひいていった。そこは開墾された灰色の土壌の畑で、男と女たちが小麦や大麦、ライ麦、ビートを耕していたが、大部分は雑木林だった。夜、そんなに遠くない所で、狼たちの遠吠《とおぼ》えが聞こえた。彼は寒くはなかったが火を燃やし続け、バッフィントン夫人はその野性の動物の声にニャーニャー鳴いて、逆毛の立った背中を彼に強く押しつけて寝た。

彼は、たくさんの事をシャルボノに頼っていたが、その中でも一番大切だったのは仲間づきあいだったのだと気づいた。今や彼は、ローマ人の道を進みながら、誰とも話すことができず、「独りぼっち」という言葉の意味を思い知らされていた。

シャルボノと別れてから一週間後のある朝、身ぐるみはがされて手足を切断された男の死体が、道の横の木にぶら下がっているのに遭遇した。つるされた男は優形のフェレットのような顔をしていて、左の耳がなかった。

誰か他の人間が、例の逃げた三人目の追いはぎを罰してくれたのをシャルボノに知らせることができなくて、ロブは残念に思った。

第二十五章　合　流

ロブは広い台地を横切って、ふたたび山岳に入った。すでに越してきた山ほど高くはなかったが、歩みを遅くするに十分なくらいでこぼこしていた。さらに二度、彼は旅行者のグループに近づき、合流しようと試みたが、そのつど拒絶された。ある朝、ボロ布をまとった騎手たちが彼を追い越し、耳慣れない言葉で何か叫んだが、彼はうなずいて挨拶《あいさつ》して目をそらした。野蛮で命知らずな様子が見て取れたからだ。もし彼らと一緒に旅をしたら、自分はすぐに死ぬだろうと彼は感じた。

大きな町に到着すると、彼は居酒屋に行き、店主が英語の片言がわかると知って狂喜した。この男によると、その町はブリンと呼ばれていた。彼が旅しているその地域では、人々の大半はチェコ人と呼ばれる種族の一員だ。他には、ほとんど情報を引き出せなかった。男は英語の単語を少し蓄えているとは言え、単純なやりとりで精一杯だったからだ。居酒屋を出ると、荷馬車のうしろで、男が彼の持ち物を物色しているのを見つけた。

「出てこい」と彼は手柔らかに言った。彼は剣を引き寄せたが、男は荷馬車から飛び出し、止める間もなく遠くへ逃げてしまった。ロブの財布は荷馬車の床の裏に安全に釘《くぎ》づけされたままで、唯一なくなった物は、奇術のトリックで用いる装具がつまった衣裳《いしょう》バッグだけだった。泥棒がバッグを開けた時の顔を想像すると、おかしかった。

それ以来、彼は武器を毎日磨いて、わずかに引いただけで鞘《さや》からすべり出るように、刃には油脂の薄い皮膜を絶やさなかった。夜は軽く眠るかまったく眠らず、誰かが忍び寄っているのを示すどんな音にも聞き耳をたてた。だが、ボロ布をまとった騎手たちのような一味に襲われたら、ひとたまりもないだろう。さらに九日もの長い間、一人身で攻撃されやすいままだったが、ある朝、道が森の中から浮かび上がり、彼は驚き歓喜し希望を膨らませた。前方に、大きなキャラバンに取り巻かれた、小さな町が見えたのだった。

＊

十六軒しかない村は、数百の動物たちに囲まれていた。あらゆる大きさと種類の馬とラバが、鞍《くら》を乗せたり、様々な種類の荷馬車や軽馬車、幌《ほろ》馬車をつけているのが見えた。ロブは馬を木につないだ。人々はいたる所にいて、彼の耳は不可解な言葉のがやがやに急襲された。

「すみません」彼は車輪をかえようと、難儀な仕事に精を出している男に言った。「キャラバンの隊長はどこにいます？」ロブは車輪をハブに持ち上げるのを手伝ってやったが、感謝に満ちた微笑《ほほえ》みと、意味を成さない頭の揺すぶりを勝ちえただけだった。

「キャラバンの隊長は？」次の旅行者にたずねた。彼は、長い角の先に木の球を取りつけた、二くびきの雄牛に餌《えさ》をやっている最中だった。

「あー、マイスター？　カール・フリタ」と男は言うと、村の中心に行くように身振りをした。

それからは簡単だった。カール・フリタの名前は全員に知られているようだったからだ。ロブがその名を口にする先々で、うなずきと指さしを受け、とうとう最後に、大きな荷馬車とそれに釣り合った、かつて見たことがないほど大きな胡桃《くるみ》色の引き馬が六頭つながれている場所にやってきた。隣の原っぱにテーブルが置かれていた。テーブルには裸の剣が置いてあり、そのうしろに長い茶色の髪を二本の弁髪にした人物が座っていた、男は長い列を作っている旅行者の、最初の人間との会話に夢中になっていた。

ロブは列の最後に並んだ。「あれがカール・フリタか？」と彼はたずねた。

「そう、彼だ」と男たちの一人が答えた。

二人はお互いに喜んで見つめ合った。

「イングランド人だね！」

「スコットランド人だ」と男はわずかに失望した様子で言った。「だが、ようこそ！　ようこそ！」と彼はロブの両手をつかんでブツブツ言った。背が高く痩《や》せぎすで、長い白髪に、ブリトン人式に髭《ひげ》をきれいに剃《そ》っていた。彼は粗い毛織物の黒い旅行服を着ていたが、上等な布で、裁断も申し分なかった。

「ジェイムズ・ギーキー・カレンです」と彼は言った。「羊のブリーダーで、羊毛の仲買人をしています。より良い種の羊を求めて、娘とアナトリアに旅しているところですよ」

「ロブ・J・コール。外科医兼理髪師です。貴重な医薬を買いにペルシアに向かっています」

カレンは、九分通り優しくロブを見つめた。列が動いたが、彼らは情報を交換するのに十分な時間があった。英語がこれほど耳に心地よく響いたことはかつてなかった。

カレンは、しみがついた茶色いズボンとボロボロの灰色の短い上着《カートル》を身につけた男をともなっていた。セレディと言い、召使い兼通訳として雇ったのだという。

ロブが驚いたことに、彼はもはやボヘミアにいるのではなく、知らないうちに数日前にハンガリーの国に越えてきていたのだとわかった。キャラバンのおかげで様変わりしているこの村は、ヴァクと呼ばれている。パンとチーズは住民たちから手に入るが、食糧と他の生活用品は高い。

キャラバンは、スワビア公国にあるウルムの町から出発していた。

「フリタはドイツ人だ」とカレンは言った。「わざと無愛想にしているが、彼と一緒に行くのが賢明だ。確かな情報によれば、マジャール人の山賊が連れのない旅人や小さな一団を略奪していて、この付近では大きなキャラバンは他にないらしい」

山賊の情報は広く行き渡っているらしく、彼らがテーブルの方へ移動すると他の申込者たちも、どんどん列に加わってきた。ロブのすぐうしろには、興味深いことに、三人のユダヤ人がいた。

「こうしたキャラバンでは、身分のある人と害虫が一緒に旅しなきゃならん」とカレンはこれ見よがしに言った。ロブは黒いカフタンに皮の帽子の三人の男を見守った。彼らはまた別の聞き慣れない言葉で、お互いに会話をしていたが、カレンがしゃべると、ロブの一番近くにいる男がチラチラうかがっているように見え、まるで、こちらの言葉がわかっているようだった。

ロブは目をそらした。

フリタのテーブルに到達すると、カレンは自分の用件を片づけて、それから親切にもセレディをロブの通訳に提供してくれた。

キャラバンの隊長は場数を踏んでいて、そうした面接も話が早く、ロブの名前と商売、目的地をすぐに把握した。

「キャラバンはペルシアに行かないことを確認しておくように、と彼は言っています」とセレディは言った。「コンスタンチノープルから向こうは、別の手配をするようにと」

ロブはうなずいて、それからドイツ人が長々としゃべった。

「フリタ親方に払わなければいけない謝礼は、イングランドの銀ペニー二十二個分相当ですが、これ以上ペニーは欲しくないそうです、うちのカレン旦那《だんな》がイングランドのペニーで支払うので、そんなに多くのペニーは簡単に換金できない、とフリタ親方は言っています。ドウニェで支払えるかどうか聞いています」

「払える」

「二十七ドウニェです」とセレディはこともなげに言った。

ロブは躊躇《ちゅうちょ》した。彼はフランスとドイツで『特効薬』を売ったのでドウニェを持っていたが、両替の妥当な相場にはうとかった。

「二十三」と彼の真うしろで声がした。あまりにも低い声だったので、彼は幻聴かと思った。

「二十三ドウニェ」と彼はきっぱりと言った。

キャラバンの隊長は彼の目をまっすぐに見ながら、申し出を冷ややかにのんだ。

「食糧と日用品は、自分で調達しなければいけません。遅れをとったり離脱を余儀なくされた時には、あなたは置いて行かれます」と通訳は言った。「キャラバンには九十くらいのグループが参加していて、総勢百二十名以上でここを出発すると言ってます。十グループごとに一人の張り番を出すことを彼は要求しているので、あなたは十二日ごとに一晩中、歩哨《ほしょう》に立たねばなりません」

「了解した」

「新参者は、埃《ほこり》が一番ひどくて最も攻撃されやすい、行進の列のうしろにつかねばなりません。あなたはカレン親方と娘のうしろについていきます。あなたの前を行く誰かが脱落した時には、一カ所ずつ場所をつめて結構です。以後、キャラバンに加わる一行は、あなたのうしろを旅していきます」

「了解」

「それから、あなたがキャラバンの一員に外科医兼理髪師の仕事を施した場合、全部の稼ぎをフリタ親方と山分けしなければなりません」

「だめだ」と彼は即座に言った。自分の稼ぎの半分をこのドイツ人にやらねばならないのは、不当だからだ。

カレンが咳払《せきばら》いをした。彼の方を見やると、顔に危惧《きぐ》が見て取れた。マジャール人山賊について彼が言っていたことをロブは思い出した。

「向こうが十で、こっちが三十」背後から低い声が言った。

「私の稼ぎの十パーセントを渡すことに同意する」とロブは言った。

フリタは簡潔にたった一言発し、ロブはチュートン語で「ユダヤ野郎」を意味するのだと受け取った。それから彼は別の短い声をたてた。

「四十と言ってます」

「二十と伝えろ」

彼らは三十パーセントで合意した。通訳を使わせてもらった礼をカレンに言って立ち去りながら、ロブは素早く三人のユダヤ人を見た。彼らは中背で、顔は浅黒く日に焼けていた。彼のすぐうしろに立っていた男は、肉づきの良い鼻と大きな唇に、白髪で覆われた茶色のたっぷりの髭《ひげ》を蓄えていた。彼はロブを見もせず、すでに敵と判明したキャラバンの親方の注目を一心に浴びながら、テーブルの方へ踏み出していた。

＊

新参者たちは、午後のうちに行進の列に並ぶように指示され、同じ場所でその夜はキャンプした。キャラバンは夜明けとともに出発するからだ。ロブはカレンとユダヤ人のあいだに場所を見つけ、馬を解き放し、数ロッド先の草地に連れていった。ヴァクの住民たちは日用品を売って儲《もう》ける最後の機会をとらえた。農夫が卵と黄色いチーズを抱え上げて通り過ぎ、それに四ドゥニェという法外な値段を要求した。金を支払うかわりに、ロブは『万能特効薬』三本と物々交換して夕飯を手に入れた。

食べているあいだ、彼は自分の方をうかがっている隣人たちを眺めた。正面のキャンプでは、水はセレディが汲《く》んできたが、料理はカレンの娘がしていた。彼女はとても背が高くて赤毛だった。彼のうしろの野営地には五人の男がいた。食事の後片づけを終えると、彼はユダヤ人たちが動物にブラシをかけている所へ歩いていった。彼らは良い馬たちに加えて二頭の荷運び用のラバを連れていた。おそらくそのうちの一頭がテントを運んできたのだろう。彼らは、ロブがフリタと駆け引きする時にうしろに立っていた男の所へ歩いていくのを黙って見ていた。

「私はロブ・J・コール。あなたに礼が言いたくて」

「とんでもない、とんでもない」彼は馬の背からブラシを持ち上げた。「私はメイヤ・ベン・

アセルです」彼は自分の仲間も紹介した。そのうちの二人は、ロブが最初に列で彼らを見た時に一緒にいた男だった。鼻に瘤《こぶ》があって背が低く、厚く切った木材のように丈夫に見える、ゲルショム・ベン・シェミュエルと、とがった鼻に小さな口をして、熊のポマードを塗ったようなつやつやの黒い髪と髭を生やしたユダ・ハ＝コーエンだ。他の二人はもっと若かった。シモン・ベン・ハ＝レヴィは、大人になったばかりくらいで、痩《や》せて真面目そうで、まばらな髭をしたか細い男だった。それからトゥヴェ・ヴェン・メイヤは十二歳の少年で、ロブがそうだったように年齢のわりに身体が大きかった。

「息子です」とメイヤが言った。

他は誰も口をきかなかった。彼らはとても注意深くロブを見守った。

「あなたがたは商人ですか？」

メイヤはうなずいた。「かつて私の家族は、ドイツのハーメルンの町に住んでいたんです。十年前に我々は全員ビザンティン帝国のアンゴラに移動し、そこから東に西へ、売り買いの旅をしてます」

「何の売買です？」

メイヤは肩をすくめた。「あれやこれやを、ぼちぼち」

ロブは答を聞いて嬉《うれ》しかった。自分が何者かとたずねられた時のために、説明する言葉を考えるのにこれまで何時間も費やしてきたのだが、多くを語らなくても良いことを悟ったのだ。商人は手の内を見せすぎたりしない。

「あなたは、どちらへ行かれるんです？」とシモンという名の若い男が言って、てっきりメイヤしか英語がわからないと思い込んでいたロブを、じっと見つめた。

「ペルシアへ」

「ペルシア。素晴らしい。そこにご家族がいるんですか？」

「いいえ、買いつけに行くんです。薬草を一つ二つ、多分いくらかの医薬も」

「ほお」とメイヤが言った。ユダヤ人たちはお互いに見あって、ただちに納得した。

潮時だったので、彼はみんなにおやすみを言った。

カレンはロブがユダヤ人としゃべっている間、彼らの方を凝視していた。ロブが自分のキャンプに近づいてきても、このスコットランド人は当初の思いやりの大半を失ったようだった。

彼は娘のマーガレットをおざなりに紹介した。娘は礼儀正しくロブに挨拶《あいさつ》した。

近づいて見ると、その赤毛は触ったら気持ちよさそうだった。彼女の目は冷たく哀しそうだった。丸くて高い頰骨《ほおぼね》は男の拳《こぶし》ほど大きく、鼻と顎《あご》は整っているが華奢《きゃしゃ》ではなかった。顔と腕は今どき珍しく、そばかすだらけだった。彼はこんなに背の高い女性に慣れていなかった。

彼女が美しいかどうか判断しようとしていると、フリタが現れ、セレディに短く話しかけた。

「コール親方に、今晩の張り番をしてもらいたいそうです」と通訳は言った。

そこで日が暮れると、ロブはカレンの場所から向こう八つのキャンプにまたがる持ち場を歩いた。

このキャラバンの集まりは何て不思議な混合体なのだろう、という思いで巡回した。幌《ほろ》のついた馬車の隣で、オリーブ色の肌に黄色い髪をした女性が赤ん坊に乳をやり、一方で彼女の主人は、火の近くにしゃがんで馬具に油を塗っていた。二人の男が座って武器の手入れをしていた。少年が粗雑な木の鳥かごの中の三羽の太った雌鶏に穀物をやっていた。青く痩《や》せこけた男が太った女とお互いににらみ合って、ロブがフランス語だと確信した言葉で口論していた。その地域の三回目の巡回で、ユダヤ人のキャンプを通り過ぎながら、彼らが一緒に立って揺れ、晩の祈りらしいものをくり返し唱えているのが見えた。

大きな白い月が村の向こうの森から昇り初めたが、彼は疲れを感じず自信に満ちていた。突如として百二十名以上の軍隊の人員となり、一人っきりで見知らぬ敵意のある土地を旅していくのとは全然違うからだ。

＊

夜の間、四回、彼は人を呼び止めた。それは自然現象をもよおして、キャンプの向こうへしに行く男たちだった。

朝に向けて、耐えきれないほど眠くなってきた時、カレンの娘が父親のテントから出てきた。彼女は彼の存在に気づかずに、すぐ近くを通り過ぎた。注がれた月の光で彼女をはっきりと見ることができた。真っ黒に見えるドレスに、露で濡《ぬ》れたに違いない長い足がとっても白く見えた。

ロブは彼女が陣取った所から反対側へと歩きながら、可能なかぎり雑音を立てたが、はるか彼方から彼女が無事に戻るのを見届けるとふたたび歩き出した。

明け方、彼は持ち場から離れ、大急ぎでパンとチーズの朝食を作った。食べていると、ユダヤ人たちが日の出の祈禱《きとう》のためにテントから出てきて集合した。彼らは、まわりから疎ましがられることになるかもしれない。きわめて敬虔《けいけん》な人々らしいのだ。彼らは額に小さな黒い箱を結びつけて、前腕に細い革《かわ》ひもを、ロブの荷馬車の床屋の紅白の柱に似たようになるまで巻きつけ、それから頭から肩布《タリス》をかぶって、恐怖を抱かせるほど瞑想《めいそう》にふけった。彼らが祈禱を終えると、ロブはほっとした。

彼は早く馬に馬具をつけすぎて、ずいぶん待たねばならなかった。キャラバンの先頭は夜明けのすぐあとに出発したが、彼の番になる前に太陽は昇りきっていた。カレンは骨張った白馬で先頭にたち、みすぼらしい灰色の雌馬に乗った召使いセレディが、三頭の荷馬をひいて従った。二人の人間になぜ三頭の荷役動物が必要なのだろう？　娘は堂々とした黒馬に座っていた。ロブは馬も女性の腰臀部《ようでんぶ》も両方とも立派だと思い、ほくほくして彼らのあとを追った。

第二十六章　パールシー

　彼らはすぐに、決まり切った日課に落ち着いた。最初の三日間、スコットランド人もユダヤ人もロブを遠巻きにして、一人にしておいてくれた。おそらく彼の打ちつぶされた顔と、荷馬車に施された奇怪な印が、不安にさせたのだろう。プライバシーが気に障ったことはなかったので、彼は自分の思索を邪魔されず、満足していた。

　娘は絶えず彼の面前を進んでいたし、キャンプを張ったあとでも、必然的に彼女を見ることになった。彼女は二着の黒いドレスを持っているらしく、一着は機会があるごとに洗っていた。彼女は不便さに苛立《いらだ》ったりせず、十分に旅慣れていたが、彼女のまわりにもカレンのまわりにも、悲しい雰囲気が隠しきれずに漂っていた。二人の服装から見て、喪に服しているのだろうとロブは予想した。

　時折、彼女はそっと歌った。

　四日目の朝、キャラバンの動きが遅くなった時、彼女は馬を下りてひきながら、脚を曲げ伸ばしした。ロブは、荷馬車のすぐかたわらを歩いている彼女を見下ろして微笑《ほほえ》みかけた。彼女の目は大きく、虹彩《こうさい》はこの上なく深い青だった。高い頬骨《ほおぼね》をした顔は皮膚がきめ細かく、ぴんと張っていた。口元も他のすべての部分と同じように、大きくてぽってりしていたが、面白いくらい表情豊かで機敏に動いた。

「君が歌ってる言葉は何？」

「ゲール語よ。私たちはエルス語って呼んでるけれど」

「そうだと思った」

「まあ、サセナックのくせに、どうしてエルス語だってわかったの？」

「サセナックって？」

「スコットランドよりも南に住んでる人たちの呼び名よ」

「その言葉は、敬意をともなってないと感じるな」

「あはは、そうよ」と彼女は認め、今回は微笑《ほほえ》んだ。

「メアリー・マーガレット！」彼女の父親が鋭く叫んだ。彼女はすぐに彼のもとへ戻った。言いつけをよく守る娘なのだった。

メアリー・マーガレット？

彼女はちょうどアン・メアリーの年齢に近いはずだ、と彼は気づいて不安になった。小さな女の子だった頃、妹の髪は茶色だったが、そう言えば赤みもあった……。

あの娘はアン・メアリーなんかじゃない、と彼は自分に強く言い聞かせた。年上以外のすべての女性に自分の妹の影を見るのは、やめなければとわかっていた。それは、精神錯乱を来しかねない、一種の病んだ心の遊戯だからだ。

だが、くよくよ考える必要もなかった。本気でジェイムズ・カレンの娘に興味を抱いているわけではなかったからだ。世の中にはありあまるほど女たちがいるので、彼女には手出しをすまいと決めた。

彼女の父親は見たところ、会話をともにする二度目のチャンスをロブに与えようと決意したようだった。おそらく、あれ以来、彼がユダヤ人と話すのを見かけなかったからだろう。旅の途中の五日目の夜、ジェイムズ・カレンは大麦の酒の水差しをたずさえて現れ、ロブは歓迎の言葉を口にして友好的な一杯を快く受けた。

「羊に精通してますか、コール親方？」

知らないと言うと、カレンはぱっと顔を輝かせ、彼に教えにかかった。

「羊にもピンからキリまであるんですよ。キルマーノクにカレン家の保有地があるのですが、そこの雌羊の体重は七十六キロにも満たないことがあるんです。東方では、毛足が長い、つまりスコットランドの獣よりも羊毛が稠密《ちゅうみつ》で、二倍の大きさの雌羊が見つかるって聞いてます。栄養たっぷりの毛で、それを紡いだ糸で仕立てた織物は、雨をはじくそうですよ」

良いのが見つかれば、繁殖用に買って一緒にキルマーノックに連れ帰る予定だ、とカレンは言った。

それには、即金で払うための相当な量の買い入れ金がいるだろう、とロブは心の中で思い、カレンに三頭も荷馬が必要だったわけを悟った。このスコットランド人は用心棒も雇った方がよいだろう、と彼は考えた。

「あなたがたどっているのは、はるかな行程だ。長いこと、ご自分の羊の保有地をはなれていることになるでしょうに」

「信頼している親族の男たちに託してきました。難しい決断でしたが……。二十二年連れ添った妻を失って、六ヶ月前にスコットランドを離れました」カレンは顔をゆがめて、水差しに口をつけてゆっくりと、ぐっと飲み干した。

それで彼らの悲嘆の説明がつく、とロブは考えた。外科医兼理髪師としての好奇心から、何が彼女を死にいたらしめたのかをたずねた。

カレンは咳払《せきばら》いをした。「両方の胸に腫瘍《しゆよう》が、固いしこりができたんです。彼女はただもう青白く弱々しくなって、食欲と気力を失った。最後にはひどい痛みがあった。死ぬまで延々と時間がかかって、私が気づかない間に逝《い》ってしまっていた。名前はジュラと言いましてね。そう……そのあと、六週間も酒浸りだったが、何の解決にもならないのに気づいたんですよ。私は長いこと、いずれ良い家畜を買いにアナトリアに行くんだという話ばかりくり返してきた。実際には実行しようともせずにね。そこで、私は行くことに決めたんだ」

彼は酒を勧めたが、ロブが頭を振っても気分を害したようではなかった。「小便の時間だ」カレンはそう言うと、優しく微笑んだ。すでに大量の水差しの中身を飲みつくしており、はい上がるように立ち上がったので、ロブは彼に手を貸してやった。

「おやすみなさい、カレン親方。また来て下さい」

「おやすみ、コール親方」

ふらふらと歩き去るうしろ姿を見ながら、彼が自分の娘について一言も口にしなかったことに気づいた。

＊

次の午後、行進の列の三十八番目にいたフェリックス・ルーという名のフランス人仲買人が、乗っていた馬がアナグマに驚いて飛び退いた拍子に落馬した。全体重を左の前腕にかけ、地面にしこたま身体を打ちつけて、骨を折ってしまい、手が傾いてぶら下がった。カール・フリタは外科医兼理髪師をさし向け、骨をついで腕を固定させた。痛ましい処置だった。腕は馬に乗ると地獄のように痛むだろうが、まだキャラバンと一緒に旅はできるだろうと、ロブはなんとかルーに伝えようと奮闘した。だがついに、彼はセレディを迎えにやって、患者につり包帯の取り扱い方を伝えてもらった。

自分の荷馬車に戻る道すがら、ロブは考え込んだ。彼は週に数回、病気の旅行者を治療するのを承諾してきた。セレディには気前よくチップをやったが、これ以上ジェイムズ・カレンの従者を通訳として使うことはできまい。

荷馬車に戻ると、シモン・ベン・ハ＝レヴィが近くの地面に座って、鞍《くら》の腹帯を繕っているのが目に入り、ロブはこの痩《や》せた若いユダヤ人につかつかと歩み寄った。

「フランス語とドイツ語はできるかい？」

若者は鞍の革帯を口元に持ち上げ、蠟《ろう》をひいた縫い糸を嚙《か》みきりながらうなずいた。

ロブの話にハ＝レヴィは耳を傾けた。最終的に、拘束される時間が少なくて賃金がたくさんもらえるので、外科医兼理髪師の通訳になるのを承諾した。

ロブは喜んだ。「どうして、そんなにたくさんの言語ができるんだい？」

「私たちは国を股《また》にかけた商人です。あちこちの国の市場にいる一族の縁故を頼って、絶えず旅をしています。言語は私たちの商いの一部なんです。たとえば、若いトゥヴェは、三年したらシルクロードを旅して私の伯父《おじ》の商店で働くことになっているから、北京語を勉強しているところです」彼の伯父、イッサカル・ベン・ナッヒュンは中国の開封《カイフォン》で一族の大きな分家を率いていて、三年ごとに、絹や胡椒《こしょう》や他の東洋の異国風の物のキャラバンをペルシアのメシェッドへ送っているという。そういうわけで、物心ついた頃から、シモンは一族の他の男性たちと三年に一度、アンゴラの家からメシェッドへ旅をして、そこから東フランク族王国まで貴重な商品を積んだキャラバンで戻ってくることをくり返していた。

ロブ・Jは奮い立たされた。「君はペルシアの言葉を知ってる?」

「もちろん、パールシーさ」

ロブはうつろな表情で彼を見つめた。

「ペルシア語はパールシーって言うんだ」

「教えてくれないかな?」

シモン・ベン・ハ＝レヴィは躊躇《ちゅうちょ》した。通訳の仕事とは別の話だからだ。時間をたくさん食われかねない。

「金は十分払うよ」

「何でパールシーが必要なんです?」

「ペルシアに着いた時に、その言葉が必要になるからさ」

「定期的に商売をするつもりなんですか?　我々が絹や香辛料を商っているみたいに、何度も何度も、薬草や調合薬を買いつけにペルシアと往復するんですか?」

「あるいはね」ロブ・Jはメイヤ・ベン・アセルのような仕草で、肩をすくめた。「あれやこれやを、ぼちぼちね」

シモンはニヤッと笑った。彼は土の上に棒で最初のレッスンをひっかき始めたが、上手く書けなかった。そこで、ロブは荷馬車に行って、絵描き道具ときれいな丸いブナ材を取ってきた。シモンは、何年も前にママが英語の読み書きを教えてくれたのとまったく同じふうに、パールシー語のABCから教え始めた。パールシー文字は、点とくねくねした線から成っていた。とんでもない！　その書かれた文字ときたら、鳩の糞《ふん》や鳥が飛んだ跡、丸まった木のかんな屑《くず》、性交しようと絡み合っている線虫に似ていた。

「こんなのは、絶対におぼえられない」ロブはくじけながら言った。

「おぼえるんです」とシモンは落ち着いて言った。

ロブ・Jは木片を荷馬車に持ち帰った。興奮を沈めようと、ゆっくりと夕飯を食べると、それから荷馬車の座席に座ってすぐに勉強に専念した。

第二十七章　静かな見張り番

彼らは山岳地帯から、ローマ人の道が見渡すかぎりまっすぐ一直線に伸びる平野にでた。道の両側には黒土の畑があった。人々は穀物と、旬《しゅん》の終わりの野菜の収穫を始めていた。夏は過ぎたのだ。巨大な湖にでると三日かけて沿岸線をたどり、シオフォクという名の岸辺の町で食糧を調達するために一晩泊まった。傾《かし》いだ建物が並び、悪賢くぼる小作農がいるだけの、たいした町ではなかったが、バラトンという名のその湖は言葉につくせぬほど幻想的だった。朝早く、ロブがユダヤ人の祈禱《きとう》を待ち受けていると、深みのある宝石のように凜《りん》とした水面は、真っ白な靄《もや》をたたえていた。

ユダヤ人は見ているだけで滑稽《こっけい》だった。妙な奴《やつ》らで、祈りながら思い思いの神秘的なリズムで上へ下へと頭を揺らし、まるで神様がその頭で投げ物をしているように見えた。彼らが祈りを終えると、ロブは一緒に泳ごうと誘った。水が冷えていたので、彼らは嫌な顔をしたが、にわかに自分たちの言葉でぺちゃくちゃしゃべりだした。メイヤが何かを言うと、シモンがうなずいてキャンプに引き返していった。彼はキャンプ番をするのだ。他の者たちとロブは岸に走っていって服をかなぐり捨てて、大はしゃぎの子供たちのように飛沫《しぶき》をあげて浅瀬に飛び込んだ。トゥヴェは泳ぎが下手でのたうっていた。ユダ・ハ＝コーエンは力なく手足をバチャバチャさせ、日に焼けた黒い顔と対照的に、恐ろしいほど真っ白の丸い腹をしたゲルショム・ベン・シェミュエルは、仰向けに浮かんで意味のわからない歌をうなった。メイヤは驚くほど泳ぎが達者だった。「ミクバより心地よいな！」と彼は喘《あえ》ぎながら叫んだ。

「ミクバって何です？」とロブは訊《き》いたが、ずんぐりした男は水の下に潜り、力強い均等なストロークで岸から離れ始めた。女性と一緒だったらもっと良かったのにと思いながら、ロブはあとについて泳いでいった。彼は一緒に泳いだ女性たちを思い起こそうとした。泳ぐ前やあとに、それぞれと半ダースは愛を交わしただろう。何回かは、水の中でも……。

彼は五ヶ月、女性に触れていなかった。イーディス・リプトンが彼を性の世界にいざなって以来、最も長いご無沙汰《ぶさた》だ。彼は水を蹴《け》っては掻《か》き、痺《しび》れるように冷たい水で、女性が恋しくて仕方ない気持ちを振り払おうとした。

メイヤに追いつくと、ロブは男の顔にバシャっと派手に水をかけた。

メイヤは唾《つば》を飛ばし咳込《せきこ》んだ。「キリスト教徒め！」と彼は呪《のろ》わしげに叫んだ。

ロブはふたたび水をかけると、メイヤが組みついてきた。ロブの方が上背はあったが、メイヤは強かった！　彼はロブを水面に押しつけたが、ロブはたっぷりした髭《ひげ》に指をしっかり絡ませ、自分と一緒にユダヤ人を引っぱり込んだ。どんどん下へ。沈んでいくと、褐色の水が小さな霜の小片を散らし、彼にまとわりついてくるみたいで、冷たく冷たくなっていき、ついには肌に氷のように冷たい銀をまとったように感じた。

沈んでしまう。

ちょうど同じ瞬間、二人はうろたえ、このままでは悪ふざけがすぎて溺《おぼ》れると判断した。彼らは身体を押して離れると上昇し、水面を破って空気をぜいぜい吸った。どちらも相手を負かすことなく、どちらも勝者にならず、彼らは一緒に岸辺に泳ぎ戻った。水から出ると、秋の前触れの寒気に身震いしながら、濡《ぬ》れた身体をなんとか服にすべり込ませようと格闘した。メイヤが、包皮を切除したロブの陰茎に目を留め、彼を見た。

「馬が食いちぎったんだ」とロブは言った。

「牝馬だろうな、むろん」とメイヤは真面目くさって言った。彼が自分たちの言葉で他の者たちに何かつぶやくと、みんなはロブを見てニヤッと笑った。ユダヤ人たちは素肌の上に奇妙な房飾りのついた衣類を着た。裸だと、他の男たちと何も変わらなかったが、装うと異分子の風《ふう》貌《ぼう》を取り戻し、ふたたび風変わりな輩《やから》に戻った。ロブが自分たちを観察していることに、彼らも気づいたが、彼は奇妙な下着の意味を問わず、向こうもあえて口にはしなかった。

＊

見張り番がやられたのは、彼らが湖をあとにしてからだ。何マイルも何マイルも続く森林や、いつ見ても変わりばえしない畑を通り過ぎながら、まっすぐで果てしない道を進んでいくと、その単調さにほとんど我慢できなくなってきた。ロブ・Jは、ローマ人の世界制覇を可能とした幾千の広大な道路網の一つの道《ヴィア》ができた直後の様子を心に描き、想像の世界に逃げ込んだ。最初にやってくるのは偵察兵や先兵騎兵隊だろう。次に、防御壁の役割もになったラッパ吹きたちに囲まれ、奴隷が御する二輪戦車に乗った将軍。それから、馬に乗った参謀将校のトリブニとレガティ。投げ槍《やり》を林立させた軍団《レギオン》――歴史上で最も有能な戦闘殺人者たちからなる十の歩兵隊。一個歩兵隊は六百人で、百人の軍団兵ごとに一人の百人隊長に率いられている――が続く。そして最後に、どんな猛者《もさ》でも嫌がるような重労働、巨大な戦争装置トーメンタを引きずって幾千の奴隷たちが続く。広い道を作ったのも、他でもない、このトーメンタを通すためだったのだ。城壁や防壁を平らにならす巨大な破城槌《づち》や、空から敵に投げ矢の雨を降らせる邪悪なカタパルタ、丸石を空中に投げたり、大きな梁《はり》を矢のように飛ばすための、神々のパチンコ、巨大な投石器《バリスタ》といった装置だ。しんがりには、輜重《しちょう》、すなわち軍用行李《こうり》を積んだ荷馬車が進んでいき、そのあとを、妻や子供たち、売春婦、商人、密使、政府役人たちといった、ローマ軍の宴のあとの戦利品を食い物にした、歴史の蟻たちがついていくのだ。

今ではその軍隊は伝説と夢になり、こうした非戦闘従軍者たちも古代の塵《ちり》となり、あの国家も絶えて久しい。ただ、その道は残った。一直線すぎて、時として心を萎《な》えさせてしまう不滅の公道だけは。

＊

カレン家の娘がまた、荷馬の一頭を自分の馬に結わえ、彼の荷馬車の近くを歩いていた。

「ご一緒にいかがです、お嬢さん？　荷馬車は気分転換になりますよ」

彼女は躊躇《ちゅうちょ》したが、彼が手を伸ばすと手を取り、引っぱり上げられるままにしていた。

「ほっぺた、うまく治ったんですね」と彼女は感想を述べた。彼女は顔を赤らめていたが、しゃべらずにはいられないようだった。「残っていたひっかき傷も、わずかな銀色の線になってるわ。運が良ければそれも消えて、傷跡も残らないわね」

ロブは顔が熱くなるのを感じ、彼女が自分の容貌《ようぼう》を詮索《せんさく》しないでくれればと願った。

「どうして怪我《けが》をしたの？」

「追《お》いはぎに出くわしたんですよ」

メアリー・カレンは深く息を吸い込んだ。「そんな輩から私たちを守ってくれるよう、神様に祈らなくちゃ」彼女は考えにふけっているように彼を見た。「マジャール人山賊の噂《うわさ》を流した張本人は、カール・フリタ自身だって言ってる人たちもいるわ。旅行者に恐怖心を植えつけて、自分のキャラバンに加わらざるを得なくしようって」

ロブは肩をすくめた。「フリタ親方ならしかねないかもね。マジャール人たちが襲ってくる様子もないし」道の両側で男と女たちがキャベツを収穫していた。

二人は黙ってしまった。道のでこぼこに落ちるたびに揺すぶられ、彼は絶えず柔らかなヒップと引き締まった腿《もも》の存在を感じた。娘の体臭は、太陽に温められた苺《いちご》の茂みから立ち上る、ほのかに暖かで香《かぐわ》しい薫《かお》りに似ていた。

イングランド中でくまなく女を手玉にとってきた彼だが、しゃべろうとすると声に力が入るのを感じた。「これまでも、ずっとマーガレットというミドルネームだったんですか、カレンお嬢さん？」

彼女はびっくりして彼を見つめた。「ずっとよ」

「別の名前はなにも覚えてません？」

「子供の頃、父は私をカメちゃんって呼んでたわ、時々私がこれをしたからよ」彼女は両目をゆっくりとまばたきした。

ロブは彼女の髪に触りたくてむずむずした。彼女には、顔の左側の広い頬骨《ほおぼね》の下に小さな傷跡があった。だが、じっと観察しないかぎり見えず、それで彼女の容貌が台無しになってはいなかった。彼は素早く目をそらした。

行く手では、彼女の父親が鞍《くら》の上で身体をねじり、自分の娘が荷馬車に乗っているのを見つけた。カレンはロブがユダヤ人たちと一緒にいるのを、さらに数回目撃していたので、メアリー・マーガレットの名前を呼んだ時、その声には不愉快さがにじんでいた。

彼女は立ち去りにかかった。「あなたのミドルネームはなに、コール親方?」

「ジェレミー」

彼女は真面目にうなずいてみせたが、瞳《ひとみ》は彼を茶化していた。「じゃあ、ずっとジェレミーだったの? なにか別の名前はおぼえてないのかしら?」

彼女は片手でスカートをたくし持って、動物のように軽やかに地面に飛び降りた。白い脚がちらりと目に入ったが、ロブは彼女になぐさみものにされて猛烈に腹が立ち、馬の背に手綱をぴしゃりと入れた。

＊

その晩、夕飯のあとで、彼は二回目の授業のためにシモンを捜し出し、ユダヤ人たちが本を持っているのを発見した。少年の頃に通った聖ボトルフ教会の学校には、本が三冊あった。ラテン語の聖書の正典と新約聖書、それにイングランド王によって一般行事と規定された神聖な祝日の一覧を記した、英語の聖人祭日暦だった。頁《ページ》はすべて皮紙で、子羊や子牛や子山羊の皮をなめして作られていた。すべての文字が手で書き写してあった。そうした途方もない作業のおかげで、本は高価で稀《まれ》にしかないものなのだ。

ユダヤ人たちはたくさんの本を——あとで彼は七冊あるのを発見した——装飾を施した革の小さな箱に持っているらしかった。

シモンはパールシーで書かれた一冊を選び、その本を使って授業をした。シモンが命じる特定の文字を、ロブが捜し出すのだ。彼はパールシーのアルファベットを要領よく身につけていった。シモンは彼を誉《ほ》めた。次に、この言語の美しい旋律をロブに耳で聞かせるために、本の一節を読み、一語一語、ロブに復唱させた。

「これは何という本だい？」

「『コーラン』、彼らの聖書です」とシモンは言って訳した。

讃《たた》えあれ、万世の主、

慈悲深く慈愛あまねき御神、

彼がすべてを作った、人を含めて。

彼は創世において人に特別な地位を与えた。

彼は人に自らの代理人の名誉を与えた、

そしてその目的のために、彼に知力を吹き込み、

愛情を浄化し、彼に霊的洞察を与えた。

「毎日、十個のペルシア語の単語と言い回しを書いた表をあげます」とシモンが言った。「次の日の授業のために、おぼえてきてください」

「毎日二十五語にしてくれ」とロブは言った。コンスタンチノープルまでしか、この先生に教えてもらえないのがわかっていたからだ。

シモンは微笑んだ。「じゃあ、二十五個ね」

次の日、ロブは簡単に単語を頭に入れた。道はまだまっすぐで滑らかだったので、主人が運

転席に座って勉強しているあいだ、馬は手綱をゆるめておいても、とぼとぼ歩くことができたからだ。だが、ロブはせっかくの機会を無駄にしているのに気づいた。日中、移動しているあいだの手持ちぶさたな時間に学べるようにと、その日の授業のあと、ロブはペルシアの本を貸してくれないかとメイヤ・ベン・アセルに請うた。

メイヤは断固として拒絶した。「その本は絶対に、我々の目の届かない場所にはやれない。私たちが近くに一緒にいる時だけ読むように」

「シモンを私と一緒に荷馬車に乗せても、いけませんか?」

メイヤはまたもやダメだと言うに決まっている、とロブは感じたが、シモンが大きな声で言った。「その時間を利用して、私は会計簿の検算ができます」

メイヤは思案した。

「この人は、熱心な学者になるでしょう」とシモンは静かに言った。「彼の中にはすでに、学ぶことへの貪欲《どんよく》な欲求があります」

ユダヤ人たちは、どこかこれまでとは違った目つきでロブを見つめた。とうとうメイヤはうなずいた。「その本を荷馬車へ持っていってよろしい」と彼は言った。

＊

その夜、彼は早く次の日にならないかと願いながら眠りに落ち、朝になると、ほとんど苦痛とも言えるほど期待が膨らみ、早くから居ても立ってもいられずに目を覚ましてしまった。それから待つ間はもっとつらかった。その日に限って、ユダヤ人のみんながノロノロ準備をしているように見えたからだ。シモンは用を足しに森に入って行き、メイヤとトゥヴェは顔を洗いにのんびりと小川に歩いて行った。それから、全員が朝の祈禱《きとう》で上下に揺れてブツブツつぶやき、ゲルショムとユダがパンと粥《かゆ》を食卓に出していた。

乙女を待つ恋人ですら、これほどのじれったさに苛《さいな》まれはしない。「さあ、ほら、このノロマ、このヘブライ人のぐず」その日の授業におぼえて行くペルシア語の語彙《ごい》を、最後にもう一度復習しながら、彼はブツブツ文句を言った。

とうとうシモンが、ペルシアの本と重い会計帳簿、それに玉を通した細い木製の棒が並んだ一風変わった木の枠をたずさえてやってきた。

「それは何？」

「そろばん。計算盤ですよ、計算する時に便利なんです」とシモンは言った。

キャラバンが出発してみると、この新しい勉強計画は上々だった。道は相対的になめらかではあったが、荷馬車の車輪が小石の上を転がって跳ねるので、物を書くのは現実的には無理だった。だが、読むのは簡単で、二人はそれぞれ、田園地帯を何マイルも何マイルも移動しながら自分の仕事に専念した。

ペルシアの本は、彼にはチンプンカンプンだったが、発音がすらすらできるようになるまで、パールシーの文字と単語を読むようにとシモンに言いつけられた。一度、本の中で、宿題の表にあったKoc-homedy「あなたは善意とともにいる」という熟語にぶつかって、彼は小さな勝利を得たかのように大得意になった。

時折、彼は顔を上げてメアリー・マーガレット・カレンの背中を見た。今では父親のすぐ横で馬を進めるようになっていた。父親から言われているに違いない。何しろ、荷馬車によじ登るシモンを、カレンはにらみつけていたのだから。彼女は、生まれてこの方ずっと鞍の上でバランスをとり続けてきたかのように、頭をすっくと立て、まっすぐにぴんと背筋を伸ばしていた。

正午までには、単語と熟語の表をおぼえてしまった。「二十五じゃ足りない。もっとくれなくちゃあ」

シモンは微笑《ほほえ》んで、暗記すべき単語をあと十五個与えた。ユダヤ人はほとんどしゃべらず、ロブはシモンの指の下で飛び交う、そろばんの玉のパチパチパチパチいう音に慣れてきた。

午後の中頃、シモンがフーっと息を洩《も》らしたので、彼が勘定の一つに間違いを見つけたのがわかった。帳簿には、おびただしい数の商取引の記録が記載されていることだろう。彼らは、ペルシアからドイツへのキャラバンでえた収益を、一家が待つ故郷へと運んでいるのだとロブにもわかり始め、彼らが決して見張りをつけずに野営地を離れない理由に納得がいった。行進の列の彼の前方にはカレンがいて、羊を買うための相当な量の現金をアナトリアまでたずさえている。一方、彼の背後では、ユダヤ人がほぼ確実にそれより多い金額を運んでいるのだ。もし山賊たちがこんな豪華な配当をかぎつけたら、と彼は心許《こころもと》なく考えた。奴《やつ》らは無法者の大群を集め、キャラバンも攻撃から無事でいられないかもしれない。だが、彼はキャラバンを去る気にはならなかった。一人きりで旅をするのは、死を求めているに等しい。心配しても仕方がないので、ロブはそうした恐れをすべて忘れ、永久に続くかのように、来る日も来る日も、手綱をゆるめて荷馬車の座席に座り、イスラム教の経典に目を釘《くぎ》づけにした。

＊

とびきりの季節がやってきた。天気は晴れ上がり、空は秋めいて、その真っ青な深みは彼にメアリー・カレンの瞳《ひとみ》を思い起こさせた。彼女が距離をとり続けていたので、滅多に瞳を見られないのだった。さだめし、父親からそう言いつけられているのだろう。

シモンは会計簿のチェックを終えてしまったので、彼の荷馬車にくる口実はなくなってしまったが、二人の日課は容認され、ペルシアの本を手放すことについては、メイヤも気を楽に持つようになった。

シモンはロブを豪商にさせるべく、たゆまず鍛えた。

「ペルシアの基本の重さの単位は何？」

「マンだよ、シモン。ヨーロッパのストーンのおよそ半分だ」

「他の重さについて教えて」

「ラテルがあって、マンの六分の一。ディルハムは、ラテルの五十分の一。メスカルはディルハムの半分。ドゥングはメスカルの六分の一。それからバーリーコーンで、それはドゥングの四分の一だ」

「良くできました。実に結構！」

試験をされていない時は、ロブはひっきりなしに質問をせずにはいられなかった。

「シモン、悪いね。お金っていう言葉は？」

「ラス」

「シモン、大変申しわけないんだけど……この本の Sonab a caret っていう言葉は何？」

「来世への功徳、すなわち、『極楽で』」

「シモン……」

シモンの不平の声に、ロブはうるさがられてきているのがわかり、その後は、我慢できなくなるまで、質問を貯め込んでおくことにした。

週に二度、彼らは患者を診《み》て、シモンはロブのすることを見聞きしながら、通訳をしていた。診察と治療の時には、ロブが熟練者であり、シモンの方が質問をする側になった。

にやついてばかりいる、頭が足りなさそうなフランク人の家畜商人が診てもらいにくると、膝《ひざ》のうしろがぷよぷよして痛いと訴えた。そこには硬いしこりがあった。ロブは羊の脂肪に鎮静の薬草が入った軟膏《なんこう》を与え、二週間後に来るように伝えたが、一週間もしないうちにその家畜商人はふたたび現れた。今回は、両方の脇《わき》の下に同じ種類のしこりができていた。ロブは二本の『万能特効薬』を与え、彼を追い払った。

まわりに誰もいなくなると、シモンが彼の方を向いて言った。「あの大きなフランク人は、どこが悪いんです？」

「あるいは、しこりは消えるかもしれない。でも僕はそうならないと思う。横痃《おうげん》をわずらっていて、もっとしこりが増えるだろう。そうなれば、まもなく、彼は死ぬことになる」

シモンはまばたきした。「あなたができることは、何もないんですか？」

彼は頭を振った。「僕は無学な外科医兼理髪師だ。もしかすると、彼を助けられる偉大な内科医が、どこかにいるのかもしれないがね」

「私だったら、怖くて治療なんてできないな」とシモンはゆっくり言った。「知るべきことを全部学んでいないかぎり」

ロブは何も言わず、彼を見つめた。自分は気づくのにあんなに時間がかかったのに、このユダヤ人が即座に、こんなにも明確に理解したことに、彼は衝撃を受けた。

＊

その夜、彼はカレンに乱暴にたたき起こされた。「急げ、おい、頼むよ」とスコットランド人は言った。女性が悲鳴をあげていた。

「メアリーか？」

「違う違う。一緒に来てくれ」

月のない真っ暗な夜だった。ユダヤ人の野営地を通り過ぎたすぐの所で、誰かがトーチを照らしていて、ちらちらする照明の中で、男が倒れて死にかかっているのが見えた。

彼はレイボウといい、行進の列でロブの三つうしろの場所にいる痩《や》せこけたフランス人だ。喉《のど》はパッカリと口をあけ、まるでニヤニヤ笑っているようだった。あたりの地面には黒ずんでぴかぴか光る血《ち》溜《だ》まりができていた。それは彼から逃げた命なのだった。

「彼は今夜の見張り番だったんだ」とシモンが言った。

メアリー・カレンは、金切り声を上げている女性に付きそっていた。レイボウが絶えず口喧《くちげん》嘩《か》していた、どっしりした妻だ。彼女の夫の切り裂かれた喉は、ロブの濡《ぬ》れた指の下でぬらぬらとすべった。液体が喉でゴボゴボいう音がして、レイボウはちょっとのあいだ、苦悩に満ちた妻の叫び声の方へ精一杯顔を向け、身もだえして死んだ。

次の瞬間、みんなは馬が駆ける音にぎょっとして飛びすさった。「フリタが自警団を派遣したんだ」とメイヤが闇《やみ》の中から落ち着いた声で言った。

キャラバン全体が起こされ、武装したが、まもなく、急襲者の一味はどこにもいなかったという知らせを持ってフリタの騎手たちが戻ってきた。殺人者は単独の泥棒だったのか、あるいは山賊の斥候だったのかもしれない。いずれにしても、殺し屋は逃げてしまった。

その夜はもう、ほとんど眠れなかった。朝、ガスパール・レイボウはローマ人の道のすぐ横に葬られた。カール・フリタはせわしないドイツ語で埋葬の礼拝を吟唱し、それから人々は墓を立ち去って、ピリピリ神経をとがらせながら旅を再開する準備を整えた。ユダヤ人たちは万が一、全速力で走らせなければならなくなっても解けないように、しっかりラバに重い荷を積んだ。ラバに積んだ物の中に、重そうな細い革袋があるのが見えた。ロブには、その袋の中身の想像がついた。

次の日、彼らは賑《にぎ》わったドナウ川の町、ノヴィサドにやってきた。そこで、聖地へと旅していた七名のフランク人修道士が三日前に山賊に襲われ、略奪されて、ソドミー行為をされたあげ句に殺されたという話を聞いた。

次の三日間、彼らは今にも襲撃されそうな気分で旅をしたが、広くてほとばしる川を、何ごともなくベオグラードまでたどり、そこの農業市場でひときわ美味《おい》しい小粒で酸味のある赤プラムや緑のオリーブなど、食糧を積み込んだ。ロブはオリーブを感慨深く食べた。彼は居酒屋で夕食をとったが、様々な種類の脂っこい肉を切り刻んで混ぜてあり、腐った獣脂のような味がして、口に合わなかった。

ノヴィサドでたくさんの人間がキャラバンを去り、ベオグラードではさらに多くが去った。新しく他の者たちが加わったので、カレン一家とロブ、それにユダヤ人一行は行進の列の前の方へ移動し、もはや攻撃されやすい後方ではなくなった。

ベオグラードを発ってすぐあとで、彼らは前衛の山に入った。すぐに、今まで横断したどれよりも意地の悪い山脈に変わり、切り立った絶壁には抜けた歯のように丸石が点在していた。標高が高い場所では、空気が身を切るように冷たく、ふいに冬を思い起こさせた。この山脈は雪が降ったら地獄だろう。

もはや、ロブも手綱をゆるめてはいられなかった。斜面をあがって行く時は、革の手綱を優しく小さく打って馬を駆り立てねばならず、下り坂をいく時は、手綱をうしろへ引っぱることで馬を助けた。腕が痛み気力が萎《な》えてくると、同じくこの憂鬱《ゆううつ》な区間を、ローマ人は重いトーメンタを引っぱって進まなければならなかったことを考えた。だが、ローマ人たちには捨て石にしてもいい大勢の奴隷がいたのだ。ロブ・Jには、微妙な手綱さばきをしてやらねばならない、疲れた牝馬一頭だけが頼みの綱なのだった。夜、いくらくたびれ果てていても、彼はユダヤ人のキャンプに足を引きずって行き、時には、授業らしきものが受けられた。だが、シモンはもう荷馬車には乗らなくなり、いつのまにかロブも、ペルシア語を十個おぼえることすらままならなくなっていた。

第二十八章　バルカン諸国

　ここにきて、カール・フリタは面目躍如で本領を発揮し、ロブは初めて彼を賞讃の目で見ていた。このキャラバンの指揮者はあらゆる場所に出没していた。故障した荷馬車を助け、腕の良い家畜商人がものいわぬ獣たちを励ますみたいに、人々を激励し熱心に鼓舞した。道は石ころが多かった。十月の一日、キャラバンの男たちが徴集されて、進路中に落ちていた岩を取りのぞく作業で、半日を無駄にした。事故がひんぱんに起こるようになり、ロブは一週間のうちに折れた腕を二本ついだ。ノルマン人の商人の馬が暴走し、荷馬車が彼の上に転覆して、脚が粉砕された。二頭の馬の間につり下げた担架で運んでいくと、看病を引き受けてくれるという一軒の農家が見つかった。彼らは負傷したノルマン人をそこに残していくことにした。キャラバンが視界から消えるやいなや、農夫が持ち物目当てに彼を殺したりしないよう、ロブは心の底から願った。

「我々はマジャール人の国を通り越え、今はブルガリアに入っている」メイヤはある朝、彼に教えてくれた。

　どこにいるかわかったところで、さほど意味はなかった。なぜなら、岩々の敵意むきだしの自然は何ら変わらず、高い場所では風が彼らにたたきつけられ続けたからだ。気候が薄ら寒くなるにつれ、キャラバンの人々は様々な外套《がいとう》を着はじめた。その大半は見栄えよりも暖かさを優先したもので、ついに彼らは、ボロで着膨れした奇妙な生き物の寄せ集めになった。

ある曇った朝、ゲルショム・ベン・シェミュエルが引いていたラバがつまずいて転び、背中の荷の重さで両前脚が痛々しく脱臼《だっきゅう》していき、ついには左足が音を立てたポキっと折れた。運のつきたラバは激痛で、人間のような悲鳴をあげた。

「楽にしてやれ！」とロブが叫ぶと、メイヤ・ベン・アセルがナイフを抜いて、唯一可能な方法でラバを楽にしてやった。ひくひく震えている喉《のど》を切り裂いたのだ。

彼らはすぐに、死んだラバの包みを下ろし始めた。細長い革の袋は、ゲルショムとユダが二人で持ち上げなければならなかったが、その時、二人の間で母国語で言い争いが起こった。残っている荷役ラバは、すでに重たい革袋を積んでいたので、この袋まで載せるのは無理だと言って、ゲルショムが正当な異議を申し立てているらしかった。

彼らの後方につけていた一行は立ち往生させられてしまい、本体から遅れをとるのに黙っていられない者たちから、憤激した怒鳴り声がとんだ。

ロブはユダヤ人たちの所へ引き返した。「僕の荷馬車に袋を投げ込め」

メイヤは躊躇《ちゅうちょ》してから頭を振った。「だめだ」

「なら勝手にしやがれ」ロブは、自分が信用されていない気がして、怒って乱暴に言った。

メイヤが何かを言うと、シモンが彼のあとを追ってきた。「私の馬に荷物を結びつけることにしました。荷馬車に乗せてもらっていいですか？　別のラバを手に入れることができるまで」

ロブは身振りで彼を座席に招き、自分でよじ登らせた。彼は長いあいだ、黙ったまま馬を進めた。ペルシア語の授業を受ける気にならなかったのだ。

「あなたはわかっていません」とシモンは言った。「メイヤはあの袋を、自分のそばに置いておかねばならないんです。彼のお金じゃないんです。いくらかは一族の物ですが、大部分は出資者に借りているんです。彼はあのお金に責任があるんです」

その言葉でロブの気分はましになった。しかし、引き続き悪い一日だった。道は荒れ、荷馬車に二番目の人物が加わったおかげで馬の負担を増やしてしまい、山頂で夕暮れにつかまってキャンプを張らなければいけなくなった時、馬は目に見えて弱っていた。

彼もシモンも夕飯に手をつけないうちに、患者たちを診に行かねばならなかった。風がとても強くて、カール・フリタの荷馬車の陰に隠れざるを得なかった。診察を待っていたのは、ひと握りの人々だけだったが、彼もシモンも驚いたことに、その中にまじってゲルショム・ベン・シェミュエルの姿があった。強靭《きょうじん》でずんぐりしたこのユダヤ人が、カフタンをまくってズボンを下ろすと、醜い紫のできものがお尻《しり》の右のほっぺにできていた。

「彼に屈《かが》むように言って」

ロブが外科用メスの先で切り込み、黄色い膿《うみ》をほとばしらせると、ゲルショムはウッとうめいた。腐敗物がすべて出て鮮血だけになるまで、できものを搾ると、彼はさらにうめき声をあげて母国語で罵《ののし》った。

「彼は鞍《くら》には座れない。数日間はだめだ」

「座るしかありません」とシモンは言った。「ゲルショムを置いては行かれません」

ロブはため息をついた。今日はユダヤ人たちが苦難を試されている日のようだ。「君が彼の馬を引き受けて、彼に僕の荷馬車のうしろに乗ってもらおう」

シモンはうなずいた。

次は、あのニコニコしたフランク人の家畜商人だった。今回は、新しい小さな横痃《おうげん》が彼の鼠《そ》頸部《けいぶ》を覆っていた。腋《わき》の下と膝《ひざ》のうしろのしこりは前よりも大きく、もっとプヨプヨになっていて、ロブがたずねると、フランク人はそれらが痛み始めたと言った。

彼は家畜商人の手をとった。「彼は死ぬと伝えて」

シモンはにらみつけた。「馬鹿な」と彼は言った。

「彼は死ぬ、と僕が言っていると伝えるんだ」

シモンはぐっと唾《つば》をのみ込んで、ドイツ語で手柔かにしゃべりはじめた。ロブは愚かそうな大きな顔から微笑《ほほえ》みがだんだん消えていくのを見つめた。それからフランク人は、自分の手をつかんでいたロブの手をもぎ取り、右手を持ち上げて、小さなハムほどの大きさの拳《こぶし》を振り上げた。彼はがみがみ怒鳴った。

「お前はとんでもない嘘《うそ》つきだ、って」とシモンが言った。

ロブは家畜商人の目を見すえ、立ち上がって待ち構えたが、とうとう男は足元に唾《つば》を吐いてよろめきながら立ち去った。

ロブは耳障りな咳《せき》をする二人の男に酒を売り、それから親指を脱臼してべそをかいているマジャール人を治療した。鞍の腹帯に指をはさんでしまった時に、馬が動いてしまったのだ。

それからロブは、この場と人々から逃げ出したくて、シモンを残して立ち去った。キャラバンはちりぢりに散開していた。誰もが岩陰にキャンプを張って風からの防護壁にしようと、大きな丸石を捜していた。最後尾の荷馬車の向こうまで歩いて行くと、メアリー・カレンが道にせり出した岩に立っているのが見えた。

彼女はこの世のものとも思えなかった。両手を大きく広げ、厚ぼったい羊皮のコートの前をはだけて立っていた。頭はうしろに反らし、両目を閉じて、まるで力一杯うち寄せる満ち潮のように、たっぷり吹き寄せる風で清められているかのようだった。コートが大きくうねってはためいた。彼女の黒いガウンは長身の身体にはりつき、たわわな胸と豊かな乳首、腹部の柔らかな丸みと広いへそ、たくましい腿《もも》をつなぎ合わせる甘美な割れ目の輪郭を、くっきりと浮び上がらせていた。彼が奇妙な暖かな慈愛を感じたのも、きっと魔力のせいに違いない。そう思えるほど、彼女は魔女のように見えた。彼女の長い髪はうしろにたなびき、のたうつ赤い火のように翻ってそよいでいた。

今にも彼女が目を開けて、自分が見つめているのに気づくことを怖れ、彼は我慢できずに踵《きびす》を返して歩み去った。

自分の荷馬車にゲルショムを腹ばいに寝かせて運ぶには、荷物をいっぱい積みすぎているという事実を、ロブは憂鬱《ゆううつ》な気分で熟慮した。必要なスペースを確保する唯一の方法は、お立ち台を諦《あきら》める事だった。彼は三つの部分品を運び出し、床屋さんと自分が、この小さな舞台に数え切れないほど立って観客を楽しませたことを思い出して、じっと見つめた。それから肩をすくめて、大きな石を拾い上げ、お立ち台を砕いて薪にした。火壺《ひつぼ》には燃えさしがあり、彼は荷馬車の風下でどうにか火をおこしなおした。深まっていく暗闇《くらやみ》の中で、座ってお立ち台の破片を炎にくべた。

アン・メアリーという名前がメアリー・マーガレットに変わったというのは、ありえそうにない話だ。それに妹の茶色い髪は、ほのかに赤みがかっていたとは言え、あんな荘厳な赤褐色になったわけがない、そう彼は自分に言い聞かせた。バッフィントン夫人がやってきて鳴くと、火の近くで風をよけて、彼の隣に横たわった。

＊

十月二十二日の午前半ば、固く白い粒が空気を満たし、風に舞って露出した肌をちくちく刺した。

「こんちくしょうが降るには早すぎるな」とロブはシモンにむっつりとして言った。ゲルショムはお尻のほっぺが治り、自分の馬へ帰っていったので、シモンが荷馬車の座席に戻っていたのだ。

「バルカン諸国ではそうでもないよ」とシモンは言った。

彼らはもっとそびえ立った、高低のある急坂に入った。大半はブナ、オーク、松が植林されていたが、全体の斜面は怒れる神が山の一部をぬぐい取ってしまったかのように露出して、岩が多かった。深い地溝に滝が一直線に落ち小さな湖ができていた。

前方のカレン父娘は、長い羊皮コートに帽子という瓜《うり》二つの風采《ふうさい》で、黒い馬を見てそちらがメアリーだと知る以外には、見分けがつかなかった。

雪は積もらなかったので、旅人たちはどうにかこうにか前進したが、カール・フリタにとっては満足のいく速さではなく、行進の列を行ったり来たりして檄《げき》を飛ばし、もっと速くとせき立てた。

「何かが、フリタにキリストを怖れさせたんだな」とロブは言った。

シモンは彼がイエスのことに言及すると決まって、ユダヤ人たちがよくするように、素早く用心深い一瞥《いちべつ》をロブに送った。「彼は激しい雪になる前に、我々をガブロヴォの町に到着させなければならないんです。ここらへんの山脈の端から端まで通っているのは、バルカン《バルカン》・ゲート《ゲート》の門と呼ばれる大きな山道ですが、すでに閉鎖されています。キャラバンは、山道の入り口に近いガブロヴォで冬を越すことになります。町には旅行者を受け入れる宿屋と家があります。山道近くで、こんな大きなキャラバンを収容できるほど大きな町は、他にはないのです」

ロブは好都合な事情に気づいてうなずいた。「冬のあいだ、ペルシア語の勉強ができるな」

「本がありませんよ」とシモンが言った。「私たちはキャラバンと一緒にガブロヴォには滞在しません。少し離れたトラヤヴナの町に行くんです、ユダヤ人たちがいますから」

「でも、本がなきゃどうしようもない。君の授業だって必要だ！」

シモンは肩をすくめた。

その晩、馬の世話をしたあとで、ロブがユダヤ人のキャンプに行くと、彼らは特別なすべり止めのついた蹄鉄《ていてつ》をいくつか吟味していた。メイヤは一つをロブに手渡した。「あなたの雌馬のためにも一組作らせた方がいい。雪や氷ですべるのを防いでくれる」

「私もトラヤヴナに行ってはダメですか？」

メイヤとシモンは一瞥を交換した。そのことについて、話し合ったらしい。「トラヤヴナでのもてなしを、あなたに許可する権限は私にはないんです」

「誰がその権限を持ってるんです？」

「そこでユダヤ人を導いている偉大な賢人、ラベヌ・シュロモ・ベン・エリアフですよ」

「ラベヌって何ですか？」

「学者です。私たちの言葉でラベヌは『我々の先生』を意味し、最も高位の方の呼び方です」

「このシュロモという賢人ですけど。彼は異邦人に冷たい傲慢《ごうまん》な人なんですか？　堅苦しくて近寄りがたいんですか？」

メイヤは微笑《ほほえ》んで頭を振った。

「じゃあ、あなたの本を使ってシモンの授業が受けられるよう、滞在の許しを僕が自分で行ってお願いしてはいけませんか？」

メイヤはロブを見たが、この申し出を快く思っているようではなかった。彼は長いこと黙っていたが、ロブが一歩も譲らない覚悟でいることがはっきりすると、ため息をついて頭を振った。「あなたをラベヌのもとへ連れて行きましょう」と彼は言った。

第二十九章　トラヤヴナ

ガブロヴォは、当座しのぎの棒のような建物が建ち並ぶ、寒々とした町だった。数ヶ月間、ロブは自分で料理したのではない食事、つまり、パブのテーブルで出される手の込んだ食事に焦がれてきた。ユダヤ人たちがガブロヴォで一人の商人を訪ねているあいだ、ちょうどロブが三軒ある宿屋の一つを訪ねるくらいの時間があった。食事は恐ろしく期待はずれだった。肉の傷みを隠そうとやたらに塩を振ってあり、パンは硬くてかび臭く、穴が空いていた。ゾウムシをつまみ取った跡に違いない。サービスも料金と同じくらい納得がいかなかった。残りの二軒の宿屋もどっこいどっこいだとすれば、キャラバンの他のメンバーたちには厳しい冬となるだろう。空いている部屋はどこも、寝板がぎっしり詰め込まれ、豚のように並んでほっぺたを押しつけて寝ることになるだろうから。

メイヤの一行はトラヤヴナまで一時間もかからずに着いた。町はガブロヴォよりもずっと小さかった。ユダヤ人居住区――風雨にされされて壁板が銀白色になった、かやぶき屋根の建物が、互いに慰めあうように肩を寄せあっていた――は、葡萄《ぶどう》園と、乳牛たちが枯れ草の根を食《は》んでいる茶色い原っぱとによって、町の残りと分離されていた。土の中庭に入っていくと、少年たちが動物を預かってくれた。「あなたはここで待っていたほうが良い」とメイヤはロブに告げた。

長くは待たなかった。まもなくシモンが呼びに来て、中の一軒に案内した。林檎《りんご》の匂《にお》いのする暗い廊下を抜けて、椅子《いす》が一脚と、本や原稿が積み上げられた机だけが置かれた部屋に通された。椅子には、雪のように真っ白な髪と髭《ひげ》をたくわえた老人が座っていた。彼は猫背でかっぷくが良く、喉袋《のどぶくろ》がたれ、大きな茶色い目は年齢のせいで涙ぐんでいたが、まさしくロブの心の奥底を透かすように見ていた。紹介はなかった。まるで君主の前に詣《もう》でたみたいだった。

「ラベヌには、あなたがペルシアに旅しているところで、商売のためにあの国の言葉を学ぶ必要がある、とお伝えしてあります」とシモンは言った。「勉強する動機は、学問の歓《よろこ》びのためではないのか、とたずねておられます」

「確かに、時には学ぶことに歓びがあります」とロブは直接老人に向かってしゃべった。「しかし、私にとっては大半はつらい作業です。自分が望む物を手に入れさせてくれる手段になると期待して、私はペルシアの言葉を学んでいるのです」

シモンとラベヌは、わけのわからない言葉をぺちゃくちゃしゃべった。

「ラベヌは、あなたはいつもそんなに正直なのかとたずねられました。あなたが死につつある男に、まさに率直に真実を伝えたことをお教えすると、ラベヌはおっしゃいました。『それは正直すぎというものじゃ』と」

「お金は持っているので、食べ物と住処《すみか》のお金は払うと伝えてくれ」

賢人は頭を振った。「ここは宿屋ではない。ここに暮らす者は働かねばならない」とシュロモ・ベン・エリアフはシモンを通して言った。「神聖なるお方が慈悲深ければ、私たちはこの冬、外科医兼理髪師の入り用はないだろう」

「外科医兼理髪師として働く必要はありません。役に立つ事なら喜んで何でもします」

ラベヌは思案しながら、長い指で髭を根本からしごいた。とうとう彼は裁定を下した。

「屠《ほふ》られた牛肉が清浄《コーシャ》でないと判明したら」とシモンが言った。「あなたがその肉を持っていって、ガブロヴォのキリスト教徒の肉屋に売るのです。そして安息日《サバス》のあいだ、働いてはいけないユダヤ人のかわりに、あなたが家々の火の世話をするのです」

ロブは戸惑った。年輩のユダヤ人は彼の瞳《ひとみ》のきらめきに目を留めて、興味を持って彼を見つめた。

「何か気になることでも？」とシモンがブツブツ呟《つぶや》いた。

「ユダヤ人が安息日に働いてはいけないというのなら、僕がそれを破っても、神様は僕の魂を地獄に落としてしまうんじゃありませんか？」

ラベヌは通訳に微笑《ほほえ》んだ。

「あなたが、ユダヤ教徒になりたがることはない、そう信じていると彼は言っています。そうですね、コール親方？」

ロブはうなずいた。

「それなら、あなたは怖れずにユダヤ教の安息日に働いて大丈夫。あなたをトラヤヴナに歓迎するそうです」

ラベヌは、大きな乳牛納屋の裏にある、ロブが寝る場所へと案内した。「勉強会館にロウソクがあります。しかし、この納屋で読み物をするためにロウソクを灯《とも》してはなりません。まわりに乾燥した干し草があるからです」とラベヌはシモンを通じて厳格に言うと、ただちに牛舎の汚物の掃除を言いつけた。

その夜、彼は足元でライオンのように見張っている猫と一緒に、わらの上に横たわった。バッフィントン夫人は時折、ネズミを威嚇するために彼のそばを離れたが、常に戻ってきた。納屋は暗く、湿気の多い場所で、大きな牛の身体で気持ちよい温度に温められ、ひっきりなしにきこえる牛の鳴き声と糞《ふん》の甘ったるい悪臭に慣れるやいなや、彼は満足して寝た。

＊

ロブに遅れること三日、冬がトラヤヴナにやってきた。夜のあいだに雪が降り、次の二日間は交互に、風に吹き寄せられたひどいみぞれと、大粒でまるで甘いお菓子か何かのような、厚ぼったい雪片が舞い降りた。雪がやむと、彼は大きな木製の雪かきシャベルを渡されて、納屋のかけ針で見つけたユダヤ教徒の革の帽子をかぶり、すべての家の扉の前に積もった雪を取り除くのを手伝わされた。頭上では、のしかかるようにぼうっと現れた山々が、太陽に白く輝き、冷たい空気の中での骨の折れる作業は、彼を悲観的な気分にさせた。雪かきが終わると他に仕事はなく、彼は自由に勉強会館に行くことができた。会館は木の枠組み構造の建物だったので、冷気が染み通り、名ばかりの炉火がむなしく抗《あらが》うのみで、暖かくならなかったので、人々は薪をくべるのさえ忘れることもあった。ユダヤ人たちは、仕上げをしていない、ざらざらした机を囲んで座り、何時間も勉強し、時には大声で痛烈に論争していた。

彼らは、自分たちの言語を『古典語』と呼んでいた。ヘブライ語とラテン語、それに彼らが旅したり居を構えていた国々の、いくつかの熟語が混ざったものだとシモンは教えてくれた。彼らは論争家向けの言語だった。彼らは一緒に勉強している時、お互いに言葉を浴びせあった。

「彼らは何を論じてるんです?」とロブはびっくりしてメイヤにたずねた。

「律法の主旨について」

「本はどこにあるんです?」

「本は利用しない。律法を知っている者たちは、教師たちから口承で聞いておぼえたのだ。律法をまだおぼえていない者たちは、聞いて学んでいくのだ。常にそういうものなのだ。もちろん、書かれた『成文法』はあるが、調べるためだけにある。『口伝律法』を熟知している男はいずれも、自らの教師が彼らに教えたように、法解釈の教師となる。あまりにもたくさんの教師がいるので、多数の解釈が存在するのだ。だから彼らは議論する。論争するたびに、彼らは律法についてさらなる理解を深めるのだ」

トラヤヴナでは最初から、彼らはロブをマー・ロイヴェンと呼んだ。ヘブライ語でロバート親方という意味だ。外科医兼理髪師のマー・ロイヴェン。マーと呼ばれることで、彼は何にも増してみんなと区別された。彼らはお互いをレブと呼びあっていたのからだ。誉めるに足る学識を暗示する尊称だが、ラベヌと呼ばれる者よりは地位が低い。トラヤヴナには、たった一人のラベヌしかいなかった。

彼らは奇妙な人々で、風習だけでなく外見もロブとは異なっていた。「彼の髪はどうしたんだね?」と牧夫のレブ・ジョエル・レヴスキがメイヤにたずねた。ロブは勉強会館の中で、両耳のそばでカールさせた儀式上の毛のかたまり、ピオスのない唯一の人物だった。

「彼は知らないんだ。異教徒《ゴイ》だ、向こうの者なんだ」とメイヤは説明した。

「だがシモンは、この男は割礼していると教えてくれた。それはどういうわけなんだ?」と農酪夫のレブ・ピンハス・ベン・シメオンが言った。

メイヤは肩をすくめた。「事故だ」と彼は言った。「彼とも話してみた。アブラハムの契約とは何の関係もないそうだ」

数日の間、マー・ロイヴェンは、みんなにじろじろ見られた。翻って、彼のほうでもみんなを何か好奇な視線で見つめた。帽子といい、耳の前の髪のふさといい、もじゃもじゃの髭といい、黒い服装といい、異教徒の習慣といい、彼にとっても、みんなは大層変わっているどころではなかったからだ。ロブは祈禱《きとう》の最中の彼らの癖に魅せられた。祈る作法は、とても個性豊かだった。メイヤは肩布《タリス》を控え目にそっとかぶった。レブ・ピンハスは尊大な仕草で肩布をうち広げ、二ヶ所の端を正面に持って、腕を上へ移動させるとともに手首を振って頭上でうねらせて、祝福を受けるかのようにふわっと肩にかけた。

レブ・ピンハスは祈る時、全能の神へ願いを送ろうという欲求にせき立てられるように、前後へ頭を揺らした。メイヤは祈りを唱える時に静かに揺れた。シモンはほぼ中間のテンポで前後に揺れ、前へ揺れるたびに小さな身震いをして止まり、わずかに頭を振った。

ロブは本を読んで勉強するかたわら、ユダヤ人のことも観察し、浮かないように残りのみんなとそっくりにふるまうようにした。大部分の男たちは、仕事の前と終わったあとに勉強するので、毎日六時間——彼らがシャハリスと呼ぶ朝の礼拝のあと三時間と、夕べの礼拝マーリヴのあとの三時間——勉強会館はいっぱいになった。しかし、それ以外の時間は比較的静かで、専任の学者が机を一つか二つ占拠しているだけだった。まもなく彼は、人目を集めずに気軽に彼らのあいだに座っていられるようになった。ペルシアのコーランを勉強していても、ユダヤ人たちのガヤガヤが気にかからなくなり、とうとう本当に上達しはじめた。

安息日がやってくると、彼は炉火の世話をした。雪かき以来の忙しい日だったが、それでもとても簡単にすむので、午後の一部は勉強することができた。二日後、彼は大工のレブ・エリアが木の椅子《いす》に新しい背の横木をつけるのを手伝った。その他にはペルシア語の勉強以外、仕事はなかった。トラヤヴナでの二週間が終わる頃、ラベヌの孫娘ロエルが乳の搾り方を教えてくれた。彼女は白い肌をして、ハート型の顔のまわりで長い黒髪を三つ編みにし、小さな口は下唇が女性らしくふっくらとして、喉《のど》に小さな痣《あざ》があった。大きな茶色い目をしていたが、それは常に彼に注がれているようだった。

乳牛の一頭から乳を搾っていると、頭の弱い一頭が自分は雄牛だと勘違いしたのか、他の雌牛に乗ってペニスを挿入した雄牛のように身体を動かし始めた。

ロエルの首から顔へと赤みがさしていったが、彼女は微笑んで小さく笑った。彼女は腰かけに座って前にかがみ、目を閉じて頭を乳牛の暖かい脇腹《わきばら》にそえていた。スカートをぴんと張り、開いた膝《ひざ》のあいだから手を伸ばして、膨れた乳房の下の厚い乳首をつかんだ。彼女の指は小さく波打ち、かわるがわる素早く握り締めた。牛乳が手桶《ておけ》にしたたり落ちると、ロエルはため息をついた。彼女はピンクの舌で唇を濡《ぬ》らし、目を開けてロブを見つめた。

＊

ロブは乳牛納屋のぼんやりとした薄暗がりに一人、毛布を持って立っていた。毛布は馬の臭いが強烈にしたが、祈禱の肩布より少し大きなだけだった。彼は素早い動きで毛布を自分の頭越しに送り、レブ・ピンハスみたいにぐあい良く肩にかけた。くり返し行うことで、祈禱の肩布をかぶる動きが堂に入ってきた。落ち着きつつも何か目的を感じさせる、信心深い身体の揺れを練習していると、牛が鳴いた。祈り方はレブ・ピンハスのような精力的なタイプではなく、メイヤを真似ることにした。

それはまだ、簡単な部分だった。目下、ペルシア語を学ぶのに努力を傾けているので、彼らの奇妙な発音と合成語から成る言語を習得するのには、長い時間がかかるだろう。

彼らはお守りの民だ。あらゆる家の扉の右の側柱の上から三分の一には、メーズーザーと呼ばれる小さな木の筒が釘《くぎ》づけしてあった。各々の筒には、小さく巻いた羊皮紙が入っていると シモンは言った。表に四角いアッシリア文字で記されているのは、申命記六章四―九節と十一章十三―二十一節からの二十二行で、裏にはシャダイ、「全能」と記されている。

ロブが旅のあいだに観察したように、安息日を除いて毎朝、大人の男は二個の小さな革の箱を腕と頭にひもでくりつけた。これらは聖句箱《テフィラン》と呼ばれ、聖なる書トーラーの一部が納められていて、心の近くにあるように箱をおでこに結びつけ、もう一つは心臓の近くである腕に縛りつけるのだ。

「申命記の教えに従っているんです」とシモンは言った。「『私が今日命じることを心に刻みつけよ……それを自分の手にしるしとして結びつけ、目と目の間の下げ飾りとしておけ』です」

単純に見ているだけでは、ユダヤ人がどうやってテフィランをつけるのか、わからないので問題だった。キリスト教徒がユダヤ人の礼拝の儀式を教えてもらいたがるのは奇妙なので、シモンにやってみせてくれるよう頼むわけにもいかない。彼らが腕に革ひもを十回巻くのは数えることができたが、手でしていることは込み入っていて、革ひもは特別な方法で指のあいだにからみついていた。

寒くて乳臭い納屋に立って、彼は革のテフィランひものかわりに、古いロープで左腕を巻いたが、手と指をどうしたら良いかまったく合点がいかなかった。

それでも、ユダヤ人たちそのものが自然の教師となり、彼は毎日なにか新しいことを学んだ。聖ボトルフ教会の学校では、司祭たちが旧約聖書の神はエホバだと教えてくれた。だが、彼がエホバと口にすると、メイヤは頭を振った。

「私たちにとっては、主なる神、栄えあらんお方には、七つの呼び方があるのを承知して欲しい。これは最も神聖な呼び方です」彼は暖炉から取った炭のかけらで木の床に、ペルシア語と古典語の両方で Yahweh と書いた。「決して口に出して発音しないのです。天主のご本体は、言葉では言い表せないからです。キリスト教徒が誤った発音をしているのです。あなたがしたようにね。この名前はエホバとは言わないんです、おわかりかな?」

ロブはうなずいた。

夜、わらの寝床で、彼は新しい言葉と習慣を復習し、眠りにからめ取られる前に、慣用句や祈り言葉の断片、身振り、発音法、祈禱中の恍惚《こうこつ》とした表情を思い出し、それが必要となる日に向けて心の中によくしまい込んだ。

＊

「ラベヌの娘には手だしをしないことだ」とメイヤが眉《まゆ》をひそめて彼に告げた。

「彼女には興味ありません」酪農場で話を交わしてから日が経っていたし、それ以来、彼女に近づいたことはなかった。

実は前夜、彼はメアリー・カレンの夢を見て、朝方目が覚めると、ぼうっと興奮した目つきで夢の詳細を呼び起こそうとしたのだった。

メイヤは晴れた顔をしてうなずいた。「良かった。女性の一人が、ラベヌの娘が異常に興味を持ってあなたのことを見ているのを目撃し、ラベヌに告げたのです。そして彼が私に、あなたと話してみるように仰《おおせ》られたのです」メイヤは人差し指を鼻にあてた。「知恵ある者の静かな一言は、愚か者の長々とした抗弁にまさる」

ロブは事態に驚き当惑した。ユダヤ人たちのやり方を観察し、ペルシア語を学ぶためにはトラヤヴナに滞在していなければならないからだ。「女性で問題を起こすつもりはありません」

「もちろんそうでしょう」とメイヤはため息をついた。「問題はあの娘なんです、結婚してしかるべきなんです。彼女は子供の頃からレブ・バルク・ベン・ダビデの孫息子、レブ・メシュラム・ベン・モーセと婚約しているのです。知ってるでしょう、レブ・バルクを？　背の高い痩《や》せぎすの？　顔の長い？　薄くとがった鼻をした？　勉強会館で炉火のすぐ向こうに座っている？」

「ああ、あの人。険しい目つきの老人ですね」

「険しい目つきをしているのは、彼が厳しい学者だからです。ラベヌがラベヌになっていなければ、レブ・バルクがラベヌになっていたでしょう。二人は常にライバルの学者同士で、大親友でもあった。孫たちがまだ赤ん坊の頃に、双方の家族を結びつけようと、彼らは大喜びで縁組みを整えた。それから二人はひどい仲違いをして、友情を断ってしまった」

「なぜ喧嘩《けんか》したんです?」ちょっとした噂話《うわさばなし》を楽しめるほど、トラヤヴナでくつろぎを感じ始

めていたロブはたずねた。

「二人は共同で若い雄牛を屠《ほふ》った。さて、我々の食事戒律《カシュルス》は大昔からある、するべき事として

はならない事についての規則と解釈から成る、複雑なものだと理解してもらわねばなりません。

雄牛の肺に小さな傷が見つかったのです。ラベヌは先例をひいて、傷は取るに足らないものだ

から、決して肉を損なうものではないと言った。レブ・バルクは、肉が傷によって台無しにな

っていて、食べられないと指摘する他の先例を引きあいに出した。彼は自分が正しいと言い張

り、自分の学識を疑うラベヌに憤った。

彼らは議論し、とうとう最後にはラベヌが我慢しきれなくなった。『動物を半分に切るんだ』

と彼は言った。『私は自分の分をとるから、バルクには彼が満足するようにさせればいい』

その雄牛の半分を家に持って帰ると、彼は食べようとした。だが熟慮したのち、彼はぼやい

た。『どうしてこの肉が食べられる? 半分はバルクのゴミの山に捨てられているのに、その

半分を私が食べるだと?』そこで彼は、自分の半分の肉も捨ててしまった。

それ以来、彼らはいつでも反目しているようだ。レブ・バルクが白と言えばラベヌは黒と言

い、ラベヌが肉だと言えばレブ・バルクは牛乳だと言う。ロエルが、上の兄弟たちが結婚につ

いて真面目に話しあいを始めたのと同じ、十二歳半になった時、二人の老人の間ではどんな会

合も喧嘩別れに終わるのがわかっていたので、両家は何もしなかった。それから将来の花婿、

若きレブ・メシュラムは、父親と一家の他の男たちと一緒に最初の外国への商旅行に旅立った。

彼らは仕入れた銅のやかんをたずさえてマルセーユまで旅をし、そこにほぼ一年間滞在して商

いをし、申し分ない利益をあげた。旅行に要した時間を数えると、昨年の夏に上出来なフランスの衣類のキャラバンの積み荷を持って戻るまでに、彼らは二年間いなかったことになる。だが依然として両家は、祖父たちに阻まれて、結婚式をもよおす手筈《てはず》が整わないのだ！」

「今では」とメイヤは言った「不運なロエルは見捨てられた妻、アグナブだと見なしたほうが良いというのは周知の事実だ。彼女は胸があるのに赤ん坊に乳を飲ませることができす、成長した女なのに夫もなく、物議のまとなんだ」

二人は、とりあえずロエルが乳搾りをするあいだは、ロブがその場を外すのが一番だろうという意見で一致した。

＊

メイヤが彼に話してくれたのは幸いだった。冬の間、客人として迎えられているからといって、彼らの女に手を出しても良いという意味ではないことを、はっきり知らされていなかったら、どんなことになっていたことやら。夜、彼は長くてぴちぴちの腿《もも》に赤い髪、そして先が苺《いちご》のような若い真っ白な胸をした、なまめかしい幻影に悩まされた。ユダヤ人たちには、こぼしてしまった精子の許しを請う祈りもあるに違いないと感じたが――彼らにはすべてに対する祈りがあるのだ――、彼にはそれがないので、自分の夢の証拠を新鮮なわらの下に隠し、仕事に没頭しようと努めた。

困難だった。まわり中が、宗教によって助長された活発な性行為であふれていたのだ――彼らはたとえば、安息日の前の晩に愛を交わすのは特別な祝福だと信じていて、だからこそ、あんなにも心から週末を愛しているのだ！　若い男たちはそうしたことを気軽に話し、もし誰かの妻が触れてはならない状態だと、お互いに不平を言いあう。ユダヤ人の夫婦は月経が始まってから十二日間、あるいは終わってから七日間か、どちらか期間の長い分、性交が禁じられている。妻がミクヴァと呼ばれる儀式のプールで浸礼し、身を清めるまでこの節制は続く。ミクヴァは泉の上に建てられた湯屋にある、煉瓦《れんが》で内側をおおった水槽だ。儀式に適当であるように、ミクヴァの水は自然の泉や川から引き入れねばならない、とシモンはロブに教えた。ミクヴァは象徴的な浄化のためにあるので、身体を清潔にするためにあるのではない。ユダヤ人は家で風呂に入るが、毎週、安息日の前はロブも湯屋で男たちに加わった。そこには、プールと燃えさかる火が入った丸い炉があるだけで、その上に煮えたったお湯の大釜《おおがま》がつるしてある。湯気でもうもうの暖かさの中で裸で入浴しながら、彼らは長々と質問し、ラベヌに水をかける名誉を競った。

「シ・アイラ、ラベヌ、シ・アイラ！」質問、質問、質問！

各々の問題に対するシュロモ・ベン・エリアフの答は、じっくりと考え抜かれて思慮深く、学究的な先例と引用に富んでいた。時々、シモンかメイヤが、詳しすぎるほど細部までロブに通訳してくれた。

「ラベヌ、『手引きの書』には本当に、あらゆる男は、その長男を七年間の高等教育に捧《ささ》げねばならない、と書いてあるのでしょうか？」

裸のラベヌは内省的に自分のへそを探り、耳をぐいと引っぱって、たっぷりした真っ白な髭《ひげ》を長く青白い指でしごいた。「そのように書かれてはおらん、我が子たちよ。一方では」と彼は右の人差し指を上方へ突き上げた「ライプツィヒのレブ・ハナネル・ベン・アシはこの見解を取っている。また一方では」と彼は左の人差し指を上へ向けた。「ヤッファのラベヌ・ヨセフ・ベン・エリアキムによれば、これは司祭とレビ人のみに適用されるのだ。だが」と彼は両方の掌《てのひら》で空気を彼らのほうへ押した。「これら賢者はいずれも何百年も前に生きた人じゃ。今日、我々は現代的な男だ。教育は、次男以下の息子たちをまるで女性と同じように扱って無視し、初子にのみに与えるものではないことを理解している。今日、あらゆる若者が、タルムードをさらに良く学ぶために、十四、十五、十六年目を費やすのがしきたりじゃ。それよりあと、選ばれた数少ない者は生涯を学問に捧げてもよいし、その他の者たちは商売に入って一日に六時間だけ勉強するのでもよいのじゃ」

というわけで、通訳される質問の大半は、参観しているよそ者にとっては心を釘《くぎ》づけにされるものではなく、正直、一定の集中力を持続するのさえ怪しい代物だった。にもかかわらず、ロブは湯屋での金曜の午後を楽しんだ。裸の男たちと一緒にいてこんなにくつろいだことは、これまで決してなかった。おそらく、彼の先が切れたペニスと何か関係あったのかもしれない。自分と同種の男たちのあいだにいたら、今頃、彼の生殖器官が無作法な凝視やクスクス笑い、質問、好色な推測のかっこうの餌食《えじき》になっていただろう。風変わりな花がたった一輪で咲くのと、原っぱ全体に咲いた似た形状の花々に取り囲まれているのとでは、まったく違う。

湯屋の中で、ユダヤ人は気前よく火に薪をくべた。木の煙と湯気のじっとりした感じの組み合わせや、ラベヌの娘が製造の管理をしている、強力な黄色い石鹸《せっけん》の刺激や、入浴に適した心地よい暖かさを創り出す、沸騰させたお湯と冷たい泉の混ぜぐあいが、ロブは気に入っていた。

彼は、それだけは絶対してはいけないと思い、ミクヴァには決して入らなかった。ユダヤ人たちが鋼の決意で水槽に入っていくのを眺めながら、おぼろな湯屋の中にだらりと寄りかかっているのに満足していた。各々の個性によって、動作を交えた祈りをぶつぶつ唱えたり、大きな声で歌ったりしながら、彼らは六段の湿った階段を深い水の中へと降りていく。顔が水に没すると、彼らは勢い良く息を吹いたり、息を止めたりした。体中の毛が濡《ぬ》れるように、全身を沈めて浄化する必要があるのだ。

たとえ誘われたとしても、彼らの宗教の場である、凍えるような真っ暗な神秘の水の中に入る気など、ロブには毛頭なかった。

Yahweh と呼ばれる神が本当に存在するのなら、ロブ・コールが自分の『聖なる子供』の一人になりすまそうと企《たくら》んでいることに、気づくかもしれない。

もし、あの謎《なぞ》めいた水に入ってしまったら、何かが向こう側の世界へ彼をひっぱりこんで、彼の不埒《ふらち》な計画のすべての罪が暴かれ、ヘブライの蛇たちに肉を嚙《か》みちぎられ、たぶんイエス様にも個人的に懲らしめられてしまうだろう、と彼は感じていたのだった。

第三十章　勉強会館での冬

その年のクリスマスは、彼の二十一年間の人生中で一番奇妙だった。床屋さんはロブを真の信者になるよう育てたわけではなかったが、ガチョウやプディング、豚や子羊の頭や足の裏をチーズ状にしたヘッドチーズをちびちび齧《かじ》ったり、歌を歌ったり、乾杯したり、クリスマスの挨拶《あいさつ》をかわしたりすることは、彼の人生の一部になっていたので、退屈な孤独を感じた。ユダヤ人たちは卑劣さから、クリスマスにわざと彼を無視したのではない。イエスは単純に彼らの世界には存在しないのだ。ロブは教会に出かけようと思えば出かけられたが、そうはしなかった。奇妙なことに、彼に楽しいクリスマスの日を願ってくれる人が誰もいないという事実が、これまでになく彼の心の中にキリスト教徒の心を呼び覚ました。

一週間後、一〇三二年の「我らが主」の新しい年の夜明け、彼はわらの寝床に横たわって、これまで自分に起こってきたことや、これから自分はどこに行くのか、不思議な気分で考えた。イギリス諸島を放浪していた頃には、自分のことをまさに旅人の権化だと思っていたが、すでに彼は故郷の島のぐるりよりも、はるかに長い距離を旅してきて、さらに果てしない未知の世界が目の前に横たわっているのだ。

ユダヤ人たちはその日、祝典をもよおしたが、それは新年だからではなく新月だからだった！　彼ら異教徒の暦によれば、四七九二年の一年の真ん中だと聞いて、彼はまごついた。

雪の国だった。雪が降るのは大歓迎だった。ほどなくして、大吹雪のあとには大きな木のシャベルを持った大きなキリスト教徒が、普通の数人分の雪かき仕事をする姿はおなじみになった。それが彼の唯一の肉体活動で、雪かきをしていない時には、パールシーを勉強していた。彼は今では、ペルシア語でゆっくりと考えられるほどに上達していた。トラヤヴナにはペルシアに行ったことがあるユダヤ人がたくさんいて、彼は誰かれなしに捕まえてパールシーで話しかけた。「アクセントなんだよね、シモン。僕のアクセントはどう?」と訊《き》いて、ロブは自分の家庭教師をいらいらさせた。

「笑いたいペルシア人には、勝手に笑わせとけばいいんだ」とシモンはぶっきらぼうに言った。「だってペルシア人にとって、あなたは外国人なんだから。奇蹟《きせき》でも期待してるの?」勉強会館にいたユダヤ人たちは、巨大な若い異教徒《ゴイ》の愚かさに、微笑《ほほえ》みを交わしあった。

笑わせておくさ、と彼は思った。彼らがこちらに対して感じている以上に、ロブにとっては彼らは興味深い見物だったのだ。たとえば、メイヤのグループが唯一のトラヤヴナでのよそ者ではないのを、すぐに知った。勉強会館にいる他の男性たちの多くは、バルカン山脈の冬の厳しさのあいだ、じっとしている旅人たちだった。ロブが驚いたことには、三ヶ月以上もの食べ物と住まいへのお返しとして、誰一人、硬貨一枚すら払っていないのだとメイヤは教えてくれた。

メイヤは説明した。「私の民族が世界の人々と商売ができるのは、このシステムのおかげなんです。世界を旅するのはどれほど困難で危険か、あなたは見てきたでしょう。それでも、あらゆるユダヤ人社会は四方八方に商人を送り出すのです。そして、キリスト教国だろうと回教国だろうと、どんな国のどんなユダヤ人の村でも、ユダヤ人の旅人はユダヤ人たちに受け入れられて、食べ物や葡萄酒《ぶどうしゅ》、会衆《シナゴグ》での場所、馬のための厩舎《きゅうしゃ》を提供されるのです。それぞれの共同体には、外国で他の誰かから支援を受けている男たちがいます。そして次の年、もてなした側が客人になるかもしれないのですから――

よそ者たちは、すぐに共同体の生活に馴染《なじ》み、その地域の片言さえたしなむようになる。こんなふうなので、ある昼下がりの勉強会館で、ロブがエズラという名前のアナトリアの蹄鉄工《ていてっこう》とペルシア語で会話をしていると、――パールシーでの噂話だ！――次の日に劇的な対決があるのを耳にした。ラベヌが、食肉動物の会衆代表の屠殺者《とさつ》、ショウヘットを務めるのだ。次の日、自らが所有する二頭の若い牛を屠《ほふ》るのだ。共同体の最も信望のある賢人たちの小集団が、儀式監査役マーシュギオを務め、細かい細部にいたるまで込み入った律法にのっとって行うように、監視するのだ。そしてラベヌが屠殺をしている間、マーシュギオとして監査役を統括する予定なのが、かつての友で現在は痛烈な敵対者である、レブ・バルク・ベン・ダビデなのだ。

＊

その晩、メイヤはレビ記からの訓戒をロブに教えてくれた。以下の物はユダヤ人が地球上のすべての中で食べていい動物だ。羊、牛、山羊、鹿を含め、物を反芻《はんすう》して食べ、かつ偶蹄《ぐうてい》の動物。食べてはいけない――コーシャではない――不浄な動物には馬、ロバ、ラクダに豚が含まれる。

鳥の中ではハト、鶏、飼い慣らされた小鳩、家鴨《あひる》、そしてガチョウが食べることを許されている。羽のある動物で忌まわしいものには、鷲《わし》、ダチョウ、鷲鷹《わしたか》、鳶《とび》、カッコウ、白鳥、コウノトリ、フクロウ、ペリカン、タゲリにコウモリが含まれる。

「ていねいに油を塗って、塩漬け豚で巻いてから、ゆっくりと火で炙《あぶ》った白鳥の雛《ひな》の肉ほど美味《うま》いものを、これまでの人生で味わったことがないよ」

メイヤはかすかに嫌悪をみせた。「ここでは手に入りませんよ」と彼は言った。

次の朝、澄みきって冷たい夜が明けた。勉強会館は朝の礼拝、シャーハリスのあとにはほとんど誰もおらず、多くは家畜を殺す儀式、シェヒーターを見にラベヌの納屋の前庭へぶらぶら歩いて行った。息が、しんと身を切るような空気に小さく凍って漂った。

ロブはシモンと一緒に立っていた。レブ・バルク・ベン・ダビデが他のマーシュギオである、厳《いか》めしい顔をしたレブ・サムソン・ベン・ザンビルという名の腰の曲がった老人と到着すると、小さなざわめきが起こった。

「彼はレブ・バルクやラベヌよりも年上ですが、学識は彼らほどではない」とシモンがささやいた。「そして今、彼は、論争が起きたらあの二人の間で板挟みになってしまうと、おびえているんだ」

ラベヌの四人の息子たちが、最初の動物を納屋から連れてきた。厚い背中にどっしりした後躯《こう》をした黒い雄牛だ。鳴き声をあげながら、頭を突き上げ地面をかく。監査役たちが牛の身体を隅から隅までよく調べるあいだ、ロープで制御するのに見物人たちの協力を頼まなければならなかった。

「どんな小さな膚《はだ》のただれや裂け目でも、食肉にするには失格となるんだ」とシモンが言った。

「なぜ?」

シモンは苛立《いらだ》たしそうにロブを見た。「それが戒律だからだよ」と彼は言った。最後に納得を得て、彼らは雄牛を新鮮な干し草で満たした飼い葉桶《おけ》に連れていった。ラベヌは長いナイフを取り上げた。「鈍くて四角いナイフの先を見て」とシモンが言った。「尖端《せんたん》がないように作られているんだ、動物の膚をひっかくことがないようにね。でもナイフは非常に鋭いんだ」

何も起こらないまま、彼らは寒さの中に立ちつくしていた。「何を待っているんだい？」とロブはささやいた。

「まさに正しい瞬間さ」とシモンは言った。「死のひと打ちを下す瞬間に、動物が静止していなければならない。そうでなければコーシャじゃないんだ」

彼がしゃべっている折しもその時、ナイフがピカッと閃《ひらめ》いた。鮮やかな一撃が喉元《のどもと》と食道と頸動脈《けいどうみゃく》を断ち切った。真っ赤な血飛沫《ちしぶき》が飛び散り、即座に脳への血液の供給が断たれたので、雄牛の意識はなくなった。目は光を失い雄牛はひざまずいて、たちまち死んだ。レブ・バルクがナイフを取って検査したからだ。

見ていた者たちから満足のざわめきが起こったが、すぐにしんとなった。レブ・バルクがナイフを眺めながら、ほっそりした年老いた顔つきが苦悶《くもん》で引きつった。バルクは年輩のライバルに向き直った。

「何か？」とラベヌは冷たく言った。

「どうやら」とレブ・バルクは言った。彼は、刀身の鋭利な刃の中ほど、研ぎ上げた鋭い鋼に、目に見えるか見えないほどの小さな刃こぼれがあるのを示した。

よぼよぼで節くれ立った顔をうろたえさせて、レブ・サムソン・ベン・ザンビルはうしろの方で尻込《しりご》みしていた。第二のマーシュギオとして、自分が裁定を求められるだろうと確信したのだ。

ロエルの父でラベヌの一番年上の息子であるレブ・ダニエルは、怒鳴りちらしながら主張を始めた。「いったいこれは、何の馬鹿げた真似なんだ？　ラベヌの儀式のナイフは、取り扱いに注意して研がれたことは、みんなが知ってるはずだ」と彼は言ったが、彼の父親は手をあげて黙らせた。

ラベヌはナイフを持って光にかざし、非常に鋭い刃のすぐ下に熟練した指を走らせた。彼はため息をついた。そこに欠陥が、肉を儀式上不適当にしてしまった人間のしくじりがあったのだ。

「この刀身よりも鋭い君の目が、我々を守り続けてくれて幸いだ、我が古き友よ」とラベヌが静かに言うと、詰めていた息が解放されたように、あたりにほっとした雰囲気が流れた。

レブ・バルクは微笑んだ。彼は手を差し出してラベヌの手を軽くたたき、二人の男は長い間お互いに見つめあった。

それからラベヌは顔の向きを変えて、外科医兼理髪師マー・ロイヴェンを呼んだ。

ロブとシモンは前に進み出て、注意深く耳を傾けた。「ラベヌはあなたに、この汚れた雄牛の屠体《とたい》を、ガブロヴォのキリスト教徒の肉屋に届けるよう頼んでおられます」とシモンが言った。

ロブが、運動不足で困っていた自分の馬を連れてきて、平床型の橇《そり》をつなぐと、たくさんの有志が手伝って、その上に屠殺された雄牛を載せてくれた。ラベヌは二番目の動物には承認されたナイフを用い、それはコーシャだと判断された。ロブが手綱を振って馬をトラヤヴナから外に向けた時には、ユダヤ人たちはもう牛の解体にとりかかっていた。

彼はおおいに楽しみながら、ゆっくりとガブロヴォに馬を進めた。肉屋の店は説明されたとおり、町で一番目立つ建物の宿屋の三軒先だった。肉屋は商売柄、大きくてどっしりしていた。言葉は障害とはならなかった。

「トラヤヴナ」とロブは死んだ雄牛を指しながら言った。

太った赤ら顔は笑顔を浮かべた。「ああ、ラベヌ」と肉屋は言って勢い良くうなずいた。荷を降ろすのは難しいことがわかり、肉屋は居酒屋に行って二人の助っ人を連れて戻ってくると、ロープで長いこと奮闘して雄牛を下ろした。

値段は決まっているので交渉する必要はない、とシモンから聞いていた。肉屋が取るに足らない数個の硬貨をロブに手渡すと、なぜ男があれほど嬉《うれ》しそうに微笑《ほほえ》んだのかよくわかった。ただ屠殺用の刃が欠けていたという理由だけで、実質的に素晴らしい牛肉が丸ごと転がり込むのだから！　上等な牛の肉をあたかもゴミのように扱う人々の気が知れず、ロブはまったく理解することはできなかった。その馬鹿馬鹿しさに彼は腹が立ち、一種の恥辱感で満たされた。彼は自分がキリスト教徒で、あんな愚かなふるまいをする人々の仲間ではないことを説明したかった。しかし、彼はヘブライ人たちのかわりに硬貨を受け取って、安全に保管するために小銭ポケットに入れることしかできなかった。

任務が終わり、彼はまっすぐに近くの宿屋の酒場に行った。薄暗いパブは長細くて、部屋というよりは穴蔵に近く、低い天井は煙っぽい火で黒ずみ、そのまわりで九人か十人の男たちが飲んでいた。三人の女が近くの小さなテーブルに座っていて、めざとく誘いを待っていた。ロブは飲みながら――茶色い精製していないウイスキーで、彼の好みでは全然なかったが――女たちを検分した。彼女たちはあきらかに酒場売春婦だった。二人はずいぶんと盛りを過ぎていたが、三番目は淫《みだ》らさと清純さが同居した若いブロンドだった。彼女は彼の意味深な視線を見て微笑《ほほえ》みかけた。

ロブは飲むのを切り上げ、女たちのテーブルへ行った。「英語をわかってはもらえないだろうね」と彼はブツブツ呟《つぶや》き、それは当たっていた。年上の女の一人が何かを言い、他の二人が笑った。彼は硬貨を取り出すと、若いのにやった。それが必要な意思疎通のすべてだった。彼女は硬貨をポケットにしまい込んで、連れたちには何も言わずにテーブルを離れ、自分の外套《がいとう》がつるしてある掛け針の所へ向かった。

彼女のあとについて外へ出ると、雪の積もった通りでメアリー・カレンに出会った。

「こんにちは！　あなたもお父様も快適な冬を過ごしていますか？」

「みじめな冬を過ごしてるわ」と彼女は言い、その通りの様子なのにロブは気づいた。彼女の鼻は赤みがかり、上唇の柔らかな膨らみが寒さでひび割れていた。「宿屋はいつも凍るような寒さで、食べ物はとっても粗末なの。あなた、本当にユダヤ人と暮らしてるの？」

「ええ」

「よくもまあ、そんな」と彼女はか細く言った。

ロブは彼女の目の色を忘れていたので、その瞳《ひとみ》に骨抜きにされた。まるで雪の中で青い鳥に偶然出会ったかのようだった。「僕は暖かい納屋で寝てます。食べ物も最高です」と彼はおおいに満足げに彼女に告げた。

「ユダヤ人は特有の悪臭があるって父が教えてくれたわ。キリストが亡くなったあとに、身体にニンニクを塗りつけたから」

「匂《にお》わない人間なんていませんよ。金曜ごとに頭のてっぺんから足のつま先まで浸礼するのが、彼ら流の風習なんです。彼らはおおかたの人々より、頻繁に入浴していると思いますね」──彼女が赤らんだので、ガブロヴォにあるような宿屋では、入浴のお湯を手に入れるのは難しいに違いないと彼は悟った。

メアリーは、少し離れた場所で辛抱強く彼を待っている女に注目した。「ユダヤ人と暮らすのに同意するような人は、ちゃんとした男なわけが絶対にないって父は言ってるわ」

「あなたの父親は善い人だと思っていたけれど。でも、もしかすると」と彼は感慨深げに言った。「嫌な奴《やつ》かもしれないね」

二人は時を同じくして踵《きびす》をかえした。

彼はブロンドの女のあとについて、近くの部屋に行った。女たちの汚れた衣類でちらかっていた。彼女はこの部屋を他の二人と共有しているのだとロブはにらんだ。彼は女が服を脱ぐのを眺めた。「あの彼女を見たあとに君を眺め回すなんて、残酷だよ」女には一言もわからないはずだと思いながら、彼はそう口にした。「彼女はいつも愉快な話しぶりというわけではないけれど、でも……美しさではないんだ、正確にはね。メアリー・カレンの容貌《ようぼう》に肩を並べられる女性は、ほとんどいないよ」

女は彼に微笑みかけた。

「君は若い娼婦《しょうふ》なのに、すでに年とって見えるね」と彼は女に言った。空気は冷たく、彼が気のすむまで眺める前に、女は服を脱ぎ捨てて、冷気から逃れようと急いで汚い毛皮の上がけの間にすべり込んだ。彼は女性の麝香《じゃこう》の誘惑をありがたく思う男だが、女から立ちのぼったのは酸っぱい悪臭で、その体毛は、真水で洗わないまま、数え切れないほど男の体液が乾いたうえに、さらに別の体液が乾いたかのように、固く貼《は》りついたような感じだった。禁欲のおかげで、彼はとてつもない餓《う》えを感じていて、今にも女に襲いかかりたかったが、彼女の青みがかった身体をほんのちょっと見ただけで、酷使されて男たちの体臭が染みついた肉体が目に入り、触りたくなくなった。

「あの赤毛の魔女め」と彼はむっつりして言った。

女は困惑したように彼を見上げた。

「君が悪いんじゃないよ、かわい子ちゃん」と彼は女に告げ、財布に手をのばした。彼は大サービスをしてもらっていたとしても、あり余るくらいの額を渡し、女はその硬貨を毛皮の下に引きずり込んで身体の近くで握り締めた。彼はいずまいを正すと、女にうなずいて、新鮮な空気の中へ出ていった。

＊

二月が終わりに近づいてくると、ロブはコーランを熟読して、これまでよりさらに勉強会館で長く過ごした。彼は、コーランに書かれたキリスト教徒に対する絶え間ない敵愾心《てきがいしん》と、ユダヤ人への痛烈な嫌悪に驚かされた。

シモンがそれを説明してくれた。「マホメットの最初の頃の教師は、ユダヤ人とシリア語を話すキリスト教修道士だった。彼は、天使ガブリエルが自分のもとを訪れたことや、神が預言者マホメットと名づけて下さり、新しく完璧《かんぺき》な宗教を創設するよう指示したことを、みんなに報告した。これら古き友人たちが、嬉し泣きをしながら、あとについてきてくれると期待したんだ。でもキリスト教徒は自分の宗教の方を選び、ユダヤ人はぎょっとして身の危険を感じ、マホメットの説教をやめさせようとする側に積極的に加わったんだ。残りの人生で、彼は決してみんなを許さず、罵詈《ばり》雑言《ぞうごん》を口にしたり書いたりしたんだ」

シモンの洞察は、ロブにとってコーランを生き生きとしたものにしてくれた。彼は本をほぼ半分まで読み進んでいた。まもなく、ふたたび旅に出るのがわかっていたので、ますます精を出した。コンスタンチノープルに着いたら、メイヤの集団は別の方向へ行くことになっていて、先生シモンから彼を引き離すだけではなく、この本も奪われてしまうのだ。コーランは遠くへだたった文化の暗示を与えてくれ、トラヤヴナのユダヤ人たちはさらに第三の生き方を垣間《かいま》見させてくれる。少年の頃、彼はイングランドが全世界だと思っていたが、今や他の人々がいることを知った。いくつかの特性においてはそっくりだが、重要な部分でお互いに異なっているのだ。

屠殺での対決は、ラベヌとレブ・バルク・ベン・ダビデを和解させ、両家はすぐにロエルと若きレブ・メシュラム・ベン・ネーサンの結婚の予定を立て始めた。ユダヤ人街は活気づいた。二人の老人はしばしば連れだって、上機嫌で散歩した。

ラベヌはロブに古い革の帽子をくれて、勉強のために、タルムードの断章を貸してくれた。

そのヘブライの律法の書は、パールシーに翻訳されていた。ロブは別の文書のペルシア語を見る機会を歓迎したが、そこに書かれている考えは理解できなかった。その断章はシャートネズと呼ばれる律法を扱っていた。それによれば、ユダヤ人は麻と毛織物を着ることは許されているが、麻と毛織物を混ぜて着るのは許されないのだ。ロブはなぜなのか理解できなかった。

彼がたずねた誰もが、知らないか、肩をすくめて、それは戒律だからと言った。

その週の金曜日、湯気でもうもうの湯屋で裸になって、男たちが賢人のまわりに集まると、ロブはふいに勇気を奮い起こした。

「シ・アイラ、ラベヌ、シ・アイラ！」と彼は叫んだ。質問、質問です！

ラベヌは大きく傾斜する腹部を石鹼《せっけん》で洗う手を休めて、若い異邦人にニヤッと笑ってから話した。

「『たずねなさい、我が息子よ』と言っておられる」とシモンが言った。

「あなた方は肉を牛乳と一緒に食べることは禁じられています。あなた方は麻を毛織物と一緒に着るのを禁じられています。あなた方は歳月の半分、自分の妻に触れるのを禁じられています。なぜそんなに禁じられてばかりなのです？」

「信仰に欠かせないから」とラベヌは言った。

「なぜ神は、そんな奇妙な要求をユダヤ人にしなければならないんです？」

「あなたたちから隔離しておくために」とラベヌは言ったが、彼の目は閃《ひらめ》き、言葉に悪意はなかった。その時、シモンに頭から水をかけられて、ロブは息をのんだ。

＊

アダルの月の第二金曜日、ラベヌの孫娘ロエルとレブ・バルクの孫息子メシュラムの結婚式には、みんなが参加した。

その朝早く、みんなは花嫁の父ダニエル・ベン・シュロモの家の外に集合した。中では、メシュラムが十五個の金片という、かなりの額の婚資を払った。ケツーヴァー、すなわち結婚証文が署名されると、レブ・ダニエルが婚資を二人に返したうえに、十五個の金片、荷馬車、それに一くびきの馬という、かなりの結婚持参金を贈った。花婿の父ネーサンは、幸せな二人に乳牛を二頭与えた。二人で家を立ち去る時、晴れやかなロエルは、ロブのことなどまるで目に入らないかのように目の前を通り過ぎた。

共同体全体がシナゴグまで二人組につきそい、その天蓋《てんがい》の下で七つの祈りを唱えた。幸福ははかなく、ユダヤ人は神殿の滅亡を忘れてはならないことを示すために、メシュラムは壊れやすい硝子《ガラス》を踏みつけた。こうして彼らは夫と妻になり、一日がかりの宴が進んだ。フルート奏者、横笛奏者、太鼓手が音楽を奏で、ユダヤ人たちは元気良く『愛する者は、庭園の方へ行った、香木の園の方へ、庭園で、羊の群れを牧し、百合の花を摘むために』と唱《うた》った。これは聖書の雅歌からの一節だとシモンはロブに教えた。二人の祖父たちは歓《よろこ》びに腕を広げ、指を打ち鳴らし、目を閉じて、頭をうしろに反らして踊った。結婚の宴は朝早い時刻まで続き、ロブは肉や濃厚なプディングをたくさん食べ、嫌というほど飲んだ。

その夜、彼は納屋の暖かな暗さの中でわらに横たわり、足元に猫がよりそう中でよくよと考えた。彼は一生懸命、ガブロヴォのブロンドの女のことを不快感をともなわずに思い起こそうとし、メアリー・カレンのことは考えないように自分に言い聞かせた。今この瞬間にもロエルと一緒に寝ている、痩《や》せっぽっちの若きメシュラムのことをうらめしく考え、あの若者の莫《ばく》大《だい》な学識が、彼に幸運を享受させたのだと思った。

ロブは夜明けよりずいぶん前に起き、自分の世界の変化を聞いたような、感じたような気がした。もう一度うとうとしてから目覚め、寝床から起き上がる頃には、その音は鮮明に聞くことができた。ちりちり音をたててしたたり、せき立てるような轟《とどろ》きが、溶けた氷と雪が地面から堰《せき》を切って流れる水と合流するにつれ、ますます大きくなり、山腹を駆け抜け、春の訪れを告げていた。

第三十一章　小麦畑

母親が亡くなった時、メアリー・カレンの父親は、残りの人生はジュラ・カレンの喪に服するつもりだと告げた。彼女も、喪服を着て公共の娯楽を避けることで、喜んで彼の仲間に加わったが、三月の十八日に丸一年の喪が明けると、そろそろ普通の生活に戻る頃だと父に告げた。

「私は黒衣を着続けるよ」とジェイムズ・カレンは言った。

「私は着ないわ」と彼女が言うと、父もうなずいた。

彼女は自分の家の羊毛から紡いだ軽い毛織物を一反、家からはるばる運んできていたので、注意深くたずねてまわって、ガブロヴォでも優秀なお針子を見つけた。要望を伝えるとお針子はうなずいたが、特徴のない自然のままの色の布は、裁断する前に染めるのが一番だと指摘した。アカネの根は赤い色調を与えられるが、彼女の髪と一緒になると、まるで狼煙《のろし》のように目立たせてしまう。オークの芯木《しんぼく》は灰色を出すが、ずうっと黒のお決まりの服だったあとで、灰色は沈みすぎだった。メープルや漆《うるし》の樹皮は黄色やオレンジを出すが、軽薄な色だ。結局、茶色にするしかなかった。

「これまでの人生、ずっとナッツ色の茶色を着て我慢してきたのに」と彼女は父親に不平をもらした。

次の日、父親はわずかに変質したバターのような、黄色っぽい練り粉の小さな瓶を彼女に持ってきた。「染料だ、しかも猛烈に高価な」

「あんまり好きな色じゃないみたい」と彼女は注意深く言った。

ジェイムズ・カレンは微笑《ほほえ》んだ。「インド・ブルーと呼ばれてる。水に溶けるから手につかないように注意しなきゃいかん。濡《ぬ》れた布を黄色い水から取り出すと、空気中で色が変わって、そのあとはすぐに染まる」

それは彼女が一度も見たことがないような、鮮やかな深い青色の布を作りだし、お針子は裁断してドレスとマントを縫った。彼女はとても気に入ったが、折り畳んで、四月十日まで仕舞っておいた。その日の朝、山脈を抜ける道がついに開いたと、猟師たちがガブロヴォに情報をもたらしたのだった。

午後早くまでには、この地方で雪解けを待ち受けていた人々が、バルカン・ゲートとして知られている大きな山道への起点の町、ガブロヴォに馳《は》せ参じ始めた。食糧販売者たちは商品を並べ、小突きあう群衆が我先に生活用品を買おうと叫んだ。

こうしたたてこんだ時に湯を沸かさせるには、メアリーは宿屋の奥さんにお金を握らせなければならなかった。彼女はお湯を上階の女性の寝室に運んでいった。最初にメアリーは木のたらいに膝《ひざ》を折ってかがみ、冬毛のように長く密な髪の毛を洗い、それからたらいの中にしゃがんで、輝くまで身体をごしごし磨いた。

彼女は新調した衣類に身を包んで外へ出て座った。太陽の中でさわやかに乾くように、木の櫛《くし》で髪をとかしながら、彼女はガブロヴォの目抜き通りが馬と荷馬車で混み合っているのを見た。やがて乱暴に酔っぱらった男たちの大きな一団が、自分たちの馬の蹄《ひづめ》が引き起こす破壊を気にもかけず、町を馬で疾走した。他の馬たちが恐怖に目をぎょろぎょろさせて怖がって跳ね、荷馬車がひっくり返った。男たちが罵声《ばせい》を浴びせながら手綱をつかもうと奮闘し、馬たちが嘶《いなな》いた。メアリーは髪が完全に乾かぬうちに、中に駆け込んだ。

父親が従者のセレディとともに現れる頃までに、彼女は所持品を荷造りして準備を整えておいた。

「奴《やつ》らは自分たちのことを、キリストの騎士と呼んでる」と父親は冷淡に言った。「奴らは、ほぼ八十人。ノルマンディーからパレスチナまで巡礼行脚《あんぎゃ》中のフランス人たちだ」

「彼らはとても危険です、お嬢さん」とセレディが言った。「彼らは鎖かたびらを着てますが、荷馬車にいっぱい、鎧《よろい》かぶとを積んで旅してるんです。いつでも酔っぱらっていて……」彼は目をそらした。「あらゆる種類の女性たちを虐待するんです。あなたは私たちの近くを離れないことです、お嬢さん」

メアリーは厳かに彼に礼を言ったが、八十人の野蛮な酔っぱらい騎士たちから身を守ってもらうのに、セレディと父親を当てにしろという考えは、ゾッとするどころかおかしかった。

相互に防護しあうことが、大きなキャラバンで旅する最大の理由だったので、彼らは時を移さずして荷役動物たちに荷を積んで、町の東の端にある大きな原っぱに連れていった。そこにはキャラバンが集まってきていた。カール・フリタの荷馬車を通り過ぎる時、彼がすでに机を据えつけて、人員補充の活発な取り引きをしているのにメアリーは気づいた。

ちょっとした帰省気分だった。先の旅で知り合ったたくさんの人々に歓迎されたからだ。かなりの数の新しい旅行者たちが、うしろに隊列を作っていたので、カレン家は行進のずいぶん真ん中の方に場所を見つけた。

彼女は注意深く見守ったが、待ちわびた一行を目にした時には、ほぼ夕暮れになっていた。彼がキャラバンを去る時に一緒だった同じ五人のユダヤ人たちが馬に乗って戻ってきた。その背後に、小さな茶色い雌馬が見えた。けばけばしい荷馬車で彼女の方へ向かってくるロブ・J・コールの姿に、ふいに心臓が高鳴るのを感じた。

彼は以前と変わりなく、キャラバンに戻れて嬉《うれ》しそうだった。そして彼は、二人が最後に会った時に、お互いに怒って立ち去ったことなどなかったかのように、機嫌良くカレン家の二人に挨拶《あいさつ》した。

馬の世話をした彼が自分たちのキャンプにやってくると、メアリーはもっぱら親しい隣人のように、地元の商人たちには売る物がほとんど何も残っていないので、食糧が調達できなかったのではないかとロブの心配をした。

彼はおもむろに彼女に礼をしたが、トラヤヴナで難なく日用品は仕入れたと言った。「あなたたちこそ、十分あるんですか？」

「ええ、父が早いうちに買ったから」彼が新しいドレスと外套《がいとう》について何も言ってくれないので、彼女はじれったかったが、ロブは長い時間をかけて彼女をじっと見つめていた。

「まさにあなたの瞳《ひとみ》と同じ色味ですね」と最後に彼は言った。

確信はなかったが、彼女は誉《ほ》め言葉だと受けとめた。「どうもありがとう」と彼女は真面目に言って、父親が近づいてきたので、むりやり顔を背け、セレディがテントを張るのをじっと見ていた。

＊

キャラバンは出発しないまま、さらに一日が過ぎて、列の隅々から不平があがった。メアリーの父親はフリタに会いに行き、戻ってくると、キャラバンの隊長はノルマン人騎士たちが発つのを待っているのだと彼女に告げた。「奴らは被害を巻き起こすので、フリタは賢明にも我々の後方を蹂躙《じゅうりん》させるより、先に行かせようとしているんだ」と彼は言った。

だが次の朝も騎士たちは出発せず、フリタはもう待てないと判断した。彼はコンスタンチノープルに向けて、最後の長い道のりにキャラバンを乗り出す合図をし、ついに前方に移動する波がカレン家に達した。先の秋に、彼らは若いフランク人夫妻と二人の小さな子供のあとについていた。フランク人の家族は、ガブロヴォの町を離れて冬を越した。キャラバンと一緒に旅を再開する意向を口にしていたのだが、彼らは現れなかった。メアリーは何か恐ろしいことが起こったに違いないと思い、彼らを危険から守って下さるようキリストに祈った。彼女は、トルコ製の敷物や他の貴重品を買って立身出世するつもりだと父親に話していた、太った二人のフランス人兄弟のうしろで馬を進めた。彼らは健康のためにニンニクを嚙《か》み、しばしば鞍《くら》の上で身体をよじって、彼女の身体をぼうっと見つめた。うしろで荷馬車を運転している若い外科医兼理髪師も、自分を眺めているかもしれない、という想像がふと心に浮かび、彼女は時折淫《みだ》らにも、馬の動きで起きる以上に腰回りを動かした。

旅人たちの大きな蛇はすぐに、高い山脈を通って続く山道へと絡みついた。切り立った山腹が、曲がりくねった進路の下手で、彼らを冬のあいだじゅう閉じこめた雪が溶けて増水し、ぎらぎら光っている川へと急激に傾斜していた。

大きな山道の反対側は前山で、徐々になだらかに起伏していく。その夜は、低木の多い広大な平原で寝た。次の日、真南に移動すると、バルカン・ゲートを境にして二つの独特な気候に分かれているのがはっきりしてきた。山道のこちら側では空気は温和で、移動して時間が経つにつれて暑くなっていくのだ。

その夜、彼らはゴルニャという村の外で、農夫たちの許可を得てスモモの果樹園にキャンプを張った。農夫たちは熟していないタマネギと、スプーンで食べなければならない発酵させた乳飲料、それに男たちには舌を焼くようなスモモ酒まで売りつけた。次の朝早く、まだ野営している時、メアリーは遠くの雷鳴のようなゴロゴロいう音を聞いた。だがそれはすぐに大きくなって、ほどなくして男たちの荒々しい叫び声と怒鳴り声が、騒音の一部になった。

テントから出てみると、白い猫が外科医兼理髪師の荷馬車を離れて、道で立ちすくんでいるのが見えた。フランス人騎士たちは悪夢の中の悪魔たちのように疾駆して通り過ぎ、猫は土《つち》埃《ぼこり》の中に消えたが、メアリーは最初の馬たちの蹄が何をしたのか見ていた。彼女は無意識に叫んで、気づくと土埃が落ち着く前に道の方へ走りだしていた。

バッフィントン夫人は、もはや白くはなかった。猫は地面に踏みつぶされていた。かわいそうな壊れた小さな身体を抱き上げると、彼が荷馬車から出てきて近くで自分を見ているのに気づいた。

「血で新しいドレスが台無しになっちまう」と彼は乱暴に言ったが、青白い顔は打ちひしがれていた。

彼は猫と手《て》鋤《す》きを抱えて野営地から出て行った。戻ってきた彼にメアリーは近寄らなかったが、目が真っ赤になっているのが遠くからでも目に留まった。死んだ動物を土に埋めるのは、人間を葬るのとは違うが、彼が猫のために涙を流したことが、彼女にはちっとも不思議ではなかった。その大きさと強さにもかかわらず、彼の傷つきやすい優しさが、彼女を引きつけてやまないのだ。

それから数日間、メアリーは彼を放っておいた。キャラバンは真南に向かうのをやめてふたたび東に曲がったが、太陽は引き続き日を追うごとに熱く降り注いだ。ガブロヴォで仕立てた新しい服は、あまり役に立たなかったことがすでに明白だった。毛織物では暑すぎたからだ。彼女は自分の荷物をかき回して夏服を探し、何着かもっと軽い衣類を見つけたが、旅行には上質すぎて不向きだった。彼女は綿の下着と粗い袋のような仕事着に決め、ウエストのまわりにひもを結んで最小限にフォルムを整えた。頬《ほお》と鼻はすでにそばかすだらけだったが、つば広の革の帽子を頭に乗せた。

その朝、彼女が馬から下りて運動のために歩き始めると、彼が微笑《ほほえ》みかけた。「さあ僕の荷馬車に乗って」

彼女は口答えせずやってきた。今回はばつの悪さはなく、ただ彼の隣に座れる嬉《うれ》しさだけを感じた。

彼は座席のうしろを掘り返し、自分の革の帽子を見つけ出したが、それはユダヤ人がかぶっているようなものだった。

「どこで手に入れたの?」

「トラヤヴナで、彼らの高徳の男性からもらったんだ」

やがて彼女の父が実に不機嫌な視線を送っているのを見て、二人とも笑い出した。

「君が来るのを許すなんて、驚きだな」と彼は言った。

「あなたは無害だって説き伏せたの」

二人はお互いにうちとけて見つめ合った。鼻がつぶれているという素朴な事実にもかかわらず、彼は美しい顔をしていた。彼の大きな造作がいかに平然としていようとも、彼の感情の鍵《かぎ》は目にあるのだと彼女は悟った。深く堅実で、どういうわけか実際の年齢よりも年を重ねたような目に。彼女はその中に、自分と通じる大いなる孤独を感じた。彼はいくつなの？　二十一歳？　二十二歳？

彼女はぎくっと我にかえり、彼が通り過ぎていく高原農地について話しているのに気づいた。

「……大部分が果物と小麦だ。ここの冬は短くて穏やかに違いない、作物が生長しているから」と彼は言ったが、彼女はこのひとときに二人が獲得した親密さを失うまいとした。

「ガブロヴォでのあの日のあなたは、大嫌いだったわ」

別の男なら抗議するか微笑むかしただろうが、彼は返事をしなかった。

「あのスラヴ人女性のせいよ。よくも彼女と行けたわね。彼女も大嫌いよ」

「僕たちに無駄な憎悪を費やさないでくれないか、彼女は不憫《ふびん》だし、僕は彼女と寝なかったんだから。君に会ってそんな気分は削《そ》がれたんだ」と彼は愚直に言った。

彼女は彼が自分に真実を言っていると疑わず、何か暖かな気持ちと勝ち誇った気分が、花のように彼女の中で芽生えた。

彼らは些細《ささい》なことについても話せるようになった——自分たちの経路、動物たちを持ちこたえさせるように操る方法、料理用木材を探す難しさ。二人は午後のあいだ中、一緒に座って、白い猫と自分たち自身のこと以外、すべてについて穏やかに話し、彼の目は言葉を越えた事柄を彼女に物語っていた。

彼女にはわかっていた。いくつかの理由で怯《おび》えてはいたが、たたきつける太陽の下、乗り心地悪く揺れる荷馬車で彼の隣に座る他、自分の場所は地球上にないことを。そしてとうとう、父親の有無を言わさぬ呼び声で戻るように命じられ、彼女は不承不承、素直に従った。

＊

時折、彼らは羊の小さな群れを追い越した。たいていは薄汚かったが、彼女の父親は必ず立ち止まって検分し、セレディと一緒に持ち主に質問した。羊飼いたちは常に、本当に素晴らしい羊ならアナトリアの向こうに行かねばならんと助言した。

五月初めには、彼らはトルコから一週間の距離におり、ジェイムズ・カレンは興奮を隠しきれなかった。娘は彼女自身の興奮に対処していたが、それを悟られまいとあらゆる努力を払っていた。外科医兼理髪師の方向へ微笑みや一瞥《いちべつ》を投げかける機会は常にあったが、時々、彼女はむりやり二日くらい彼を避けた。もし父親が自分の感情をかぎつけたら、ロブ・コールから離れているように命じるだろうと怖れたからだ。

ある夜、メアリーが夕食の後片づけをしていると、ロブが彼らのキャンプに現れた。彼は彼女に丁寧にうなずいて、父親の方へまっすぐに歩いていって、和平の贈り物としてブランデーの瓶を差し出した。

「かけたまえ」と彼女の父親は不承不承言った。しかし酒を酌み交わしたあとは、父親はもっと友好的になった。それは無論、和気あいあいと座って英語で会話するのが愉快だったからと、ロブ・J・コールに好意を寄せずにはいられなかったからだろう。まもなくジェイムズ・カレンはロブに、自分たちを待ち受けている状況について話していた。

「東方の羊の品種を耳にしたんですよ、細長い背をしているが、尾とうしろ脚がとても太っていて、食べ物が不足しても貯《たくわ》えた脂肪で生き続けられる。その子羊は、普通ではないほど珍しい光沢のある、絹のような毛皮をしているんです。ちょっと待て、君、見せてやろう！」彼はテントの中に姿を消して、子羊の皮で作った帽子を持って出てきた。毛皮は灰色でぴったりとカールしていた。

「最上の品質だ」と彼は熱心に言った。「毛皮は、子羊が生まれてたったの五十日だけしか、こうしたカールは見られない。二ヶ月になる頃にはウェーブが残る程度なんだ」

ロブは帽子を検分して、上質な革だと請け負った。

「ああ、そうだとも」とカレンは言って帽子を頭に載せたが、暖かな夜の雪用の毛皮の帽子姿に彼らは笑った。彼は帽子をテントに持ち帰り、それから三人は火の前に座って、父親は彼女に自分のグラスから一口二口舐《な》めさせた。ブランデーは飲み下しづらかったが、世界を彼女にとって心配のない場所にしてくれた。

雷がゴロゴロ鳴って、紫の空を震わせ、電光がずいぶん長いあいだ彼らを照らし、彼女はロブの顔の硬い表情を見ることができたが、彼の美しさの源である傷つきやすい目は隠れていた。

「奇妙な土地だ、規則的な雷と稲妻なのに雨は一滴も降らん」と彼女の父親は言った。「私はお前が生まれた朝のことをよく考えるよ、メアリー・マーガレット。同じように雷と稲妻が走っていたが、天が開いて二度と閉じないかのごとく、スコットランド特有の大雨が降っていた」

ロブは前にかがんだ。「それはキルマーノクでのことですか、あなたが一家の保有地を持っている？」

「いいや、違う、ソルトコーツでだった。彼女の母親はソルトコーツのテダー家の一員だったのだ。ジュラは身重になって母親にとても会いたがったので、私は彼女を懐かしいテダーの生家に連れていった。我々は何週間も歓待されて美味《うま》い物をうんと食べさせられて、彼女の出産日まで長居してしまったんだ。彼女は陣痛に襲われた。というわけで、しかるべきカレンの一人としてキルマーノックではなく、クライド湾を見下ろす彼女の祖父テダーの家でメアリー・マーガレットは生まれたんだ」

「お父様」と彼女は躾《しつけ》よく言った。「コール親方は、私が生まれた日に興味があるわけないわ」

「とんでもない」とロブは言って、彼女の父親に次から次に質問して、長いあいだ耳を傾けた。

彼女は座って、稲妻がまた起こらないように祈った。外科医兼理髪師の手が自分の裸の腕に添えられているのを、父親に見られたくなかったからだ。彼の触れ方はアザミの冠毛のようだったが、将来が彼女をかすって通ったのか、夜が寒すぎるのか、彼女の肉体はあらゆる感覚が研ぎ澄まされ、震えがぶつかり合った。

＊

五月の十一日、キャラバンはアルダ川の西の岸に着き、カール・フリタは荷馬車の修理をしたり近くの農夫たちから日用品を買えるように、一日余分にそこでキャンプすることに決めた。

彼女の父親はセレディを連れ、一緒にトルコへ川を渡る案内を雇うと、少年のように落ち着かずに太った尾をした羊を探しに乗り出した。

一時間後、彼女とロブは鞍《くら》をつけていない彼女の黒馬に二人乗りして、騒音と混乱から逃れ出た。ユダヤ人たちの野営地を通り過ぎる時、彼女は痩《や》せた若いのが色目を使っているのを見た。シモンだった。ロブの先生を務めている若者だ。彼はニヤっと笑って、二人が馬に乗って通り過ぎるのを見せようと他の一人の脇腹《わきばら》をついた。

彼女はほとんど気にもかけなかった。彼女はくらくらしていた。火の玉みたいな朝の太陽の暑熱のせいかもしれなかった。彼女は馬から落ちないように彼の胸に腕をまわし、目を閉じて広い背中に頭をもたせかけた。キャラバンから遠く、彼らは薪を積んだロバを引いている陰気な農民たちを通り過ぎた。男たちはじっと見つめたが、挨拶《あいさつ》は返さなかった。あるいははるか彼方から来たのかもしれない。その場所には木々はなく、種蒔《たねま》きはずっと前に終わっているが、作物はまだ刈り入れるほどには実っていなかったので、働き手のいない広い畑だけだった。

小川にやってくると、ロブは低木に馬をつなぎ、二人は靴を脱いで目もくらむほど澄んだ水を歩いて渡った。キラキラ反射する川の両側に小麦畑がのびていて、ロブは背の高い茎が地面に影を落とし、誘惑するように暗く涼しくしている場所を彼女に示した。

「ほら」と彼は言った「洞穴みたいだ」と彼はまるで大きな子供のように、はって陰に入っていった。

彼女はゆっくりとあとを追った。近くで小さな生き物が、背の高いたわわな穀物の間でかさかさと音を立て、彼女はハッとした。

「ちっちゃなネズミさ、もう驚いて逃げたよ」と彼は言った。涼しい、まだらな影が落ちた場所に彼女を来させると、二人はお互いに見つめ合った。

「したくないの、ロブ」

「そう、ならいいんだ、メアリー」と彼は言ったが、メアリーは彼がどれだけ意に反した気分か、瞳《ひとみ》に見て取った。

「キスだけしてくれるかしら」と彼女は謙遜《けんそん》して言った。

そこで彼らの初めてのあからさまな触れ合いは、彼女の不安にはばまれて、ぎこちないキスになった。

「他のは好きじゃないの。私、したことがあるの」と彼女は大慌てで言い、怖れおののいていた告白の瞬間は達成された。

「じゃあ、経験があるんだね？」

「一度だけ、キルマーノクにいる従兄弟《いとこ》と。私をひどく痛い目に合わせたの」

彼は彼女の目と鼻に、それから唇に優しくキスをし、その間にも彼女は不信感と闘った。結局、この人は誰なの？　スティーブン・テダーは彼女が生まれた時から知っている人物で、従兄弟でもあり友達でもあった。なのに彼はとてつもない激痛を彼女に引き起こしたのだ。そして、そのあと彼女の苦痛ぶりを大笑いしたのだ。泥のぬかるみに尻餅《しりもち》をつかせた時みたいに、自分にそんなことをさせるなんて、不格好でおかしいとでもいわんばかりに。

そして、こうした不愉快な思いを手繰っている間に、このイングランド男はキスの種類を変え、彼の舌が彼女の唇の内側を愛撫《あいぶ》した。それは不快ではなく、彼女が真似しようとすると、彼女は自分の手をどうしたら良いか途方に暮れた。指を彼の唇のあいだに置き、彼の唾液《だえき》と弧を描いて触れて、濃厚に濡《ぬ》らすために脚の間に戻ってきても、そんなに恐ろしくはなかった。そこで彼女はお互いに愛撫《あいぶ》し合いながら、気分も静まり、ついには自分から彼の口をむさぼろうとしていた。すぐに二人の身体は興奮した果実となり、彼の手が彼女の臀部《でんぶ》をしっかりと調べずにはいられなかった。彼女はそれがそんなに……太いとは予期していなかったので、まるで彼の過ちであるかのように非難めいて考え込んだ。勇気を奮い起こして、袋をなでて、彼をぴくぴく震わせると低い笑い声をあげた。かわいらしい物だわ！

彼は自分の服を探り、彼女の手を取って贈り物をした。彼女はこれまでにも偶然、父親や労働者たちの一人が茂みの陰で小便をしているのに近づいて、男性自身をちらりと目にしたことがあった。そして、スティーブン・テダーの時よりも、こうした機会の方がずっとよく目撃したということになる。だから、彼女は一度もはっきりと見たことがなかったので、今、じっと

彼の舌が優しくピンク色の乳輪をこすり、隆起させた。どんどん小さな円を描きながら移動して、ついに彼女の硬くなったバラ色の乳首を軽く打ちつけ、唇の間にはさんで赤ちゃんのように引っぱり、その間ずっと彼女の膝《ひざ》のうしろや脚の内側をなで続けた。彼女は腿《もも》やお腹の筋肉が締まるのを感じ、彼が手を放すまで、緊張して恐れを感じた。

「キスしたいだけなんだ」と彼はせがむように言って、彼女は彼の顔が自分の乳首の方へ動いていくのを見下ろすという奇妙な体験をした。自分で見ても、たわわだが高くて硬く引き締まっていると満足げに認めざるを得ない胸は、バラ色がさしていた。

彼は彼女の舌を吸ったのだ！　だが、彼が胴着をはずすと彼女はふたたび身震いした。

歯と舌に触れたが、彼は顔を引き離してふたたび彼女の胸を吸い、腹部と腿にキスした。彼は最初は一本の指で彼女に入っていき、それから二本にし、小さな豆を素早い円を描いて愛撫した。

「ああ」と彼女はかすかに言って、膝を持ち上げた。

だが心の準備をしていた苦痛のかわりに、彼の暖かい息を感じてびっくりした。そして彼の舌は魚のように、彼女自身が触れるのも恥ずかしい、毛深いひだのあいだの濡れた部分に泳いでいったのだ！　この人とどうやってまた顔を会わせられるというの？　と彼女は自分自身に問いかけたが、疑問はすぐに、不思議なほどあっさりと消え去ってしまった。彼女はすでに身を振るわせて淫《みだ》らに反り返り、目を閉じて、言葉を失った口元は半分開いていた。

彼女が正気を取り戻す前に、彼は徐々に自分を入り込ませていた。彼らは本当に連結し、彼女のまさに中心は、気持ちの良い絹のような柔らかな暖かさで、充填《じゅうてん》されていた。痛みはまったくなく、ただぴんと緊張したある種の感覚があるのみで、やがて彼がゆっくりと動くと楽になった。

一度、彼は動きを止めた。「大丈夫？」

「ええ」と彼女が言うと、彼は再開した。

すると彼女は、自分が彼の動きに合わせて身体を動かしているのに気づいた。すぐに彼は抑制を効かせて運動するのが不可能になり、もっと速く、もっと遠方から、ぎしぎし揺れて動いた。彼女はもう一度確かめたくて目を細く開けて見ると、彼は頭をうしろに上げて、アーチ型になって彼女の中で動いていた。

彼の大きな身震いを感じ、彼女の中に注ぐ時の、抗しがたい安堵《あんど》と思われるうなり声を聞くのは、何と奇妙な経験だったろう！

それから長い間、人の背ほどある穀物の薄暗さの中で、彼らはほとんど動けなかった。二人は黙ったまま、彼女の長い手足の一本が彼の上に投げ出され、汗と体液が乾いていった。

「やみつきになる」と彼は最後に言った。「麦芽エールみたいに」

彼女は彼の腕を思い切り強くつねった。だが彼女は憂いに沈んでいた。「なぜ、私たちはこうすることが好きなのかしら？」と彼女は聞いた。「馬たちのを見たことがあるわ。なぜ動物たちも好きなのかしら？」

彼はびっくりしたようだった。何年もあとで、この質問が、彼がそれまで知っていたどんな女性よりも自分を特別な存在にしたことを理解するのだが、今、彼女がわかっているのは、彼が自分をじっと見つめていることだけだった。

口に出すことはできなかったが、彼はすでに彼女の心の中で特別な存在になっていた。以前の粗野な経験とは比較できないが、自分が完全に理解していない部分で、彼が自分に非常に親切にしてくれたのを感じ取っていた。

「あなたは、自分のことより私のことを考えてくれた」と彼女は言った。

「辛抱したわけじゃない」

彼女は彼の顔をなで、彼は掌《てのひら》にキスした。「大方の男たち……大部分の人々はそうじゃないわ。わかってるの」

「キルマーノクのいまいましい従兄弟のことは、忘れるんだね」と彼は彼女に言った。

第三十二章　申し出

ロブは新参者たちからずいぶんと患者を獲得した。カール・フリタが彼らを補充した時に、自分のキャラバンでは名外科医兼理髪師が治療に当たっていると自慢していたと聞いて、面白がった。

最初の旅のあいだに治療した人々に会って、かつてこれほど長く、誰かの健康維持のために気を配ったことがなかったので、特に愉快な気分になった。

彼が横痃《おうげん》を治療した大きなニヤついたフランク人家畜商人は、冬の半ばにガブロヴォで病死したと人々は告げた。そうなることはわかっていたし、本人にも来るべき運命を告げてあったものの、その知らせは彼を憂鬱《ゆううつ》にした。

「何より満足を与えてくれるのは、僕が治し方を知っている怪我《けが》なんだ」と彼はメアリーに言った。「折れた骨、ポッカリと口を開けた傷口。誰かが傷を受けて、僕が何をすべきか揺るぎない自信を持っている時だ。僕が大嫌いなのは謎《なぞ》だ。僕がちっとも知らない病気なんだ。打ちのめされるどころじゃない。何もない所から現れて、あらゆる理にかなった説明や治療の方針を受けつけない、慢性的な病気だ。ああ、メアリー、僕はあまりにも知らなさすぎる。ほとんど何もわかっていないんだ、なのに彼らには僕しかいない」

ロブが言うことのすべてを理解せずに、彼女は彼をなぐさめた。彼女としては、彼からかなりの慰安を受けていた。ある夜、彼女は出血して、急激な腹痛に苦しめられて彼の所へやってきて、自分の母親の話をした。ジュラ・カレンはある晴れた夏の日に月経が始まって、それが噴出に変わり、それから多量出血になった。彼女が死んだ時、メアリーは悲しみに引き裂かれすぎて涙も出なかった。今では毎月自分の生理が来ると、自分も死ぬのではないかと思うのだ。

「落ち着くんだ！　それは普通の月の出血じゃなかったんだ、もっと他の何かだったに違いない。わかるだろう」と彼は言って、暖かで鎮静効果のある掌《てのひら》を彼女の腹部に当てて、キスで彼女をなぐさめた。

数日後、彼女と一緒に荷馬車に乗っていて、気づくと、彼は誰にも話したことのなかった事柄を話していた。両親の死、子供たちの別れと喪失。彼女は止めどなく涙を流し、父親に見られないように座席の上で身体をひねった。

「どんなにあなたを愛しているか！」と彼女はささやいた。

「愛してるよ」と彼はゆっくりと、本人も驚きながら言った。彼は誰にもその言葉を言ったことはなかった。

「決してあなたと離れたくない」と彼女は言った。

それ以来、進路をたどっている時に、彼女はしばしば黒い馬の鞍《くら》の上で振り返って彼を見た。虫や小さな塵《ちり》を払いのけているかのように、唇に右手の指を触れるのが彼らの秘密のサインだった。

ジェイムズ・カレンはいまだに酒で喪失感をまぎらわそうとしていて、彼女は時々、父親が飲んで熟睡したあとでロブの所へやってきた。見張り番はたいていは神経をとがらせていて、夜にキャンプを動き回るのは危険なので、彼は彼女に思い留《とど》まらせようとした。だが、彼女は頑固な女性で、どちらにしてもやってきて、彼はやはり喜んだ。

彼女はのみこみの早い生徒だった。速やかに、彼らは古い友人のようにお互いの痛いところもかゆいところも把握した。二人の大きな身体は魔力の一部で、一緒に動いていると時々、雷のような音を立てて交尾している巨大な獣みたいな気がした。ある意味で、すべてが彼女にとってと同じくらい、彼にとっても新鮮だった。彼はたくさんの女性を知っていたが、これまで本当の愛を交わしたことは一度もなかったのだ。今、彼は彼女に歓《よろこ》びを与えることしか望んでいなかった。

彼は、こんなに短い時間に起こった自分の変化を理解できずに、困惑してものも言えないくらいだった。

＊

彼らはトラキアとして知られる国の一部、ヨーロッパのトルコに深く前進した。小麦畑は、青々と茂った大草原のなだらかな平地になり、彼らは羊の群れを目にし始めた。

「父は目を輝かせてるわ」とメアリーは彼に告げた。

羊のいる場所に来ると必ず、ジェイムズ・カレンがセレディをともなって羊飼いと話しに疾駆していくのが見えた。茶色い膚《はだ》をした男たちは長い牧杖《ぼくじょう》を持って、長袖《ながそで》のシャツと膝《ひざ》の所でぴっちり引き絞ってある、だぼだぼのズボンをはいていた。

ある晩、ジェイムズが一人でロブを訪ねてきた。彼は火のそばに腰を下ろして、居心地悪そうに咳払《せきばら》いをした。

「私が盲目だと思ってもらいたくない」

「盲目だなんて思ったこともありません」とロブは敬意を込めて言った。

「娘について言っておきたい。娘はかなりの学識がある。彼女はラテン語ができる」

「私の母親もラテン語ができました。僕に少し教えてくれました」

「メアリーはずいぶんラテン語ができるんだ。外国の土地では鬼に金棒だ、それができれば役人や聖職者と話すことができるからな。私は彼女をウォルカークの修道女たちのところへ習《なら》いに行かせた。彼女たちは娘を修道会に引き込めると考えて受け入れたんだが、私の方が上手《うわて》だった。彼女は言語に専心しなかったが、ラテン語を学ぶように私が告げたあとはよく勉強した。その時から、私は上等な羊を求めて東方に旅することを夢に見ていたのだ」

「羊を生きたまま、あなたの故郷に連れて戻れるんですか？」とロブは気づかって言った。

「できるさ。私は羊に関しては有能な男なんだ」とカレンは誇りを持って言った。「常に夢にすぎなかったが、妻が死んで、私は行こうと決めた。親戚《しんせき》の男たちは私が悲しみから逃げようとしているんだと言ったが、それ以上の理由だったんだ」

彼らは深い沈黙の中で座っていた。

「スコットランドに行ったことはあるかね、君？」と最後にカレンがたずねた。

彼は頭を振った。「一番近くまで行ったのは、イングランド北部とチェヴィオットヒルズです」

カレンは鼻を鳴らした。「国境に近いかもしれんが、本当のスコットランドには近づいてさえいない。いいかね、スコットランドはもっと高地で、岩盤がごつごつしている。山岳には魚がいっぱいのきれいな小川が流れ、草が育つためのたくさんの水が残される。我々の所有地は高低のある丘陵にあって、非常に大きな所有地だ。広大な群れがいる」

彼は言葉を慎重に選んでいるかのように間をおいた。「メアリーと結婚する男がそれらを引き継ぐのだ、申し分のない男がな」と彼は最後に言った。

彼はロブの方へ身を乗り出した。「四日の内に我々はバベスキの町に着く。そこで娘と私はキャラバンを去るつもりだ。真南にマルカラの町へ回る。そこには大きな動物市場があって、私は羊が買えると期待しているんだ。それから、私が一番期待を抱いているアナトリア高原に移動する。君も同行してくれるといいんだが」彼はため息をついて、穏健な目つきでロブを見た。「君は強くて健康だ。度胸がある、でなければ商売や出世のために、ここまで危険を冒しはしなかっただろう。君は私が娘に選ぶだろうタイプではないが、彼女は君を望んでいる。私は娘を愛しているし、彼女の幸福を願ってるんだ。彼女は私のすべてなんだ」

「カレン親方」と彼は言ったが、カレンが遮った。

「軽率に申し出をしたり行動したりする事柄ではないだろう。君には考える時間が必要なはずだ、私がそうだったように」

ロブは、まるで林檎《りんご》や砂糖菓子を差し出されたかのように、丁寧に礼を言い、カレンは自分のキャンプに戻っていった。

＊

彼は空を見つめて、眠られぬ夜を過ごした。彼女がたぐいまれな女性だと気づかないほど、彼は愚か者ではなかった。そのうえ、奇跡的にも彼女は彼を愛していた。あんな女性には二度と巡りあえないだろう。

それに土地だ。なんてこった、土地だ。

彼は自分の父親をはじめ、先祖の誰一人として夢にも思わなかったような人生を、差し出されたのだ。そこには安定した仕事と収入、敬意と責任があるだろう。息子たちに残すことになる財産だ。これまでとはまったく異なった暮らし方が、彼に手渡されようとしているのだ――彼を夢中にさせた愛する女性。それに世界でも数少ない、自分の土地を所有している者たちの一人としての確かな未来。

彼は寝返りを打ち続けた。

＊

次の日、彼女は父親の剃刀《かみそり》を持ってやってきて、彼の髪を刈り込み始めた。

「耳の近くはいいから」

「特に手に負えなくなっているのは、そこなのよ。それに髭《ひげ》を剃《そ》ったらどう？　無精ひげが、野蛮に見えるわ」

「長くなったら刈り込むよ」彼は首から布をひっぺがした。「君のお父さんが僕に話をしたのを知ってる？」

「もちろんよ、最初に私に話したもの」

「君と一緒にマルカラには行けないよ、メアリー」

彼女の口元だけが彼女の気持ちを示していた。それに彼女の両手も。彼女の手はスカートの上で休んでいるようだったが、あまりぎゅっと剃刀を握り締めたので、指の関節が半透明な肌を通して白く浮き上がった。

「他の場所なら一緒に来てくれるの？」

「いいや」と彼は言った。難しいことだ。彼は女性たちに正直に話すのに慣れていなかった。

「僕はペルシアに行くんだ、メアリー」

「私は必要じゃないのね」

彼女の唖然《あぜん》としてうち沈んだ声色が、そんな結末をまったく覚悟していなかったことを彼に悟らせた。

「君が必要だ、でも心の中で熟考に熟考を重ねたけれど、不可能なんだ」

「まあ、不可能？　もう奥さんがいるの？」

「いや、違うよ。でも僕はペルシアに、イスファハンに行くつもりなんだ。君に話したように、商売の機会を探しにではなく、医学を学びにね」

狼狽《ろうばい》が彼女の顔に浮かび、カレン家の所有地に比べて、医学がいかほどのものかとたずねた。

「僕は内科医にならなくちゃいけないんだ」それはもっともらしくない言い訳に聞こえた。彼は、悪徳やその他の弱みを認めているかのような、奇妙な恥ずかしさを感じた。彼はよく説明しようとはしなかった。込み入っていて、自分自身でもよくわかっていなかったからだ。

「あなたの仕事はあなたに精神的苦痛を与えてる。事実として知ってるはずよ。私のところへ来て、そう言ったわ。仕事が自分を悩ますって、ぼやいてたじゃない」

「僕を悩ませているのは、僕自身の無知と無能力だ。今の僕では助けられない人たちのために、イスファハンで学ぶんだ」

「あなたと一緒に行ってはだめ？　父は私たちと来て、そこで羊を買えばいいわ」彼女の声に含まれる懇願と瞳《ひとみ》の中の希望が、彼の心をあえて鬼にさせた。

彼はイスラム教の学校への入学に対する教会の禁止令を説明し、自分が何をしようとしているのかを告げた。

彼女は理解が増していくにつれて青ざめた。「あなたは、永遠の断罪という危険を冒してるのよ」

「自分の魂が剝奪《はくだつ》されるなんて、信じられないんだ」

「ユダヤ人ですって！」彼女はひと思いに剃刀を布でぬぐって、小さな革の袋に戻した。

「そうだ。わかっただろう、僕は一人でしなきゃならないんだ」

「わかったのは、あなたの頭がいかれているっていうことよ。私の目はふしあなだったんだわ。あなたはたくさんの女性たちに別れの言葉を言ってきたんでしょうね。当たっているわよね？」

「今回は、それとは違う」彼は違いを説明しようとしたが、彼女はそれを許さなかった。彼女にはもう十分だった。そして今、ロブは自分が作った傷の深さを悟った。

「あなたに利用されたと私が父に伝えたら、父はあなたを殺させようとお金を出すんじゃないかって怖くはないの？　あるいは私が司祭を見かけしだい、神聖なる教会をあざ笑っているキリスト教徒の目的を耳うちするかもしれない」

「僕は真実を話した。僕は君を死なせたり、密告したりもしない。だから君も同じように僕を扱うはずだと確信している」

「私は内科医なんて待つつもりはないわ」と彼女は言った。

彼はうなずいたが、立ち去り際に彼女の瞳にかかっていた苦いヴェールを目にして、自分を責めた。

一日中、彼は鞍《くら》にぴんと直立して馬を進めている彼女を見つめた。彼女は振り返りはしなかった。その晩、彼はメアリーとカレン親方が真剣に長いあいだ話しているのを目撃した。あきらかに、自分は結婚しないことに決めたとだけ彼女は父に告げたのだ。しばらくあとで、カレンはロブにニヤっと笑って見せ、それは安心と勝ち誇ったのと両方を表していた。カレンはセレディと協議し、暗くなる直前にセレディは二人の男をキャンプに連れてきた。ロブはその服装と外見から、トルコ人だとにらんだ。

あとで、彼らは案内人だったのだと推測した。次の朝、目覚めた時にはカレン一家はいなくなっていたからだ。

キャラバンの通例通り、人々はみな、一つずつ場所を詰めた。その日、彼女の黒い馬のうしろについていくかわりに、彼は二人の太ったフランス人兄弟のうしろで馬を進めた。

彼は自責の念と悲嘆を感じたが、同時に開放感も経験していた。彼は決して結婚を考えたことがなかったし、心の準備がほとんどできていなかったからだ。彼は医学への真の傾倒から決定を下したのか、それとも床屋さんがそうだったように、恐慌をきたして婚姻から逃げ出しただけなのか、あれこれ思案した。

おそらく両方だろう、と彼は判断した。哀れで愚かな夢見人だ、と彼はうんざりしながら自分に言ってやった。お前はいつの日か疲れてしまうだろう、歳を取って愛に餓《う》え、そしたら間違いなく、言葉の悪い、だらしない女に甘んじることになるのだ。大いなる孤独を感じて、彼はバッフィントン夫人がもう一度生き返ってくれるのを心から願った。彼は自分が破壊した物について考えないように努め、手綱の方へ身体を丸めて、フランス人兄弟の何とも我慢のならない尻《しり》を不快に見つめた。

＊

こうして一週間、彼は魂を抜き取られたように感じて過ごした。キャラバンがバベスキに着くと、本来ならここで彼女の父親のお供をして脇道《わきみち》にそれ、新しい人生をスタートさせていたのだと気づいて、罪の嘆きが深まるのを経験した。だがジェイムズ・カレンのことを考えると、彼は一人でいる自分がましに思えるのだった。あのスコットランド人はやっかいな義父になったに違いない。

それでもなお、彼はメアリーのことを考えずにはいられなかった。

二日後、ようやくふさぎ込んだ気分から抜け出し始めた。草に覆われた丘陵の田園地帯を旅していると、特徴的な騒音が遠くからキャラバンの方へ近づいてくるのを耳にした。それは天使たちが出しているような音で、ついに近づき、彼は初めてラクダの列を見た。

各々のラクダは鐘をぶら下げていて、身体を傾けるような歩調にあわせて鳴っていた。

ラクダは彼が予期していたよりも大きく、人間よりも背が高くて馬よりも身体が長かった。滑稽《こっけい》な顔は明朗にも邪悪にも見え、大きく空いた鼻の穴に、だらりとした唇、瞼《まぶた》がもったりしたうるんだ目は長いまつ毛に半分隠れ、それが奇妙に女っぽい外見を与えていた。彼らはお互いにつながれて、二つのこぶの間にわらの巨大な束の山を積んでいた。

七頭か八頭ごとにラクダのわらの束の上に、ターバンと腰巻きだけを着けた痩《や》せこけた黒っぽい肌の家畜追いが鎮座していた。時折、これらの男の一人が「ハッ！　ハッ！　ハッ！」と獣たちを前へせき立てたが、そののんびりした檄《げき》は無視されているようだった。

ラクダたちはゆるやかに起伏した風景を占領した。ロブは最後の一頭が遠方に米粒のように小さくなり、彼らの鐘のちりちりという素晴らしいささやきが消えて行くまでに、ほぼ三百頭を数えた。

まぎれもない東方の兆しが、細長い地峡をたどる旅人たちの足を速めさせた。ロブには水は見えなかったが、シモンは自分たちの南にはマルマラ海、そして北には大きな黒海が横たわっていると教えてくれた。空気はさわやかな潮風を帯び、彼は故郷を思い出し、新たな切迫した感覚で満たされた。

次の日の午後、キャラバンは高台の頂上に達し、コンスタンチノープルが幻想の町のように、彼の前途に広がっていた。

第三十三章　最後のキリスト教都市

都市のまわりの壕《ほり》は広く、つり上げ橋をガヤガヤと渡りながら、ロブは緑色の深みに豚みたいに大きな鯉がいるのを目にした。内側の岸には土製の胸壁があって、七・五メートルうしろには黒っぽい石のがっしりした壁が、およそ三十メートルの高さで築かれていた。歩哨《ほしょう》たちが、胸壁の頂上の銃眼の間を行ったり来たりしていた。

さらに十五メートル向こうには、最初のものに匹敵する二番目の壁だ！　コンスタンチノープルは、四列の防壁を構えた要塞《ようさい》都市なのだ。

彼らは二組の大きな入り口をくぐり抜けた。内側の壁の大きな門は三重のアーチで、疑いなく初期の統治者と思われる、気高い人間の立像と奇妙なブロンズの動物たちで飾られていた。獣たちはどっしりと分厚く、大きな耳は怒りに持ち上がり、短い尻尾《しっぽ》は後方へ立て、長い尻尾のようなものが顔から勢いよく突き出ていた。

ロブはそれらを良く見ようと馬の手綱を引いた。うしろでゲルショムがブーブー言い、トゥヴェが文句を言った。「とっとと進むんだ、イギリス人」とメイヤが怒鳴った。

「こいつらは何？」

「象だ。象を見たこともないのかね、かわいそうな外国人さんよ？」

彼は頭を振って、通り過ぎながらもその生き物を良く見ようと、荷馬車の座席の上で身体をよじった。こうして、彼が最初に見た象たちは、犬くらいの大きさで金属で凍り、五世紀分もの緑青を帯びていた。

カール・フリタは、都市に出入りする旅人と貨物が通る巨大な中庭、キャラバンサライへ彼らを導いていった。そこは、雑多な商品を保管するための倉庫や、動物たちの畜舎と人間の休泊所を擁する、広大で水平な空間だった。フリタはベテランの案内人で、キャラバンサライの騒がしい大群を迂回《うかい》し、キャラバンに涼と住処《すみか》を提供するために丘陵の斜面に掘られた、人工の洞穴が立ち並ぶ隊商宿へと自分が預かっている人々を、向けた。たいていの旅人はキャラバンサライで一日か二日しか過ごさず、体力を回復し、荷馬車の修理をしてもらったり馬をラクダに乗り換えたりして、ローマ人の道を南にエルサレムへとたどっていくのだ。

「我々は、数時間でここを発つつもりだ」とメイヤはロブに告げた。「アンゴラの我が家まで、十日のところまで来ている。早く責任から解放されたいのだ」

「僕は、しばらく滞在すると思う」

「出発を決めたら、ここのキャラバンの元締め、ケルヴァンバシに会いに行くと良いよ。名前はゼヴィだ。彼は青年の頃は家畜商人だったが、その後は、あらゆる道筋を股《また》にかけてラクダの列を率いるキャラバン隊長をしていた。彼は旅人のことを心得ている」とシモンが誇らしげに言った「彼はユダヤ人で良い男だ。あなたが安全に旅ができるように取り計らってくれると思う」

ロブは順ぐりに各人の手首を握った。

さらば、ずんぐりむっくりのゲルショム。その硬い尻《しり》を僕は切開したんだっけ。

さらば、とんがり鼻で黒髭《くろひげ》のユダ。

さようなら、人なつこい若いトゥヴェ。

ありがとう、メイヤ。

ありがとう、本当にありがとう、シモン！

彼は哀惜を感じながら彼らにさよならを言った。みんな親切にしてくれたからだ。別れは、ペルシア語に導いてくれた本を取り上げられることでもあり、さらにつらかった。

やがて彼は一人で、おそらくロンドンよりも大きいだろう巨大な都市コンスタンチノープルに馬を進めた。遠くから見ると、町は壁の濃い青色と頭上の空の色味の異なる青と南のマルマラ海に囲まれて、暖かで透明な空気の中に浮かんでいるようだった。内側から見ると、コンスタンチノープルは、あらゆる種類の輿《こし》や二輪車や荷馬車だけでなく、ロバや馬やラクダに乗った人々でひしめく細長い通りにのしかかるようにそびえる石造りの教会でいっぱいの都市だった。ざらざらした茶色い毛織物のぶかぶかな制服に身を包んだ、たくましい担ぎ人夫たちが、信じられないほどの荷物を背おったり頭に帽子のようにかぶった台の上に乗せて運んでいた。

ロブは公共の広場で、背の高い斑岩《はんがん》の柱のてっぺんにぽつんと立って、都市を見下ろしている像を見ようと立ち止まった。ラテン語の碑文から、これはローマ皇帝コンスタンチヌスだとわかった。ロンドンの聖ボトルフ教会学校の教師たちは、この彫像の主の詳細な背景を教えてくれた。司祭たちは、キリスト教徒になった最初のローマ皇帝のコンスタンチヌスを大いに好んでいたのだ。事実、彼の帰依はキリスト教教会を作ることで示され、武力でギリシャ人たちからビザンティウムと呼ばれる主要都市を奪って——コンスタンチノープル、コンスタンチヌスの町だ——、東方でのキリスト教信仰の宝石、大聖堂の地としたのだ。

ロブは商業と教会の地域をはなれて、密接して建てられている地区に入った。二階の軒が張り出した細長い木の家々は、イングランドの町から輸送したと思われた。一つの大陸の終着地点であり別の大陸の出発点でもある場所にふさわしい、国際色豊かな都市だった。ギリシャ人街、アルメニア人市場、ユダヤ人区域と馬を進めていくと、突如として、次から次に流れる不可解なさえずりを耳にするかわりに、彼はパールシーの単語を聞き取った。

ただちに彼は人々にたずねて、ギーツという男が経営している厩舎《きゅうしゃ》を見つけた。上等な厩舎で、ロブは馬を置いていく前に彼女の居心地を確かめた。彼女は彼に良く仕えてきたので、ゆっくり休養させてたくさんの穀物を食べさせてやるのは当然だったからだ。ギーツはロブに〝三百二十九段の小道〟の頂上にある自分の家をすすめた。そこで一部屋貸しているのだ。

部屋は三百二十九段昇るだけの価値があった。明るくて清潔で、海から潮風が入ってきた。そこからすみれ色のボスポラス海峡を見下ろすと、そこでは帆が動く花のようだった。はるか向こうの岸におそらく一マイル先だろうか、ぼんやり現れたドーム状の屋根やランセットのように鋭利なイスラム寺院の尖塔《ミナレット》が見え、それがコンスタンチノープルを取り巻いている土塁、壕、そして二つの壁の理由だと悟った。窓から数フィートで、十字架の勢力圏が終わり、キリスト教世界をイスラムから防衛するために、境界線には兵が配置されているのだ。海峡を渡ると、イスラム教の三日月の勢力圏が始まるのだ。

彼は窓辺に留《とど》まってアジアを見渡した。まもなく彼は、その地を深く探求していくのだ。

＊

その夜、ロブはメアリーの夢を見た。彼は憂鬱《ゆううつ》に目覚めて部屋を逃げだした。アウグストゥスのフォーラムと呼ばれる広場のはずれに公衆浴場を見つけ、そこで冷たい水を簡単に浴びた。それからシーザーのように、微温浴室《テピダリウム》の暖かなお湯の中にだらりと座って、石鹸《せっけん》で身体を洗い、湯気を吸い込んだ。

タオルで身体を乾かして、最後に冷たい水に飛び込んで火照って出てくると、非常に腹が減っていくぶん楽天的になっていた。ユダヤ人市場で、きつね色に揚げた小さな魚と黒葡萄《ぶどう》を一房買って、それを食べながら必要な物を探し歩いた。

たくさんの売店で、あらゆるユダヤ人がトラヤヴナで着ていた短い麻の下着を目にした。シモンの説明によると、生涯、衣類の端に房飾りをつけねばならないという聖書の戒律をユダヤ人が実行できるよう、ティティスと呼ばれる組みひもの装飾を施した、小さなベストなのだ。

彼はペルシア語を話すユダヤ人商人を見つけた。への字の口をしたよぼよぼの男で、カフタンには食べこぼしのシミがあったが、ロブには彼が最初の脅威だった。

「友人への贈り物なんだ、私と同じ体格なんでね」とロブはブツブツつぶやいた。老人はほとんど彼には注意を払わず、販売に余念がなかった。最後に彼は十分な大きさの、房飾りのついた下着を見つけ出した。

ロブはあえて一度にすべてを買わなかった。かわりに、彼は厩舎に馬が元気かどうか見にいった。

「なかなか良い荷馬車だね」とギーーツが言った。

「うん」

「ぜひ、買いたいんだがね」

「売り物じゃないんだ」

ギーッは肩をすくめた。「まあまあな荷馬車なんだがね、塗り直さにゃならんだろうが。しかし、それにしてもみすぼらしい馬だ。元気がない。目に堂々とした光がない。あんた、手放した方が幸せだよ」

ギーッが荷馬車への関心を示してみせるのは、馬を安く手に入れるための偽装だと、ロブは瞬時に悟った。

「どちらも売らないよ」

それでも、こんな不器用な引っかけを、商売で引っかけの手口に長《た》けた自分に試みる了見に、微笑《ほほえ》みをかみ殺さねばならなかった。荷馬車はすぐ近くにあったので、馬丁が馬屋で忙しく働いているあいだ、ロブはワクワクしながら人目につかないように必要な準備を整えた。

やがて彼は銀貨をギーッの左目から引っぱり出した。

「おお、アラーの神よ！」

彼は木の球にハンカチをかぶせて消えたように確信させ、それからハンカチの色を変え、緑から青、茶色へとふたたび色を変えてみせた。

「マホメットの名において……」

ロブは赤いリボンを歯のあいだから引っぱり出して、馬丁を頰《ほお》を染めた娘にみたてて、かわいらしくヒラヒラさせてプレゼントした。異教徒の霊鬼《ジン》に対する驚異と怖れにとらわれながらも、ギーッは大喜びした。こうして、奇術と投げ物《ジャグリング》で愉快に過ごして切り上げる頃には、彼はギーッに何でも売りつけられるくらいになっていた。

＊

彼は夕食と一緒に、濃厚で飽きがくるような味で、しかもこれでもかという量の、辛い茶色い酒の瓶を出された。隣のテーブルには司祭がいて、ロブは彼に飲み物をわけた。

ここの司祭たちは長くたれた黒い礼服と、硬くて小さなふちの付いた背の高い円筒形の布の帽子をかぶっている。礼服はまずまずきれいだが、帽子は長い脂じみた歴史を帯びていた。彼は赤ら顔で出目の中年男で、自分の西方言語の腕前を向上させようとヨーロッパ人としきりに会話したがっていた。彼は英語はできず、ノルマン人やフランク人の言葉をロブに試し、最後にわずかに無愛想にペルシア語に甘んじた。

彼の名前はタマス神父、ギリシャ人の司祭だった。

彼の機嫌は酒でやわらいだ。彼はごくごくと浴びるように飲んだ。

「コンスタンチノープルに落ち着かれるんですか、コール親方？」

「いいえ、数日のうちに、イングランドに持って帰る薬草が手に入ることを期待して、東方へ旅立ちます」

司祭はうなずいた。即刻、東方への冒険にくり出した方が得策でしょう、と彼は言った。神はいつか唯一の真の教会とイスラムの野蛮人との間に、正義の戦いを予定しておられるのだから。「聖ソフィア大聖堂を訪ねられましたか？」と彼は訊き、ロブが微笑《ほほえ》んで頭を振ると肝をつぶした。「新しい友人よ、あなたはぜひ行かねば。旅立つ前に！　行くべきです！　世界で一番の宗教上の驚異ですから。コンスタンチヌス自身の命令で建てられて、その壮麗さに皇帝は初めて大聖堂に入った時にひざまずいて叫んだのです。『余はソロモン王よりも優れたものを建てた』と」

「教会の長が聖ソフィアの大聖堂に居を構えるのは、故なきことではありません」とタマス神父は言った。

ロブは驚いて彼を見つめた。「では、ローマ教皇ヨハネはローマからコンスタンチノープルへ移られたのですか？」

タマス神父は彼を熟視した。ロブが自分をからかって笑っているのではないと納得すると、ギリシャ人司祭は冷淡に微笑んだ。「ヨハネ十九世はローマのキリスト教会大主教のままです。コンスタンチノープルのキリスト教会大主教はアレクシウス四世で、ここでは彼が我々の唯一の指導者なのです」と彼は言った。

＊

酒と海風があわさって、彼を深い、夢もない眠りに誘った。次の朝、ローマ風呂の贅沢《ぜいたく》をくり返し、ユダヤ人の商店街に歩いていく道すがら、朝食にパンと新鮮なプラムを買った。市場では、めぼしをつけておいた品物を注意深く選んだ。トラヤヴナでは麻の祈禱肩布《きとうタリス》も見かけたが、自分が最も一目置いていた男たちは毛織物を羽織っていた。今、彼は自分用に毛織物を買った。前日に見つけた下着と同様の、房飾りが四隅に施してある肩布だ。

つかのまの奇妙さを感じつつ、彼は聖句箱と朝の祈禱の時に額に縛り腕に巻きつける革ひものセットを買った。

それぞれを別の商人から買った。そのうちの一人、歯を失って隙間《すきま》がある血色の悪い若い男は、特にたくさんカフタンを陳列していた。男はパールシーを知らなかったが、身振りが役に立った。大きさの合うカフタンは一つもなかったが、商人はロブに待つように身振りで合図して、ロブにティティスを売った老人の売店に急いで行った。ここにはもっと大きなカフタンがあって、数分でロブはそれらを二枚購入した。

入手した物を布袋に入れて商店街を立ち去りながら、彼は歩いたことのない道を通り、まもなくあまりに荘厳で聖ソフィア大聖堂に違いないと思われる教会が目に入った。彼はいくつかの巨大な真鍮《しんちゅう》の扉をくぐり、気づくと均整のとれた広い開放空間に立っていた。柱がアーチへ、アーチが丸天井へ、丸天井が円蓋《えんがい》へとのびやかにつながり、円蓋はあまりにも高くて、自分が小さくなった気がした。身廊《ネイブ》の広大な空間は何千もの灯心によって照らし出され、油の杯の柔らかで澄んだ燃焼は、彼がイングランドの教会で慣れていたよりもっと多くの光り物でキラキラと反射されていた。金の枠をはめたイコン、貴重な大理石の壁、というイングランド人の趣味にはきつすぎる金箔《きんぱく》と強い輝きによって。大主教がいる気配はなかったが、身廊を見渡すと、豪勢に浮織りした緋織物《ひおりもの》の上祭服の司祭たちが祭壇にいるのが目に入った。一人は香炉を振り、ミサを唱えていたが、あまりに遠く離れていたロブはお香もかげず、ラテン語を聞き取ることもできなかった。

身廊の大部分はがらんと寂しく、ランプの薄暗がりにぼうっと浮かび上がった十字架につるされたねじ曲がったキリスト像の下、彼は誰も座っていない彫刻が施されたベンチの後方に座った。イエスの目が自分の心の奥底を見通し、布袋の中身を知っているように感じられた。信心深く育てられたわけではなかったが、それでもこの打算的な反乱を起こすに際して、彼は宗教心を奇妙に動かされた。まさにこの瞬間のために、自分は大聖堂に足を踏み入れたのだ。そして彼は立ち上がると、しばらく黙ったまま身じろぎせず、イエスの目のとがめを直視した。最後に彼は大きな声で言った。「どうしてもしなくちゃいけないんだ。でも僕はあなたを見捨てるんじゃない」と彼は言った。

＊

少しあとで、石段の丘を昇ってふたたび自分の部屋に戻ってからは、その確信は薄らいだ。彼は机の上に小さな四角い鋼を立てかけた。その磨いた表面に向かって髭《ひげ》を剃《そ》るのに慣れ親しんだものだ。そして、長くたれ下がって耳の上でもつれている髪にナイフを当て、彼らがピオスと呼ぶ儀式上の耳の前の髪の房が残るように刈り込んだ。

彼は衣服を脱いで、不幸に襲われるのを半分予期しながら、おそるおそるティティスを着た。身体の上で房飾りがむずむずはうように感じた。

長くて黒いカフタンには驚異はほとんど感じなかった。ただの外側の衣類で、彼らの神とは何の関わりもなかったからだ。

髭はまだまばらだった。彼は鐘型のユダヤ人の帽子の下でだらりとたれるように、耳の前の房を整えた。革の帽子は絶好の仕上げになった。どこから見ても古く使い込んであったからだ。

しかし、ふたたび部屋をあとにして通りに出ると、こんな狂気の沙汰《さた》は上手くいかないと思った。みんな自分を見て笑い出すだろうと予期した。

名前が必要だな、と彼は思った。

トラヤヴナでのように、外科医兼理髪師ロイヴェンと呼ばれるのは好ましくないだろう。偽装を成功させるためには、自分の職業をヘブライ語に訳しただけの、軟弱な名前ではダメだ。

エッサイ……

ママが聖書を音読してくれたときおぼえた名前だ。彼が一緒に生きていかれるような力強い名前だ。ダビデ王の父親の名前なのだ。

父親からもらった名前として、たとえ本人は不本意ではあっても、彼に内科医がどうあるべきか示してくれたベンジャミン・マーリンに敬意を表して、ベンジャミンという名を選んだ。

リーズから来たと言えばいい、と彼は決めた。そのあたりのユダヤ人の家の様相をおぼえていたので、必要にせまられた時には細部を話すこともできるからだ。

彼は向きをかえて逃げ出したいという強い衝動を我慢した。彼の方に向かって来る三人の司祭の一人が、前夜の夕食をともにしたタマス神父であるのに気づいたのだ。

彼はむりやり、みんなの方へ歩いて行った。「心の平安があらんことを」司祭と並ぶと彼は言った。

ギリシャ人司祭はユダヤ人に軽蔑《けいべつ》的な視線を走らせてから、挨拶《あいさつ》に応えもせずに自分の仲間の方へ引き返した。

彼らが通り過ぎると、リーズ出身のエッサイ・ベン・ベンジャミンは微笑みを欲しいままにした。今やもっと冷静に自信を持って、彼はトラヤヴナのラベヌが深い思案にふけって歩く時に常としたように、掌《てのひら》を右の頰《ほお》に押し当てて大股《おおまた》で歩き続けた。

《第三部》　イスファハン

第三十四章　最後の一歩

正午にキャラバンサライに行った時、外見は変化しても相変わらず自分はロブ・J・コールだというように感じていた。エルサレムに向けての大きな一行が編成中で、広い囲いのない空間は、荷を積んだラクダやロバを率いた家畜追いたち、列に荷馬車を戻そうとしている男たち、危険なほど接近して動きまわっている騎乗の人々で混乱した大渦巻きになっていた。動物たちが逆らって叫び声をあげ、せき立てる人間たちが声を荒らげていた。ノルマン人騎士たちの一行が、倉庫の北側の唯一の陰を占拠し、地面に横になって酔っぱらって通行人に暴言を吐いていた。彼らがバッフィントン夫人を殺した男たちかどうか、ロブ・Jには知るよしもなかったが、十分ありえそうで、不快な気分で一団を避けた。

彼は礼拝用敷物の束の上に座ってキャラバンの元締めを観察した。キャラバンの元締めは、元々の赤い色の痕跡《こんせき》がかすかに残る灰色の髪の上に黒いターバンを巻いた、たくましいトルコ系ユダヤ人だった。ゼヴィという名のこの男は、安全な旅の手配を助けてくれる大変重要な人物だ、とシモンは教えてくれていた。確かに、みんなが彼に頭が上がらないようだ。

「呪《のろ》われちまえ！」とゼヴィはトロい家畜追いに怒鳴った。「ここからとっとと退くんだ、ウスノロ。動物たちを連れてけ。奴《やつ》らは黒海の商人たちのあとについていくんだろ？　二回も教えてやっただろが？　行進の列の自分の場所がおぼえられないってのか、それとも割り込もうってのか、え？」

ゼヴィは商人と輸送者たちとの喧嘩《けんか》を仲裁し、キャラバンの隊長と道順について打ち合わせし、積み荷料金を勘定し、あらゆる場所にいるようにロブには思えた。

ロブが座って眺めていると、ガリガリに痩《や》せて頬《ほお》がこけた小さなペルシア人の男がにじり寄ってきた。食べ物のかけらがまだべったりとこびりついた髭《ひげ》からすると、その朝、雑穀粥《がゆ》を食べたのは一目瞭然《いちもくりょうぜん》で、そのうえ、頭には小さすぎる汚れたオレンジ色のターバンを巻いていた。

「ヘブライ人さん、どこへ行きなさる？」

「すぐにイスファハンに発ちたいと思ってる」

「ああ、ペルシアね！　旦那さん、道案内が必要さね？　わしはクム生まれ、イスファハンで獲《と》れた牡鹿じゃけ、道沿いのあらゆる石と茂みを熟知しとる」

ロブは躊躇《ちゅうちょ》した。

「他の奴らはあなたを海岸沿いの長くてつらい道に連れてっちまうよ。それからペルシアの山々を越えんだ。最短ルートのグレイトソルト砂漠を怖がって避けるからね。だがわしはまっすぐ砂漠を横切って海側にあなたを連れて行かれるよ、泥棒たちをみんな避けてね」

彼はシャルボノが良く尽くしてくれたのを思い出して、すぐにでも承諾して出発したい衝動に強く駆られた。だが、この男にはどこかうさん臭《くさ》さがあって、最後には頭を振った。

ペルシア人は肩をすくめた。「気が変わったら声をかけとくれよ、旦那。わしは道案内としちゃお買い得だ、とっても安くしとくよ」

ちょっとあとで、ロブが座っているあたりを通り過ぎていた高貴な生まれのフランス人巡礼者の一人が、よろめいて彼の方は転んだ。

「クソったれ」と彼は言って唾《つば》を吐いた。「このユダヤ野郎が」

ロブは顔を紅潮させながら立ち上がった。ノルマン人はすでに剣に手をかけているのが見えた。

突如としてゼヴィが飛んできた。「ひらにご容赦を、閣下、ここはなんとかご容赦を！　こいつのことは私にお任せください」と彼は言って、びっくりしているロブを押しのけた。

邪魔者が去ると、ロブはゼヴィの口からぺちゃぺちゃ出てくる言葉に耳を傾け、頭を振った。

「古代語は良くしゃべれません。それにフランス人のことであなたの助けも必要ありませんでした」と彼はパールシーの言葉を探しながら言った。

「何だって？　お前さん殺されてたところだぞ、若いの」

「あなたには関係ありません」

「違う、違う！　イスラム教と酔っぱらったキリスト教徒で混み合った場所では、たった一人のユダヤ人を殺しただけで蜂の子をつついたような騒ぎになっちまう。我々も殺されちまう。だから大いに私にも関係ありなんだよ」ゼヴィは猛然と彼を見つめた。「母国語をしゃべれもせず、ラクダみたいにもごもごペルシア語をしゃべって、喧嘩を買ってでようなんて、どういうユダヤ人だ？　あんた名前は？　どこから来たんだ？」

「私はエッサイ、ベンジャミンの息子です。リーズのユダヤ人です」

「いったいぜんたい、リーズってどこなんだね？」

「イングランドです」

「イギリス者だと！」とゼヴィは言った。「インギリッツに住んでるユダヤ人なんて、一度もお目にかかったこともない」

「仲間はほとんどいなくて、散りぢりになってます。共同体はありません。ラベヌも、ショウエも、マーシュギアもいません。勉強会館やシナゴグもありません。だから私たちは滅多に古代語は聞きません。私がほとんど話せないのもそのためです」

「ひどいな、自分たちの神に触れたり、母国語を耳にしたりできない場所で子供たちを育てるなんて」ゼヴィはため息をついた。「時として、ユダヤ人でいるのはつらいことだ」

イスファハンへ向かう大きなキャラバンを知らないかどうかたずねると、彼は頭を振った。

「道案内から打診されました」とロブは言った。

「小さなターバンを巻いた、汚い髭のペルシア人の下司野郎《げす》か？」とゼヴィは鼻を鳴らした。「あいつはまっすぐに、あんたを悪党どもの手中に連れていっちまうよ。持ち物を盗んで喉《のど》をかっ切って、砂漠に放ったらかしだ。あれはダメだ」と彼は言った「我々の同胞のキャラバンで行くのが一番だ」彼は長いあいだ考え込んだ。「レブ・ロンザノだ」と最後に彼は言った。

「レブ・ロンザノ？」

ゼヴィはうなずいた。「そうだ、レブ・ロンザノが良いだろう」そう遠くない場所で家畜追いたちの口論が始まり、誰かがゼヴィの名を呼んだ。彼はしかめ面をした。「あのラクダの息子どもが、あのイカれたジャッカルどもが！　今は時間がない。このキャラバンが出発したあとでまた来てくれ。午後遅く、大宿屋の裏のあばら屋にある私の事務所にな。その時にすべてのことがわかってるだろう」

＊

数時間後に戻ってくると、キャラバンサライにある彼のあばら屋でゼヴィを見つけた。一緒に三人のユダヤ人がいた。「こちらがロンザノ・ベン・エズラだ」と彼はロブに告げた。

レブ・ロンザノは中年の古参で、あきらかにリーダーだった。まだ白髪になってはいない、茶色い髪に茶色の髭をしていたが、それによって醸し出されるいかなる若々しさも、皺《しわ》のよった顔と厳しい目つきで相殺されていた。

ロエブ・ベン・コーエンとアリエ・アスカリの二人は、ロンザノより十歳くらい若いのだろう。ロエブは背が高くひょろっとして、アリエはもっとずんぐりしていかり肩だった。両者とも移動商人らしく濃く日焼けした顔をしていたが、ロブに対するロンザノの裁定を待ち受けて注意深く無表情を保っていた。

「彼らはペルシア湾を渡ってマスカットの家へと向かう商人だ」とゼヴィは言って、ロンザノの方を向いた。「さて」と彼は厳《いか》めしく言った。「この不憫《ふびん》な男は、はるか遠くのキリスト教徒の国でまったく何も知らず、異教徒《ゴイ》のように育ってきたんだが、ユダヤ人たちは同胞に対して親切だということを示してやる必要があるんですよ」

「イスファハンには何の用事があるんだね、エッサイ・ベン・ベンジャミン？」とレブ・ロンザノがたずねた。

「勉強をしに行きます、内科医になるために」

ロンザノはうなずいた。「イスファハンのマドラサだね。レブ・アリエの従兄弟《いとこ》、レブ・ミルディン・アスカリがそこの医学生だ」

ロブは熱心に身を乗り出して質問をしようとしたが、レブ・ロンザノは脇道《わきみち》にそれさせなかった。「旅の費用を支払う能力があるかね？」

「あります」

「道すがら、進んで仕事や責任を分けあうつもりはあるかね？」

「何でもします。あなたは何を商いしているんですか、レブ・ロンザノ？」

ロンザノは顔をしかめた。あきらかに、面接をしてやっているのは自分であって、ロブではないと感じているのだ。「真珠だ」と彼は不本意ながら言った。

「あなたが一緒に旅するキャラバンは、どのくらいの規模なんですか？」

ロンザノは口の端を引きつらせた微笑みで、ほのかなヒントを与えた。「我々がキャラバンなのだ」

ロブは面食らった。彼はゼヴィの方を向いた。「三人の男性で、どうやって山賊や他の危険から僕を守れるんです？」

「いいかね」とゼヴィは言った。「こいつらは旅慣れたユダヤ人なんだ。あえて冒険を冒す時と、してはいけない時を心得ている。いつ身を隠すか。途中のどんな場所にいても、どこへ保護や助けを求めに行くべきかをな」彼はロンザノの方を向いた。「どうだい、友よ？　彼を一緒に連れてってくれるか、それともダメですかい？」

レブ・ロンザノは二人の仲間たちを見た。彼らは黙ったまま、もの穏やかな表情を変えなかったが、何かを伝えあったに違いない。ロブの方を振り返った時に、彼はうなずいたからだ。

「よろしい、加わるのを歓迎する。我々は明日の夜明けにボスポラス海峡から出発する」

「馬と荷馬車と一緒にそこへ行きます」

アリエは鼻を鳴らし、ロエブはため息をついた。

「馬もだめ、荷馬車もだめだ」とロンザノは言った。「我々は長くて危険な陸上の旅を省くために、小さな船で黒海を帆走するのだ」

ゼヴィは大きな手を膝《ひざ》に乗せた。「せっかく快くあんたを受け入れてくれると言うんだ、絶好の機会だ。馬と荷馬車は売るんだな」

ロブは心を決めてうなずいた。

「良かった！」とゼヴィは穏やかな満足をたたえて言い、契約を固めるために赤いトルコ葡萄《ぶどう》酒《しゅ》を注いだ。

＊

キャラバンサライから真っすぐに厩舎《きゅうしゃ》へ向かうと、ギーッは喘《あえ》ぎながら言った。「あんたユダヤ人だったのかい？」

「ユダヤ人だよ」

この魔術師は意のままに正体を変えられる霊鬼だと確信したかのように、ギーッは恐ろしそうにうなずいた。

「気が変わったんだ、あんたに荷馬車を売るよ」

ペルシア人は馬車の価値にみあわない、さえない額を提示した。

「ダメだ、公正な値段を払うんだ」

「かわいい荷馬車はあんたがとっとけばいい。ところで、あの馬を売りたいってことなら……」

「馬はあんたへの贈り物にするよ」

ギーッは落とし穴を見極めようと、目を細めた。

「荷馬車には公正な値段を払うんだ、でも馬は贈り物だ」

彼は『馬』の所へ行って、自分に忠実に仕えてくれたことに無言で感謝し、最後に馬面をなでた。「心しておくんだ。この馬は厭《いと》わずに働くが、規則正しく十分に餌《えさ》をやって、絶対に腫《は》れ物に悩まされないように清潔に保つんだ。私がここへ戻ってきた時に、彼女が健康だったらあんたはすべて順調に行く。だがもし彼女が虐待されてでもいたら……」

彼はギーッをじっとにらみつけ、馬丁は青白くなって目をそらした。「彼女の面倒は良く見るよ、ヘブライ人さん。とっても良く面倒を見ますから!」

＊

ここ何年もの年月、荷馬車が彼の唯一の我が家だった。だから、それは床屋さんの最後のうしろ姿にさよならを言うようなものだった。

ギーッとの約束で、中身の大部分は残して置かねばならない。彼は自分の外科用道具と一揃《そろ》えの薬草、穴のあいた蓋《ふた》がついた小さな松の木のバッタ箱、武器、その他若干の物を持っていった。

荷物は最低限にまとめたつもりだったが、次の朝、まだ暗い通りを大きな布袋を抱えていくと自信がなくなった。光がネズミ色になりだした頃、ボスポラス海峡に着くと、レブ・ロンザノは背中に背負った包みを苦々しく見つめた。

彼らは眠そうな若者がたった一人でオールを漕《こ》ぐ、テイミルという船高の低い油脂加工した軽装帆船に乗ってボスポラス海峡を渡った。対岸に渡ると、あらゆる形状の船で混みあった停泊所に向かい、水辺に掘っ建て小屋が鈴なりになった町ユスキュダールに上陸した。ボスポラス海峡を通り、黒海の海岸線に沿って彼らを運ぶ船が停泊している小さな入り江まで、一時間歩くと聞いてロブはがっくりした。彼はどっしりした包みを肩にかついで、他の三人の男たちのあとについて行った。

やがて気づくと、彼はロンザノと並んで歩いていた。

「キャラバンサライで君とノルマン人の間であったことは、ゼヴィから聞いた。短気はしっかり抑えてもらわねばならん、でなければ、残りの我々を危険にさらすことになるからな」

「わかりました、レブ・ロンザノ」

彼は袋をせり上げながら長いため息をもらした。

「どうかしたかね、イギリス者？」

ロブは頭を振った。目にしょっぱい汗が流れ込みながらも、彼はずきずきする肩で包みを支え、ゼヴィの言ったことを考えて苦笑いした。

「確かに、ユダヤ人でいるのはつらいな」と彼はつぶやいた。

＊

ついに彼らはさびれた入江にたどり着き、一本マストに大きい帆と小さいの二枚の帆がかかった、幅が広くてずんぐりした貨物船が、波のうねりに上下しているのが見えた。

「何という種類の船なんですか?」と彼はレブ・アリエにたずねた。

「ケズボーイだ。優秀な船だ」

「よお!」と船長が声をかけた。彼はイリアスという日焼け顔の素朴な金髪のギリシャ人で、すいた歯を真っ白にキラリと光らせて笑っていた。彼は仕事を選ばないのだとロブは思った。すでに乗船を待っていたのは、眉毛《まゆげ》もまつ毛もない、頭を剃《そ》った九人のガリガリの男たちだったからだ。

ロンザノは不平をもらした。「ダルウィーシュ、イスラム教の物乞《ものご》い修道士どもだ」

彼らの僧服は不潔なボロ切れだった。腰のまわりに結びつけた帯状の縄からコップとパチンコをぶら下げている。額の真ん中には、汚れたタコのような黒くて丸い痕《あと》がついていた。日に五回の礼拝中に地面に頭を押しつける熱烈なイスラム教徒によくあるザビバだと、あとでレブ・ロンザノが教えてくれた。

彼らの一人、リーダーとおぼしき人物が、胸に両手を当ててユダヤ人たちにお辞儀した。

「サラーム」

ロンザノが挨拶《あいさつ》を返した。「サラーム アーレイへム」

「乗った! 乗った!」とギリシャ人が叫んだ。縄梯子《なわばしご》で船底の浅いケズボーイへ上るのを手伝ってくれる腰巻き姿の二人の若い船員が待つ場所まで、彼らはヒンヤリと歓迎するような磯波の中を歩いていった。船には甲板や構造物は何もなく、材木やピッチや塩の荷が積み込まれている単なる開放空間だった。中央の通路は乗組員が帆を操作できるように開けておくようにイリアスが言い張ったので、乗客たちにはわずかなスペースしか残っておらず、荷物が詰め込まれたあとに、ユダヤ人とイスラム教徒がたくさんの塩漬け鰊《にしん》のように一緒に押し込まれた。

二個の錨《いかり》が引き揚げられると、ダルウィーシュたちはうなり始めた。デデという名の彼らのリーダー――年老いた顔をしていて、ザビバに加えて焼いたと見られる三つの黒い痕が額にあった――は、頭をうしろへ反り返して天に向かって叫んだ。「アラー　エクビィーール」引きのばされた音は海の上を漂っている感じだった。

「ラ　イラァ　イララァ」と彼の門徒たちが合唱した。

「アラァ　エクビィール」

船は沖に向かって流され、帆を十分はためかせる風をつかんで、東の方向へ着々と進んだ。

＊

ロブはレブ・ロンザノと、額に一個だけ焼けた痕がある痩《や》せぎすの若いダルウィーシュの間に押し込まれていた。その若いイスラム教徒はやがて彼に微笑みかけ、自分の巾着《きんちゃく》を探って四個のつぶれたパンのかけらを見つけ出すと、ユダヤ人たちに分け与えた。

「僕の分は遠慮して下さい」とロブは言った。「僕はいりません」

「食べねばいかん」とロンザノが言った。「でなければ、彼らは激怒するだろう」

「上等な小麦粉で作ってあります」とダルウィーシュはペルシア語ですらすらと言った。「本当に極上のパンですよ」

ロンザノはロブをにらみつけた。どうやら彼が母国語をしゃべれないのが気にくわないのだ。若いダルウィーシュは彼らがパンを食べるのを眺めていた。凝固した汗のような味がした。

「私はメレク・アブ・イシャクです」とダルウィーシュは言った。

「私はエッサイ・ベン・ベンジャミンです」

ダルウィーシュはうなずいて両目を閉じた。ほどなく彼はいびきを立て始め、ロブは旅の知恵だと見て取った。ケズボーイで旅をするのは極めて退屈だからだ。海の風景も近接する陸地も、細部にわたるまで一つも変わらないみたいだった。

それでも、思いをめぐらせる事柄があった。なぜ海岸線の近くを航行するのかとイリアスにたずねると、ギリシャ人は微笑んだ。「浅瀬だと奴《やつ》らはここまで来られず、捕まえられないですむんだ」と彼は説明した。ロブは彼が指さす先をたどって、非常に遠く離れたところに、小さな白い膨らみを見た。それは一隻の船の大きな帆だった。

「海賊だ」とギリシャ人は言った。「奴らは、我々が沖へ吹き流されないかと手ぐすね引いてるんだ。そうしたら我々を殺して、積み荷とあんたらの金を奪うつもりなんだ」

太陽が高く昇るにつれ、不潔な身体の悪臭が船の中の空気を支配し始めた。たいていの時間は海風で散らされていたが、そうでない時には際立って不快だった。それはダルウィーシュたちから漂うのだと彼は判断し、メレク・アブ・イシャクから身体を放そうと努めたが、逃れる場所はどこにもなかった。だが、イスラム教徒と旅する利点もあった。日に五回、彼らがメッカの方角へひれ伏すことができるように、イリアスは岸にケズボーイ船を寄せたからだ。こうした合間はユダヤ人たちにとって、陸上で急いで食事したり、慌てて茂みの陰で用を足したりする絶好の機会だった。

イングランド人である彼の肌は、旅のあいだに日焼けして久しかったが、今や太陽と塩がなめし革へと硬化させているのを感じた。夜の帳《とばり》が落ちると太陽光がなくてありがたかったが、座っていた人々は眠るとすぐに垂直の体勢を崩してしまい、彼は右側で騒々しく眠りこけるメレクと、左側でぼんやりまどろむロンザノのだらっとした重みにはさまれてしまった。ついに我慢しきれなくなると、彼は肘鉄《ひじてつ》を食らわせ、両側から強烈な呪《のろ》いの言葉を浴びせられた。

ユダヤ人たちは船の中で祈った。ロブは毎朝みんなが祈る段になると、トラヤヴナの納屋で縄で練習したように革ひもを左腕のまわりに巻きつけて、テフィランをつけた。彼は革ひもを四本の指に巻いて、膝《ひざ》に頭を覆いかぶせるようにして、自分が何をしているのか本人もわかっていないことを誰にも気づかれないように願った。

上陸と上陸のあいだ、デデはダルウィーシュたちを船上で祈らせた。

「神は最も偉大なり！　神は最も偉大なり！　神は最も偉大なり！」

「我が神の他に神はいないと誓います！　我が神の他に神はいないと誓います！」

「マホメットは神の預言者だと誓います！　マホメットは神の預言者だと誓います！」

自分たちは貧困と信心に生きることを誓った、マホメットの床屋を意味するセルマン教団のダルウィーシュたちだと、メレクはロブに教えてくれた。彼らがまとっているボロ布は、贅沢《ぜいたく》な世界への拒絶を表しているのだ。それらを洗うことは信仰の放棄を意味し、それが悪臭の理由だ。全身の毛を剃ることは、神と僕《しもべ》とのあいだのベールを取り除くことを象徴している。縄の帯に下げたコップは瞑想《めいそう》の深い源泉の印で、パチンコは悪魔を追い払うためだ。額の火傷《やけど》は悔悛《かいしゅん》を助け、見知らぬ人にパンのかけらをあげるのは、大天使ガブリエルが楽園のアダムにパンを渡したからだ。

彼らはジアーレット、すなわちメッカの高徳な霊廟《れいびょう》への巡礼の最中なのだ。

「どうして朝、腕に革を巻きつけるんですか？」とメレクは彼にたずねた。

「主の戒律だからです」と彼は言って、申命記でいかにその指示がなされているかをメレクに教えた。

「なぜ、いつもではなく時々、祈る時に肩掛けを羽織るんですか？」

彼はほとんど答がわからなかった。トラヤヴナのユダヤ人たちを観察して、ただ表面上の知識を仕入れたにすぎなかったのだ。彼は質問される苦悶《くもん》を隠そうと闘った。「口に出すのをはばかる方、神聖なる方が、これらのことをするように我々に指示されたからです」と彼がおごそかに言うと、メレクはうなずいて微笑んだ。

ダルウィーシュの方から顔をそらすと、重くかぶさったまぶたの下から自分を注視しているレブ・ロンザノと目があった。

第三十五章　塩

　最初の二日間は穏やかで気楽だったが、三日目に風が勢いづき、海が荒れた。イリアスはたきつける波と海賊船の脅威のあいだで、たくみにケズボーイ船を維持した。日没時には、なめらかな黒い姿が血のように赤く染まった海水から浮かび上がり、体を曲げて船の横や下に突進した。ロブは身震いして心底恐怖を感じたが、イリアスは笑って、それらはイルカで、無害で遊び好きな生き物だと言った。

　夕暮れになる頃には、大波が上下に険しい谷間を描き、船酔いが旧友みたいに再発した。ロブの吐き気は鍛えられた船員たちにさえも伝染し、ほどなく船はムカついて込み上げながら自分たちの災いを終わらせてくれるように様々な言葉で神に祈る、男たちでいっぱいになった。あまりのひどさに、ロブは陸に置いていってくれるように請うたが、レブ・ロンザノは頭を振った。

「イリアスはもはや、イスラム教徒たちに陸で祈らせないだろう。ここにはトゥルクメン族がいるからだ」と彼は言った。「奴《やっ》らに殺されなかったよそ者は、みな奴隷にされる。奴らのテントには一生鎖につながれ虐待された不運な人間が、一人や二人は必ずいるんだ」

　ロンザノは大柄の二人の息子たちと一緒に、ペルシアに小麦のキャラバンを進めようと試みた自分の従兄弟《いとこ》の話をした。「彼らは捕まってしまった。縛り上げられて、自分たちの小麦の中に首の所まで埋められたまま飢え死にさせられた。ぞっとしない死に方だ。最後にトゥルクメンたちは、ユダヤ人の埋葬を望む我々家族にやせ衰えた死体を売りつけたんだ」

そこでロブは船に残り、悪夢が何年も続くような、果てしない四日間を過ごした。

コンスタンチノープルを発って七日後、イリアスは四十軒ほどの家が密集した、小さな港にケズボーイ船を入港させた。家のいくつかは倒れそうな木造建築だったが、大部分は日干し煉瓦で建てられていた。荒れ果てた港町だが、ロブには神の助けで、そのあと常に感謝の念でリゼの町を思い出すことになった。

「イムシャラ！　イムシャラ！」ケズボーイ船が桟橋に触れると、ダルウィーシュたちは声を大にして叫んだ。レブ・ロンザノは祈りを暗誦《あんしょう》した。浅黒くなった肌に、細くなった身体、そしてへこんだ腹をして、ロブは船から飛び降りて、波打つ地面を注意深く歩き、大嫌いな海から離れた。

＊

デデはロンザノにお辞儀をし、メレクはロブに目をしばたかせて微笑《ほほえ》むと、ダルウィーシュたちは去っていった。

「行こう」とロンザノが行った。ユダヤ人たちは、どこへ行くかわかっているように、とぼとぼ歩き出した。リゼは哀れを誘う場所だった。黄色い犬たちが走り出てきて彼らに吠《ほ》えた。クスクス笑っている目がただれた子供たち、覆いのない火の上で何かを料理しているだらしない格好の女性、恋人たちのように寄りそって日陰で寝ている二人の男の前を通り過ぎた。彼らがそばを通り過ぎると、一人の老人が唾《つば》を吐いた。

「彼らの主な商売は、船で到着して引き続き山を抜けて行く人々に、家畜を売ることなんだ」とロンザノは言った。「ロエブは獣について完璧《かんぺき》に熟知しているから、彼が全員の分を買う」

そこでロブはロエブに金を託し、やがて彼らはロバとラバを囲った大きな畜舎の隣の小さなあばら屋にやってきた。卸売り業者は斜視の男だった。左手の三番目と四番目の指がなくて、誰かがやっつけ仕事で粗雑に切断してあったが、付け根は残っていて、ロエブに点検させるために端綱を引っぱって動物たちを選《よ》り分けるのには役に立っていた。

ロエブは値切ったり文句をつけたりはしなかった。ほとんど動物に一瞥《いちべつ》もくれないこともあった。時々、立ち止まって目や歯、背中の出っ張った骨や飛節《ひせつ》を調べた。

彼は一頭のラバだけを買いたいと言い、売人は提示額に息を殺した。「ぜんぜん足りん！」と彼は怒ったように言ったが、ロエブが肩をすくめて立ち去ろうとすると、不機嫌な男は引きとめて金を受け取った。

別の卸売り業者で、彼らは三頭買った。三番目に訪れた業者は、彼らが連れていた獣を長いこと見て、ゆっくりとうなずいた。彼は群れから動物を選り分けた。

「彼らはお互いの家畜のことを知っているから、ロエブが一番良いのしか買わないのを見て取ったんだ」とアリエが言った。ほどなくしてユダヤ人一行の四人のメンバー全員が、強靭《きょうじん》で丈夫な小さなロバを、そして荷役動物として強いラバを一頭手に入れた。

＊

すべてが順調に進めば、イスファハンまでたった一ヶ月の旅だとロンザノは言い、それを知ってロブは新たな力が湧《わ》いた。彼らは一日かけて海岸沿いの平地を横切り、三日かけて前山に分け入った。それからもっと高い丘陵に入った。ロブは山が好きだが、ここの山々は葉類がまばらで、乾燥して岩がゴロゴロしていた。「一年の大部分、ここには水がないからだ」とロンザノは言った。「春に荒々しく危険な洪水が起こるが、それから残りの時間は乾燥している。湖があってもほぼ塩水になっているが、我々はどこで真水が見つかるかわかっている」

朝、彼らは祈り、そのあとでアリエが唾《つば》を吐いてロブに軽蔑《けいべつ》のまなざしを向けた。「何にも知らねえじゃねえか。お前は馬鹿な異教徒《ゴイ》なんだよ」

「馬鹿はお前だ、それにその下司《げす》野郎みたいな口のきき方は何だ」とロンザノがアリエに告げた。

「テフィランのつけ方すら、ろくに知らないんだぞ！」とアリエはぶすっとして言った。

「彼は異邦人たちのあいだで育ってきたんだ、知らないことは我々が教えてやる好機だ。私、マスカットのレブ・ロンザノ・ベン・エズラ・ハ＝レヴィが、同胞たちの流儀のいくつかを彼に教えてやるからな」

ロンザノは聖句箱の正しいつけ方をロブに示した。革ひもは、ヘブライ語のアルファベットでシンと描くように上腕に三回巻きつけ、それからさらにダーレスとユドゥという二文字を描くように前腕へ七回巻き下げて、掌《てのひら》を渡し、指のまわりに巻いて、口に出すのがはばかれるお方の七つの呼び方の一つ、シャダイという字を作るのだ。

巻きつけながら、ホセア書二章二十一―二十二節からの一節を祈る。

『私はいつまでも、おまえを私に結びつけ、正義と、公正と、愛と慈しみにおいて……信実を持ってあなたとの契りを結び、こうしてお前は主を知るに至る』と。

それらを真似ながら、ロブは身震いを感じ始めた。ユダヤ人の格好をしていても信仰には忠実なままでいると、イエスに誓っていたからだ。ユダヤ人だったキリストは、生きている間に数え切れないほど、こうした同じ祈りを唱えながら聖句箱をつけたに違いない。そう思い起こすと、重々しい気分が晴れて畏《おそ》れも消えた。彼はロンザノのあとに習って言葉を復唱する一方で、腕に巻いた革ひもが手を紫色に変色させる様子が、非常に興味深かった。それはきつく縛ったことで血液が指で停滞していることを示し、彼は血液がどこから流れ始めて、ひもを取りはずした時に手からどこへ向かうのか、不思議に思った。

「それからもう一つ」とロンザノが聖句箱をはずしながら言った。「母国語ができないからと言って、神の導きを求めるのを怠ってはいけない。もし規定された嘆願文を口にすることができないのなら、せめて全能の主のことを考えるようにと書かれているのだ」

＊

彼らは威勢のいい眺めではなかった。背が小さくない男性がロバに乗ると、相当釣り合いが崩れるからだ。ロブの足はほとんど地面を擦りそうだったが、ロバは長い距離、彼の体重をやすやすと乗せていられるうえに機敏で、山岳を登ったり下ったりするのにまさに打ってつけだった。

彼にはロンザノのペースが合わなかった。リーダーはイバラの鞭《むち》を持って、ロバの脇腹《わきばら》を軽くたたいてせき立て続けたからだ。

「何でそんなに急ぐんです？」とついに彼は不平を言ったが、ロンザノは振り向きもしなかった。

答えたのはロエブだった。「この近くには邪悪な人々が住んでるんだ。奴《やつ》らは旅人と見れば殺すし、特にユダヤ人を憎悪してるんだ」

経路はすべて彼らの頭の中に入っていた。ロブは何もわかっておらず、他の三人に何か災難が降りかかったら、この荒涼とした敵意のある環境を生きのびられるか疑わしかった。進路は、トルコ東部の暗くのしかかるような頂きの間を、くねくねと縫って険しく上下した。五日目の午後遅く、岩がゴロゴロした岸の間を陰鬱《いんうつ》に流れる小さな小川にたどり着いた。

「コルー川だ」とアリエは言った。

ロブの水筒の水はほとんど空だったので、川の方へ向かい始めるとアリエが頭を振った。

「しょっぱいだろうが」と彼は、まるで知っていて当然というふうに辛辣《しんらつ》に言い、ロバを進めた。

日暮れに峠を越えると、山羊の世話をしている少年に出会った。彼はみんなを見て跳ぶように逃げ去った。

「あとを追いかけようか?」とロブは言った。「我々がここにいるのを、山賊に知らせに走ったのかもしれない」

今回はロンザノは彼を見て微笑み、ロブはその顔から緊張感が消えているのに気づいた。

「あれはユダヤ人の少年だよ。我々はベイバートにやってきたんだ」

その村は百人にも満たず、三分の一はユダヤ人だった。彼らは山腹に築いた頑丈で高い壁の向こうに住んでいた。彼らが到達する頃には門は開けられていた。彼らが入ると、門は背後ですぐに閉じられ門がかけられた。ロバを降りると、彼らはユダヤ人街の壁の内側の安全と歓待を享受した。

「シャローム」とベイバートのラベヌが何の不思議もなさそうに言った。ロバに乗るように完《かん》壁《ぺき》に生まれついたかのような、小さな男だった。たっぷり髭《ひげ》を蓄えた口元に、思慮深そうな表情が浮かんでいた。「シャローム　アーレイヘム」とロンザノが言った。

ロブは、トラヤヴナでユダヤ人の旅行のシステムについて教えてもらったが、今、身をもって体験していた。少年たちが面倒をみるために彼らの動物を連れ去り、他の少年たちは町の井戸で新鮮な水を満たすために彼らの水筒を集めた。女たちは身体をふけるように濡《ぬ》れた布を持ってきて、夕べの礼拝《マーリヴ》で町の男たちとシナゴグで会する前に、焼きたてのパンとスープと葡萄《ぶどう》酒《しゅ》でもてなした。祈禱《きとう》のあとで、彼らはラベヌと何人かの町の指導者たちと一緒に座った。

「あなたの顔は見たことがあります。違いますか？」とラベヌはロンザノに言った。

「以前にもあなた方の歓待を受けました。兄弟のアブラハムと、今は亡き我が父エレミア・ベン・ラベルとともに六年前に訪れました。我が父は腕にできた小さなひっかき傷をとがめて、毒が体にまわり四年前に亡くなりました。いと高き方の思し召しです」

ラベヌはうなずいて、ため息混じりに言った。「安らかであれ」

白髪混じりのユダヤ人が、顎《あご》をさすると熱心に口を差しはさんだ。「もしかして、私をおぼえてますか？　ベイバートのヨセル・ベン・サミュエルですが？　マスカットであなたのご家族のもとに滞在しました、この春で十年になりますが。黄銅鉱を積んだ四十三頭のラクダのキャラバンを連れて行き、あなたの伯父《おじ》さん……イッサカルでしたか？……が精錬業者に売って、私が持って返る海綿の荷を安く仕入れさせてくれたんですよ」

ロンザノは微笑んだ。「私の伯父エヒールですね。エヒール・ベン・イッサカル」

「エヒール、そうでした！　エヒールですよ。彼は元気ですか？」

「私がマスカットを発つ時には元気にしていました」とロンザノは言った。

「さて」とラベヌが言った「エルズルムへの道はトルコ人山賊に支配されておる。彼らの歩みに、あらゆる形の大災害と天罰がつきまとうことを願うのみじゃ。彼らは気の向くままに人を殺し、身代金を要求しとる。あんた方は一番高い山々の小道を通って、彼らを避けて行かねばならん。道に迷う心配はない、我々の若者の一人が案内するからの」

そうして次の日の朝早く、彼らはベイバートを発ってすぐ、旅人が広く利用するわだちをそれて、場所によっては数フィートの幅しかなく、山腹へと切り立った急斜面になった石ころだらけの道を、足元に注意してゆっくり進んでいった。彼らが安全に太い道筋に戻るまで、道案内は一緒に来てくれた。

その次の日の夜、彼らはカラコスにいた。そこには強力な将軍アリ・ウル・ハミッドに庇護《ひご》されている若干の、裕福な商人たちのユダヤ人家族しかいなかった。ハミッドの城は町を見下ろす高い山の上に七角形に築かれていた。マストを撤去したガリオン船艦の形をしていた。水はロバに積んで町から要塞《ようさい》に運ばせ、包囲された場合のために貯水槽は常にいっぱいにしてあった。ハミッドの庇護《ひご》に対するお返しに、カラコスのユダヤ人たちは城の倉庫をキビと米で満たしておくように誓約させられていた。ロブと三人のユダヤ人たちはハミッドを一目も見ることなく、カラコスを喜んで旅立った。たった一人の力を持つ男の気まぐれに、自分たちの安全がゆだねられている場所に長居はしたくなかったのだ。

彼らはきわめて危険で困難な領域を通過していったが、旅行網はうまく機能していた。夜ごとに新鮮な水の補充と美味《おい》しい食事と雨露をしのぐ場所、それにこれから向かう地方についての助言を受けた。

金曜日の午後、彼らは小さな山腹の村イグディルに着き、安息日に旅を続けないですむように、ユダヤ人たちの小さな石造りの家のあるその村に一日余分に滞在した。イグディルでは果物がとれて、彼らはブラックベリーと砂糖漬けにされたマルメロをたらふく食べた。アリエですらくつろぎ、ロエブは愛想良く、東方のユダヤ人商人たちがしゃべらずに交渉をすすめる際の秘密の手話言語を、ロブに見せてくれた。「両手でするんだ」とロエブは言った。「まっすぐな指は十、曲げた指は五を表すんだ。一本だけ立てて握るのは一で、広げた手は百、拳《こぶし》は千と見なされる」

朝イグディルを発つと、彼とロエブは並んでロバを進め、両手で黙って取り引き交渉を行い、時を忘れてありもしない船荷の交渉をしたり、香辛料や金や王領地の売り買いをした。進路は岩が多くて困難だった。

「アララト山からそう遠くないな」とアリエは言った。

ロブは、そびえ立つ頂と干からびた地面をしみじみ見た。「何がノアに、箱船から出ようなんて考えを起こさせたんだろう?」と彼は言い、アリエは肩をすくめた。

次の町ナジクで、彼らは手間どった。共同体は大きな岩の多い渓谷いっぱいに築かれ、八十四人のユダヤ人とおそらく三十倍のアナトリア人が住《す》んでいた。「この町でトルコ人の結婚式があるんじゃ」と、なで肩に強い目つきをした痩《や》せぎすの老人ラベヌから告げられた。「彼らはすでに祝宴を始めていて、たちの悪い興奮状態にある。我々はユダヤ人地区をよう離れられんのじゃ」

受け入れ側は四日間、彼らをユダヤ人地区に閉じこめ続けた。地区にはたくさんの食糧と美味《お》しい井戸があった。ナジクのユダヤ人たちは愉快で丁寧で、猛烈な太陽が照っていたにもかかわらず、旅人たちは涼しい石造りの納屋の清潔なわらの上で寝た。町の方から、喧嘩《けんか》や酔っぱらいの戯言《ざれごと》や家具が壊される音がきこえ、一度など、壁の向こう側からユダヤ人たちの頭上に石の雨が降ってきたが、誰も怪我《けが》をせずにすんだ。

四日目の終わりにはすべてが静かになり、ラベヌの息子の一人が危険を冒して外へ出て行くと、トルコ人たちは野蛮な祝宴のあとで疲れ果て、御しやすくなっていた。そこで次の朝、ロブは三人の仲間と一緒にいそいそとナジクをあとにした。

道沿いにユダヤ人の居住地や保護のまったくない土地を通る行程が続いた。ナジクを発って三日目の朝、彼らはひび割れた白い泥の広い外辺部に囲まれた、大水域を擁した台地にやってきた。彼らはロバから降りた。

「これがウルミエ湖だ」とロンザノはロブに教えた「浅い塩水の湖だ。春には山腹から何本もの流れが鉱物をここへ運んでくる。だが湖には小川が注いでいないから、夏の太陽が水を渇かして淵のまわりに塩を残すんだ。塩をひとつまみ取って舌に乗せてみろ」

彼は用心深く舐《な》めて、顔をしかめた。

ロンザノはニヤッと笑った。「今ペルシアを味わってるんだぞ」

意味を理解するのに一瞬かかった。「僕たちはペルシアにいるんですか？」

「そうだ。ここが国境だ」

彼はがっかりした。こんなところへ旅するために長い時間を費やしたなんて。ロンザノは察しが鋭かった。「心配するな、イスファハンには魅了されるぞ、私が保証する。さあロバに乗りなおそうか、先はまだ長いぞ」

だが何より先に、ロブはウルミエ湖に小便をして、『イングランドの特製品』をペルシアの塩気にお見舞いした。

第三十六章　狩人

アリエはロブへの嫌悪をあらわにした。ロンザノとロエブの前では用心深く言葉に気をつけているが、他の二人が声の届かない所にいる時には、ロブに対する物言いは皮肉っぽくなりがちだった。他の二人のユダヤ人たちに話しかけている時でさえ、愉快というにはほど遠かった。ロブは彼より大きくて強かった。時折、アリエを殴りそうになるのを必死に抑えた。

ロンザノは察しが鋭かった。「彼のことは無視したまえ」と彼はロブに告げた。

「アリエは……」ろくでなし、と言うペルシア語をロブは知らなかった。

「故郷でも、アリエは陽気なたちの男ではなかったが、旅人になりきる気概がないんだ。マスカットを出発する時、彼は結婚して一年にも満たず、息子が生まれたばかりで離れたくなかったんだ。それ以来ずっと不機嫌なんだ」と彼はため息をついた。「まあ、私たちはみんな家族がいて、家を遠く離れて旅人として生きるのはつらいものだ、特に安息日や聖日にはな」

「マスカットを離れてどれくらいになるんですか？」とロブはたずねた。

「今回は二十七ヶ月だ」

「こうした商人の生活がそんなに厳しくて孤独なら、なぜ続けてるんです？」

ロンザノは彼を見つめた。「ユダヤ人は、こうして生きのびてきたんだ」と彼は言った。

＊

彼らはウルミエ湖の北東の端をまわり、ほどなくして、ふたたび高く土の露出した山々に入った。彼らはタブリーズとタキスタンでユダヤ人たちとともに一夜を過ごした。ロブには、こうした場所とトルコで目にしてきた村との区別がほとんどできなかった。どれも、ごつごつした岩の瓦礫《がれき》の上に築かれた荒涼とした山間の町で、人々が日陰で眠り、共同井戸の近くを山羊たちがうろついていた。カシャーンもそれと同じだったが、カシャーンには門にライオンがいた。

本物のでっかいライオンだ。

「これは有名な獣で、鼻から尻尾《しっぽ》の先まで、指の差し渡し四十五個分あるんだ」とロンザノはまるで自分のライオンのように誇らしげに言った。「二十年前に、現在の統治者の父親、アブダラ王によって殺された。七年間にわたってこの地方の家畜を荒らしまわった揚げ句、とうとうアブダラが追跡して殺したんだ。カシャーンでは、この狩りの記念日を毎年祝うんだ」

今やライオンは目のかわりに乾燥した杏《あんず》と、舌に見立てた赤いフェルト切れをつけていて、ボロ切れや干し草が詰められているのだ、とアリエは軽蔑《けいべつ》するように指摘した。一群の苔《こけ》が太陽の日差しで硬くなった生皮をむしばみ、ところどころ毛が抜けていたが、脚は支柱のようで、歯も元のままでランセットの刃のように大きくて鋭く、ロブはそれに触れて震えを感じた。

「こんな奴《やつ》には、遭遇したくないな」

アリエは傲慢《ごうまん》な笑い方をした。「たいていの男たちはライオンにお目にかかることなく、人生を終えるんだぜ」

カシャーンのラベヌは、砂色の髪と髭《ひげ》を蓄えた、ずんぐりした男だった。名前はダビデ・ベン・サウリで、まだ若いにもかかわらず、すでに律法学者としての誉れ高いのだとロンザノは言った。彼はロブが見た最初の、ユダヤ人の革帽子のかわりにターバンを巻いたラベヌだった。彼が口を開くと、ロンザノの顔に心配そうな皺《しわ》が戻った。

「山岳を抜けて南へルートを取るのは危険だ」とラベヌは彼らに告げた。「前途にはセルジュク朝の強力な軍勢がいる」

「セルジュク人って何なんです？」とロブは言った。

「町ではなくテントで暮らす遊牧民だ」とロンザノは言った。「殺人者で凶暴な戦士たちだ。ペルシアとトルコの間の、国境の国々に攻め入っているんだ」

「山岳を抜けることはまずできない」とラベヌが沈んだ口調で言った。「セルジュク兵は山賊より狂気じみているからな」

ロンザノは、ロブとロエブにアリエを見た。「では、我々には二つの選択肢しかないな。ここカシャーンに留《とど》まってセルジュクとの問題が通り過ぎるのを、何ヶ月も、ことによると一年かもしれんが、とにかく待つか、山脈とセルジュクをよけて、砂漠と森を通ってイスファハンに近づいていくかだ。私は、あのカヴィール砂漠を旅したことはないが、他の砂漠は越えたことがあるからひどい場所なのはわかっている」彼はラベヌの方を向いた。「砂漠を横切ることはできますか？」

「カヴィール砂漠を全部横切る必要はありませんよ。とんでもない」とラベヌはゆっくりと言った。「端を横切って近道をすれば良いんです、三日の旅です、まず東に、それから南に進むんです。そうだ。時々そうするんですよ。行き方をお教えできます」

四人はお互いをじっと見た。最後に物静かなロエブが、重い沈黙を破った。「一年もここにいたくはないな」と彼は全員の気持ちを代弁して言った。

＊

各々が大きな山羊皮の水入れ袋を買って、カシャーンを発つ前に水を満たした。いっぱいになるとそれは重かった。「三日間に、こんなに多くの水が必要なんですか？」とロブはたずねた。

「事故はいつでも起こる。もっと長い時間、砂漠にいることになるかもしれん」とロンザノは言った。「それに自分の獣たちと水を分け合わなければならないんだ。我々はラクダではなく、ロバやラバをカヴィール砂漠に連れていくんだからな」

カシャーンからの道案内人は、道からほとんど見えない脇道《わきみち》が枝分かれする地点まで、年取った白い馬に乗って彼らと一緒に来た。カヴィール砂漠は粘土の畝《うね》で始まり、山を越えて移動するよりも楽だった。最初、彼らは思ったよりも速く進み、しばらくのあいだ元気が良かった。地面の性質があまりにも徐々に変化したので彼らは油断していたが、正午になる頃には、太陽が真鍮《しんちゅう》のように襲いかかり、動物の蹄《ひづめ》が沈んでしまうほど細かくて深い砂を苦心して進んでいた。全員がロバの背を降りて、男と獣たちは同じくらい惨めに、もがきながら前へ進んだ。

砂の海が見渡すかぎり遠くまで、あらゆる方角に広がっていて、ロブは夢を見ているようだった。時には怖れおののく海の大波のように丘を形作っていて、他の場所は静止した湖の平らでなめらかな水面のようで、ただ東風にさざ波を立てられるのみだった。生命は何も見つからず、空には鳥もおらず、地面には甲虫や線虫もいなかったが、午後にはイングランドの田舎家の裏にぞんざいに置かれた、焚《た》き木の山のように積み上がった白骨に通りかかった。遊牧民族が集めた動物や人の遺骨が、基準点としてそこに積まれているのだとロンザノが教えてくれた。こんな場所に平気でいられる遊牧民の存在は脅威で、彼らは自分たちの動物を静かにさせておこうと努めた。しんとした空気の中、ロバの鳴き声がどれだけ遠くまで伝わっていくかわかっていたからだ。

塩の砂漠だった。時折、彼らが歩いていく砂は、ウルミエ湖の岸のような塩の沼の間をうねっていた。六時間におよぶそうした行進は、彼らを徹底的に消耗させ、太陽の前に浅く影を落とす小さな砂丘にやってくると、人も獣も、他より冷たい源泉に入り込もうと一気に押し寄せた。一時間ほど影で過ごすと、日暮れまでふたたび歩みを進められた。

「もしかしたら、夜に移動して、日中は寝た方が良いんじゃないかな」とロブは示唆《しさ》した。

「ダメだ」とロンザノが素早く言った。「私が若い頃、父と二人の伯父《おじ》と四人の従兄弟《いとこ》たちと一緒に、ルート砂漠を横切ったことがある。死者が安らかにならんことを。ルート砂漠はこれと同じ塩の砂漠だ。我々は夜に移動しようと決めたが、すぐに困難にぶち当たった。暑い季節のあいだ、塩水湖と沼地はすぐに渇き、そうした地表に固い外皮を残すんだ。人や動物はその外皮を通り越しているのだ。時にはその下に、塩水や流砂があるんだ。夜に進むのは危険すぎる」

彼はルート砂漠での青年時代の体験について、質問に答えようとせず、ロブも触れない方がよい話題だと察して無理強いはしなかった。

夜の帳《とばり》が落ちると、彼らは塩っぽい砂の上に座ったり寝そべったりした。日中に彼らを焼きつけた砂漠は夜には寒くなった。燃料もなかったし、敵意に満ちた目に見つからないように火を点《つ》けようとは思わなかった。ロブは不穏な気分にもかかわらず、あまりに疲れていたので深い眠りに落ち、明け方まで起きなかった。

カシャーンではありあまるほどに思われた水が、乾燥した荒野でだんだんと減ってきた事実に圧倒された。彼はパンの朝食を食べながら、ほんの数口だけに抑えて、二頭の動物たちにはるかにたくさん飲ませた。彼はユダヤ人の革帽子に動物のぶんを注いで、彼らが飲むあいだ持っていてやって、飲み終わると自分の熱い頭に湿った帽子を乗せ、爽快感《そうかいかん》を愉《たの》しんだ。

根気強く、とぼとぼ歩く一日となった。太陽が昇りきると、ロンザノは聖書からの一節を歌い始めた――昇れ、輝け、汝《なんじ》の光が現れれば、主の栄光は汝の上に昇るだろう――他の者たちは一人ずつ反復句を見つけ出し、しばらくの間みんなは渇いた喉《のど》で神を讃えた。

やがて妨害が入った。「騎馬民族がやってくるぞ！」とロエブが叫んだ。

はるか南の彼方に、大群によって巻き上げられているとおぼしき砂煙が見えて、ロブはあの骨の旅行標識を残した砂漠の民ではないかと怖れた。だが視界が近くに届いてくると、それはただの砂煙だとわかった。

その頃には、熱い砂漠風が彼らに届き、ロバやラバは本能的な知恵で背を向けた。ロブはできるかぎり獣たちのうしろにうずくまり、彼らの上を風が騒々しく吹き抜けた。風は砂と塩を運んできて、熱い灰の粉のように彼の肌を焦がした。空気までもが前よりもどんよりと重苦しくなり、男たちと動物は、嵐《あらし》が指二本分の厚さの砂と塩で覆って、彼らを地面と同化させていくあいだ、根気強く待った。

＊

その夜、彼はメアリー・カレンの夢を見た。彼は、新たな落ち着きをたたえて彼女と座っていた。彼女の顔は幸せそうで、その充足感は自分がもたらしたのだという思いで彼は嬉《うれ》しかった。彼女は刺繡《ししゅう》を始めた。どうしてなのか本人も理解できないまま、彼女が実はママだということが判明して、九歳の時分以来忘れていた沸き上がるような暖かさと、庇護《ひご》される安心感をおぼえた。

それから目が覚めて、いがらっぽく咳払《せきばら》いをして唾《つば》を吐いた。口にも耳にも砂と塩が入っていて、起き上がって歩くと研磨剤のように尻《しり》のあいだでこすれた。

三日目の朝だった。ラベヌ・ダビデ・ベン・サウリは東に二日、それから南に一日歩くようにロンザノに指示していた。彼らはロンザノが東だと思った方角へ進んできて、今、ロンザノが南だと思った方角へ向きを変えた。

ロブは東と南の区別も、北と西の区別もつかなかった。もしロンザノが精密に南や東を把握してはいなかったら、あるいはカシャーンのラベヌの説明が正確でなかったとしたら、自分たちはどうなってしまうのだろうかと自問した。

彼らが横切ろうと出発したカヴィール砂漠の一部は、大海原の中の入江のようなものだ。砂漠本体は広大すぎて、彼らには渡りきれない。

入江を横切っているかわりに、カヴィール砂漠の真ん中へ一直線に向かっているとしたら、どうなる？

それが事実だとしたら、僕らはお仕舞いだ。

ユダヤ人の神様が、偽りの姿に身を隠した自分の命を奪おうとしているのではないか、という疑念が浮かんだ。だがアリエは、ちっとも好ましくはないが邪悪ではないし、ロンザノとロエブは二人とも最高に善良だ。彼らの神様が、たった一人の異邦徒《ゴイ》の罪人をこらしめるために、全員を滅ぼすなんて論理的ではない。

絶望的な予測を心に抱いていたのは彼一人ではなかった。気分を察して、ロンザノはふたたびみんなに歌わせようと試みた。だが反復句の部分できこえるのはロンザノの声だけで、結局、彼も歌うのをやめた。

ロブは自分の動物のため、乏しい最後の水の分け前を注いで、帽子から飲ませた。

彼の革製の瓶に残ったのは、およそ六つ口分の水だけだった。自分たちがカヴィール砂漠の端に近づいているのなら問題はないが、間違った方角に旅しているのなら、こんな少量の水では死をまぬがれるには足りない。彼は論理的に判断を下した。

そこで彼は水を飲んだ。むりやりちびちび飲むようにしたが、あっというほどの短時間でなくなってしまった。

山羊皮が空になるやいなや、これまでに増して喉《のど》の渇きに激しく苛《さいな》まされ始めた。飲み下した水が内部で沸騰しているみたいで、続いてひどい頭痛がしてきた。

彼は自分で歩こうと決意したが、足元がふらついているのに気づいた。もうダメだ、と彼は戦慄《せんりつ》とともに悟った。

ロンザノは猛烈な勢いで手をたたき始めた。「アイ、ディ・ディ・ディ・ディ・ディ・ディ、アイ、ディ・ディ、ディ！」と彼は歌って踊り出し、頭を振って、くるくる旋回し、歌のリズムに合わせて腕と膝《ひざ》を持ち上げた。

ロエブの目が怒りの涙でキラキラ光った。「やめろ、この馬鹿野郎！」と彼は怒鳴った。だが、たちまち顔をしかめると歌と手拍子に加わり、ロンザノのあとについてはしゃぎまわった。

それからロブが。さらに気むずかしいアリエまでも。

「アイ、ディ・ディ・ディ・ディ・ディ、アイ、ディ・ディ、ディ、ディ！」

彼らは渇いた唇で歌い、もはや感覚のない足で踊った。結局、彼らは沈黙に陥り、狂ったような練り歩きもやんだが、自分たちは実際に迷ってしまったかもしれないという可能性をあえて直視せずに、しびれた足を次々に動かしてトボトボ歩き続けた。

午後早く、雷の音が聞こえ始めた。前触れの雨がぽつぽつ降り出すずいぶん前から、遠くの方でゴロゴロ鳴った。そのすぐあとに、一頭のガゼルを目にし、それから二頭の野性のロバを見た。

彼らの動物たちはふいに歩調を速めた。獣たちは行く手にあるものを嗅《か》ぎつけて、足を急いで動かし、それから自発的に速足になった。男たちはロバの背にまたがり、三日間にわたって格闘してきた砂の最果ての境界を越えた。

＊

陸地は、最初はまばらな自生からもっと新緑へと、徐々に平原に変わっていった。日暮れ前には、葦《あし》が生えてツバメたちがくちばしを突っ込んだり旋回したりしている池にやってきた。

アリエは水を味見してうなずいた。「大丈夫だ」

「動物たちに一度に飲ませすぎないようにするんだ、病気になってしまうからな」とロエブは警告した。

　彼らは用心して動物たちに水をやり、木につないでから、自分たちも水を飲んで服を大急ぎで脱ぎ捨て、葦のあいだに身体を沈めた。

「ルート砂漠にいた時、仲間を失ったんですか？」とロブは言った。

「従兄弟《いとこ》のカルマンを失った」とロンザノは言った。「二十二歳だった」

「塩の外皮に落ちてしまったんですか？」

「いいや。自制心を失って、自分の水を飲み干してしまった。それで水分が欠乏して死んだんだ」

「安らかであらんことを」とロエブは言った。

「渇きで死んでいく人の症状は、どんなです？」

　ロンザノはあきらかに気分を害した。「そんなこと、考えたくもない」

「僕は内科医になるつもりだからたずねたんです。単なる好奇心からじゃありません」とロブは言って、反感を抱いて自分をにらみつけているアリエの方を見た。

　ロンザノは長いこと引きのばしてからうなずいた。「従兄弟のカルマンは暑さで錯乱し始めて、水がなくなるまで好き放題に飲んでしまった。我々は道に迷ってしまい、一人一人が自分の水を大事にしなければならなかった。分け合うゆとりはなかった。しばらくあとで、彼は弱々しくもどし始めたが、吐き出す水分は何もなかった。舌は真っ黒に、口蓋《こうがい》は灰色がかった白に変わった。意識が朦朧《もうろう》となり、自分の母親の家にいると思い込んでいた。唇は皺《しわ》がよって、歯がむき出しになり、口は歯をむいた狼のようにつり上がった。喘《あえ》いだり、鼻で荒い息をしたりを交互にくり返した。その夜、暗がりで人目を避けて、私は言いつけに背いてボロ切れに少し水をたらして彼の口の中へ搾ってやったが、遅すぎた。水を飲めなくなって二日目に、彼は死んだ」

彼らは黙ったまま、茶色い水に横たわっていた。

「アイ、ディ・ディ・ディ・ディ、アイ、ディ・ディ、ディ、ディ！」と最後にロブが歌った。彼はロンザノの目をのぞき込み、二人はお互いに歯を見せて笑った。革のような頬《ほお》にとまった蚊を、ロエブはピシャリとたたいた。「そろそろ、獣たちにもっと水を飲ませてもいいだろう」と彼は言って、湖をあとにして動物たちの世話の仕上げをした。

＊

次の日、夜明けにロバの背に戻り、やがて気づくと、牧草地の花冠に取り巻かれた数え切れないほどの小さな湖を通り過ぎ、ロブは猛烈に満足した。湖は彼の気分を浮き立たせた。草は背の高い男の膝《ひざ》ほどの高さで、芳しい香りがした。咬《か》まれるとヒリヒリして即座にかゆいミミズ腫《ば》れを残すブヨはもちろん、バッタやコオロギがうようよしていた。数日前には、彼はどんな虫を見ても喜んだろうが、今では牧草地の大きくて艶《つや》やかな蝶《ちょう》たちを無視し、ブヨや蚊に咬《か》まれるとピシャリとたたいて天罰が下るように願った。

「おい大変だ、あれは何だ？」とアリエが叫んだ。

ロブは彼の指さす先をたどって、さんさんと降り注ぐ太陽のもと、東の方で広大な砂煙が上がっているのに気づいた。彼はそれが近づいてくるのを懸念を膨らませて見守った。砂漠で熱風が自分たちを襲った時の煙によく似ていたからだ。

だが、この砂煙からは聞き間違いようのない蹄《ひづめ》の音が聞こえ、まるで大軍勢が自分たちを急襲しようとしているかのようだった。

「セルジュク人たちか？」と彼はささやいたが、誰も答えなかった。

砂煙が近づくにつれ、音は耳を覆う大音響に変わり、彼らは青ざめて事の成り行きを見守った。

およそ五十歩ほど向こうで、熟練した何千もの騎馬兵たちが、号令の下に馬を止めたかのようなざわめきが起こった。

最初は何も見えなかった。それから煙が淡くなると、数え切れないほどの健康状態そのものの野性のロバが、形良く一列に広がっているのが見えた。ロバたちは興味津々で男たちを見つめ、男たちも彼らをにらんだ。

「ハイッ！」とロンザノが怒鳴ると、群れは一丸となってくるりと向きを変え、ふたたび敗走を開始し、多様な生命が存在しているのだというメッセージをあとに残して北方へと移動していた。

彼らはもっと小さなロバの群れと、ケタ外《はず》れなガゼールの群れを通り過ぎたが、時には一緒になって物を食べた。めったに狩られることもないようで、人間をほとんど用心していなかった。もっと不気味だったのは、やけに多い野性の豚だった。時折、毛むくじゃらの雌豚や邪悪な牙《きば》を持った雄豚を見かけると、四方八方から背の高い草の中で、かさかさ動きまわっては土を掘り食べ物を漁《あさ》ってブーブー鳴く声が聞こえた。

今やロンザノの示唆《しさ》に従って、豚たちがびっくりして暴走するのを防ぐため、こちらが近づいていることを警告しようと、全員が歌った。ロブの肌はむずむずして、小さなロバの両側にたれて生い茂った草をさらっている長い脚は、危険にさらされ無防備な感じがしたが、豚たちは歌う男の声の大きさの前に尻尾《しっぽ》を巻いて逃げ、問題は起こらなかった。

彼らは、大きな排水溝のような流れの速い小川にぶち当たった。両側はほとんど垂直で、ウイキョウが生い茂り、下流と上流に移動してみたが、簡単に渡れそうな場所はなかった。最後に彼らは動物を水の中へ進めた。非常に困難で、ロバとラバは植物が茂りすぎた向こう岸によじ登ろうとしてずり落ちた。あたりには、みんなの悪態と踏みつぶされたウイキョウの苦い臭いが蔓延《まんえん》し、浅瀬を渡りきるのに労力と時間を要した。川を越えると森に入り、ロブが慣れ親しんだようなわだちをたどった。この地域はイングランドの森よりも未開だった。樹木の頂上が作り出す高いひさしはお互いに組みあわさって太陽を遮っていたが、下生えは青々と繁茂していて、野性生物の宝庫だった。彼は牡鹿やウサギにヤマアラシ、それに木々の間には鳩と山鶉《うずら》の一種だと思われるものの姿を目にした。

床屋さんが気に入りそうな小道だな、と彼は思い、サクソン角笛を吹いたらユダヤ人たちはどんな反応を示すだろうかと考えた。

小道の角を曲がり、ロブが手綱の向きを変えたその時、ロバが飛び退いた。頭上の太い幹の上に、豹《ひょう》がうずくまっていたのだ。

ロバは後じさりし、背後ではラバが臭いを嗅ぎつけて悲鳴を上げた。豹は圧倒的な恐怖を感じ取ったらしかった。ロブが武器を手探りするあいだに、怪物のように見えるその動物は飛びかかってきた。

その時、渾身《こんしん》の力で投げつけられた長くて重い丸太が獣の右目に命中した。ネコ科の動物はロブの方へ崩れ落ちながら、大きな鉤爪《かぎづめ》で哀れなロバを引っかき、彼を落馬させた。次の瞬間、彼は豹の不快な体の下に押しつぶされて地面に伸びていた。動物は斜交《はすか》いにのしかかっていたので、彼の目の前に後軀《こうく》が迫り、光沢のある黒い毛皮、艶《つや》のない尻《しり》の穴、胸がむかつきそうなほど大きく腫《は》れ上がった巨大な右後足が、自分の顔から数インチの所にたれているのが見えた。鉤爪は、どうしたわけか四本の指のうち二番目が最近はぎ取られた様子で、赤身が出て血がしたたり、豹の反対側には乾燥した杏《あんず》ではない本物の両目と、赤いフェルトではない本物の舌がついていることを彼に思い知らせた。

人々が森から出てきた。彼らの長が、大弓を構えたまま近くに立っていた。

その男は綿を詰めた平織りのキャラコの赤い上着に、だぶだぶの半ズボン、シャグリーン革の靴に身を包み、ぞんざいにターバンを巻いていた。おそらく四十歳くらいだろう。強く鍛え上げられ、血気盛んな物腰、黒く短い髭《ひげ》、鷲《わし》のくちばしのような鼻をして、自分の勢子《せこ》たちが大柄な若い男の上から死んだ豹を引きずり下ろすのを見守りながら、いまだに殺気を瞳《ひとみ》に宿していた。

ロブはチビりそうなのを何とか我慢して震えながら、はい上がった。「クソいまいましいロバを捕まえてくれ」と彼は誰ともなしに要求した。ユダヤ人たちにもペルシア人たちにも通じなかった。英語でしゃべったからだ。どっちにしろ、ロバは他の危険が潜んでいるかもしれない森の得体の知れなさにおびえ、自ら戻ってきて、持ち主と同じように震えて立ちつくした。

ロンザノがかたわらにやってきて、何かに気づいてうなった。それから全員がひざまずいて平伏した。後に、それはラヴィ・ゼミン、すなわち「地面を向く」儀式だとロブは説明された。ロンザノは荒っぽくロブを引っぱり下ろして、首のうしろに手を添えて、確実にきちんと頭を低く下げさせた。

こうした指南の様子が狩人の注意をひいた。ロブは彼の足音を耳にし、シャグリーン革の靴がお辞儀をしている自分の頭の数インチ先で止まったのを、ちらりと見た。

「かくも大きな死んだ豹と、物を知らない図体のでかいジンミがいたものよの」とその声は面白がって言い、靴は歩み去った。

狩人と彼の戦利品を抱えた召使いたちは、他に何も声をかけずに立ち去り、しばらくしてから、ひざまずいていた男たちは立ち上がった。

「大丈夫か?」とロンザノは言った。

「ええ、なんとか」彼のカフタンは破れていたが無傷だった。「彼は誰です?」

「アラー・アル・ドーラ。シャバーンシャ、すなわち大王皇帝だ」

ロブは彼らが立ち去った道をじっと見つめた。「ジンミって何です?」

「『聖書の民』の意味だ。ここではユダヤ人をそう呼んでいるんだ」とロンザノは言った。

第三十七章　レブ・エッサイの町

彼と三人のユダヤ人は二日後に、ボロボロに欠けたれんが造りの家が十数戸立ち並ぶ、交叉《こうさ》路《ろ》にできた村クパエで道を分かった。カヴィール砂漠を通って迂回《うかい》したので、少し東に来すぎていたが、イスファハンまでは東に一日もかからずに行ける距離で、一方の彼らは故郷にたどり着くまでに、さらに南へ三週間の厳しい旅とホルムズ海峡越えが待っていた。

この男たちと、避難所を提供してくれたユダヤ人の村がなかったら、ペルシアにたどり着けなかったことがロブには良くわかっていた。

ロブとロエブは抱き合った。「神のご加護を、レブ・エッサイ・ベン・ベンジャミン！」

「神のご加護を、友よ」

気むずかし屋のアリエですら、お互いの無事な旅を祈ってゆがんだ微笑《ほほえ》みを投げかけた。ロブと同じくらい、さよならができて嬉《うれ》しいに違いない。

「内科医の学校に入学したら、アリエの親族レブ・ミルディン・アスカリにくれぐれもよろしく伝えてくれ」とロンザノが言った。

「わかった」彼はロンザノの手を握った。「ありがとう、レブ・ロンザノ・ベン・エズラ」

ロンザノは微笑んだ。「ほとんど異邦人にしては、あんたは最高の仲間で人格者だったよ。無事を祈るよイングリッツ」

「あなたこそ、ご無事で」

幸運を祈る合唱の声と共に、彼らは別々の方角へわかれた。

ロブはラバに乗った。豹《ひょう》に襲われたあと、哀れにおびえたロバの背に荷物を移して、引っぱっているのだ。彼はゆっくりと時間をかけて取りかかったが、興奮が湧《わ》き起こってきて、その気分を楽しみながら慎重に最後の行程を旅していこうと思った。

急がなくて正解だ。往来の激しい通りだったからだ。彼はある音を耳にするとたいそう喜び、ほどなくして鐘をつけたラクダの一行に追いついた。それぞれ米の入った大きな二個の籠《かご》を背負っていた。彼は音楽的な鐘の音を楽しみながら、最後尾のラクダのあとについていった。

森を開けた高台へと昇っていった。十分な水がある場所には必ず、たわわに実った稲や阿片の採れるケシの畑があって、乾燥した岩が多い広々とした平地で分断されていた。高台は徐々に白い石灰岩の丘陵になり、太陽と影によって、様々な移ろいやすい色合いを投げかけていた。いくつかの場所では石灰石が深く切り出されていた。

午後遅く、ラバは丘の頂上にたどり着き、ロブは小さな流れの渓谷を見下ろし、それから――ロンドンを発ってから二十ヶ月後に！――イスファハンを見た。

最初の強烈な印象は、深い青がひとはけ添えられた、目もくらむほどの白さだった。半球と曲線があふれた官能的な場所だった。太陽の光にキラキラ輝く大きなドーム型の建物に、空中に突き出たランセット刃みたいな尖塔《ミナレット》を備えたモスク、緑の広場、そして生長しきったイトスギとプラタナスの木々。都市の南の地域は、石灰岩ではなく砂の丘陵からの太陽光線の照り返しを受けて、暖かなピンク色をしていた。

もう我慢できなかった。「ハイッ!」と彼は叫んで、ラバの脇腹《わきばら》を蹴《け》った。ロバは背後で騒々しい音をたて、彼らは列をはずれて速足でラクダたちを追い抜いた。

都市から四分の一マイルの地点で、わだちは壮観な玉石の大通りに変わり、コンスタンチノープルを発って以来初めて舗装された道を目にした。それは非常に広々としていて、背の高い、高さの揃《そろ》ったプラタナスの木の列で仕切られた四本の広い車線があった。大通りは橋で川を横切っていたが、それは実は、灌漑《かんがい》用貯水槽でもあるアーチ型のダムだった。流れがザヤンデ、すなわち〝生命の川〟であることを示す看板の近くで、裸の茶色い肌をした若者たちが飛び込んで泳いでいた。

大通りは、大きな石造りの壁と珍しいアーチ型の都市の門まで彼を連れてきた。壁の内側にはテラスや果樹園、それに葡萄《ぶどう》園がある裕福な人々の大きな家があった。アーチ型の出入り口、アーチ型の窓、アーチ型の庭門と、いたる所にとがったアーチ型が使われていた。裕福な地区の向こうにモスクや、建築者たちが女性の胸と熱烈に恋に落ちたかのように、てっぺんに小さなとんがりがついた、白くて丸みを帯びた丸天井のドームを備えた、大きな建物が建ち並んでいた。切り出された石灰岩がどこへ消えたか、容易に想像がついた。あらゆる物が白い石でできていて、濃い青色のタイルで幾何学的模様やコーランからの引用文を形作るように縁取られていた。

アッラーの他に神はない、最も慈悲深きお方。
神への信仰のために闘え。
祈りに怠慢な者たちの上に災いあれ。

道にはターバン姿の男たちがあふれていたが、女性は一人もいなかった。彼は開放的な大きな広場を通り過ぎた。それから半マイルほどあとに、別の広場も。彼は音と臭いを堪能《たんのう》した。それはまぎれもなく、ロンドンでの少年の頃に馴染《なじ》んでいた過密な人間のるつぼ、自治都市で、なぜだか彼は〝生命の川〟の北岸の方へ、ゆっくりとこの町を進んでいくのが適当で正しいと感じた。

ミナレットから男の声が、ある声は遠くからかすかに、ある声は近くから鮮明に、祈禱《きとう》への忠誠を呼びかけ始めた。男たちがメッカの方角の南東と思われる方へ顔を向け、すべての往来がやんだ。町のすべての男たちがひざまずき、掌《てのひら》で地面を愛撫《あいぶ》して、額を玉石に押しつけるように前方へうずくまった。

ロブは敬意を表して、ラバを止めて降り立った。

祈禱が終わると、近くの牛車から取り出した小さな礼拝用敷物を、威勢良く巻き上げている中年の男に近づいた。ロブはどうやってユダヤ人街を見つけたらよいかたずねた。

「ああ。ここじゃあイェフーディーイエって呼ばれてる。イェズデゲルド大通りをこのまままっすぐ行きな、ユダヤ人の市場があるから。市場の突き当たりにアーチ型の門がある。その向こうにあんたの町があるよ。見落としっこないよ、ジンミ」

＊

その場所には、家具、ランプと油、パン、蜂蜜《はちみつ》と香辛料の香り漂わせる焼き菓子、衣服、あらゆる種類の家庭用品、野菜と果物、肉、魚、羽をむしって血抜きしたのや生きて鳴いている鶏と、物質的な生活に必要なすべてを売る露店が立ち並んでいた。祈禱《きとう》用肩布《タリス》や房飾りについた衣類、聖句箱の陳列も見えた。代筆人の屋台では、皺《しわ》だらけの顔の老人がインク壺《つぼ》と羽ペンの方へ背中を丸めてかがみ込み、開け放ったテントの下では女が占《うらな》いをしていた。女たちが露店で商売をしたり籠《かご》を腕にかけて混み合った市場で買い物をしていたので、ロブは自分がユダヤ人街にいるのがわかった。彼女たちはだぶだぶの黒いドレスを着て、髪は布で束ねてあった。イスラム教徒のように顔にベールをかぶっている者も少しはいたが、大部分は違った。男たちはロブのような服装をして、たっぷりとした、もじゃもじゃの髭《ひげ》を蓄えていた。

彼は眺めと音を楽しみながら、ゆっくりとそぞろ歩いた。敵同士のように猛烈な勢いで靴の値段でもめている、二人の男の前を通り過ぎた。他の者たちもお互いに冗談を飛ばしあい、大声で叫び合っていた。相手に聞こえるように、大きな声で話す必要があるのだ。

市場の反対側でアーチ型の門をくぐり抜け、細い横町にはずれ、それから曲がりくねったデコボコの下り坂を、みすぼらしい家々がふぞろいに建てられ、小さな通りで統一感なく仕切られた大きな地域へと下っていった。大部分の家はお互いにぴったりくっついていたが、ここかしこに小さな庭でへだてられた家があった。イングランドの基準からすれば庭はつつましかったが、近所の建物からは、まるでお城ででもあるかのように突出していた。

イスファハン自体も古いが、イェフーディーイエはさらに古びて見えた。通りは入り組み、そこから路地がのびていた。家々とシナゴグは、石や薄いバラ色に退色してしまった古びたれんがでできていた。何人かの子供たちが一頭の山羊を連れて彼の前を通りすぎた。人々は集団になって、笑ったりしゃべったりしていた。まもなく夕食の時間なので、家々からもれてくる料理の匂《にお》いがよだれをたれさせた。

彼は厩舎《きゅうしゃ》を見つけるまでその地区をぶらつき、そこで動物たちの世話を手配した。彼らを置いていく前に、ロバの横っ腹の引っかき傷を手入れしたが、ぐあい良く治ってきていた。厩舎からさほど遠くない場所に、『劣った方のサルマン』という名前の、さわやかな笑顔をたたえ、腰の曲がった背の高い老人が経営する宿屋を見つけた。

「何で『劣った方』なんて言うんです？」ロブはたずねずにはいられなかった。

「わしの故郷の村ラザンでは伯父《おじ》が〝偉大なサルマン〟なんだ。名高い律法学者さ」と年老いた男は説明した。

ロブは大きな寝室の端に寝床を借りた。

「食べ物はいるかね？」

彼を誘惑したのは、串《くし》に刺して炙《あぶ》った肉の小さな塊、サルマンがピラフと呼んだ濃厚な米、火で黒く焦がした小さなタマネギだ。

「コーシャですか？」と彼は如才なくたずねた。

「もちろんコーシャさ、二の足を踏む必要なんかないさ！」

食後にサルマンは、蜂蜜ケーキとシャーベット水という心地よい飲み物を出してくれた。

「遠くから来なすったね」と彼は言った。

「ヨーロッパから」

「ヨーロッパ！　やっぱり」

「どうしてわかったんです？」

年取った男はニヤッと笑った。「言葉のしゃべり方さ」彼はロブの顔色を見た。「上手くしやべれるようになるよ、わしが太鼓判を押す。ヨーロッパでユダヤ人をしてるのは、どんなかね？」

ロブはどう答えて良いかわからなかったが、ゼヴィが言っていたことを思い出した。「ユダヤ人でいるのはつらいです」

サルマンはまじめな顔でうなずいた。

「イスファハンではどうですか？」

「ああ、ここはまんざらでもないよ。人々は我々をあしざまに言うようにコーランで教育を受けてるから、我々の悪口を言っとるがね。彼らは我々に慣れているし、我々の方も彼らに慣れてる。イスファハンには常にユダヤ人がいたんだからね」とサルマンが言った。「この町はネブカデネザル王によって開かれたんだ。伝説によれば、彼はユダヤを征服してエルサレムを滅ぼした時に捕虜にしたあと、ユダヤ人をここに定住させたんだ。それから九百年後、イェズデゲルドという名の王《シャー》が、ここに住んでいたシューシャン＝ドゥクトゥという名のユダヤ女に惚《ほ》れて、女王に迎えた。彼女のおかげで同胞の民たちは暮らしやすくなり、もっとたくさんのユダヤ人がこの場所に居着いたんだ」

これ以上の偽装はできまい、と彼は心の中で思った。ロブはいったん彼らの流儀を学んでしまうと、蟻塚にいる蟻のように、彼らに調和することができるようになっていた。

そこで、夕食がすむと、彼は宿屋の主人に同行して多数のシナゴグの内の一つ『平和の家』へ行った。古びた石の四角い建物で、湿気はないのに、割れ目には柔らかな茶色い苔《こけ》が詰まっていた。窓のかわりに空気孔しかなく、扉は非常に低くて、ロブはかがんで入らなければならなかった。暗い通路が内部へ続き、彼の目では確認できないほど高く、おまけに暗すぎる天井を支えている柱を、ランプが照らし出していた。男たちが中心部分に座り、女性たちは建物横の小さな奥まった場所の壁の影で礼拝していた。旅の途中でたった数名のユダヤ人の仲間内でするよりも、シナゴグで夕べの祈りを行う方が簡単だった。所々でハザンが祈禱《きとう》を先導し、シナゴグ全体は個々の選択に従ってぶつぶつ唱えたり歌ったりするので、自分の乏しいヘブライ語やしばしば祈りについていかれないという事実を、ほとんど意識せずに、一緒になって身体を揺すっていた。

宿屋に戻る途中で、サルマンは抜け目なく彼に微笑《ほほえ》みかけた。「あんたみたいな若いもんは、何か刺激が欲しいんじゃないかね、え？　ここでは夜、マイダーン、つまり町のイスラム教徒地区にある公共広場が目を覚ますんだ。女に葡萄酒《ぶどうしゅ》、それに音楽と、あんたの想像がつかないようなすごい見せ物もあるんだよ、レブ・エッサイ」

だがロブは頭を振った。「また別の機会にぜひ」と彼は言った。「今夜は頭をすっきりさせておきたいんです。明日は極度に重要な用事を処理するものですから」

＊

その夜、彼は眠れず、イブン・シーナは話しやすい感じの男だろうかと考えながら、寝返りをうち続けた。

朝、彼は天然の温泉の上に建てられた、れんが造りの公衆浴場を見つけた。強い石鹼《せっけん》と清潔な布でこすって、旅でたまった垢《あか》を解き放ち、髪が乾くと外科用ナイフを手に取って、磨いた鋼片に映った姿を透かして見ながら髭《ひげ》を刈り込んだ。髭はいっぱい生えて、まさにユダヤ人に見えると彼は思った。

　二枚のうち良い方のカフタンを着た。革の帽子を頭にきちんとかぶって、通りに出ていって萎《しな》びた手足をした男に、内科医学校への道をたずねた。

「マドラサのことかね、高等教育施設の？　それなら病院の隣だ」とその乞食《こじき》は言った。「町の真ん中にある〝金曜モスク〟の近くのアリ通り沿いだ」硬貨のお返しに、その足の不自由な男は、彼の子孫を十代先まで祝福してくれた。

　歩いて行くには遠かった。イスファハンは仕事の町だということに気づく良い機会だった。靴職人に金属細工師、陶工に車大工、ガラス吹き工に仕立屋と、自分の技能に精を出している男たちを見かけたからだ。彼はいくつかの商店街を通り過ぎ、そこではあらゆる種類の商品が売られていた。ついに彼は金曜モスクにたどり着いた。鳥たちがまわりを羽ばたいている壮麗なミナレットを備えた、壮大な四角い建造物だった。その向こうは多数の古本の露店と小さな食事処がある市場広場で、やがて彼はマドラサを見つけた。

　学校の外辺部には、学者たちの必要に応えるべく陣取っている多くの本屋に埋もれるようにして、宿所を擁する長くて背の低い建物がたっていた。そのまわりで子供たちが走って遊んでいた。いたる所に若い男がいて、大半は緑のターバンを巻いていた。マドラサの建物は、大部分のモスクにならって、白い石灰石のブロックで建てられていた。建物と建物のあいだに庭があって、広く空間が取ってあった。開いていないイガイガの実が、たわわについた栗の木の下で、六人の若い男があぐらをかいて座り、水色のターバンを巻いた白髭の男に注意を傾けていた。

ロブは彼らの近くへ吸い寄せられた。「……ソクラテスの三段論法だ」と講師が言っていた。「ある命題は他の二つの命題が正しいという事実から、それが正しいと論理的に推論される。たとえば、一、すべての人間は死を免れられない、そして二、ソクラテスは人間である、という事実から、三、ソクラテスは死を免れられない、と論理的に結論を下せるのだ」

ロブは不安に肩を押されて、顔をしかめて先へ進んだ。自分には知らないことがたくさんあるのだ、いや、わかっていないことの方が多すぎる。

彼はモスクと美しいミナレットが併設された、非常に古い建物の前で立ち止まって、緑のターバンの学生にどの建物で医学を教えているのかたずねた。

「三つ向こうの建物です。ここでは神学を教えています。隣がイスラム法。医学を教えているのはあそこです」と彼は言って、白い石でできたドーム型の建物を指さした。それは、以後ずっとロブが〝大きな乳首〟として思い出すことになる、あまねく行き渡っているイスファハンの建築をあまりにも盲目的に踏襲していた。隣には〝病気の人々の場所〟を意味するマリスタンと表示された大きな一階建ての建物があった。興味をそそられて、マドラサに入っていくかわりに、彼はマリスタンの大理石の階段を昇って錬鉄製の表玄関をくぐった。

色とりどりの魚が泳いでいるプールを擁する中央中庭があって、果物の木の下にベンチが並んでいた。中庭から放射状に廊下が四方にのび、それぞれの廊下の外れに大きな部屋があった。大部分の部屋はいっぱいだった。彼は、こんなに多くの病んだり負傷した人々が一堂に会しているのを見たことがなく、驚きながら歩きまわった。

患者たちは病気の種類によってグループに分けられていた。ここは、骨折した男たちでいっぱいの長い部屋。ここは、熱病の犠牲者たち。ここは……彼は鼻に皺《しわ》を寄せた。あきらかに下痢や他の泌尿器《ひにょうき》作用の疾病の患者たちのための部屋だった。だがこの部屋でさえも、本来そうなるはずよりは空気はよどんでいなかった。大きな窓があって、窓枠に張った虫よけの薄い布以外にさえぎる物もなく、空気が流れているからだ。開き窓の上と下に落とし戸がついていて、冬の間は窓を閉じておかれるようになっていることにロブは気づいた。

壁は石灰塗料仕上げで床は石、掃除しやすいうえに、外の相当な暑さに比べて建物の中は涼しくなっていた。

それぞれの部屋には小さな噴水があって、水を跳ね上げていた！

ロブは閉じた扉の表示が気になって足を止めた。ダル・ウル・マラフタン〝鎖につなぐ必要のある者たちの部屋〟とあった。扉を開けると、三人の裸の男が頭を剃《そ》られて腕を縛られ、首のまわりにしっかり締められた鉄の首輪で高い窓に鎖でつながれていた。二人は眠っているのか意識がないのか、大人しくすましていたが、三人目の男はこちらをじっと見つめて獣のように吠え始め、ゆるんだ頰《ほお》を涙で濡《ぬ》らした。

「失礼」とロブは穏やかに言って、狂人たちのもとを去った。

外科手術を受けた患者の広間に出ると、それぞれの寝床で立ち止まって包帯を持ち上げて、切断手術されたつけ根や負傷した傷を調べたいという誘惑にあらがわねばならなかった。

こうしたたくさんの興味深い患者たちを毎日診て、優秀な男たちに教えてもらうんだ！　僕はカヴィール砂漠でまっさらな気分で生活を始めるようなものだ、と彼は考えた、そして、そこにオアシスが隠されていることを発見するんだ。

次の広間への戸口の表示は、彼のかぎられたペルシア語には手に余ったが、入ってみると、目の病気と怪我《けが》に振り当てられているのが容易にわかった。

近くで、頑強な男性看護士が厳しく叱《しか》りつけられて怖《お》じ気づいていた。

「勘違いしたんです、カリム・ハラン先生」と看護士は言った。「エスウェド・オマルの包帯を取るように言われたと思ったんです」

「このウスノロのロバのチンポ野郎が」ともう一方の男がうんざりしたように言った。彼は若くて引き締まった細身の男で、学生を示す緑のターバンを巻いているのを見てロブはびっくりした。彼の態度は、ロブが歩いてきたこの病院のフロアの全責任を任された医者でもあるかのように自信満々だったからだ。彼は軟弱さのかけらもなく、貴族的な顔立ちで、つややかな黒い髪に、深くくぼんだ茶色い目は怒りでギラギラ燃え、ロブがこれまで見た中で一番美しい男だった。「お前のミスだからな、ルーミ。私はクル・イェジディの包帯を替えるように言ったんだ、エスウェド・オマルのじゃない。ユジャニ先生が自らエスウェド・オマルの目の硝子体《しょうしたい》転位を施して、五日間は包帯をいじらないように私に命じられたのだ。お前にもその指示を伝えておいたのに、従わなかったんだ、この馬鹿野郎。もしエスウェド・オマルが最高の明瞭《めいりょう》さで目が見えるようにならなくて、私がアル・ユジャニの逆鱗《げきりん》に触れるようなことにでもなれば、子羊のローストみたいにお前の太ったケツを引き裂いてやるからな」

彼は、ロブがそこに立ちすくんでいるのに気づいて嫌な顔をした。「君、何の用かね？」

「医学校への入学について、イブン・シーナと話したいんです」

「大丈夫でしょう。だが〝医者の第一人者〟と約束してあるのかね？」

「いいえ」

「それなら隣の建物の二階に行って、〃ハジ〃・ダヴー・ホセインに会わねば。副学長だ。学長はシャーの遠い親戚《しんせき》で将軍のロタン・ビン・ナスルだが、彼は肩書きだけで学校には決して現れない。〃ハジ〃・ダヴー・ホセインがすべてを管理しているから、彼に会うんだね」カリム・ハランという名のその学生はそれから、顔をしかめて看護士の方に向き直った。「さあ、クル・イェジディの包帯を替えてこようとは思わんのか、それとも何か、お前はラクダの蹄《ひづめ》にへばりついたクソか？」

＊

少なくとも医学生の何人かは〃大きな乳首〃に住んでいるらしい。影になった一階の廊下には小さな個室が並んでいたからだ。階段の踊り場の近くの開け放たれた扉越しに、二人の男が机で、死んでいると思われる雑種犬を切断しているのが見えた。

二階で緑のターバンの男に〃ハジ〃の居場所をたずねると、最終的にダヴー・ホセインの事務所の中まで案内してくれた。

学長代理は小さくて痩《や》せた男で、まだ年老いてはいなかったが、もったいぶった雰囲気を漂わせ、上質の灰色の毛織物のチュニックに、メッカへ行った者に許される白いターバンを巻いていた。小さな黒い目をして、額には彼の熱心な信心の証《あかし》である、非常に目につくザビバがあった。

挨拶《あいさつ》を交わしたあと、彼はロブの願いに耳を傾け、じろじろと観察した。「イングランドから来たと言いましたな？　ヨーロッパの？……ふうむ、それはヨーロッパのどの部分です？」

「北です」

「ヨーロッパの北ね。ここへたどり着くのにどれくらいかかりました？」

「二年足らずです、ハジ」

「二年！　並はずれた長さだ。父上が内科医なんですかな、この学校を卒業した？」

「私の父ですか？　いいえ、ハジ」

「ううむ。では伯父《おじ》さんかな？」

「いいえ、うちの家系では私が最初の内科医になります」

ホセインは顔をしかめた。「ここでは、代々内科医の家系の学徒を受け入れている。紹介状は持ってるかね、ジンミ？」

「いいえ、ホセイン先生」彼の中で狼狽《ろうばい》がわき起こった。「私は外科医兼理髪師で、すでにいくらかの訓練を積んでき……」

「我々の著名な卒業生の誰からの紹介もなしかね？」とホセインは仰天してたずねた。

「ありません」

「我々は、やってきた者を誰でも受け入れるわけではないのだ」

「単なる思いつきではありません。私は医学の教育を受けようと固く決意して、とんでもない距離を旅してきました。あなた方の言葉も勉強しました」

「ひどい代物だ、言っては何だがね」とハジは嘲笑《ちょうしょう》的に言った。「我々は単純に医学を仕込むわけではない。我々は商売人を作り出すのではない。高い教養を備えた者たちを形作っているのだ。学生は医学だけでなく神学に哲学、数学、物理学、天文学、それに法学も学び、広く調和のとれた科学者かつ知識人として卒業を許された暁にはじめて、教育や医学あるいは法律のどれかで身を立てる選択が可能となるのだ」

ロブは虚脱感の中で待った。

「さあ、よくわかったかね？　不可能だよ」

彼はほぼ二年間も覚悟を決めてきたのだ。

メアリー・カレンに背を向けてまで。

焼けつく太陽の下で汗を流し、凍るような雪の中で身を震わせ、嵐《あらし》や雨に打ちつけられて。塩の砂漠と油断ならない森を抜けて。ちっぽけな蟻みたいに、山また山を骨折って進んできたのだ。

「イブン・シーナと話せるまで帰りません」と彼は頑固に言った。

〝ハジ〟・ダヴー・ホセインは口を開いたが、ロブの瞳《ひとみ》に何かを見て口をつぐんだ。彼は青白くなって素早くうなずいた。「ここでお待ち下さい」と彼は言って部屋を出ていった。

ロブは一人取り残された。

＊

しばらくして四人の兵士がやってきた。彼より大きいのは一人もいなかったが、筋骨たくましかった。彼らは短くて重い木の棍棒《こんぼう》をたずさえていた。一人はあばた面《づら》で、自分の左手のがっしりした掌《てのひら》に棍棒をぴしゃぴしゃ打ち当てていた。

「名前は何と言うんです、ユダヤ人さん？」あばた面の男が無作法ではなくたずねた。

「私はエッサイ・ベン・ベンジャミン」

「外国人だ、ヨーロッパ人とハジが言ってましたが？」

「ええ、イングランドです。ここからはるか離れた場所です」

兵士たちはうなずいた。「立ち去って欲しいというハジの求めを、拒否しませんでしたか？」

「確かにそうです、しかし……」

「もう帰る時間だ、ユダヤ人さん。我々と一緒にね」

「イブン・シーナと話すまでは帰りません」

その代弁者は棍棒を振り下ろした。

鼻はやめてくれ、と彼は苦悶《くもん》しながら考えた。

だがすぐに鼻血が出始め、四人全員は棍棒でどこをどうたたけば最大の効果があげられるか知っていた。彼らは取り囲んだので、ロブは腕を振ることさえできなかった。

「地獄へ堕《お》ちろ！」と彼は英語で言った。彼らにはわかるはずはなかったが、声の調子は間違えようもなく、もっと強く打ち始めた。殴打の一つがこめかみの上に当たり、彼はふいにふらっとして吐き気をもよおした。痛みはすさまじかったが、彼は少なくともハジの事務室でまんまと吐いてやろうとした。

兵士たちは自分の役目を良く知っていた。もはや彼が脅威でなくなると、棍棒を使うのはやめて、非常に巧みに拳《こぶし》で打ちつけ始めた。

一人が彼の両腕の下を支えながら、学校の外へ引っ立てた。四頭の大きな茶色い馬が外につないであって、彼らは馬に乗り、ロブは二頭の間に挟まれてふらふら歩いた。彼は三回転んだが、そのたびに一人が馬を下りて、彼が立つまであばらを激しく蹴《け》った。長い道のりに思えたが、マドラサ構内のすぐ向こうの、むさくるしくて感じの良くない小さなれんが造りの建物まで歩いただけだった。彼の見たところ、イスラム法廷システムで最も低い部門の一部だろうと思われた。中には木の机があるだけで、そのうしろに、もじゃもじゃの毛にたっぷり髭《ひげ》を蓄え、ロブのカフタンとは異なる黒い聖職者用ローブをまとった、不機嫌な感じの男が座っていた。彼はメロンを割ろうとしているところだった。

四人の兵士はロブを机に引っぱってゆき、裁判官が汚れた爪《つめ》でメロンから種を陶製のボウルへこそげ落とす間、うやうやしく立っていた。それから彼はメロンを薄く切ってゆっくりと食べた。食べ終わると自分のローブでまず両手を、それからナイフをぬぐって、メッカの方へ向き直ってアッラーに食べ物への感謝を捧《ささ》げた。

祈り終わると、彼はため息をついて兵士たちを見た。

「公共の平穏を乱したイカれたヨーロッパのユダヤ人です、宗法解釈官《ムフティ》」あばた面の兵士が言った。「〃ハジ〃・ダヴー・ホセインの訴えにより捕まえました。暴力行為で彼を脅かしたのです」

ムフティはうなずいて、爪で歯に挟まったメロンのかけらをほじくった。彼はロブをじっと見た。「お前はイスラム教徒ではない。さらに告発したのはイスラム教徒である。忠実な信徒の発言に対する不信心者の弁明は認められない。お前を弁護してくれるイスラム教徒はおるか？」

ロブはしゃべりたいことがたくさんあったが声が出てこず、何とかして両脚を曲げた。兵士たちが引きずり上げて立たせた。

「なぜ犬のように振る舞う？　やれやれ。何と言っても異端者だ、我々の流儀に慣れておらんのだ。慈悲をかけてやらんとな。カルカンに留め置くよう引き渡し、あとはケロンテルの一存に任せるのだ」

ロブのペルシア語の語彙に新たに二語が加わった。兵士たちに半分引きずられるようにして裁判所から出て、騎馬の間に挟まれて連れて行かれながら、彼はじっくり考えた。一つの単語の意味は正確に推測がついた。だが、監獄守か何かだろうと目星をつけたケロンテルは、実はこの町の市長のことだった。

大きくて厳《いか》めしい牢獄《ろうごく》に着くと、カルカンは確かに牢屋の意味だったとロブは思った。中に入ると、あばた面の兵士が二人の看守に彼を引き渡し、悪臭のするじめじめした不気味な土牢の前を乱暴にせき立て、ようやく窓のない暗闇《くらやみ》から中庭の開け放たれた明るさの下に出た。そこでは、長い二列のさらし台がうなったり意識を失っている者たちの哀れな姿で埋まっていた。看守たちは彼を列に沿って追い立てていき、錠の下りていない空のさらし台にたどり着いた。

「カルカンに頭と右腕を突き出せ」と彼は命じられた。

本能と怖れからロブは頭と腕を引っこめようとしたが、彼らは機械的にそれを反抗だと解釈した。

崩れ落ちるまで殴りつけてから、兵士たちがしたように蹴り始めた。ロブは球のように丸まって股間《こかん》を隠し、腕を上げて頭を防御する以外に何もできなかった。

痛めつけ終わると、首と右腕がちゃんとした位置につくまで、粗挽《あらび》き粉の袋でも扱うように乱暴に押して誘導した。それからカルカンの重い上半分をバタンと下ろして釘《くぎ》を打って閉め、ロブを置き去りにしていった。わずかばかりの意識の中で、彼は絶望してなす術もなく、影一つない太陽の下につるされた。

第三十八章　カラート

何とも、奇妙なさらし台だった。木でできた一個の長方形と二個の四角が三角形に固定されていて、ロブの頭はその真ん中にかまされていて、かがんだ身体は半ばつり下げられていた。物を食べる手である右手は長い長方形の端にすえられて、手首を木の手錠で留められていた。カルカンにいる間は、囚人は食べ物を与えられないからだ。ぬぐうための手である左手は自由だった。ケロンテルは教養高いお方だからだ。

時々意識がよみがえると、彼はさらし台の長い二重の列をじっと見つめた。それぞれに哀れな男がつるされていた。視線の先に映る中庭の反対側の端には、大きな木製の台が置かれていた。

一度、彼は人々と黒装束の悪魔たちの夢を見た。一人の男がひざまずいて右手を台の上に置いた。悪魔の一人がイングランドの鉈《なた》よりも大きくて重たい短剣を振り下ろし、手が手首から切断され、その間、他の黒装束の人物たちは祈っていた。

熱い太陽の中で、同じ夢が何度も何度もくり返された。それから別の夢を見た。男が首のうしろを台に載せて空の方へ目をむいていた。首をはねられるのかとロブは冷や冷やしたが、彼らは彼の舌を抜いた。

次にロブが目を開けると、人の姿も悪魔の姿も見えなかったが、台の上には夢の続きとは思われない、真新しいシミが点々とついていた。

息をすると胸が痛かった。人生の中で一番こっぴどく打ちのめされ、骨が折れているのかどうかさえわからなかった。

彼はカルカンにたれ下がって、誰も見ていないことを願いながら、音を立てないようにして弱々しく涙を流した。

ついに彼は、隣の者たちにしゃべりかけて試練をやわらげようと、首を曲げて何とか彼らを見ようとした。それは一苦労だった。しっかりかんだ木ですぐに首の皮膚が擦れてはげてしまうので、何気なく動かしてはいけないのを思い知った。彼の左は意識がなくなるまで殴られた男で、動かなかった。右の若者は彼の方を物珍しそうにじろじろ見ていたが、耳が聞こえず口もきけないのか、信じられないほどの馬鹿なのか、彼の怪しげなペルシア語の意味が理解できないかのいずれかだった。数時間後、彼の左の男が死んでいるのを看守が発見した。男は連れ去られ、別の人間がその場所につながれた。

正午になる頃には、ロブの舌はざらざらに干からびて口の中でへばりついた。小便や排泄《はいせつ》の衝動はまったく感じなかった。ずっと前にあらゆる老廃物が太陽に吸い取られてしまっていたからだ。時々、自分が砂漠に戻ったような錯覚にとらわれた。意識が混濁していない時には、はれ上がった舌にどす黒くなった歯茎や、別の場所にいるという思い込みといった、渇きによる死に様についてのロンザノの描写を鮮明すぎるほど、はっきりと思い出した。

やがてロブは頭の向きを変え、新しい囚人と目が合った。お互いにじっと探り合い、はれ上がった顔と裂けた口元を見た。

「我々が慈悲を請える相手は、一人もいないのか？」と彼はささやいた。相手は間を置いた。ロブのアクセントに困惑したのかもしれない。「アッラーがおられる」

と彼は最後に言った。唇が裂けているせいで、言葉がはっきりしなかった。

「ここには誰もいないけれど？」

「あんた外国人なのか、ジンミ？」

「ああ」

男は憎悪の目をロブに向けた。「ムッラー（イスラム法裁判官）に会っただろ、よそ者。聖なる人間が判決を下したんだ。諦《あきら》めるんだな」彼は興味を失ったようで、顔を背けてしまった。

太陽がかげってきたのは天の恵みだった。晩がほとんど歓《よろこ》びに近い冷たさをもたらした。彼の身体は感覚が麻痺《まひ》して、もはや筋肉の痛みは感じなかった。たぶん死にかかっているのだ。

夜のあいだに、隣の男がふたたび口を開いた。「シャー（王）がいるぞ、よそ者のユダヤ人」

と男は言った。

彼は次の言葉を待った。

「我々が責めさいなまれた日の、昨日は水曜日、チャバン・シャンバーだった。今日はパンジ・シャンバーだ。毎週パンジ・シャンバーの朝、安息日ジュマーの前に完全なる魂浄化を試みるために、アラー・アル・ドーラ王は公式会見を開いて、その時、誰でも柱の殿堂にある彼の玉座に近づいて、不正を訴えることが許されているんだ」

ロブは、有るか無しかの希望の灯を消すことはできなかった。「誰でもか？」

「誰でもだ。囚人でさえ自分の判決事例をシャーに取り上げてもらうために、その場に連れていってもらえるんだ」

「いいや、そんなことあるもんか！」と暗がりから声がわめいた。どのカルカンから声がしたのかロブにはわからなかった。

「そんなこと忘れちまうんだな」と誰ともわからぬ声が言った。「いまだかつて、シャーがムフティの判決や刑罰を覆したことは、ほとんどないんだ。そして、ムフティはペラペラしゃべってシャーの時間を無駄にした者たちが戻ってくるのを、手ぐすね引いて待ってるのさ。そうして舌が切り落とされ腹が割かれちまうんだって、極悪人のオレ様は良く知ってんだ。この邪悪なゲス野郎は嘘《うそ》の忠告をしてやがんだ。アラー王じゃなくアッラーを信じることだ」

右の男はずるがしこく声を立てて笑っていた。悪ふざけを見破られて笑っているみたいに。

「希望はない」とその声が暗がりから言った。

右の男の浮かれ騒ぎは、咳《せき》とぜいぜい言う音の発作に変わった。ひと息つくと男はよこしまに言った。「そうさ、オレたちゃ天国で希望を見つけんのさ」もう誰もしゃべりはしなかった。

＊

カルカンにつながれてから二十四時間後に、ロブは釈放された。彼は立とうとしたが崩れ落ち、血液がふたたび筋肉に巡りだした激痛にうずくまった。

「行け」と看守は最後に言って、彼を蹴った。

彼はどうにか立つと、よろよろ歩いて監獄の外へ出て、その場を急いで離れた。彼はプラタナスの木と水しぶきをあげている噴水がある、大きな広場へ歩いていった。渇きに任せて、いつまでもいつまでも噴水から水を飲み続けた。それから耳鳴りがするまで水に頭を突っ込み、監獄の悪臭がいくらか洗い流された気がした。

イスファハンの通りは込み合い、人々は彼をちらりと見やって通り過ぎた。ぼろぼろのチュニック姿の太った小さな行商人が、ラバ馬車の中で火鉢にかけた鍋《なべ》から蠅を払っていた。鍋から漂う香りに、ロブはいてもたってもいられなかった。だが財布入れを開けると、何ヶ月も彼を支えてくれた十分な資金のかわりに、小さな銅貨が一枚しか入っていなかった。

気を失っているあいだに盗まれたのだ。盗んだのがあばた面の兵士なのか監獄の看守なのかわからないまま、彼は荒涼たる思いで悪態をついた。その銅貨はあざけりの象徴だった。泥棒にしてみれば気のきいた冗談、あるいは何かゆがんだ宗教的慈愛の精神から残しておいたのかもしれない。行商人に銅貨を渡すと、彼は脂ぎった米のピラフをほんの少しよそった。香辛料が効いて豆のかけらが入っていた。急いでかき込みすぎたのか、あるいは暴力や太陽やカルカンで身体が消耗しきっていたのかもしれない。瞬間的に、埃《ほこり》っぽい道の上に食べた物を吐き出してしまった。さらし台でさいなまれた首には血がにじみ、目の裏《は》がずきずきした。プラタナスの木陰に入ると、そこにたたずんで緑のイングランドに想いを馳せた。床板の下にお金を蓄えてある自分の馬と荷馬車。それに隣に座っていたバッフィントン夫人。

人混みは今ではもっと密になり、人々の洪水が通りを流れ、全員が同じ方角に向かっていた。

「みんなどこへ行くんです?」と彼は行商人にたずねた。

「シャーの公式会見だ」と男は言って、ボコボコに殴られたこのユダヤ人が立ち去るまで、不審そうな目つきでジロジロ見ていた。

いいじゃないか？　と彼は自問した。他に選択肢があるっていうのか？

彼は人並みに加わり、『アリとファティマ大通り』をしずしずと歩き、四車線の『千の庭園通り』を渡って、『天国の門』と記された整然とした並木道に曲がった。彼らは若いの年取ったのその中間のと、白いターバンのハジもいれば、緑のターバンの学生、ムッラー、ボロ布や捨ててあったあらゆる色のターバンを巻いた五体満足や不満足の物乞《ものご》い、赤ん坊を抱いた若い父親、輿《こし》を担いだ人足、馬やロバに乗った男といったぐあいだった。気づくとロブは、黒いカフタン姿のユダヤ人の騒々しい群れのあとにつき、迷ったガチョウの子のように片足をひいて歩いていた。

彼らは人工の森の、心ばかりの涼しさの中を通り抜けた。イスファハンには木が豊富にないので植林してあるのだ。それから、まだ町の防壁の内側ではあるが、町と王領をへだてている、羊や山羊が草を食む広大な牧草地を通り過ぎた。ようやく、両端に門柱のように二本の石柱が建つ荘厳な緑の芝生に近づいた。王庭の最初の建物が視界に入ってきた時、ロブはそれが宮殿だと思った。ロンドンの王の館よりも大きかったからだ。だが、同じ大きさの建物が次から次に現れ、たいていはれんがと石でできていて、塔や張り出しがあり、テラスと広大な庭がついていた。彼らは葡萄《ぶどう》園、厩舎《きゆうしや》と二本の競馬走路、果樹園と花々を生い茂らせた東屋《あずまや》を通り越した。そのあまりの美しさに、ロブは人混みを離れて芳しい壮麗さの中をさまよいたかったが、絶対に立入禁止なのはわかっていた。

それから、あまりにも畏怖《いふ》を感じさせ、同時に圧倒的な優美さを備えた建造物が現れ、彼は我が目を疑った。胸の形をした屋根に銃眼つきの胸壁が張りめぐらされ、光り輝く兜《かぶと》と盾をたずさえた歩哨《ほしょう》たちが、そよ風になびいている三角形の長旗の下を歩調を合わせて歩いていた。

ロブは前にいる男の袖《そで》を引っぱった。房飾りのついた下着がシャツからのぞいている、ずんぐりしたユダヤ人だった。「あの要塞《ようさい》は何ですか？」

「おいおい、『天国の館』、シャーのお家だよ！」男は心配そうに彼を透かし見た。「血塗《ちまみ》れじゃないか、友よ」

「何でもない、ちょっとした事故だ」

長い進入路になだれ込み、近づいていくにつれて、宮殿の主要部分は広い壕《ほり》で守られているのに気づいた。つり上げ橋は上げられていたが、壕のこちら側、宮殿の大きな表玄関の役目を果たしている広場の横にはホールがあって、群衆はその扉から入っていった。

中の空間は、コンスタンチノープルの聖ソフィア大聖堂の半分くらいの大きさだった。床は大理石で、壁と非常に高い天井は石でできており、巧妙にあいている隙間《すきま》から日差しが柔らかく内部を照らしていた。それは『柱の殿堂』だった。四面すべての壁の隣に、優雅に装飾と縦溝掘りが施された石の柱が立っていた。柱が床に接する部分の台座は、様々な動物の足の形に彫られていた。

ロブが到着した時、ホールは半分ほどいっぱいになっていたが、すぐにあとから人々が入ってきて、彼はユダヤ人の一行の中へ押し込まれた。縄が張られ、ホールの幅いっぱいに開放通路が残されていた。ロブはあらゆる物に目を配って神経を張りつめながら、立ったまま見守った。カルカンでの一件で、自分が外国人であることを認識させられたからだ。自分にとっては自然な行動も、ペルシア人は奇怪で脅威だと見なすかもしれない。自分の命は、彼らがどのように振る舞い考えるかを、正確に察知できるかいなかにかかっていると気づいたのだ。

彼は、刺繡《ししゅう》を施したズボンとチュニックに絹のターバンを巻き、浮き織りの靴を履いて別の入り口から馬に乗ったままホールに入ってくる、上流階級の男たちを観察した。各々、玉座からおよそ百五十歩手前で係員に止められて、硬貨をやって馬を連れていかせる。そこまでが特権が認められた地点でそれから、貧者たちの方へ歩いてくるのだ。

灰色の服とターバンを着けた小役人たちが人々のあいだを通り抜け、陳情のある者は名乗り出るようにと大声で召集した。ロブは通路に進み出て、補佐官の一人に苦労して自分の名前のつづりを説明すると、彼は奇妙に薄くてもろそうな羊皮紙に記録した。

背の高い男が、ホール正面の大きな玉座がすえられた一段高い部分に入ってきた。ロブは遠すぎて詳細が見えなかったが、その男はシャーではなかった。玉座の右にある格下の小さな玉座に座ったからだ。

「あれは誰です？」とロブは先ほど話したユダヤ人にたずねた。

「首相の高徳なるイマーム（尊師）、ミルザ＝アブル・クァンドラセーだよ」ユダヤ人はロブをそわそわと見つめた。彼が陳情者なのはバレていたからだ。

アラー・アル・ドーラ王が演壇に大股《おおまた》で入ってきて、剣帯をはずし、玉座に座りながら鞘《さや》を床に置いた。イマーム・クァンドラセーが『ペルシアの獅子《しし》』の正義を求める者たちの上にアッラーの加護を求めて祈りを捧《ささ》げるあいだ、『柱の殿堂』にいる全員が平伏の儀を行った。

すぐに謁見が始まった。水を打ったような静けさにもかかわらず、ロブは嘆願者の言うことも玉座の者の言うことも、はっきりと聞き取れなかった。だが当事者がしゃべるたびに、その言葉はホールの計算された位置に配置された他の者たちによって大きな声で復唱され、忠実にみんなに伝えられた。

最初の事例は、アルディスタンの村の日焼けした二人の羊飼いが絡んでいた。自分たちの論争をシャーに裁いてもらうために、二日かけてイスファハンに歩いて来たのだ。彼らは新しく生まれた子山羊の所有権をめぐって、猛烈に仲違《なかたが》いしていた。一方の男は、長いあいだ雄を寄せつけず子を産まなかった雌を所有していた。もう一方は、自分がその雌をその気にさせて種つけを成功させたので、子山羊の所有権が半分あると主張していた。

「魔法でも使ったのか？」とイマームがたずねた。

「閣下、羽根を入れてこしょこしょっと興奮させたんですわ」とその男が言い、群衆は足を踏み鳴らして笑いどよめいた。次の瞬間、シャーは羽根を使いこなした方に味方する、とイマームが知らせた。

そこにいた大半の者たちには面白い見物だった。シャーは決してしゃべらなかった。何らかの信号でクァンドラセーに自分の意向を伝えているのかもしれないが、質問と裁定はすべてイマームが下しているように見えた。彼は愚か者を容赦しなかった。

髪を油でなでつけ小さな髭を完璧《かんぺき》にとがらせて、金持ちのお古らしい凝った刺繍を施したチュニックを着た厳格な学校教師が、ナインの町の新しい学校設立を陳情した。

「ナインの町には、すでに二つ学校があるのではないか？」とクァンドラセーが鋭い口調でたずねた。

「ふさわしくない男たちが教えている貧しい学校です、閣下」と教師は流暢《りゅうちょう》に答えた。群衆の中から小さな不満の声が上がった。

教師は陳情を読み上げ続けた。新しい学校の校長として、おそろしく詳細にわたって特定の、見当違いな資格を満たす者を雇うよう助言する内容で、誰が聞いても読み上げている本人にしか当てはまらない描写に、忍び笑いがおこった。

「もうよい」とクァンドラセーが言った。「この陳情はずるがしこくて自己中心的だ。したがってシャーに対する侮辱である。ケロンテルによってこの男を二十時間閉じこめ、アッラーに許しを請わせるのだ」

兵士たちが棍棒《こんぼう》を振りまわしながら現れ、その光景はロブの打撲傷をうずかせた。教師は達者な口で抗議しながら引っ立てられていった。

次の事例は何の面白味もなかった。放牧権に関する軽い意見の食い違いをかかえた、高価な絹の服を着た二人の年輩の貴族だ。とうの昔に死んだ男たちが取り交わした古い取り決めについて、静かな声で議論がだらだらと果てしなく続く様子に、聴衆は欠伸《あくび》をして、混み合ったホールの中の換気の悪さや疲れた足のしびれについて、不平をささやきあった。評決に達しても誰も何の感情も示さなかった。

「イングランドのユダヤ人、エッサイ・ベン・ベンジャミン、前へ」と誰かが呼びかけた。

彼の名前が空中に漂い、それから何度も何度もくり返されているみたいに、エコーのようにホール中に飛びかった。彼は、痛めつけられた顔と釣り合いのとれた、汚れて破けたカフタンと、たたきつぶされた革のユダヤ人帽を気にしながら、絨毯《じゅうたん》が敷かれた通路をよろよろ進んでいった。

ようやくに玉座に近づき、他の人がするのを見て正しい回数だと見当をつけていた通りに、ラヴィ・ゼミンを三回行った。

身体をまっすぐに立てると、ムッラーの黒装束に身を包んだイマームを見た。鉄灰色の髭《ひげ》に縁取られた頑迷な顔に、とがった鼻が座っていた。

シャーはメッカに行った信仰深い男を示す白いターバンを巻いていたが、折り目ごとに金の小冠がはさまれていた。白くて長いチュニックは、なめらかな青と金の糸で刺繍された軽そうな織物でできていた。両脚は濃い青色のゲートルで覆われ、先のとがった青色の靴は血のような赤の刺繍が施されていた。彼はうつろで何も見ていない様子で、退屈で心ここにあらずといった男そのものだった。

「インギリッツ」とイマームが述べた。「お前は今のところ、我々の地にいるただ一人のインギリッツだ。唯一のヨーロッパ人だ。なぜ我がペルシアに来たのか?」

「真実を求めて」

「真の宗教に奉じようとでも言うのか?」とクァンドラセーがつれなく訊《き》いた。

「いいえ、最も慈悲深きお方、アッラーの他に神はいないのは重々承知しております」とロブは言い、学のある商人シモン・ベン・ハ＝レヴィの受け売りで長い時間賛美に費やした。「コーランにも書いてあります『お前たちが崇拝するものを私は崇拝しない、お前たちも私が崇拝するものを崇拝するな……お前たちにはお前たちの、私には私の宗教があるのだ』と」

手短にしなければ、と彼は自分に注意した。

彼は情緒に流されず端的に、豹に飛びかかられた時に、ペルシア西部のジャングルで何があったかを詳しく述べた。

シャーは耳を傾け始めたようだった。

「私が生まれた地では、豹《ひょう》などいませんでした。私は武器も持たず、そんな生き物とどうやって闘えば良いのかも知りませんでした」

彼は、カシャーンのライオンを殺したその父アブダラ王に似て、野性のネコ族の狩人であるアラー・アル・ドーラ王に命を助けられた経緯を告げた。玉座に一番近い人々が鋭く小さな賞賛の声をあげて、自分たちの統治者を喝采《かっさい》し始めた。玉座から遠すぎて聞こえなかった群衆に復唱者たちがその話を伝えると、ホール中にざわめきの波紋が広がった。

クァンドラセーは身じろぎせずに座っていたが、ロブは彼の目から、イマームがその話を喜んでいないだけでなく、それが群衆に巻き起こした反応も快く思っていないのを見て取った。

「早くするのだ、インギリッツ」と彼は冷たい口調で言った。「唯一真実なるシャーの御前に何をお願いしたいのか申すのだ」

ロブは気を落ち着けるように息を吸った。「命を助けた者はそれに対して責任がある、とも書かれております。ゆえに、私ができるだけ価値のある人生を築けるよう、シャーにお力添えを願います」彼はイブン・シーナの医学校の学生に受け入れてもらおうとして徒労に終わった経験を物語った。

豹の話は今やホールの一番端まで広まり、大きな議事堂は絶えることのない足踏みの嵐《あらし》で揺れた。

アラー王は恐れや服従には慣れていただろうが、自発的に喝采されたのは久しぶりだったのだろう。顔の表情から、その音は甘美な音楽のように響いているのがうかがわれた。

「ハーッ！」唯一真実なるシャーは、眼を輝かせて身体を前に乗り出し、ロブは豹を殺した出来事を王がおぼえているのがわかった。

彼の目はしばらくロブをとらえ、それからイマームの方へ向くと、謁見が始まって以来初めて口をきいた。

「このヘブライ人にカラートを与えよ」と彼は言った。

どうしたわけか、人々は笑った。

「一緒に来なさい」と白髪混じりの武官が言った。彼は老人に手が届く年頃だが、さしあたりはまだ勢いがあって力強かった。磨き上げた金属の短い兜《かぶと》に、茶色い軍服の上には革のダブレットを着て、革ひもの編み上げサンダルをはいていた。傷跡が彼のことを物語っていた。盛り上がって癒着した剣の切り傷が、どっしりした茶色い両腕に白く浮き出て、左耳はぺしゃんこにつぶれ、口は右の頬骨《ほおぼね》の下の古い刺し傷のためにゆがんでいた。

「私はクフ」と彼は言った。「〝城門の長〟だ。あなたの場合のような雑用を引き継ぐ」彼はロブの赤身の出た首に目をやって微笑《ほほえ》んだ。「カルカンか？」

「ええ」

「カルカンはひどいもんだ」とクフは感嘆して言った。

二人は『柱の殿堂』を出て厩舎《きゅうしゃ》へ向かった。長い緑の原っぱで、羊飼いの杖《つえ》を反対にしたような長い柄《つか》をくるくる振りまわしながら、男たちが相対して馬を駆けさせていた。

「お互いに一撃を食らわそうとしてるんですか？」

「球に一撃を食らわそうとしてるんだ。騎手たちの遊び、ポロだ」クフは彼をじっと見た。「知らないことが多そうだな。カラートは何かわかってるかね？」

ロブは頭を振った。

「大昔、誰かがペルシア王のお眼鏡にかなうと、君主は自身の衣服の一つ、カラートを脱いで、満足の象徴としてそれを授けたのだ。その習慣は時を経て王の寵愛《ちょうあい》の印として伝わった。今では〝王の衣類〟カラートは暮らし、服一式、住居、馬から成っている」

ロブはピンとこなかった。「じゃあ、私は金持ちになったんですか？」

クフは頭の足りない男を見るようにニヤッと笑いかけた。「カラートは単一の恩典だが、その豪華さにはピンからキリまであるんだ。戦争中、ペルシアの親しい同盟国だった国からの大使には、最も高価な衣類に『天国の館』の壮麗さに劣らない宮殿、宝石を散りばめた馬具をつけた素晴らしい馬が与えられる。だがおまえは大使ではない」

厩舎の裏に、頭をふらふら揺らしているたくさんの馬を囲った広い馬房があった。馬を選ぶ時には王女のような頭に肉づきの良い売春婦のような後脚をしたのを探せ、と床屋さんはいつも言っていた。ロブはその描写にぴったり合う、瞳《ひとみ》には王者の気位の高さを備えた灰色のを見つけた。

「あの雌馬をもらっても良いですか？」と彼は指さしながらたずねた。クフはあえて、それは王子の馬だとは言わなかったが、ひきつった微笑《ほほえ》みがゆがんだ口元をさらに妙な具合にした。

〝城門の長〟は鞍《くら》の着いていた馬に乗った。動きまわっている集団の中へ乗りつけて、短くがっしりした脚に力強い肩をした、実用的だが見ばえは良くない茶色い去勢馬を巧みに群れから選《よ》り分けた。

クフは馬の腿《もも》に押されたチューリップの焼き印を見せた。「アラー王はペルシアで唯一の馬の飼育者で、これは王の印だ。この馬はチューリップのある別のと取り替えても良いが、売ってはならん。馬が死んだら、印のついた皮膚を切り離して持ってくれば、私が別の馬と交換してやる」

クフはロブがたった一回の見せ物で『特製品』を売って稼ぐ額にも満たない硬貨が入った財布をくれた。〝城門の長〟は近くの倉庫を捜し、軍の備品の中から実用向きの鞍を見つけた。彼が配給した服も同じように、仕立てはしっかりしているが簡素だった。引きひもでウエストに結びつけるだぶだぶのズボン。足首から膝《ひざ》にかけて包帯を巻くように、それぞれの脚をズボンの外から巻く麻のゲートル。ズボンの上から出して着る、膝丈《ひざたけ》のカーミサと呼ばれるゆったりしたシャツ。クァランスワと呼ばれる円錐《えんすい》型のターバンの土台と、茶色いターバンだ。

「緑はありませんか？」

「こっちの方が良い。緑は学生と最貧民が着け、みすぼらしくて重い布なのだ」

「それでもいいんです」とロブは言い張り、クフは安っぽい緑のターバンと嘲笑《ちょうしょう》的なきついまなざしを彼に送った。

用心深い目つきの部下たちが、自分の馬を連れてくるようにとの長の命令に素早く反応した。それはロブが切望した灰色の雌馬に似た、アラブ種の雄馬だった。穏やかな茶色の去勢馬に乗って、新しい衣類を入れた布袋を積んで、イェフディイェまでずっと、従者のようにクフのあとについていった。長いことユダヤ人街の細長い通りを進んで行き、最後にクフは古い、濃い赤れんがの小さな家で馬を止めた。単に四本の柱に屋根が載っただけの小さな厩舎に、小さな庭もあった。トカゲがロブを見て驚き、石の壁の割れ目に消えた。四本の伸びすぎた杏《あんず》の木が、抜かなければいけないイバラの藪《やぶ》に影を落としていた。家の中には四部屋あって、一つは土の床、二つは壁と同じ赤れんがの床で、何世代にもわたって足で踏みならされ、薄くすり減っていた。ネズミの干からびた死骸《しがい》が土床の部屋の隅に転がり、かすかに胸がつまる腐敗臭が空気に漂っていた。

「あんたの物だ」とクフは言った。彼は一度うなずいてから立ち去った。

彼の馬の音が消え去るのを待たず、ロブは膝から崩れ落ちた。彼は土の床に倒れ込むと、死んだネズミのように仰向けになり、あとのことは何もわからなくなった。

＊

彼は十八時間眠り続けた。目を覚ますと関節が固くなった老人みたいに、身体がしびれて疼《うず》いた。物音一つしない部屋に座ったまま、天井の煙穴から差し込む日の光に浮かんだ埃《ほこり》くずを眺めた。家はわずかに荒れていた――壁の粘土しっくいに割れ目があって、窓の下枠の一つはぼろぼろに砕けていた――が、両親が亡くなって以来、本当に自分のと呼べる最初の住まいだった。

小さな納屋では、新しい馬が水も餌《えさ》も与えられないまま、鞍をつけて立っていて、彼は狼狽《ろうばい》した。鞍を取りはずして、近くの共同井戸から帽子に水を入れて運んでやったあと、彼はラバとロバを預けてある厩舎に急いだ。木製の桶《おけ》とキビわら、それに籠《かご》一杯のオーツ麦を買ってロバに乗せて家まで運んだ。

　動物たちの世話を終えると、彼は新しい服を持って公衆浴場に向かい、その前に〝劣った方のサルマン〟の宿屋に立ち寄った。

「荷物を取りに来たんだ」と彼は年老いた宿屋の主人に告げた。

「無事に取ってあるよ、だが二夜明けても戻ってこないんで、あんたの冥福《めいふく》を祈っとったんだ」サルマンはおそるおそる彼を見つめた。「外国人のジンミがな、ヨーロッパのユダヤ人が、謁見に浴してペルシアの王からカラートを勝ち取ったっていう話で持ちきりじゃよ」

　ロブはうなずいた。

「本当にあんただったのかい？」サルマンはささやいた。

　ロブはどさっと腰を下ろした。「最後にあなたに食べさせてもらってから、何も口にしていないんだ」

　サルマンは時を移さず彼の前に食べ物を並べた。パンと山羊の乳をチビチビと慎重に腹に入れたが、ひどい空腹以外は吐き気も感じなかったので、次にゆで卵四個、さらにもっとたくさんのパン、小さな硬チーズ、ボウル一杯のピラフ、と段階的にたいらげた。四肢に力がよみがえり始めた。

　風呂では長い間つかって打撲傷をいやした。新しい服を着ると異邦人になった気がしたが、最初にカフタンに腕を通した時ほどの違和感ではなかった。かろうじてゲートルは巻けたが、ターバンの巻き方は教えてもらう必要があり、当面は革のユダヤ人帽を載せておくことにした。

　家に帰ると、死んだネズミを片づけて自分の置かれている状況を振り返ってみた。彼は控え目な繁栄を賜ったが、シャーに頼んだのはこういうことではなかったはずだ。彼は漠然《ばくぜん》とした不安を感じたが、やがてクフの登場でさえぎられた。クフは不機嫌そうに、薄っぺらな羊皮紙を広げて大きな声で読み上げ始めた。

アッラー

世界一の王、いと高く荘厳なる君主、比肩する者なきほど崇高にして高貴、すなわち偉大なる称号、王国の揺るがしがたい根幹、卓越し、気高く、高潔、すなわちペルシアの獅子《しし》にて宇宙の最強の支配者の勅令なり。司令官、行政官、そしてイスファハンの町の王に仕える他の役人、君主制の議員、科学と医学の領域の者に命ずる。ユダヤ人でヨーロッパのリーズの町の外科医兼理髪師、ベンジャミンの息子エッサイは、地上で一番良く統治され、虐げられし者の保護地として名をとどろかす我が王領に至り、天主の御前にまかり出る才と光栄を得て、控え目な請願によって天国におられる真の預言者、すなわち我らが最も気高き殿下の真の補佐役に助けを請うた。リーズのベンジャミンの息子エッサイは王の寵愛《ちょうあい》と厚情を保証され、これによって名誉と施し物とともに王の衣服を賜り、すべての者たちはしかるべく彼を扱わねばならないことを心すべし。また、この勅令は厳格な刑罰をもってし、破れば極刑に処さるるを免れぬこと、知りおくべし。レジャブの月の第三のパンジ・シャンバーに我らが最も高き殿下の名において、気高く神聖な聖地の巡礼者と、彼の最も高き女の宮殿の長官であり監督者、大臣イマーム・ミルザ゠アブル・クァンドラセーによって発令す。

＊

『すべての俗事において、天主の助力で武装することが必要』

「でも、学校については？」ロブはしゃがれ声でたずねずにはいられなかった。

「私は学校のことは関知しない」と城門の長は言って、やってきた時と同じくらい慌ただしく立ち去った。

少しばかりして、たくましい二人の人足が、新しい家での甘い繁栄を象徴するたくさんのイチジクをたずさえた、〝ハジ〟・ダヴー・ホセインを乗せた輿《こし》をロブの家の前につけた。

二人は荒れ果てたちっぽけな杏の庭の地面に、蟻や蜂に混じって座り、イチジクを食べた。

「それでも、まだ見事な杏の木ですな」とハジは木々を分別くさく眺めながら言った。根気強い剪定《せんてい》と灌漑《かんがい》をして、馬の厩肥《きゅうひ》を与えれば、四本の木をよみがえらせられることを彼は長々と説明した。

最後にホセインは黙り込んだ。

「どうかしましたか？」とロブがつぶやくように言った。

「尊敬すべきアブ・アリ・アト＝フサイン・イブン・アブドゥラ・イブン・シーナからの歓迎の辞と祝辞を、私から慎んで申し上げます」

ハジは汗ばみ、ひどく蒼白《そうはく》で、額のザビバが特に目立った。ロブは気の毒に思ったが、マドラサに入学し、マリスタンで医学を勉強するようホセインがベンジャミンの息子エッサイを招待した瞬間の、このうえない歓《よろこ》びを減ずるほどではなかった。ついに、医者になるという野望に手が届いたのだ。それは、庭さきに散らばった小さな杏の眩惑《げんわく》的な香りよりも甘美で芳醇《ほうじゅん》な歓びだった。

千年《せんねん》医師《いし》物語《ものがたり》 I

ペルシアの彼方《かなた》へ（上）

ノア・ゴードン

竹内《たけうち》さなみ＝訳

角川文庫 11954

平成十三年六月二十五日　初版発行

発行者——角川歴彦

発行所——株式会社角川書店

東京都千代田区富士見二―十三―三

電話　編集部（〇三）三二三八―八五五五

営業部（〇三）三二三八―八五二一

〒一〇二―八一七七

振替〇〇一三〇―九―一九五二〇八

印刷所——暁印刷　製本所——コオトブックライン

装幀者——杉浦康平

落丁・乱丁本はご面倒でも小社営業部受注センター読者係にお送りください。送料は小社負担でお取り替えいたします。

定価はカバーに明記してあります。

Printed in Japan

コ 13-1　　ISBN4-04-288101-7　C0197

角川文庫発刊に際して

角川源義

第二次世界大戦の敗北は、軍事力の敗北であった以上に、私たちの若い文化力の敗退であった。私たちの文化が戦争に対して如何に無力であり、単なるあだ花に過ぎなかったかを、私たちは身を以て体験し痛感した。西洋近代文化の摂取にとって、明治以後八十年の歳月は決して短かすぎたとは言えない。にもかかわらず、近代文化の伝統を確立し、自由な批判と柔軟な良識に富む文化層として自らを形成することに私たちは失敗して来た。そしてこれは、各層への文化の普及滲透を任務とする出版人の責任でもあった。

一九四五年以来、私たちは再び振出しに戻り、第一歩から踏み出すことを余儀なくされた。これは大きな不幸ではあるが、反面、これまでの混沌・未熟・歪曲の中にあった我が国の文化に秩序と確たる基礎を齎らすためには絶好の機会でもある。角川書店は、このような祖国の文化的危機にあたり、微力をも顧みず再建の礎石たるべき抱負と決意とをもって出発したが、ここに創立以来の念願を果すべく角川文庫を発刊する。これまで刊行されたあらゆる全集叢書文庫類の長所と短所とを検討し、古今東西の不朽の典籍を、良心的編集のもとに、廉価に、そして書架にふさわしい美本として、多くのひとびとに提供しようとする。しかし私たちは徒らに百科全書的な知識のジレッタントを作ることを目的とせず、あくまで祖国の文化に秩序と再建への道を示し、この文庫を角川書店の栄ある事業として、今後永久に継続発展せしめ、学芸と教養との殿堂として大成せんことを期したい。多くの読書子の愛情ある忠言と支持とによって、この希望と抱負とを完遂せしめられんことを願う。

一九四九年五月三日